Michael Kibler

STERBENSZEIT

Kriminalroman

Piper München Zürich

Mehr über unsere Autoren und Bücher:
www.piper.de

Von Michael Kibler liegen bei Piper vor:
Zarengold
Schattenwasser
Rosengrab
Todesfahrt
Engelsblut
Opfergrube
Sterbenszeit

MIX
Papier aus verantwor-
tungsvollen Quellen
FSC® C083411

Originalausgabe
Oktober 2014
© 2014 Piper Verlag GmbH, München
Umschlaggestaltung: semper smile, München
Umschlagmotiv: Valentino Sani/Trevillion Images, Bertrand Benoit/cg textures
Satz: Kösel Media GmbH, Krugzell
Gesetzt aus der Minion
Papier: Munken Print von Arctic Paper Munkedals AB, Schweden
Druck und Bindung: CPI books GmbH, Leck
Printed in Germany   ISBN 978-3-492-30084-1

Für den Konfidenten des Pöts

DAMALS. DIENSTAG, 10. APRIL

Macht hoch die Tür, die Tor macht weit.
    Haben wir Weihnachten gesungen. Alle zusammen. Leise. Aber immerhin.
    Jetzt marschieren wir.

> *Wohin auch das Auge blicket.*
> *Moor und Heide nur ringsum.*
> *Vogelsang uns nicht erquicket,*
> *Eichen stehen kahl und krumm.*
> *Wir sind die Moorsoldaten*
> *und ziehen mit dem Spaten ins Moor!*

Haben wir immer gesungen, auch wenn wir nicht die Moorsoldaten sind. Und jetzt kann ich nicht mehr singen. Mein Schädel dröhnt, der Fuß pocht, und ich weiß nicht, weshalb mir gerade dieses Lied im Kopf herumschwirrt. Den Takt geben meine Schritte vor. Ich bin mir nicht sicher, ob meine Füße dem Kopf als Taktstock dienen oder ob das Lied die Beine dazu antreibt weiterzulaufen.
    Seit drei Tagen heißt es nun schon marschieren. Warum, das weiß keiner von uns. Es geht nach Nordosten, das zeigt die Sonne, die mir jetzt von hinten genau in den Nacken scheint. Wenigstens Sonne. Mit Regen wäre es noch unerträglicher.
    Heute Morgen, da haben beide Füße höllisch wehgetan. Jetzt geht es mir besser, jetzt spüre ich wenigstens den linken nicht mehr. Die eine Stelle rechts ist offen. Hat sich offenbar

entzündet. Die Ränder sind rot und heiß. Das wäre dann eine dieser Kapriolen des Schicksals. Habe fünf Jahre Steine schleppend als Sklave überlebt, sogar den Armbruch, ohne Schiene. Um dann an so einer kleinen, offenen Wunde zu krepieren, wie es aussieht.

Keine Ahnung, wie lange wir noch laufen werden. Keine Ahnung, wohin. Keine Ahnung, wie lange ich noch laufen will. Mein Kopf dröhnt, manchmal wird mir schwindelig.

Aber immerhin, wir marschieren. Langsam. Aber wir bewegen uns. Weiter. Immer weiter.

Laufen – das heißt leben.

Denn die, die nicht mehr können, hinterlassen als Abschied nur noch ein Geräusch. Den Knall des Schusses ins Genick.

Dass wir den Tod hinter uns gelassen haben, heißt aber nicht, dass wir ihm entkommen sind.

Es kann auch sein, dass wir genau auf ihn zumarschieren.

Marschieren.

Marschieren.

Marschieren.

DONNERSTAG, 1. AUGUST

Nein.

Das Wort schoss durch ihr Gehirn wie ein Flummi mit eigenem Antrieb. Dong, dong, dong, und bei jedem Abprall schmerzte es. *Einfallswinkel gleich Ausfallswinkel,* so etwas Bescheuertes fiel ihr dazu ein.

Das Nein, die Kopfschmerzen, die so was von irrelevanten Erkenntnisse der Physik, sie sorgten dafür, dass sie das, was sie sah, zunächst nur durch einen Nebel wahrnahm. Sie sorgten dafür, dass sie nicht einfach zusammenklappte.

»Ricarda.«

Sie spürte die Hand ihres Kollegen Werner Berghold auf ihrer Schulter. Er war wie sie Hauptkommissar bei der Kripo in Mainz, Kommissariat 11, Tötungsdelikte. Ricarda war nicht imstande, sich umzudrehen. Die Szenerie, die sie vor sich sah, hielt den Blick gefangen. Sie war grausam klar und dennoch in ihrer Brutalität so unfassbar, dass Ricarda sich fragte, ob sie nicht Geisel eines Albtraums war.

»Ricarda!«

Berghold fasste sie nun fester an der Schulter, ein klein wenig nur – *Druck ist Kraft durch Fläche* –, sodass sie sich umdrehen musste.

»Geht's?«

Ricarda Zöller nickte. »Ja. Scheißjob.«

»Hmm.« Berghold nahm die Hand von ihrer Schulter.

Ricarda wandte sich wieder dem Tatort zu.

Das Opfer: weiblich. In der Stirn ein Loch, ein dunkler Kreis darum. Ein aufgesetzter Kopfschuss. Sie musste nicht erst den Befund des Rechtsmedizinischen Instituts abwarten, um zu wissen, dass diese Wunde todesursächlich war, wie es in dem Bericht stehen würde.

Das Opfer lag im Lennebergwald, hinter einer Kiefer, vom zwanzig Meter entfernten Waldweg aus nicht zu sehen. Herbert Räuser war mit seiner Frau spazieren gegangen an diesem Donnerstag, weil beide Urlaub hatten und die Kinder bei der Oma waren. Zuvor waren sie im Biergarten beim Lennebergturm eingekehrt. Räuser hatte zwei Halbe getrunken, deshalb wollte er kurz hinter den Bäumen verschwinden, um den Flüssigkeitshaushalt wieder in Ordnung zu bringen. Dabei hatte er die Leiche entdeckt.

Die Tote trug ein T-Shirt, den Temperaturen entsprechend: Über 30 Grad hatte das Thermometer in den vergangenen Tagen angezeigt. »Mia« war in roten Buchstaben auf das weiße Shirt gedruckt, das leuchtende Rot ein Kontrast zu dem Braun der Blutlache, die sich unter ihrem Kopf gebildet hatte.

Sie lag auf einer weißen Decke, deren obere Fläche stellenweise braunrot von Blut getränkt war. Dort waren die kleinen in Blau aufgedruckten Anker und die kleinen Boote kaum mehr zu erkennen.

Zumdecker, der Rechtsmediziner, hatte grob geschätzt, dass das Mädchen zwischen drei und fünf Stunden tot war. Den Anblick der Austrittswunde hatte er Ricarda erspart. Sie hatte nur gehört, was er in sein Diktiergerät gesprochen hatte. Sie versuchte, die Worte zu verdrängen.

Ricarda hatte in ihrem Berufsleben schon Leichen gesehen, die schlimmer zugerichtet gewesen waren. Vor zwei Jahren etwa das Ehepaar, das vier Wochen unentdeckt im Haus gelegen hatte, beide erschlagen mit einem Golfschläger. Oder vor sechs Monaten der Mann, den vermutlich die russische Mafia über mehrere Tage lang in die Mangel genommen hatte, bevor man ihm den Gnadenschuss verpasst hatte.

Dennoch war Ricarda sicher, dass die Leiche vor ihr diejenige sein würde, deren Anblick in ihrem ganzen Berufsleben der schlimmste war und bleiben würde.

Eine ähnliche Decke hatte ihre Tochter Esther gehabt, als sie ein Baby und später Kleinkind gewesen war. Es war ihre Lieblingsdecke gewesen. Esther hatte darauf bestanden, dass die Decke stets in ihrem Bett lag, auch im Sommer, wenn sie sich bei zwanzig Grad Nachttemperatur nur mit einem Laken zugedeckt hatte. Ihr Lieblingsonkel Ingo – Kunststück, sie hatte nur diesen einen – hatte ihr die Decke zur Geburt geschenkt. Als Esther acht war, war die Decke an zwei Stellen zerschlissen. Esther hatte bittere Tränen geweint. Ihre Trauer hatte erst ein Ende gefunden, als Ingo ihr eine neue Bootsdecke geschenkt hatte. Die war groß genug gewesen, dass sie nicht mehr nur die Beine, sondern ihren ganzen Körper darin einmummeln konnte.

Ricarda kannte den Namen der Toten. Mia. Mia Oloniak. Sie hatte gelächelt, als der Schütze ihr die Waffe auf die Stirn aufgesetzt hatte. Mia hatte keine Ahnung gehabt, was sich da abgespielt hatte. Denn Mia Oloniak war nicht alt geworden.

»Scheiße.« Ricarda ging in die Hocke, um sich die unmittelbare Umgebung um das tote Mädchen herum anzusehen.

Gut, dass die Spurensicherung schon durch war. Denn sie kontaminierte gerade den Tatort: Tränen rannen ihre Wangen hinab und tropften auf einen der Anker der Decke.

Ricarda blinzelte. Sie schämte sich der Tränen nicht.

Das Nein in ihrem Kopf verebbte langsam, als ob die Tränen es hinfortspülten. Dafür machten sich zwei andere Gedanken breit. Zum einen hatte sie das Gefühl, dass jemand mit diesem feigen Mord nicht nur einen Menschen namens Mia Oloniak getötet hatte. Sie hatte vielmehr den Eindruck, dass hier jemand in ihre ureigenste Privatsphäre eindrang, indem er das Mädchen auf diese Decke gelegt hatte, die doch eigentlich die Decke ihrer Tochter war. Der Gedanke war absurd, das wusste sie. Der zweite Gedanke hingegen war es nicht. Ricarda hatte so eine Top-Ten-Liste der Fernsehkrimiklischees, die sie am schlimmsten fand. Etwa diesen Gedanken, den sie jetzt hegte, wohl wissend, dass sie ihn als Polizistin nicht haben sollte. Und sie war überrascht, dass das Klischee offenbar doch nicht nur ein solches war. »Wer immer dir das angetan hat – ich krieg dieses Dreckschwein.«

Wie auch zu ihren Tränen stand sie zu diesen Worten.

»Was hast du gesagt?« Berghold stand immer noch hinter ihr.

»Nichts, schon gut.« Ricarda hatte es anscheinend laut ausgesprochen.

Sie sah auf den leblosen Körper. Sie hatte in ihrer ganzen Polizeilaufbahn nur einmal den Tod eines Kindes aufklären müssen. Aber dieses Kind war zwölf gewesen.

Mia Oloniak war nicht einmal vier geworden.

Nicht einmal vier Tage.

SAMSTAG, 7. SEPTEMBER

Der Kleiderschrank, auf den er blickte, war nicht sein Kleiderschrank, das erkannte Lorenz Rasper sofort. Er hätte niemals einen Schrank aus dunkler Eiche gekauft. Und er hätte schon gar keinen Kleiderschrank gekauft, an dem nicht wenigstens an einer Tür ein Ganzkörperspiegel montiert gewesen wäre.

Als er sich nur leicht bewegte, hörte er den Rost des Bettes vernehmlich quietschen. Nicht sein Bett. Denn er hasste quietschende oder knarrende Bettenroste. Und er mochte auch keine zu weichen Matratzen. Also auch nicht die, auf der er gerade lag. Das Kissen war auch zu klein. Und er mochte Bettbezüge aus Satin. Und keinen Biberbettbezug.

Alles in diesem Hotelzimmer war für ihn nicht zufriedenstellend. Sein Blick fiel auf die andere Seite des Bettes. Nun gut, er durfte nicht generalisieren. Die junge Dame neben ihm, sie war … Das Wort »zufriedenstellend« wäre abwertend gewesen. Attraktiv.

Wie war noch gleich ihr Name? Marie? Maria? Mary? Irgend so was. Und wie war sie noch mal in sein Bett gekommen? Er erinnerte sich an Cabernet Sauvignon. Zu viel Cabernet Sauvignon.

Er hatte am Vorabend einen Vortrag über die Abteilung SB des Bundeskriminalamts gehalten, vor Studenten und Studentinnen an der »Deutschen Hochschule der Polizei« hier in Münster. Die Abteilung SB, das war sein Baby, seine Abteilung, seine Idee. Und er war immer noch überzeugt davon, dass die Idee gut war. Uwe Lennart, Vizepräsident des BKA, wie alle das Bundeskriminalamt abkürzten, hatte ihn zu dem Vortrag verdonnert. So was tat er in letzter Zeit immer öfter.

Lorenz Rasper hatte sich schon vor Jahren starkgemacht für die Idee einer schnellen Eingreiftruppe auf Bundesebene. Eine der Konsequenzen des Zweiten Weltkriegs bekam die Polizei ja tagtäglich zu spüren: Polizeiarbeit war Sache des jeweiligen Bundeslandes. Und schwere Verbrechen, die vom selben Täter in verschiedenen Bundesländern verübt wurden, wurden oft erst nach Monaten oder Jahren in Zusammenhang gebracht. Innenminister auf Landesebene sperrten sich auch zu oft dagegen, Kompetenzen in großen Fällen abzugeben. Der Öffentlichkeit bekannt waren die Morde des »Nationalsozialistischen Untergrunds«. Zwei der Täter hatten sich erschossen, der noch verbliebenen Täterin wurde derzeit der Prozess gemacht. Schnell wurde klar, dass die Kollegen der Polizei und die Nichtkollegen der Geheimdienste gemeinsam dem Trio deutlich früher hätten auf die Schliche kommen können. Doch die Spur des Terrors hatte sich mit neun Mordopfern durch neun Städte gezogen, verteilt über fünf Bundesländer, Hessen, Nordrhein-Westfalen, Bayern, Hamburg und Mecklenburg-Vorpommern.

Lorenz hatte schon viel früher die Idee zu solch einer »Schnellen Eingreiftruppe« gehabt, die frühzeitig Fälle übernahm, die Bundeslandgrenzen überschritten, um diese dann effizient zu lösen, als Koordinator mit den jeweiligen Beamten vor Ort. Seine Chefs hatten der Idee skeptisch gegenübergestanden.

Der BKA-Vize hatte sich dann aber dafür eingesetzt und schließlich das Bundeskriminalamt bewogen, eine solche Zelle einzurichten, die blitzschnell reagieren konnte, wenn schwere Serienstraftaten in mehreren Bundesländern ermittelt werden mussten. Solch eine Abteilung zu gründen, das war schon eine Herkulesaufgabe gewesen. Herkules' ganze Sippe musste hingegen hinzugezogen werden, damit die Innenministerkonferenz dieser Abteilung die Kompetenz zubilligte, Fälle an sich nehmen zu dürfen. Der Kompromiss war, dass der Präsident Lorenz zum Eingreifen ermächtigen musste.

Und nun hatte er gestern wieder seinen Standardvortrag über die Abteilung SB gehalten. Das Kürzel war willkürlich gewählt. »Schnelle Buben« gefiel Lorenz am besten, wurde aber den weiblichen Mitgliedern nicht gerecht. Die Vorträge hielt er gern. Besonders da im Moment kein aktueller Fall zu bearbeiten war.

»'n Morgen«, raunte die Dame neben ihm. Obwohl gerade erst aufgewacht, sah sie überhaupt nicht verschlafen aus. Lorenz dachte mit Grausen daran, wie sein Gesicht aussehen musste nach zu viel Alkohol am Abend zuvor. Seine Gesichtszüge erinnerten dann immer eher an eine zerknüllte Papiertüte als an Adonis. Zum Glück musste er sich nicht im Spiegel sehen, sondern konnte in die hübschen Augen von Maria, Marie oder wie auch immer schauen. Der Gedächtnisverlust war wohl dem Alter geschuldet. Und der Papiertüteneffekt ebenfalls. Ein unangenehmer Gedanke. Aber im zarten Alter von nicht einmal fünfundzwanzig, so alt, wie die Dame neben ihm war, da war er auch noch ohne Papiertütentarnung aufgewacht.

»Gut geschlafen, Lorenz?«

»Hmm«, brummte er. Verflixt, ihr Name war weder Maria noch Marie. Aber er war nah dran. Es war lauwarm, nicht ganz kalt. Vielleicht würde er mit dem mentalen Kochlöffel doch noch den Topf treffen, druntergucken und den richtigen Namen finden, bevor es peinlich wurde.

»Ich geh duschen«, sagte Jane Doe – so nannte Lorenz sie im Stillen, wie unbekannte Frauenleichen in Amerika. Sie schälte sich unter der Decke hervor und stand auf. Lorenz fuhr mit seinen Blicken ihre Kurven nach. Sehr weibliche, sehr runde Kurven.

Eine halbe Stunde später saßen sie im Frühstücksraum des Hotels. Auch diesen hätte Lorenz anders eingerichtet. Offenbar hatte der Hausherr oder die Dame des Hauses einen ausgeprägten Hang zu Eiche rustikal.

Mrs Unbekannt – ihr Name begann mit M und A, dessen war sich Lorenz inzwischen sicher – trug wieder das rote Kleid, das sie am vorigen Abend angehabt hatte.

Sie hatte in der ersten Reihe gesessen. Nach seinem Vortrag war sie auf ihn zugetreten. Bereits während des Vortrags hatte er sie bemerkt und via Blickpost mit ihr geflirtet. Als er geendet hatte, war sie aufgestanden, hatte aber noch mit einem Kommilitonen geredet. Und sich erst danach in die Schlange derer eingereiht, die noch eine Frage hatte. Sie war die Letzte gewesen.

»Wann hatten Sie zum ersten Mal die Idee, so eine Abteilung wie die SB aufzubauen?«, fragte sie.

Die Reaktion seines Körpers auf Stimme, Augen und Dekolleté war eindeutig gewesen. Daher beantwortete er die Frage mit einer Gegenfrage: »Gehen Sie mit mir etwas essen? Ich habe großen Hunger.«

»Ich auch«, hatte sie nur gesagt. Und Lorenz hatte schon verstanden, dass sie damit nicht die Nahrungsaufnahme gemeint hatte. Dementsprechend hatte sie einen kleinen Salat mit Putenstreifen nur zur Hälfte aufgegessen, während er sich ein Schnitzel mit Pommes gegönnt hatte. Er hatte seit dem Frühstück nichts mehr gegessen.

Sie tranken fast zwei Flaschen Wein. Und das Hotel war nur einen Häuserblock vom Restaurant entfernt. Es war zwei Uhr gewesen, bevor er eingeschlafen war. Es gab sicher Gäste im angrenzenden Zimmer, die seine Freude an der

Entwicklung der Nacht nicht geteilt hatten. Aber er würde ja auch nie wieder hierherkommen.

Mrs M-A plapperte noch ein bisschen über ihre Familie – er hatte schon erfahren, dass sie einen Hund hatte, dass ihre Eltern eine große Villa in Irgendwo hatten und ihr Bruder ein hohes Tier da und dort war.

»Und du?«, fragte sie nun. »Hast du Familie?«

Automatisch tastete er zu seinem linken Ringfinger. Er trug seinen Ehering nicht. Nicht mehr. Vor sechs Jahren war er einem Bankräuber hinterhergerannt. Der war über einen Maschendrahtzaun geflüchtet. Lorenz war ihm hinterhergeklettert. Und beim Absprung mit dem Ehering in einer Spitze hängen geblieben. Er hatte sich den Finger aufgerissen und sich das zweite Gelenk gebrochen – und das war noch der bestmögliche Ausgang gewesen. Es hätte nicht viel gefehlt, und sein Finger wäre einfach abgerissen worden. Immer noch konnte er das Gelenk nicht vollständig beugen. Seitdem trug er den Ring nur noch in seinem Herzen, wie er es seiner Frau Jolene erklärt hatte.

Lorenz registrierte, wie der Blick der Frau ohne Namen dem seinen gefolgt war. Bevor er etwas sagen konnte, klingelte zum Glück sein Telefon. Das Display zeigte den Namen »Adriana«. Aber bereits der Klingelton – »Telephone« von Lady Gaga, Erinnerung an ihr erstes gemeinsames Konzert vor drei Jahren – ließ ihn erkennen, dass seine Tochter anrief. Es zauberte ein Lächeln auf sein Gesicht.

»Hi, Paps«, meldete sie sich.

»Hallo, mein Sonnenschein.« Er nickte der Dame ohne Namen zu, stand auf und verließ den Frühstücksraum.

»Na, wie war dein Vortrag gestern Abend? Haben sie an deinen Lippen geklebt?«

»Ja, durchaus.«

»Wie ist das Wetter?«

»Durchwachsen. Und zu Hause?« Lorenz Rasper arbeitete zwar beim BKA in Wiesbaden, aber das Haus hatten sie in Darmstadt gekauft, zu der Zeit, als er noch bei der Mordkommission im Polizeipräsidium Südhessen gearbeitet hatte. Das Kleinod in der Damaschkestraße lag so günstig an der Autobahn, dass ein Umzug nicht nötig gewesen war. Und sein Alfa Romeo Giulietta 1.8 TBi 16V – besser bekannt unter dem Namen »Quadrifoglio Verde« – ließ ihn die fünfzig Kilometer in weniger als einer halben Stunde überwinden.

»Wann kommst du nach Hause? Mama fragt, ob du zum Mittagessen wieder da bist. Wenn, dann will sie sogar was Leckeres kochen.«

Lorenz überschlug knapp die Fahrzeit. Dreihundert Kilometer – das sollte bis ein Uhr zu schaffen sein. »Ja. Sag ihr, dass ich pünktlich um eins zu Hause bin.«

Er plauderte noch ein paar Minuten mit Adriana. Er genoss es, dass er einen so guten Draht zu ihr hatte. Als er das Gespräch beendete, hatte er immer noch ein Lächeln auf dem Gesicht. Das Leben kann richtig schön sein, dachte er für einen Moment. Er freute sich auf zu Hause. Und ihn überkam das schlechte Gewissen. Er hatte während seiner Ehe nicht oft mit anderen Frauen geschlafen. Drei One-Night-Stands, auf die er nicht stolz war, die seine Ehe jedoch auch nie hatten gefährden können. Das war zumindest seine Meinung.

Als er an den Frühstückstisch zurückkehrte, schmollte Marla. Marla, genau, das war ihr Name.

»Meine Tochter.«

»Aha«, sagte sie nur, und jeder Laut aus ihrem Mund unterstrich klar, dass sie ihm nicht glaubte. Was ihm letztlich egal war. Er sah Marla an, und so nah sie ihm in der vergangenen Nacht gewesen war, so fremd war sie ihm jetzt.

Zwei seiner drei One-Night-Stands hatten mit einem Frühstück geendet. Und beide Male war dieses Frühstück alles andere als entspannt verlaufen.

»Wie lange bist du denn schon verheiratet?«, fragte ihn Marla.

Lorenz wollte sich mit Marla ganz bestimmt *nicht* über sein Privatleben unterhalten. Wieder klingelte das Handy. Für gewöhnlich ging er nicht an den Apparat, wenn er mit jemandem am Tisch saß. Er hatte die Melodie auch ganz leise gestellt. Guns N' Roses röhrten »Paradise City«, die Musik, die all jenen zugedacht war, denen Lorenz keinen individuellen Erkennungston zugeordnet hatte. »Ricarda« zeigte das Display. Er musste überlegen, wer sich hinter diesem Namen verbarg. Und er musste zugeben, dass er keine Ahnung hatte. Aber alles war besser, als sich von einer schmollenden Marla über die Familie ausfragen zu lassen.

»Rasper«, meldete er sich.

»Hallo, Lorenz. Hier ist Ricarda.«

»Einen Moment, bitte«, sagte Lorenz. Er hielt die Hand vor das Mikro und sagte: »Dienstlich.« Dabei zuckte er mit den Schultern und erhob sich wieder, verließ den Frühstücksraum erneut und blieb im Vorraum vor der unbesetzten Rezeption stehen. »So, da bin ich wieder. Hallo – Ricarda.«

»Hallo, Lorenz.«

Lorenz Rasper schwieg. Binnen weniger Sekunden lieferte ihm sein Gehirn eine Kurzanalyse. Stimme: sympathisch. Aber zunächst mal unbekannt. Doch sie hatte seine Handynummer und nannte ihn beim Vornamen. Also waren sie sich offenbar bereits persönlich begegnet. In den hintersten Regionen seines Gehirns meldete sich der Protokollant, der mitteilte, dass es eine vage Erinnerung an den Namen gab, flüchtig wie ein Tropfen auf der Herdplatte.

»Äh … Hallo, Ricarda.« Er gab Damen nie seine Handynummer. Nie. Er notierte auch selten eine Nummer in seinem Handy. Das war weniger dem Misstrauen gegenüber anderen geschuldet – sein Motorola hatte einen Fingerabdruckscanner – als vielmehr der Tatsache, dass er vermied, Datenmüll auf dem kleinen Begleiter anzusammeln.

Die Dame am anderen Ende lachte auf. »Gut, dass wir damals jeder in sein eigenes Zimmer gegangen sind.«

Ah, der Protokollant bekam neue Indizien: offenbar keine körperliche Vereinigung mit Ricarda. Aber eine Begegnung in einem Hotel, wenn sie von getrennten Zimmern sprach. Aber warum, zur Hölle, zeigte das Handy nicht nur ihre Nummer, sondern auch ihren Namen an? Leider war auf dem Display nur der Vorname erschienen und weder der Nachname noch ein Bild. Verdammt. »Ja. Vielleicht hast du recht.« Ein unverfänglicher Satz. Ob der ihn retten würde?

»Lorenz, Lorenz, du hast keine Ahnung, mit wem du gerade sprichst, nicht wahr?«

»Ricarda«, sagte er noch mal, um Zeit zu gewinnen.

»Ich hatte es prophezeit. Ich hab dir gesagt, wenn ich dich mal anrufen sollte, dann wirst du dich nicht erinnern.«

Lorenz zog es vor, dieses Statement nicht zu kommentieren. Manchmal wusste er, wann es besser war, die Klappe zu halten.

»Berlin. Anfang letztes Jahr. Du hast deine Abteilung vorgestellt, wir waren im selben Hotel und haben die halbe Nacht an der Bar gesessen.«

Ricarda. Natürlich! *Die* Ricarda! »Ricarda, natürlich. Mojito ohne Pfefferminz.« War wieder so ein Vortrag gewesen, zu dem Lennart ihn verdonnert hatte.

»Schön, dass du zumindest das richtige Getränk zum Namen weißt.«

»Und das richtige Gesicht. Dunkelblonde Haare, damals schulterlang, zu einem Pferdeschwanz gebunden. Eins fünfundsechzig groß, blaue Augen, keine Brille. Ricarda, was kann ich für dich tun?«

Als er diesen Satz sagte, ging Marla an ihm vorbei und verließ das Hotel. Er hätte sich einen freundlicheren Abschied gewünscht. Aber vielleicht war diese Art des Abschieds die freundlichste, die noch möglich war.

Ricarda fuhr fort. »Einiges, wenn du kannst.« Dann erzählte sie.

Gut sah er aus, dachte Ricarda Zöller. Der Mann, der durch die Glastür ins Präsidium trat, war rund einen Meter neunzig groß, durchtrainiert und hatte ein kantiges Gesicht. Obwohl Ricarda für gewöhnlich Männer mit Bart nicht mochte, fand sie, dass ihm der Dreitagebart gut stand. Das Haar war kurz geschnitten und dunkel. Kurzum, er sah genau so aus, wie sie ihn in Erinnerung hatte. Auch seine Kleidung war wie damals: ein anthrazitfarbener Anzug, dunkle Schuhe, aber keine Krawatte.

Als er sie sah, wandelte sich der etwas mürrische Gesichtsausdruck in ein Strahlen. »Ricarda! Schön, dich wiederzusehen.«

Stimmt, sie waren zum Du übergegangen an jenem Abend an der Bar, den sie nicht vergessen hatte. »Hallo, Lorenz. Bin ich ja doch beruhigt, dass du mich wiedererkennst.«

Er ging nicht so weit, ihr ein Küsschen auf die Wange geben zu wollen. Vielmehr reichte er ihr die Hand, und Ricarda erwiderte Lorenz' kräftigen Händedruck. »Wenn ich einen Vorschlag machen dürfte: Wie wär es, wenn wir die erste Besprechung in einem Restaurant abhalten? Ich habe einen Bärenhunger.«

Ricarda war ebenfalls hungrig. Sie hatte die Zeit nach dem

Anruf damit verbracht, alle Unterlagen zu den Fällen so aufzubereiten, dass sie Lorenz einen fundierten Überblick vermitteln konnte. Das erste Frühstück hatte aus einem Apfel bestanden, das zweite und das dritte jeweils aus Kaffee.

»Klingt gut.«

»Fahren wir ins Port & Sherry.«

»Wiesbaden?«

»Ja. Ist mein Stammlokal.«

Ricarda kannte das Restaurant und fand die Speisen lecker. In der warmen Jahreszeit konnte man auch draußen sitzen.

»Ich würde gern guten Fisch essen. Und du? Magst du immer noch eine gute Paella? Hast du mir an der Bar damals auf jeden Fall erzählt.«

Okay, er hatte die Begegnung wirklich nicht ganz vergessen. Das freute sie, aber nicht zu sehr. So, wie man mit Genugtuung feststellt, dass ein Teil von einem Spuren hinterlassen hat. Etwa ihr Magnet mit dem Abbild von Bruce Springsteen, der auch nach fünfzehn Jahren noch am Kühlschrank ihrer alten Abteilung hing, wie sie immer wieder feststellen durfte, wenn sie bei den ehemaligen Kollegen vorbeischaute.

»Paella ist prima«, antwortete Ricarda.

Wenig später hielt Lorenz ihr die Beifahrertür auf. Ricarda stieg ein. »Auch ein Quadrifoglio Verde?«, fragte sie, als Lorenz sich gerade anschnallte.

»Wieso *auch*?«

Ricarda ließ die Tür sanft zufallen. »Weil ich auch einen fahre. Aber keine Giulietta, sondern den Mito.«

»Auch in Alfa-Rot?«

»Ist der Papst katholisch?«

Sie musste längst den Wackeldackel auf der Mitte des Armaturenbretts wahrgenommen haben. Aber sie gab keinen Kommentar dazu ab. Wofür Lorenz ihr in diesem Moment dankbar war.

Auf der kurzen Fahrt von Mainz nach Wiesbaden fragte Lorenz sie dann, wie es ihr gehe.

»Na ja. Geht so.«

»Was Neues seit vergangenem Jahr? Du hast mir erzählt, dass deine Tochter nicht zu dir ziehen will.«

»Ich glaube nicht, dass ich darüber jetzt reden will. Vielleicht magst du mir ja erzählen, ob du dich von deiner Frau getrennt hast.«

»Ich? Von meiner Frau trennen? Über so was habe ich nie geredet.«

Warum wirst du dann rot wie nach vier Stunden Solarium?, dachte Ricarda, erwiderte aber nichts. Sie wusste noch ziemlich genau, was er alles gesagt hatte. Und was er nicht gesagt hatte.

War eine seltsame Nacht gewesen, die sie an dieser Bar verbracht hatten. Zuerst war es Flirten gewesen. Dann ein so offenes Gespräch, wie sie es nie mit einem Mann zuvor geführt hatte. Ihren Ex eingeschlossen. Aber jetzt saßen sie nicht mehr an dieser Bar. Jetzt hatte Ricarda einen Fall an der Backe, den sie allein nicht lösen konnte.

»Cheers«, sagte Lorenz.

»Cheers«, antwortete Ricarda.

Lorenz hatte eine Flasche Mineralwasser bestellt. Auch Ricarda hatte sich gegen Alkohol entschieden. Also stießen sie mit Wasser an.

»Erzähl«, forderte Lorenz sie auf.

Sie sah sich um. Das Restaurant war gediegen, holzlastig. Ricarda mochte es eher luftig und hell. Aber Lorenz' Wahl hatte einen großen Vorteil: Ihr kleiner Tisch war in einer Nische, und niemand konnte das Gespräch belauschen. »Ich habe dir ja am Telefon schon erzählt, dass wir diese neue Spur haben, die uns die Abteilung Tatortmunition geliefert hat.«

»Nein, erzähl's mir einfach noch mal chronologisch. Dann kann ich mir ein besseres Bild davon machen.«

Lorenz' Gesichtsausdruck hatte sich verändert. So hatte sie ihn erlebt, als er den Vortrag gehalten hatte. Professionell. Immer noch attraktiv, aber professionell. Wie später an jenem Abend an der Bar spürte sie auch diesmal bei seinem Anblick ein angenehmes Ziehen in der Körpermitte. Sie ignorierte es. Wie damals. Professionell konnte sie auch. Also berichtete sie: »Am Donnerstag, dem ersten August, also heute vor gut fünf Wochen, da fanden wir die Leiche von Mia Oloniak. Ihre Mutter, Monika Oloniak, hatte das kleine Mädchen in der Nacht von Samstag auf Sonntag zuvor auf die Welt gebracht. Es war eine schwere Geburt gewesen. Kurz bevor sie einen Kaiserschnitt gemacht hätten, hat sich das Mädchen doch noch entschieden, den Körper der Mutter auf natürliche Weise zu verlassen. Um dreiundzwanzig Uhr fünfundfünfzig durchtrennte der Arzt die Nabelschnur.«

Ricarda spürte, wie ihr wieder Tränen in die Augen stiegen. Nein, sie würde nicht weinen, so wie in der Nacht, nachdem sie die Leiche von Mia Oloniak gefunden hatten. Abends, in ihrem Bett, in ihren eigenen Kissen – und sie schlief meistens mit dreien auf einmal –, da konnte sie sich gehen lassen, es war der einzige Ort, wo sie sich das erlaubte. Aber hier, vor Lorenz, da wollte sie nicht weinen. Also bemühte sie sich weiterhin um einen sachlichen Ton, der ihr bis dahin ja auch gelungen war.

»Am Dienstagnachmittag kam der Notruf von einem Mann, der ein totes Baby im Wald gefunden hatte. Mia Oloniak war mit einem aufgesetzten Kopfschuss getötet worden. Kaliber neun Millimeter Parabellum. Jemand hatte ihr die Pistole auf die Stirn gesetzt und abgedrückt.« Ricarda machte eine Pause.

»War der Fundort auch der Tatort?«

»Ja. Wir haben das Projektil im Waldboden unter ihr gefunden. Die Hülse hat der Täter auch liegen lassen.«

»Irgendeine Ahnung, wer dafür hätte verantwortlich sein können?«

»Nun, Geld scheidet aus. Rache an der Getöteten auch. Ich meine, wer will sich wofür an einem Menschen rächen, der noch keine vier Tage gelebt hat. Es gibt eigentlich nur zwei plausible Motive: Jemand aus der Familie wollte sich des Mädchens entledigen. Oder jemand übte Rache an der Familie oder an einem Familienmitglied.« Wieder machte Ricarda eine Pause, die Lorenz erneut für eine Frage nutzte.

»Ihr habt die Eltern abgeklopft, das ganze soziale Umfeld?«

»Klar. Alles. Die Mutter lag im Krankenhaus, als ihre Tochter ermordet wurde. Um dreizehn Uhr bemerkte eine Schwester auf der Säuglingsstation, dass Mia nicht mehr da war. Sie muss in einem Zeitfenster von zehn Minuten geraubt worden sein.«

»Kameras?«

»Nein. ›Wir sind ein Krankenhaus, kein Hochsicherheitstrakt.‹ Zitat Stationsarzt. Bilder gibt's von der Lobby und am Haupteingang. Nach der Auswertung hatten wir zumindest die Gewissheit, dass das Baby nicht durch den Haupteingang entführt worden ist. Was den Schluss zulässt, dass der Mörder – wenn er auch der Kindesdieb ist – sich ausgekannt haben muss. Also ein Mitarbeiter. Oder jemand, der sich schlaugemacht hat.«

»Die Mutter?«

»Die stand unter Schmerzmitteln. Die Geburt war brutal.

Sie hatte einen Dammriss und eine Verletzung an der Schambeinfuge. Ziemlich schmerzhaft. Sie scheidet als Täterin aus. Zumal sie in einem Zweibettzimmer lag. Man hätte ihr Verschwinden bemerkt.«

»Okay. Der Vater?«

»Pjotr Oloniak. Geboren in Russland. Fünf Jahre älter als seine Frau, also sechsundzwanzig. Lebt in Deutschland, seit er zehn ist. Mehrere Jugendstrafen. Die letzte vor sieben Jahren. Hauptschule geschafft. Lehre als Kfz-Mechaniker abgebrochen. Blieb den Autos treu. Erst Taxifahrer, seit drei Jahren Lkw-Fahrer. War am ersten August nach Münster in Westfalen unterwegs, kam erst am frühen Abend zurück. Scheidet also auch als Täter aus. Sein Chef und der Fahrtenschreiber bezeugen das.«

»Oma? Opa? Family?«

»Pjotrs Eltern leben ebenfalls in Mainz. Sprechen nicht wirklich gut Deutsch. Er sitzt im Rollstuhl, sie arbeitet halbtags in einem Lebensmittelladen. Die Überwachungskameras hatten sie im Blickfeld, als sie an der Kasse saß. Sie waren kaum zu beruhigen, als sie vom Tod ihrer Enkelin erfahren haben. Monika Oloniaks Eltern leben in Stettin. Auch da war überhaupt kein Hinweis, der uns irgendwie weitergebracht hätte. Monika Oloniak selbst hat bis kurz vor der Geburt in einer Gaststätte gearbeitet, Vierhundert-Euro-Job. Auch da keine Auffälligkeiten. Wir haben die Konten unter die Lupe genommen, aber es kam nichts dabei raus. Nach einer Woche hatte unsere SoKo hundertzwanzig Überstunden zusammen, aber wir waren keinen Schritt weiter. Wir sind an die Öffentlichkeit gegangen – zweihundert weitere Überstunden, aber nur die üblichen Wichtigtuer und Idioten. Keine einzige Spur hat uns irgendwie weitergebracht.«

Lorenz nickte. »Ja. Kenn ich, solche Fälle.«

»Schon nach zwei Wochen haben sie die SoKo zurückgeschraubt, weil es einfach keinen Ansatz mehr gab. Das gesamte persönliche Umfeld liefert keine Spur, um weiterzuermitteln.«

»Was habt ihr gemacht?«

»Ich hab mir die Eltern von dem Baby noch mal vorgenommen. Bin sogar nach Stettin gefahren, um persönlich mit den Eltern von der Mutter zu reden. Ich hatte den Eindruck, dass der Vater von Monika nicht alles sagt. Aber auch da nichts Konkretes, und als Täter scheidet er aus. Er war in Begleitung seiner Frau beim Arzt, was der Arzt und auch die Arzthelferinnen bestätigt haben. Das war es dann auch. Bis ich dann gestern diese Nachricht von deinen Kollegen aus der Tatmunitionssammlung gelesen habe.«

Die Bedienung brachte das Essen, den Fisch für Lorenz und die Paella für Ricarda.

»Was haben die Kollegen von der Tatmunition dir gesagt?«, fragte Lorenz.

»Die habe sich gestern gemeldet, nachdem sie das Projektil von unserem Landeskriminalamt bekommen hatten. Deshalb hat's auch ein bisschen gedauert. In unserem LKA konnten sie das Projektil keiner bekannten Waffe zuordnen. Erst das BKA hat herausgefunden, dass es zu einer Waffe gehört, die bei einem weiteren Mord benutzt worden ist. Aber eben nicht bei uns in Rheinland-Pfalz, sondern in Baden-Württemberg. Freitag haben sie das Ergebnis geschickt, gestern habe ich es gelesen und dich gleich angerufen.«

»Was für eine Waffe war das?«

»Eine Walther P38. Ein Modell, das im Zweiten Weltkrieg benutzt wurde. War damals die Pistole der Wehrmacht. Wurde mit einem Schalldämpfer abgefeuert.«

»Und wann ist diese Waffe schon mal benutzt worden?«

»Ein gutes Jahr zuvor. In Heidelberg. Der Tote war Reinhard Hollster. Damals einunddreißig Jahre alt. Er war schwul. Die Kollegen in Heidelberg haben damals seinen Lebensgefährten festgenommen. Ihm wurde auch der Prozess gemacht.«

»Und?«

»Freispruch. Aus Mangel an Beweisen.«

»Hast du mit den Kollegen gesprochen?«

»Ja. Kurz. Reppert, so heißt der damals leitende Ermittler, er hielt den Lebensgefährten für den Schuldigen.«

»Und die Waffe?«

»Wurde nicht gefunden. Die Kollegen in Heidelberg sind davon ausgegangen, dass er sie einfach in den Neckar geworfen hat. Plausibel. Bis zum Mord an Mia Oloniak.«

»Also?«

»Also gibt es jetzt genau zwei Möglichkeiten. Die erste: Jemand hat die Waffe benutzt und dann weiterverscherbelt, und sie ist jetzt hier in Mainz gelandet. Vielleicht hat er sie auch einfach weggeworfen, und jemand anderes hat sie gefunden und benutzt.«

»Und die zweite Möglichkeit: Es gibt nur einen einzigen Täter, der sowohl diesen …?«

»Hollster.«

»… der sowohl diesen Hollster in Heidelberg als auch das Baby in Mainz auf dem Gewissen hat.«

»Genau. Und das ist der Grund, weshalb ich dich angerufen hab. Denn das Vorgehen ist bei beiden identisch: ein aufgesetzter Kopfschuss. Hollster saß in seinem Sessel, als er erschossen wurde. Mia lag auf dem Boden. Das sieht in beiden Fällen nach 'ner Hinrichtung aus.«

»Ein schwuler Einunddreißigjähriger und ein vier Tage altes Baby – wo soll da der Zusammenhang bestehen? Das wirkt in der Kombination mindestens genauso sinnlos wie der Mord an der kleinen Mia für sich allein betrachtet.«

»Ja. Wir sind auch keinen Schritt weitergekommen, als wir den Mord an Mia Oloniak untersucht haben. Es gab rein gar nichts, was uns in irgendeine Richtung weitergebracht hätte. Es gab nirgendwo auch nur den Ansatz eines Motivs. Aber das hab ich ja schon gesagt.« Ricardas Tonfall war müde, und das entsprach dem, wie sie sich fühlte. Seit fünf Wochen hatte sie in die unterschiedlichsten Richtungen ermittelt. Sie war nicht einmal gegen Wände gelaufen. Sie war immer nur jeweils in immer dichteren Nebel gelangt, bis nichts mehr zu sehen gewesen war. Und dann war sie umgekehrt. »Und nun stellt sich raus, dass mit dieser Waffe schon einmal ein Mord verübt worden ist. Vielleicht ist das ja ein neuer Ansatz. Wenn ich auch noch keine Idee habe, wie das zusammenhängen soll.«

Lorenz sah auf den Tisch, dann Ricarda direkt in die Augen. »Du weißt, dass wir von deinem Chef hinzugezogen werden müssen. Im ersten Schritt.«

»Ja.« Ricarda seufzte. Der kleine Dienstweg, den sie genommen hatte, war anders als der Weg, der durch Jürgen Hähnlein, den Präsidiumsleiter, vorgegeben war. Hähnlein war für Ricarda eindeutig ein »Trotzdem«. In der Therapie, die sie seit zwei Jahren machte, hatte ihr Therapeut ihr nahegelegt, für alles, was sie tat, eine Liste zu machen. Dann sollte sie herausfinden, ob sie das aus einem bestimmten Grund tat oder aus Trotz, weil da ein Widerstand war, gegen den sie sich wehrte. Das sorgte für Klarheit, auch wenn die Situation nicht immer gleich zu ändern war. Sie hatte vor nicht allzu langer Zeit eine Liste gemacht hinsichtlich ihres Jobs. Es gab eine ganze Menge »Weils«, doch in der Sparte der »Trotzdems« tauchte immer wieder der Name Jürgen Hähnlein auf. Er war ein Mensch, der einfache Dinge verkomplizierte und dies kraft seines Amtes auch durchsetzen konnte.

»Es gibt auch die Option, dass sich mein Chef einschaltet. Aber dafür brauchen wir einfach mehr. Ich schlage dir Folgendes vor: Du besuchst noch einmal die Eltern von dem toten Baby ...«

»... von Mia Oloniak.«

»Genau, von Mia Oloniak. Und ich fahre nach Heidelberg und unterhalte mich mit diesem Kollegen Reppert. Und dann sehen wir, ob und wie wir zusammenkommen. Deal?«

»Aber wann machst du dich mit dem Fall vertraut? Ich meine, bislang weißt du nur, was ich dir erzählt habe.«

»Das mache ich jetzt. Fahren wir wieder in dein Präsidium?«

MONTAG, 9. SEPTEMBER

Lorenz mochte das Besprechungszimmer. Es war extra für die Abteilung SB eingerichtet worden. Mit Hightech vorn und hinten. Dazu ein toller Mahagonitisch, auf dessen Platte Platz für eine Carrera-Rennbahn gewesen wäre. Aber vor allem: mit bequemen Bürostühlen. Und einem guten Kaffeeautomaten. Denn die Besprechungen zogen sich manches Mal hin. Es war Montag, acht Uhr dreißig. Jeden Montag um diese Zeit hatten sie ihr Montagsmeeting. Es war der feste Termin, zu dem alle anwesend zu sein hatten, egal, an welchem Fall sie arbeiteten.

Seine Kollegen waren bereits da, als Lorenz den Raum betrat.

Bruno Gerber, den Lorenz am längsten kannte und für den er sich mehrfach eingesetzt hatte, hatte einen deutlichen Bauchansatz und trug den Bart immer ein wenig zu lang. Sein dichtes graues Haar erinnerte nicht nur von ungefähr an einen Wischmopp. In krassem Gegensatz dazu stand die rote Krawatte, die er zum stets beigefarbenen Hemd trug. Dazu Jeans und je nach Gusto Jackett oder Lederweste. Nein, nach seinem Äußeren sollte man Bruno nicht beurteilen. Die wachen Augen strahlten Ruhe aus. Bruno, der Bär, dachte Lorenz manchmal, wenn er den Kollegen sah.

Leah Gabriely stand an besagtem Kaffeeautomaten und hatte bereits zwei der vier Tassen gefüllt. An diesem Tag trug sie einen beigefarbenen Rock mit dunkelbraunem Karomuster. Knielang und passend zur dunkelgrünen Bluse. Lorenz beobachtete, wie sie einen guten Schwupp H-Milch in die

Tasse gab – es war definitiv sein Kaffee, den sie gerade zubereitete. Das war nicht ihr Job. Und dennoch hatte sie diese Aufgabe übernommen, vom ersten Tag an, als sie die Abteilung gegründet hatten. Bruno trank den Kaffee schwarz, Leah selbst gab nur zwei Löffel Zucker in den Bohnensud. Und Daniel trank ohnehin nur Tee. Am liebsten grünen. Leah stellte seine Tasse mit dem Teebeutel unter die Wasserdüse und ließ das kochende Wasser ein.

Daniel saß bereits am Tisch, den Laptop vor sich aufgeklappt, immer bereit für irgendwelche Recherchen. Lorenz hatte darauf bestanden, den jungen Mann in seine Truppe zu bekommen, obwohl er vor zwei Jahren gerade ein Gerichtsverfahren am Hals gehabt hatte. Man hackte sich einfach nicht in die Server der Stadtverwaltung München. Lorenz hatte seinerzeit den Prozess mit einem unterdrückten Lächeln verfolgt. Daniel hatte keine Daten geklaut, kein System zerstört und auch den Inhalt der Seiten nicht manipuliert. Zumindest nicht den geschriebenen Inhalt. Allein der Ton hatte sich verändert: Penetrant und ohne dass man es hätte abschalten können, erklang beim Aufruf jeder Unterseite konstant die ehemalige preußische Hymne. Damit hatte Daniel Goldstein klargemacht, dass fast jedes Computersystem zu knacken war. Zur Geduld musste sich Können gesellen. Früher oder später kam man an alle Informationen heran, die man haben wollte.

Genau solch eine Fähigkeit brauchte man, wenn man Serientäter dingfest machen wollte, die überregional agierten. Das hatte schließlich auch der bayerische Innenminister Schöffer eingesehen. Und mit den Richtern einen Deal ausgehandelt. Lorenz war damals auf Daniel zugegangen und hatte ihm den Job in seinem Team angeboten. »Ich werde in wenigen Wochen verurteilt«, hatte der gesagt. »Nicht, wenn man vielleicht etwas gegen Innenminister Schöffer in der

Hand hätte«, hatte Lorenz ihm geantwortet. Sieben Tage später hatte er eine SMS mit nur wenigen Zeichen bekommen: Zielperson, Bank Suisse Loan und eine zwölfstellige Nummer. Schöffer hatte dafür gesorgt – nun, eher dafür sorgen müssen –, dass Daniel wegen Mangels an Beweisen freigesprochen wurde. Und nun lebte er in Wiesbaden. Ja, Lorenz hatte durchaus das Gefühl, dass er da was richtig gemacht hatte. Auch für den deutschen Staat, getreu dem Motto: »Mache Feinde, die du nicht besiegen kannst, zu Freunden.«

Leah stellte die Teetasse vor Daniel auf den Tisch, dann ging sie um den Tisch herum und stellte die andere Tasse vor Lorenz hin.

»Danke.«

Leah setzte sich.

»Es gibt was Neues«, eröffnete Lorenz die kleine Sitzung.

»Im Fall Prigge oder bei den beiden Jugendlichen?«

»Nein. Kein ›Cold Case‹.« So nannten sie intern die kalten Fälle, jene, an denen nicht mehr aktiv gearbeitet wurde.

Daniel hob eine Augenbraue. »Keinen alten Fall? Wirklich was Aktuelles? Ist mir irgendwas entgangen?«

Lorenz griente und genoss den Moment: Es gelang ihm selten, Daniel zu überraschen oder ihm gar einen Schritt voraus zu sein. »Ja. Brandneu.«

Die Abteilung war vor eineinhalb Jahren mit großem Pomp gegründet worden. Endlich jemand, der über die Grenzen der Bundesländer hinweg ermitteln konnte, ausgestattet mit einigen Sonderrechten. Nach den Morden der Neonazizelle war es wichtig, auch nach außen zu demonstrieren, dass so etwas nie wieder vorkommen sollte. Wobei »so etwas« nicht genau definiert worden war. Anfangs waren sie zu acht gewesen. Und schon nach einem halben Jahr waren sie nur noch sechs.

Die Idee war goldrichtig gewesen, davon war Lorenz als Leiter der Abteilung überzeugt. Allein, es fehlte an Straftaten, die die neue Abteilung »SB« bearbeiten konnte. Das ganze Russenmafiathema hatten die Jungs von der Organisierten Kriminalität unter ihren Fittichen, das Problem »Italienische Mafia« ebenfalls. Die internationalen Drogenbanden bearbeiteten die Kollegen vom Rauschgift, um die Menschenhändler kümmerten sich die Kameraden von der Sitte.

Seit vier Wochen waren sie nur noch zu viert. Eine kleine Abteilung, der man alte Fälle zuschusterte, weil eben die anderen Abteilungen mauerten. Prigge war der falsche Name eines Betrügers, der in der ganzen Republik sicher zwei Millionen D-Mark ergaunert hatte. Die Währung allein verriet schon, dass der Fall seit über zwölf Jahren kalt war. Der Mord an zwei Jugendlichen, einer in Berlin, der andere in Frankfurt, war sechs Jahre alt. Sicher war, dass der Mörder aus der Stricherszene kam – aber das war dann auch schon alles an wesentlichen Erkenntnissen.

»KHK Ricarda Zöller aus Mainz hat mich am Samstag kontaktiert.« Dann berichtete er kurz, was er über den Fall der toten Mia Oloniak wusste. Er hatte den gestrigen Tag damit verbracht, die Akte komplett durchzugehen. Auch das wenige, das er vom Fall Hollster zu berichten wusste, teilte er seinen Kollegen mit.

»Ich werde mit Bruno einen Ausflug nach Heidelberg machen. Dann wissen wir, ob der Fall vielleicht wirklich in unser Ressort fallen könnte. Heute Abend wissen wir mehr.«

Frank Reppert von der Kriminalinspektion Heidelberg K1 trug Krawatte und Jackett. Viele Haare hatte er nicht mehr auf dem Kopf, und die wenigen, die noch da waren, mussten sich mit einer Länge von acht Millimetern zufriedengeben.

»Mein Kollege Bruno Gerber«, stellte Rasper vor.

»Viel von Ihrer Abteilung gehört.« Reppert setzte keinen weiteren Kommentar ab, sondern bat die beiden Beamten, sich zu setzen. Die nahmen auf den Bürostühlen gegenüber von Reppert Platz.

»Herr Reppert, unsere Kollegin Ricarda Zöller hat Sie am Samstag angerufen.«

»Ja, hat Glück gehabt, dass sie mich erreicht hat. Eigentlich sitze ich samstags eher selten am Schreibtisch. Bin da meist auf dem Golfplatz. Meine Frau spielt auch.«

Bevor er noch einen Satz über sein Handicap anfügen konnte, sprach Lorenz einfach weiter. »Es gibt eine Übereinstimmung bei einer Tatwaffe, die bei Ihnen im Fall Hollster verwendet wurde.«

Wenn Reppert darüber verärgert war, dass sich offenbar niemand für seine Golfkünste oder seine Arbeitsauffassung interessierte, ließ er es sich nicht anmerken. »Hollster, ja, ich erinnere mich. Sein Gschpusi Gerald Gabinski war offenbar doch schlauer, als ich gedacht hatte. Muss die Waffe noch vertickt haben.«

»Gabinski – so hieß der Tatverdächtige?«

»Ja, so hieß er. Und ich und mein Team waren sicher, dass er nicht nur ein Verdächtiger war, sondern auch der Täter. Die Staatsanwaltschaft ebenfalls, sonst wär es ja nicht zum Prozess gekommen.«

»Erzählen Sie doch bitte einfach der Reihe nach.«

Reppert lehnte sich zurück. »Okay, der Reihe nach. Es war der vierte Juni vor einem Jahr, Montag. Um zehn Uhr kam der Anruf. Es war Gerald Gabinski selbst. Er sagte, sein Freund sei in der gemeinsamen Wohnung erschossen worden. Wir also hin.«

»Haben Sie die Bilder vom Tatort greifbar?«

Reppert griff zu einer Akte, die auf seinem Schreibtisch

lag. »Hab alles rausgesucht, was wir hierhaben.« Er öffnete die Akte, blätterte kurz darin, dann schob er sie in Richtung Rasper und Gerber.

Beide sahen auf die Fotografien. Sie zeigten einen Mann, Anfang dreißig mit dunklem Haar, das ihm bis zur Schulter reichte. Der Bart wucherte üppig. Reinhard Hollster saß in einem Sessel. In der Stirn ein Loch. Die Einschusswunde. Ein anderes Bild zeigte die Austrittswunde. Die war deutlich größer. Dem Mann fehlte ein großer Teil des Schädels. Irgendwie fühlte sich Lorenz an das Bild des toten Präsidenten John F. Kennedy erinnert. Vielleicht war auch nur der Aufnahmewinkel daran schuld.

Hollster hatte einen deutlichen Bauchansatz, überhaupt wirkte er wie die sitzende Manifestation des Begriffs Unsportlichkeit. Er trug ein schlabberiges verwaschen-blaues T-Shirt, und die Jeans war ebenso ausgeblichen. Außerdem war er barfuß.

Reppert fuhr fort. »So haben wir ihn gefunden. Aufgesetzter Kopfschuss. Keine weiteren Gewaltspuren, keine Fesselungen, keine Kampfspuren. Übrigens in der ganzen Wohnung nicht.«

»Haben Sie noch weitere Bilder aus der Wohnung?«

»Nein, hier nicht. Die offiziellen Ermittlungsakten sind nach dem Prozess bei der Staatsanwaltschaft verblieben. Kann ich Ihnen aber besorgen. Aber wenn Sie sich die Wohnung ansehen wollen – meines Wissens wohnt Gabinski dort noch.«

»Okay. Gab es Einbruchspuren?«

»Nein. Wie gesagt, nirgends Spuren irgendwelcher Gewalt. Entweder hatte der Täter einen Hausschlüssel, oder Reinhard Hollster hat ihn selbst reingelassen.«

»Was hat Gabinski Ihnen denn erzählt?«

»Er war Brötchen holen für das Frühstück, das das Pärchen jeden Tag gemeinsam gegen zehn Uhr einzunehmen pflegte. Als er zurückkam, fand er seinen Freund erschossen im Sessel vor.«

»Um zehn Uhr? Ist das nicht ein bisschen spät für ein Frühstück am Wochentag?«

»Nein. Hollster arbeitete von zu Hause aus. Und Gabinski war Trainer in einem Fitnessstudio. Er machte meistens die späten Schichten.« Reppert rutschte unruhig auf seinem Stuhl hin und her.

»Okay. Aber Sie haben Gabinski seine Geschichte nicht abgekauft.«

»Nein, meiner Meinung nach hat Gabinski Hollster erschossen und fuhr dann los, um angeblich Brötchen zu holen und sich dann als der vermeintliche Entdecker der Tat auszugeben. Er hatte die Gelegenheit und ein starkes Motiv. Es gab nichts, was gegen ihn als Täter sprach. Und Sie wissen ja selbst, dass Beziehungstaten die Statistik bei Mord und Totschlag mit großem, großem Vorsprung anführen.«

»Aber Gabinski wurde freigesprochen.«

»Aus Mangel an Beweisen. Manchmal frag ich mich, was denn alles nötig ist, um die bösen Jungs wegzusperren.«

»Was hatten Sie denn gegen Gabinski in der Hand?«

»Erst mal das, was objektiv gegen einen anderen Täter spricht: Ich sagte schon, keine Gewalt. Ich meine, wer setzt sich in seinen Sessel und lässt sich erschießen?«

»Jemand, dem gerade ein anderer eine Pistole an die Stirn hält und ihn freundlich bittet, sich in den Sessel zu setzen?«

»Aber wie gesagt, es gab ja nur die Möglichkeit, dass entweder jemand mit Schlüssel in die Wohnung gekommen ist oder Hollster seinen Mörder reingelassen hat. Es ist auch nichts geklaut worden, also scheidet Raubmord aus. Wir haben dann den ganzen Freundes- und Bekanntenkreis auseinandergenommen. Aber da war nichts. Gar nichts. Aber als wir uns näher mit Gerald Gabinski beschäftigt haben, da wurde es sehr, sehr interessant.«

»Was fanden Sie heraus?«

»Hollster war einunddreißig. Und damit fast zehn Jahre älter als Gabinski. Hollster war gelernter Bankkaufmann. Arbeitete aber nicht in einer Bank. Er war ein Börsenzocker. Kaufen, verkaufen – damit machte er sein Geld. Alles, was er brauchte, waren sein Schreibtisch und ein paar PCs. Und er war ziemlich erfolgreich. Die Wohnung war gekauft und abbezahlt. Und die hat mehr gekostet als mein Reihenhäuschen.«

Bereits auf dem Foto des Toten hatte Lorenz wahrgenommen, dass die Möbel im Hintergrund nicht billig waren.

»Eine Penthouse-Maisonette-Wohnung in der Neuenheimer Straße«, fuhr Reppert fort. »Dachterrasse. Ohne störenden Blick von Nachbarn. Ach ja, direkt am Neckar. Und jetzt kommt das Motiv: Die Wohnung gehört jetzt ihm ganz allein.«

»Gabinski?«

»Ja, Gerald Gabinski. Zweiundzwanzig. Im Gegensatz zu Hollster ein armer Schlucker. Gabinski kommt aus miesen Verhältnissen. Hatte schon als Jugendlicher eine dicke Akte in Frankfurt. Körperverletzung, Diebstahl, all diese Dinge. Ging eine Zeit lang auf den Straßenstrich. Als er achtzehn war, nahm ihn Hollster unter seine Fittiche. Und Gabinski hat, nachdem er freigesprochen war, auch das gesamte Vermögen von Hollster geerbt. Die Wohnung, den Wagen, noch ein paar Immobilien und eine siebenstellige Euro-Summe.«

»Hat Hollster ein Testament hinterlassen?«

Reppert schnaubte. »Schlimmer. Die beiden waren – wie heißt das auf Neudeutsch – verpartnert. Homo-Ehe. Es sind schon Menschen für weniger umgebracht worden.«

Reppert war Lorenz durch und durch unsympathisch. Die spitzen und anzüglichen Bemerkungen gingen ihm einfach nur auf den Zeiger.

Bruno Gerber meldete sich das erste Mal zu Wort. »Ich habe auch kein Testament gemacht, Herr Reppert. Mein Mann wird auch alles erben, wenn ich sterbe.«

Repperts Augen weiteten sich. Dann brummte er was von »Jeder nach seiner Façon ...« und sprach laut weiter: »Ich hoffe, Ihre Partnerschaft ist harmonischer als die von Gabinski und Hollster. Allein im Jahr vor dem Mord sind die Kollegen dreimal ausgerückt wegen Ruhestörung. Die beiden haben sich gestritten wie die Kesselflicker. Und immer wenn die Beamten dort aufgeschlagen sind, hatte Hollster Verletzungen, ein blaues Auge hier, eine geschwollene Wange dort. Die Nachbarn haben uns Storys erzählt ... Aber da Hollster nie Anzeige erstatten wollte, waren den Kollegen die Hände gebunden.«

»Okay, das mit dem Motiv habe ich kapiert«, sagte Lorenz. »Wo sind jetzt die Punkte, die zu dem Freispruch geführt haben?«

»Erstens: Es wurde keine Waffe gefunden. Der Weg zum Bäcker führte über hundert Meter am Neckar entlang. Ich ging davon aus, dass Gabinski die Waffe einfach dort reingeschmissen hat. Aber die Taucher haben nichts gefunden.«

»Gab es Schmauchspuren an seiner Hand oder seinen Klamotten?«

»Fehlanzeige. Und dann kam die Aussage der alten Frau, die drei Häuser weiter wohnte. Sie hat zu der Zeit ihren Dackel Gassi geführt. Sie hat ausgesagt, dass sie ein Paketauto von DHL vor dem Haus gesehen habe, kurz nachdem Gabinski mit seinem Fahrrad das Haus verlassen hatte. Ein kleiner weißer Kombi mit einem gelben Aufdruck an der Seite: ›Im Auftrag von DHL‹. Die alte Dame meinte, der

Mann habe an dem Haus geklingelt, sei reingegangen und fünf Minuten später, als sie schon wieder auf dem Rückweg war, wieder rausgekommen. Dann sei er fortgefahren. Wir haben das natürlich überprüft. Der DHL-Paketdienst fährt nicht mit solchen Autos. Und die Tour des großen DHL-Wagens führte erst am frühen Nachmittag in die Neuenheimer Landstraße. Hat auch keiner der Nachbarn an dem Tag ein Paket bekommen. Wir haben natürlich auch die Nachbarn der Umgebung befragt. Es gab noch einen Rentner, der ebenfalls ein paar Häuser weiter wohnte und seinen Hund viermal am Tag ausgeführt hat. Ihm war ein weißer Skoda Octavia Kombi aufgefallen, der immer wieder in der Straße stand.

Wir haben die alte Dame dann ziemlich durch den Wolf gedreht, aber sie blieb bei ihrer Aussage. Beschrieb den Mann als Mitte fünfzig. Er habe eine DHL-Uniform angehabt, ein Basecap und eine Brille. Das Gesicht habe sie nur kurz gesehen, als er aus dem Wagen stieg und als er aus dem Haus zurückkam. Er habe eine schwarze Tasche dabeigehabt, ähnlich einer Tasche, wie sie früher Briefträger getragen hätten. Ich hab den Prozess verfolgt. Die Verteidigung hat von Anfang an die Strategie gefahren, dass Gabinski der Mord nicht zu beweisen wäre. Dass es keine Beweise für seine Schuld gäbe, nur Indizien. Was daran läge, dass Gabinski Hollster nicht umgebracht hätte. Wer der wirkliche Mörder wäre, das herauszufinden wäre Job der Polizei gewesen. Dabei hat er mich angesehen, dieser Idiot.« Reppert schien das persönlich zu nehmen.

»Und jetzt taucht die Waffe wieder auf.«

»Ich sagte doch, Gabinski hat die Waffe vertickt.«

»Aber verwunderlich ist schon, dass auch jetzt mit einem aufgesetzten Kopfschuss getötet wurde.«

Reppert schwieg.

»Können Sie uns die genaue Adresse von der Zeugin geben und die von Gabinski?«

»Die Zeugin ist tot. Natürlicher Tod kurz nach ihrer Aussage im Prozess. Aber die Adresse und Telefonnummern von Gabinski hab ich natürlich.«

»Das ist nicht dein Ernst, oder?« Das war die Stimme von Ricardas Kollegen Werner Berghold. Und der war richtig sauer.

»Doch. Es ist mein Ernst. Wie sollen wir weiterkommen, wenn nicht mit Rasper und seinen Leuten?«

»Da hat jemand eine Waffe benutzt und dann vertickt. Was hat das mit unserem Fall zu tun? Ein Schwuler und ein vier Tage altes Mädchen. Was hängt da zusammen?«

»Werner, wir brauchen Hilfe. Was haben wir in den letzten fünf Wochen erreicht? Was?« Nun wurde auch Ricarda laut. Kein Fall war ihr jemals so nahegegangen wie dieser. Und sie waren keinen Schritt weitergekommen, keinen einzigen. »Wir treten auf der Stelle. Und weißt du, warum? Weil sich der Fall eben nicht nur um dieses Mädchen dreht. Es ist was Größeres.«

Werner war der Kollege, mit dem Ricarda Zöller am liebsten zusammenarbeitete. Er war korrekt, er hatte eine schnelle Auffassungsgabe, er konnte gut kombinieren. Und er konnte auch gut mit Zeugen umgehen, aus ihnen genau das herauskitzeln, was sie nicht preisgeben wollten. Und trotz all seiner Fähigkeiten waren sie in fünf Wochen dem Mörder der kleine Mia Oloniak keinen Schritt näher gekommen.

Was den Grund dafür anging, waren Werner und sie absolut nicht einer Meinung. Werner meinte, sie hätten die Zeugen nicht hart genug rangenommen. Ricarda hatte von Anfang an das Gefühl gehabt, dass der Täter nicht nur dieses Mädchen auf seiner Liste hatte. Als die Tatortmunition dann die Information geliefert hatte, dass die Waffe schon gut ein Jahr zuvor verwendet worden war, sah sich Ricarda bestätigt.

»Ricarda, wann wolltest du mir sagen, dass du diesen Affen aus Wiesbaden eingeschaltet hast?«

Werner Berghold war offenbar kein Fan von Lorenz Rasper. Das mochte auch daran liegen, dass Berghold sich zweimal vergeblich beim BKA beworben hatte, jenem BKA, das sich Lorenz Rasper geholt hatte.

»Werner, ich will einfach allen Möglichkeiten nachgehen.«

»Aber das ist eine Sackgasse.«

»Mag sein. Aber dann haben wir das wenigstens geklärt.«

»Nein, da ist gar nichts geklärt, Ricarda. Wir werden wieder zehn Leute in die falsche Richtung ermitteln lassen. Und in vier Wochen machen wir dann da weiter, wo wir heute stehen.«

Ricardas Handy schlug an. Sofia Karlsson intonierte »Jåg väntar«. Für Ricarda die schönste Melodie der Welt. Mit ihrer Tochter auf der Terrasse des Stora Henriksvik auf Långholmen sitzen, mit Blick nach Westen über den Garten auf die Stockholmer Seenlandschaft – es war ein perfekter Moment gewesen, vor vier Jahren, der letzte gemeinsame Urlaub. Durch die Melodie des Liedes der schwedischen Sängerin wurde er immer wieder in Erinnerung gerufen, wenn ihre Tochter Esther anrief. »Sorry«, sagte sie zu ihrem Kollegen.

»Hi, Mami!«

»Hi, mein Liebes, wie geht es dir?« Die Frage war überflüssig. In dem Moment, in dem sie die Stimme ihrer Tochter hörte, wusste sie, dass es der gerade *phantastisch* ging.

»Phantastisch!«

Ricarda warf Werner einen kurzen Blick zu. Er verstand

und verließ das Büro. Esther schien vor Freude zu platzen. Ricarda zählte eins und eins zusammen und kam ungefähr bei zwei raus: Am kommenden Samstag würde ihre Tochter sechzehn werden. Seit drei Monaten stand in Ricardas Kalender: »Frühstück mit Esther!« Und sie war sich sicher, sie würde gleich hören, dass Esthers Vater ihr eine Geburtstagsüberraschung präsentiert hatte, die dieses Date mit ihrer Tochter torpedieren würde.

»Papa geht mit mir auf ein Konzert von Katey Sagal! Ist das nicht toll?«

»Cool.« Ricarda war schon froh, dass sie wenigstens wusste, über wen ihre Tochter gerade sprach. Esther war derzeit ganz verrückt auf die Serie »Sons of Anarchy«, die von einer Motorradgang handelte. Die Begeisterung gründete sich wohl primär auf den Schauspieler Charlie Hunnam, den dynamischen, gut aussehenden, gerechten Helden der Serie. Zehn Poster von ihm hatte Esther in ihrem Zimmer hängen. Und Katey Sagal spielte dessen Stiefmutter. Und sie sang auch, nicht mal schlecht, wie Ricarda fand.

»Wann ist denn das Konzert?«

»Sonntagabend. Es ist so irre.«

Okay. Sie hatte ihrem Ex wohl unrecht getan.

»Aber, Mami, ich kann dann nicht am Samstag mit dir frühstücken.«

Das verstand Ricarda nun nicht auf Anhieb.

»Wir fliegen am Samstag schon um zehn Uhr.«

»Fliegen? Wo spielt sie denn? In London?« Und wieso Samstag, wenn das Konzert am Sonntag war?

»Nein. Sie spielt in Los Angeles. Wir fliegen extra am Samstag, damit wir uns am Sonntag noch etwa ausruhen können. Und Papa will mir auch noch ein wenig von L.A. zeigen. Am Montag fliegen wir wieder zurück.«

Nein. Das ist nicht toll, das ist unfair. Montag hast du

außerdem Schule. Und was kostet das? 5000 Euro für ein Wochenende?

»Papa hat sogar eine VIP-Karte. Ich lerne Katey kennen. Und vielleicht ist ja auch Charlie da, das wäre total abgefahren, Mami, ich bin ja so aufgeregt, das wäre so toll!!« Wenn ihre Tochter außer sich war vor Freude, dann machte sie immer den kleinen Klitschko, wie ihr eigener Vater das genannt hatte. Sie formte die Hände zu Fäusten und bewegte sie schnell hin und her, etwa in der Bewegung, mit der sie eine Schneekugel schütteln würde. Seit sie ein Handy hatte, musste sie die Begeisterungsstürme zumindest beim Telefonieren etwas zügeln.

Als Ricarda und ihr Mann sich getrennt hatten, vor vier Jahren, da war Esther bei ihrem Papa geblieben. Es hatte Ricarda fast zerrissen damals. Aber aus Esthers Perspektive konnte sie es verstehen: Er war Gymnasiallehrer, arbeitete nachmittags meist zu Hause. Sie hingegen hatte immer unregelmäßige Arbeitszeiten, und bei kniffligen Fällen fiel ein Wochenende nach dem anderen den Bösen der Stadt zum Opfer. Aber so viel Geld für ein Wochenende? Musste das sein?

»Du gönnst es mir nicht. Hab ich mir schon gedacht.« Ricarda war immer wieder erstaunt, wie schnell sich Esthers Stimmlage von Euphorie in eisige Kälte wandeln konnte. »Aber Papa hat ein Schnäppchen gemacht, beide Flüge kosten nicht mal 600 Euro. Und er hat in der Schule ganz offiziell für mich um einen freien Tag gebeten. Und für sich natürlich.«

Ricarda schluckte. Sie wollte gar nicht wissen, mit welchen Räuberpistolen er diesen freien Tag begründet hatte. Sie zwang sich zu den Worten: »Alles gut, mein Schatz. Es ist toll, dass du die Gelegenheit hast, Katey Sagal live zu sehen. Man wird nur einmal sechzehn.« Plattitüden. Mehr bekam sie nicht heraus. Das, was sie sagen wollte, wäre viermal so lang gewesen, achtmal so scharf und sechzehnmal so wahr.

»Mami, wir holen das nach, ich möchte doch auch mit dir frühstücken gehen.«

Aber gegen Katey Sagal kann ich nicht anstinken, dachte Ricarda bitter. Und gegen ihrem Ex Lucas auch nicht. »Vielleicht können wir uns ja am Freitagabend sehen.«

»Da muss ich packen.«

»Klar. Donnerstag?«

»Nein, da bin ich mit Mathilde verabredet.«

Es war grausam, wenn ihre Tochter ihr deutlich machte, welchen Platz Ricarda in ihrem Leben noch hatte. Sie wollte gerade eine spitze Bemerkung loslassen, als Werner im Türrahmen erschien: »Ricarda, wir müssen los. Sie haben eine tote Frau gefunden.«

Ricarda beendete das Telefonat, ohne noch etwas mit ihrer Tochter abmachen zu können.

»Jåg väntar« hieß der Titel des Liedes von Sofia Karlsson. Ricarda konnte kein Schwedisch. Aber den Titel hatte sie sich einmal übersetzen lassen: »Ich warte.«

Bruno stellte den Jeep Gladiator vor dem Haus von Gabinski ab. Das Haus lag in der Neuenheimer Landstraße. Lorenz schaute sich um: Der Wagen passte nicht so wirklich zum Ambiente. Die Häuser auf der einen Seite der Straße waren edel und teuer. Auf der anderen Straßenseite gab es keine Häuser, sondern nur das Neckarufer. Brunos Wagen war Baujahr 1964, und schwarze Zebrastreifen zierten den weißen Lack. In der afrikanischen Steppe wäre er nicht aufgefallen, hier fiel er ungleich mehr auf als ein echtes Zebra.

»Weshalb hast du dir eigentlich dieses Monster gekauft?«, fragte Lorenz. Dass ein Mann für einen Porsche ein halbes

Vermögen und mehr hinblätterte, dafür hatte er Verständnis. Dass sich ein verwitweter Mann über fünfzig jedoch so ein Schiff zulegte, das verstand Lorenz nicht.

»Wieso? Automatik, gute Federung, Servolenkung – war die Fahrt unbequem?«

»Nein.«

Bruno griente. »Na also. Größe zählt.«

Es war kurz nach sechs. Sie hatten Gabinski auf dem Handy angerufen, nachdem sie ihn um vier Uhr nicht zu Hause angetroffen hatten. Er hatte ihnen mitgeteilt, dass er gegen achtzehn Uhr wieder daheim sei.

»Komm, lass uns gehen«, sagte Bruno.

»Aber wieso diese Lackierung?«, hakte Lorenz nach, und der Tonfall allein war Beleg für sein Unverständnis.

Der Flachdachbau bot Platz für vier Familien. Im Erdgeschoss lagen zwei Wohnungen, im ersten Stock ebenfalls. Eine davon gehörte Gabinski. Es war eine Maisonette-Wohnung, die die Hälfte des ersten Stockwerks einnahm und sich dann noch über das gesamte zweite Stockwerk erstreckte, inklusive eines Dachgartens mit Blick auf den Neckar, also nach Süden hin.

»Hätte mich auch verdient«, sagte Bruno.

Lorenz musste schmunzeln. Er wusste, dass sein Kollege um nichts in der Welt das alte Fachwerkbauernhaus mit riesigem Garten am Rande von Wiesbaden aufgeben würde.

Als sie klingelten, gewährte der Türsummer augenblicklich Einlass, ohne dass Gabinski die Gegensprechanlage bemüht hätte. Die beiden Beamten gingen in den ersten Stock. Gabinski erwartete sie bereits im Türrahmen des Eingangs zur Wohnung.

»Guten Tag, Herr Gabinski. Wir sind Kriminalrat Rasper und Hauptkommissar Gerber vom Bundeskriminalamt.«

Das letzte Wort des Satzes rief meist ein respektvolles

Aufschauen des Gegenübers hervor, so auch im Falle von Gabinski. »BKA? Was wollen Sie von mir? Ich hab mir nichts zuschulden kommen lassen.« Gabinskis Stimme war tief und passte zum athletischen Körperbau des Mannes. Er war sicher einen Meter und neunzig groß, trug wie Lorenz einen sauber getrimmten Dreitagebart um die Mundpartie, und das grüne T-Shirt betonte Brustmuskeln und ein wohldefiniertes Sixpack an Bauchmuskeln. Seine dunkle Hautfarbe verriet, dass ein Elternteil wohl südländischer Herkunft gewesen war.

»Herr Gabinski, wir haben ein paar Fragen zum Mord an Reinhard Hollster.«

»Ich bin unschuldig. Und ich bin freigesprochen worden.«

»Das wissen wir. Dennoch haben wir ein paar Fragen.«

»Warum?«

»Dürfen wir reinkommen?«

Gabinski musterte die beiden, dann trat er zur Seite.

Schon das Parkett im großzügigen Flur machte deutlich, dass bei der Ausstattung dieser Wohnung das Beste gerade gut genug gewesen war. Das Tafelparkett zeigt Rauten und Quadrate aus verschiedenfarbigen Hölzern. Die Kommode im Flur war im Art-déko-Stil, ebenfalls der Garderobenschrank. Die Möbel waren wuchtig, wirkten aber in der Weite des Raums sehr edel. Rasper fühlte sich, als würde er durch ein Schlösschen schreiten.

»Kommen Sie doch bitte mit«, sagte Gabinski und ging voran. Eine weit geschwungene Wendeltreppe führte nach oben, direkt in einen großzügigen Wohn- und Essbereich von sicher sechzig Quadratmetern. In der linken Hälfte stand eine Sitzgarnitur aus rotem Leder um einen Rauchglastisch. Ein Fernseher mit entsprechenden Lautsprechern gegenüber sorgten für Heimkinoatmosphäre. Erneut konnten wenige ausgesuchte Möbel im weiten Umfeld ihre Wirkung entfalten.

Noch bevor er den Beamten Platz anbot, fragte Gabinski: »Worum geht es?«

Bruno ergriff das Wort: »Es ist möglich, dass der Mord an Ihrem Lebensgefährten mit einem weiteren Verbrechen in Verbindung steht.«

»Sie wollen mich aushorchen, um mich dann wieder vor Gericht zu zerren.«

Lorenz warf Bruno einen Blick zu. Sie brauchten die Kooperation dieses Mannes. »Wir können nicht ausschließen, dass der Mörder von Herrn Hollster noch einen weiteren Mord begangen hat.«

»Und dieser Mörder soll jetzt aber nicht wieder ich sein, oder?«

»Nein. Wir wollen nur noch mehr über den Mord an Reinhard Hollster wissen.«

Gabinski entspannte sich. »Gut. Dann fragen Sie.« Doch bevor Lorenz ansetzen konnte, fügte Gabinski hinzu: »Bitte nehmen Sie doch Platz. Kann ich Ihnen etwas zu trinken anbieten?«

»Gern«, sagte Bruno. Auch Lorenz nickte. Beide ließen sich auf der großzügig bemessenen Couch nieder.

»Wasser? Perrier oder vielleicht ein Voss?«

»Gern.«

Gabinski ging in den Küchenbereich des Raums, öffnete den großen Kühlschrank, ein Edelstahlmodell mit integriertem Wasserspender und Eisbereiter, und entnahm ihm zwei Flaschen, holte Gläser aus einem antiken Vitrinenschrank und ebenso edle Untersetzer aus Holz und brachte alles auf einem Tablett zum Tisch.

Er schenkte das Wasser ein. Die Flaschen erinnerten von der Form her eher an gläserne Thermoskannen denn an

Mineralwasserflaschen. Beim Discounter um die Ecke hatte Lorenz solche Flaschen noch nie gesehen. Auch nicht beim exquisiten Bioladen, in dem Jolene immer einzukaufen pflegte.

Gabinski schenkte sich selbst auch ein Glas ein, dann setzte er sich in einen der ausladenden Sessel. Lorenz erkannte die Form: Sein Schwiegervater hatte einen solchen Sessel, mit Fußbänkchen. Man konnte sich bequem zurücklehnen, bis in die Liegeposition. Stressless, er erinnerte sich wieder an den Namen. Und an den Preis. Deutlich vierstellig. Passte also prima hier rein.

»Was wollen Sie wissen?«

»Ihre Version«, sagte Lorenz nur. »Und wir möchten wissen, was für ein Mensch Reinhard Hollster gewesen ist. Wir haben Ihre Aussagen gelesen, die Sie bei der Polizei gemacht haben. Aber wer *war* Reinhard Hollster?«

Gabinskis Blick pendelte zwischen den beiden Polizisten hin und her. Er schien zu überlegen, ob er ihnen trauen konnte. Er seufzte, die akustische Ankündigung einer Entscheidung. »Reinhard war der gütigste Mensch, den ich in meinem Leben kennengelernt habe. Ich hätte nie gedacht, dass ich einmal heiraten würde. Und dann hätte ich nie gedacht, dass es mir so leichtfallen würde.«

»Wann haben Sie ihn kennengelernt?«

»Vor vier Jahren. Wenn Sie meine Aussagen gelesen haben, dann wissen Sie ja, dass ich jetzt besser lebe als früher. Wir waren acht Geschwister. Zwei sind tot. Drei sind im Knast. Und meine beiden anderen Brüder stehen immer mit einem Bein drin. Ich habe keinen Kontakt mehr zu ihnen. Ihnen war der schwule Bruder immer peinlich. Ich habe Reinhard auf dem Strich kennengelernt. Frankfurt. Ein Park. Was soll ich sagen, es war Schicksal. Wir trieben es zwischen den Bäumen, halb angezogen, weil es so saukalt war. Reinhard ist ausgerutscht, an einigen Stellen gab es Eis auf dem Boden. Er schlug mit dem Kopf auf. Ich erschrak. Dann reagierte ich instinktiv. Griff nach seinem Portemonnaie. Dachte, vielleicht finde ich dort einen Fuffi.« Gabinski machte eine Pause.

»Und?«, hakte Lorenz nach.

Gabinski trank einen Schluck des seltsamen Wassers. Wieder huschte sein Blick zwischen den beiden Beamten hin und her, so als habe er wieder Angst, erneut beschuldigt zu werden. »Er hatte 1500 Euro in bar dabei. Ich war geschockt. Und sah zu ihm. Inzwischen breitete sich um seinen Kopf eine Blutlache aus, die das Eis zum Schmelzen brachte. Ich steckte das Portemonnaie wieder in seine Tasche, fingerte nach meinem Handy und rief einen Rettungswagen. Ich fuhr mit ihm ins Krankenhaus. Er hatte eine Gehirnerschütterung und eine Platzwunde. Ich blieb bei ihm, bis sie ihn entließen. Er nahm mich mit – hierher, in diesen Traum von einer Wohnung. Er war immer noch etwas neben der Spur. Aber wir redeten. Und redeten. Scheiße, ich hatte mich wirklich verliebt – was mir vorher noch nie passiert war. Und auch im Bett war es einfach ... Nun, sagen wir einfach: gut.«

Auf weitere Details diesbezüglich konnte Lorenz auch getrost verzichten.

»Er hat mich aus der Gosse geholt. Ich habe den Hauptschulabschluss mit Ach und Krach geschafft – als Einziges meiner Geschwister. Das Einzige, worin ich wirklich gut bin, ist Bodybuilding. Reinhold redete mir ins Gewissen, finanzierte mir die Ausbildung zum Fitnesstrainer. Jetzt hab ich die A-Lizenz. Und seit Kurzem gehe ich zur Abendschule. Ich mein es ernst, ich will mein Abi machen. Sport studieren, vielleicht Lehrer werden. Mal sehen. Aber ohne Reinhard wäre das nicht möglich gewesen. Ich verdanke ihm alles. Einfach alles.«

»In den Protokollen steht, dass Sie sich immer wieder gestritten haben. Die Nachbarn haben mehrfach die Polizei gerufen.«

Ein schiefes Grinsen erschien auf Gabinskis Gesicht. Und er wurde rot. »Ja. Wir haben uns gestritten. Er war immer wieder eifersüchtig, hin und wieder zu Recht, und ich konnte manchmal seine spießige Art nicht ab. Ja, wir haben uns gestritten und ab und zu auch heftig. Aber umso heftiger waren die Versöhnungen.« Jetzt wurde Gerald Gabinski richtig rot. Dann schien sein Lächeln einzufrieren, seine Lippe begann zu zittern, und die Tränen kullerten. Gabinski stand auf. »Entschuldigung.«

Er verschwand und kam wenige Sekunden wieder, ein Stofftaschentuch in der Hand. An einer Ecke konnte Lorenz gestickte Buchstaben erkennen.

»Sie haben alles geerbt.« Es war eine Feststellung. Lorenz wollte sehen, wie der junge Mann darauf reagierte.

Der leerte das Glas, schenkte den Gästen und sich selbst nach. »Ja. Ich war völlig überfordert. Ich habe keine Ahnung von den Dingen, die Reinhard da trieb. Er hat mir versucht, etwas davon zu erklären, aber ich hab es nicht kapiert. Vor zwei Jahren hat er mal zu mir gesagt, wenn ihm mal irgendwas passieren sollte, dann solle ich mich an einen Freund wenden – Louis, er sei Anlageberater. Louis kümmert sich um die Finanzen. Offensichtlich gut, denn ich hab mehr Geld, als ich vor einem Jahr hatte. Vielleicht sollte ich doch Betriebswirtschaft studieren. Oder wie Reinhard nach dem Abi eine Banklehre machen. Im Moment ist es auf jeden Fall gut so, wie es ist.«

»Frau Hensel, die alte Dame, die drei Häuser weiter wohnt – sie hat Ihnen den Arsch gerettet, nicht wahr?«

Gabinski sah Bruno irritiert an. »Sie haben gerade gesagt, ich wäre kein Verdächtiger.«

»Das ändert nichts an den Fakten.«

»Frau Hensel war die netteste alte Dame, die man sich vorstellen kann. Ein bisschen mehr Menschen wie sie, dann ginge es dem Land besser. Ach, was sag ich, der Welt.«

»Sie mochten sie?«

»Ja. Sie konnte nicht mehr gut laufen. Reinhard und ich haben uns ein wenig um sie gekümmert. Wir haben für sie eingekauft. Unsere Wohnungsfee hat auch bei ihr sauber gemacht. Ja, sie war eine Nette. Eine Tolerante. Hat uns zu unserer Hochzeit was geschenkt.«

»Und wie kam es, dass sie diese Aussage gemacht hat, mit dem DHL-Mann?« Bruno gab den Bad Cop, den bösen Kommissar. Lorenz gefiel das nicht, er glaubte nicht daran, dass Gabinski Hollster umgebracht hatte. Immerhin war der Mord an dem Baby in exakt der gleichen Weise durchgeführt worden wie der Mord an Gabinskis Lebenspartner Reinhard Hollster.

»Sie hat die Aussage gemacht, weil sie diesen Mann gesehen hat. Weil sie Reinhards Mörder gesehen hat. Ich hab keine Ahnung, wer das war, und ich hab noch weniger Ahnung davon, *warum* er Reinhard umgebracht hat. Ich hab mich oft mit Frau Hensel unterhalten. Ihr kam es gleich merkwürdig vor, dass ein DHL-Paketlieferant über fünf Minuten bei seinem Kunden bleibt.«

Der richtige Moment für Lorenz, das Gespräch wieder zu übernehmen. »Sie kamen drei Tage nach dem Mord an Reinhard Hollster ...«

»... nach dem Mord an meinem Gatten!«

»... nach dem Mord an Ihrem Gatten in Untersuchungshaft. Ist Ihnen irgendetwas aufgefallen, was Sie der Polizei nicht mitgeteilt haben? Irgendetwas, an das Sie sich vielleicht erst jetzt erinnern? Oder etwas, was Ihnen erst aufgefallen ist, als Sie nach dem Prozess wieder hier in die Wohnung kamen?«

»Noch Wasser?«

Lorenz und Bruno schüttelten den Kopf. »Nein danke.«

Es entstand eine Pause. Wieder schien Gabinski mit sich zu ringen, ob er reden sollte oder nicht. »Warum fragen Sie mich das? Das will ich wissen, wenn ich Ihnen weiter antworten soll.«

Lorenz hatte jetzt zwei Möglichkeiten: die Karten auf den Tisch legen und damit Gabinski vielleicht zum Reden ermuntern. Oder mauern. Was ihm Gabinski dann nachmachen würde. Es gab Momente, da verließ sich Lorenz Rasper auf seinen Instinkt. Oder sein Bauchgefühl, wie immer man das auch nannte. Und er hatte den Eindruck, dass Gabinski ihnen gleich etwas erzählen würde, was nicht in den Akten stand. »Herr Gabinski, ich werde jetzt ganz offen zu Ihnen sein, und ich hoffe und wünsche, dass Sie das mit der gleichen Offenheit erwidern.«

Gabinski nickte kaum merklich.

Lorenz fuhr fort: »In Mainz gab es vor fünf Wochen einen weiteren Toten. Und er ist mit derselben Waffe umgebracht worden wie Ihr Lebensgefährte. Deshalb besteht die Möglichkeit, dass es sich um denselben Täter handelt. Natürlich kann die Waffe auch einfach den Besitzer gewechselt haben. Aber um das herauszufinden, brauchen wir Sie.«

Wieder nickte Gabinski, diesmal deutlicher. »Kommen Sie mit. Ich zeig Ihnen was.«

Er erhob sich und ging die Wendeltreppe nach unten. Am Fuße der Treppe ging rechts ein Raum ab. Gerald Gabinski drückte die Klinke, öffnete den Raum. »Das ist mein Schlafzimmer.«

Der Raum war sicher zwanzig Quadratmeter groß. Ein Wasserbett im XXL-Format stand an der Stirnseite, eine Kleiderschrankfront nahm die ganze gegenüberliegende Wand ein, die Türen alle verspiegelt. Rechts und links des

Bettes standen Nachtschränkchen. So weit alles normal. Lorenz und Bruno traten ein. An der Wand zum Flur hingen zahlreiche afrikanische Masken.

»Was wollen Sie uns zeigen?«

Gabinski ging auf eine der Kleiderschranktüren zu und öffnete sie. Sie ging nach links auf, sodass die Innenseite der Tür vom Flur aus zu sehen gewesen wäre. An drei horizontalen Stangen hingen zahlreiche Krawatten. Oben die gediegenen, darunter die etwas poppigeren und an der untersten Stange die schrillen. Die gelbe mit dem Konterfei von Kater Carlo war die erste, die Lorenz regelrecht ins Auge sprang. Er trat einen Schritt auf Gabinski zu.

Der zeigte in den Schrank in Richtung Boden. Lorenz und Bruno sahen einen kleinen Tresor.

»Der war leer, als ich aus der Untersuchungshaft zurückkam.«

»Was war drin?«

»Genau weiß ich es nicht. Reinhard hat immer gesagt, wenn es mal einen Notfall gebe, dann sei da immer genug Bargeld drin. Er hat mir den Tresor einmal gezeigt, da lagen 50 000 Euro drin. Für Reinhard war das so was wie die edle Variante einer Portokasse. Er nahm was raus, er legte wieder etwas rein. Er hat mir die Kombination gesagt, und ich habe sie mir gemerkt.«

»Münzen oder Schmuck – war so was auch drin?«

»Nein. Er hatte zwei Schließfächer in der Bank. Nachdem ich offiziell als Erbe bestätigt war, hatte ich da auch Zugriff drauf. Ich war später mit dem Anlageberater da. Der hat eine Bestandsaufnahme gemacht und mir gesagt, was die Papiere und so wert sind. Er hat Zugriff auf das Schließfach mit den Goldmünzen, und ich nutze das andere jetzt für meine privaten Sachen. Schmuck hat Reinhard nicht gehabt.«

»Können Sie den Tresor öffnen?«

Gerald Gabinski drehte den Knopf am Zahlenschloss ein paarmal im Uhrzeigersinn, ein paarmal in die entgegengesetzte Richtung. Die Tresortür ging ebenfalls nach links auf.

»Ich habe etwas Bargeld hier drin, zehntausend etwa.«

»War jemand eingebrochen während der Zeit, die Sie im Gefängnis saßen?«

»Nein, das glaub ich nicht. Die Wohnung war unversehrt, nichts hat gefehlt oder war auch nur umgeworfen.«

»Und wie erklären Sie sich, dass der Tresor leer war?«

»Ich habe nur eine Erklärung: Reinhard war am Tresor, als es an der Tür geklingelt hat. Er hat geöffnet, sein Mörder trat mit vorgehaltener Pistole ein. Trieb ihn zum Sessel, erschoss ihn. Und auf dem Rückzug fiel ihm die offen stehende Tresortür auf. Er hat die Gelegenheit genutzt, das Geld rausgenommen, den Tresor geschlossen und die Schranktür zugemacht.«

»Ich hätte auch eine Erklärung«, meinte Bruno.

Gerald sah ihn an. »Bitte.«

»Ihr Lebensgefährte hat irgendwann in den Tagen oder Wochen vor seinem Tod den Tresor geleert.«

Gabinski zuckte nur mit den Schultern. »Ja. Das ist natürlich auch möglich. Aber es sprechen zwei Dinge dagegen.«

»Und die wären?«

»Erstens war der Tresor nie leer, seit ich in der Wohnung lebte. Und zweitens hätte er mir davon erzählt, wenn er das Geld herausgenommen hätte.«

»Kann aber trotzdem sein, dass er ihn selbst geleert hat.«

»Klar kann das sein. Sie wollten wissen, was mir aufgefallen ist. Und das habe ich Ihnen jetzt gesagt.«

»Warum sind Sie nicht zur Polizei?«

Gabinskis Lachen war kurz, laut und bitter. »Der war gut. Ich war gerade freigesprochen worden. Ich war unschuldig und dennoch nur um Haaresbreite am Knast vorbeigeschlittert. Und dann soll ich zur Polizei gehen? Sie beide glauben mir ja schon nicht. Was glauben Sie, was mir Ihre Kollegen erzählt hätten, direkt nach dem Prozess?«

Lorenz' Handy spielte wieder »Paradise City«. Er sah auf das Display. Ricarda. Er nahm das Gespräch an. »Ricarda, hallo. Was kann ich für dich tun?«

»Ganz einfach. Herkommen. Wir haben hier wieder eine Leiche. Und sie scheint zu den anderen zu gehören.«

DAMALS. FREITAG, 20. APRIL

»Zbyszek, wo sind deine Gedanken wieder?« Die Stimme meiner Mutter, ein wenig ärgerlich, weil das Essen kalt geworden ist, während ich durch meine Welt der Phantasie geschwebt war. Wie jetzt. Jetzt, da meine Mutter auch dem Reich der Phantasie angehört. Nein, vielmehr dem Reich der Erinnerung. »Zbyszek, trink, mein Sohn. Du musst trinken. Wegen des Fiebers. Trink doch, Zbyszek, trink.« Sie hat mich immer »Zbyszek« genannt, die Koseform meines Namens Zbygniew.

Wir sind in einer Baracke. Es stinkt. Außer uns Trauergestalten ist sie leer. Irgendwo im Nirgendwo. Wir sind wieder zurück im Lager Neuengamme. Vor vier Monaten haben sie uns in Güterwaggons nach Westen gekarrt, nach Meppen-Versen, zurück sind wir marschiert. Jetzt sitzen wir hier. Ich habe Glück, denn ich sitze in der Ecke. Das bedeutet etwas mehr Platz. Und es bedeutet Durst. Denn ich bin zu schwach, mit den Horden nach vorn zu stürmen, wo sie gerade Wasser ausgeben. Ich habe keine Chance, dorthin zu kommen, obwohl meine Kehle ganz rau ist vor Durst.

Jens kommt zu mir. In der Hand hat er eine Dose aus Weißblech. Darauf Fetzen eines Etiketts, das so verblasst ist, dass man keinen der Buchstaben mehr erkennen kann. Die Dose ist rostig.

»Trink, Zbygniew, trink«, höre ich Jens' Stimme, nicht mehr die meiner Mutter. Er reicht mir die Dose. Meine Hände zittern, ich kann die Dose nicht halten. Er führt sie mir an die Lippen. Und so schäbig sie ist, so kostbar, so süß ist ihr Inhalt: brackiges, abgestandenes Wasser. Wasser, das den Durst stillt. Vielleicht bekomme ich davon Durchfall. Vielleicht. Aber bis dahin würde es noch dauern, und so weit schaue ich momentan nicht in die Zukunft.

Die Dose ist leer, für Sekunden habe ich die Illusion, keinen Durst mehr zu haben. »Danke«, sage ich, und es fühlt sich an, als ob die Stimmbänder nur durch das Aussprechen dieses kleinen Wortes den Rachen feilen und noch mehr Späne in den Hals fallen. Ich huste.

Ich kenne Jens seit vier Jahren. Damals kam er ins Lager. Damals habe ich ihn vor den Wachen geschützt. Habe ihn freigekauft, Schutz gekauft. Heute rettet er mein Leben mit einer Dose voll Wasser.

Jens geht, ich bin wieder allein mit meinen wirren Fieberträumen, die mir klarmachen, dass das deutsche Wort »Danke« gegenüber dem muttersprachlichen Pendant »Dziękuję« den Vorteil hat, dass es nur aus zwei Silben besteht. Das bedeutet nur zwei Drittel der Menge an Feilspänen, wenn ich es ausspreche.

Ich schlafe ein, weiß aber nicht, für wie lange, als mich etwas an der Schulter berührt. Ich öffne die Augen: Wieder sehe ich in Jens' Gesicht. »Trink«, sagt er, hält mir wieder die Dose an die Lippen.

Gierig schlucke ich. Ich weiß nicht, woher er die Pillen hat, die er mir plötzlich mit der anderen Hand in den Mund schiebt. Ich weiß nicht, was es ist.

Jens, er hat eine Weile mit mir in der Ziegelei gearbeitet, bevor sie ihn in die Pistolenfabrik abkommandiert haben. Als sie ihn festgenommen haben, steckte er gerade im Medizinstudium. Ich weiß nur, dass er immer wieder in die Krankenstation gerufen worden ist. Und einer der Ärzte, der muss ihm wohl immer wieder mal was zugesteckt haben.

Ich versuche die Pillen zu schlucken, aber sie sind zu groß, der Mund ist zu trocken, das Wasser zu wenig, es klappt nicht. Die Dose ist leer.

»Macht nichts«, flüstert Jens. »Sie lösen sich gleich in deiner Spucke auf. Schmeckt nicht, hilft aber trotzdem.«

Ist es Humor oder Pragmatismus? Natürlich schmeckt die sich auflösende Pille bitter, aber das überdeckt den brackigen Geschmack des Wassers. Und es dauert, bis die Pille sich auflöst, denn da ist nicht mehr viel Spucke.

Wieder schlafe ich ein, noch dreimal weckt mich Jens mit einer Dose voller Wasser.

»Sie wollen uns auf Schiffe bringen«, sagt Jens.

»Schiffe? Was für Schiffe?«

»Vielleicht geht es nach Schweden.«

»Was sollen wir denn in Schweden?«

Jens lacht. »Zbygniew, sie sind am Ende. Sie rennen nur noch weg. Die Engländer sollen in spätestens einer Woche hier sein. Wir müssen nur noch ein paar Tage durchhalten. Und sei es auf Schiffen. Du schaffst das!«

Ich nicke. Ja. Ich werde es schaffen. Zumindest die nächste Stunde. Das Fieber ist etwas gesunken. Oder noch gestiegen. Auf jeden Fall friere ich jetzt.

MONTAG, 9. SEPTEMBER

Nicht nur der Weg war abgesperrt, sondern auch der Wald im Umkreis von hundert Metern. Vor der Absperrung parkte eine Armada von Einsatzfahrzeugen. Ricarda sah einen Rettungswagen. Überflüssig. Die Frau war tot. Aufgesetzter Kopfschuss. Das Projektil hatte ihr den halben Hinterkopf weggerissen.

Ricarda hielt einen Becher Kaffee in der Hand, den der Kollege Werner irgendwo aufgetrieben hatte. Die Spurensicherung hatte ihre Arbeit am Tatort beendet. Das Projektil hatte nicht weit entfernt im Waldboden gesteckt, die Patronenhülse hatte neben der Leiche gelegen. Verwertbare Fußabdrücke gab es keine, hatte Trenz von der Spurensicherung gesagt.

Sie hatten sich die Leiche genau angeschaut, die rund fünfzig Meter hinter dem Absperrband lag. Dieses Opfer hatte sich offenbar gewehrt. Die Tote hatte ein Veilchen am linken Auge. Ricarda hatte die Jackenärmel ein wenig nach oben geschoben. Blutergüsse an beiden Armgelenken. Unter den Fingernägeln eine rotbraune Substanz, vielleicht Blut. In dem Fall hätten sie jetzt die DNA des Täters. Wäre wunderbar. Offenbar hatte sie sich massiv gegen ihren Peiniger zur Wehr gesetzt, denn er hatte sie mit beiden Händen festgehalten, ihr ein Veilchen verpasst. Sie war in die Knie gegangen, er hatte die Waffe gezogen und abgedrückt.

Werner wollte die Leiche zum Abtransport freigeben, doch Ricarda wollte, dass Lorenz die Tote auch direkt am Tatort in Augenschein nahm. Sie hörte das Blubbern des

Motors, bevor sie den riesigen Pick-up sah. Das gestreifte Ungetüm fuhr über den Waldweg bis direkt vor die Absperrung. Zwischen Absperrung und dem ersten geparkten Wagen hätte vielleicht noch ein VW Polo gepasst, aber nicht dieses weiße Ungetüm mit Zebrastreifen. Und dort, wo er stand, da konnte der Wagen nicht stehen bleiben.

Der Fahrer schlug das Lenkrad ein, und das Ungetüm fuhr einfach durch den Graben neben dem Waldweg hinweg, um zwischen den Bäumen zum Stehen zu kommen.

Lorenz Rasper stieg auf der Beifahrerseite aus. Auf der Fahrerseite kletterte ein grauhaariger bärtiger Mann mit roter Krawatte und Lederjacke aus dem Wagen. Kurz bevor die beiden Männer über den Graben sprangen, hörte sie den Bärtigen mit tiefer Stimme sagen: »Erwähnte ich schon, dass das Baby auch Vierradantrieb hat?«

Lorenz stellte Ricarda und Bruno einander vor. »KHK Bruno Gerber, in meiner Abteilung, KHK Ricarda Zöller, Kripo Mainz.«

Der Händedruck des Mannes war angenehm kräftig. Wenn Ricarda bei Männern etwas nicht mochte, dann ein Händedruck, bei dem man den Eindruck gewann, ein schlaffes Handtuch zu kneten. Er sagte: »Sehr angenehm. Jetzt verstehe ich endlich, warum Lorenz unbedingt diesen Fall will.«

»Lass gut sein«, sage Lorenz. »Was haben wir?«

»Aufgesetzter Kopfschuss. Unser Täter.«

»Waren die Jungs von der Tatortmunition so schnell, oder kann hier jemand hellsehen?«

»Das Kaliber ist dasselbe. Und die Frau – sie ist die Mutter des ermordeten Babys.«

»Die Mutter?«

Ricarda schluckte. Dann sagte sie sehr leise: »Ja. Es ist Monika Oloniak. Kein Zweifel. Ich hab sie ja schon ein paarmal gesehen.«

»Verdammt«, sagte Lorenz. »Zeig sie uns.«

Lorenz' Kollege Bruno schwieg und schloss sich an, als Ricarda den Waldweg entlangging. Monika Oloniak lag neben dem Weg in dem schmalen Graben, den Bruno Gerbers Wagen vorhin so leicht überwunden hatte. Drei Flutlichter erhellten die Szenerie, sodass es wirkte, als läge sie in gleißendem Sonnenlicht, obwohl sich der Tag bereits verabschiedete. Monika Oloniak trug Jeans, eine beige Bluse, eine leichte dunkelbraune Stoffjacke. Die Schuhe waren aus hellem Leder und ohne Absatz. Sie lag auf dem Rücken, die Augen starrten mit leerem Blick in den Himmel. Um den Hals trug sie ein Goldkettchen, daran ein kleiner Schiffsanhänger. Und ein Kreuz. Das Kreuz hat sie nicht schützen können, dachte Ricarda bitter. In der Hosentasche hatten sie noch ihr Handy gefunden.

Die Jeans war herabgezogen.

»Spuren von Vergewaltigung?«, fragte Lorenz.

»Nein. Der Gerichtsmediziner hat die Körpertemperatur anal gemessen, deshalb. Sie war komplett bekleidet, als wir hier ankamen.«

»Wie lange ist sie tot?«

»Wir sind um sechs gerufen worden. Da war sie noch nicht lange tot. Zumdecker, der Gerichtsmediziner, hat gesagt, dass es schon nach halb sechs gewesen sein muss. Eher Viertel vor sechs.«

»Wie kommt sie hierher?«

»Sie wohnt nicht weit entfernt. In der Blücherstraße. Ist keinen halben Kilometer von hier entfernt.«

»Wo sind wir hier genau?«

»Mainz-Budenheim. Wir sind vielleicht einen halben Kilometer von der Stelle entfernt, an der sie Monika Oloniaks Tochter gefunden haben.«

Lorenz Rasper kniete sich neben die Leiche und zog aus

der Jacke ein paar Einweghandschuhe. Er bewegte den Kopf der Toten hin und her, besah sich die Hände. »Sie hat sich gewehrt. Sie hat Hämatome am Kopf – und wenn ich das richtig sehe, dann hat sie Blut unter den Fingernägeln. Dann hätten wir auch die DNA des Täters.«

»Ja, hab ich auch schon gesehen. Vielleicht haben wir wirklich so viel Glück.«

Lorenz stand auf. »Vielleicht. Die Leiche von Hollster in Heidelberg hat zumindest keine Abwehrspuren aufgewiesen.«

»Er hat sich auch nicht gewehrt.«

»Was mich stutzig macht: Wenn es so war, dass sie ihn gekratzt hat, und er hat zugeschlagen, sie fiel, und er hat dann den tödlichen Schuss abgegeben – warum hat er sich die Zeit genommen, die Waffe aufzusetzen, statt aus dem Stehen heraus sofort und mehrmals auf sie zu schießen?«

Bruno sah auf die Tote. »Ja, du hast recht. Sie hat sich erst einen Kampf mit dem Mörder geliefert, und dann setzt er ihr die Pistole an den Kopf und drückt ab? Wäre es nicht wahrscheinlicher, dass er sie einfach erwürgt, wenn sie kämpfen?«

»Ich weiß es nicht«, gestand Lorenz. »Hat jemand dem Ehemann schon Bescheid gesagt?«

Ricardas Kollege Werner hatte bereits zu dem Ehemann von Monika Oloniak fahren wollen, doch Ricarda hatte ihn aufgehalten, weil sie Monikas Mann die schlimme Nachricht selbst überbringen wollte. Werner war nicht wirklich traurig darüber, obwohl er pro forma protestiert hatte.

»Nein, das ist mein Job«, antwortete Ricarda nun auf Lorenz' Frage. »Und ich wäre sehr froh, wenn du mich – wenn ihr mich begleiten würdet.«

»Ich fahre mit zur Gerichtsmedizin«, sagte Bruno. »Kannst du mit Frau Zöller fahren? Kommst du dann irgendwie nach Hause?«

»Ja, passt schon. Wir treffen uns morgen im Präsidium.«

Wenige Minuten später verfolgte Ricarda mit Staunen, wie der Zebra-Jeep über den Graben zurückstieß, als würde er auf dem Parkplatz eines Mediamarkts wenden.

Ein altes Auto, aber sicher kein schlechtes, dachte sie.

Ricarda betrachtete das Haus, in dem die Familie Oloniak lebte. Gelebt hatte. Also noch zu einem Drittel lebte. Verdammt, der Fall ging ihr an die Nieren. Sie stellte ihren roten Flitzer vor dem Mehrfamilienhaus ab. Sie war schon zweimal hier gewesen, um mit Monika Oloniaks Mann Pjotr zu sprechen.

Der Türöffner summte, wenige Sekunden nachdem Ricarda den Klingelknopf gedrückt hatte, ohne dass jemand von der Gegensprechanlage Gebrauch machte. Wahrscheinlich erwartet Pjotr Oloniak seine Frau zurück, dachte Ricarda.

»Lass mich zuerst mit ihm reden«, bat sie. Die Todesnachricht wollte sie dem Mann, den sie zumindest anfangs für den Mörder seiner Tochter gehalten hatte, persönlich überbringen. Lorenz nickte nur. Sie stiegen das schmale Treppenhaus nach oben und erreichten die Dachwohnung.

Pjotr stand im Türrahmen. Da der Flur hinter ihm erleuchtet war, die Birne der Treppenhausbeleuchtung vor der Eingangtür aber offenbar kaputt war, sahen sie Pjotr Oloniak zunächst nur als Schatten.

»Frau Zöller?« Oloniaks Stimme klang belegt.

»Ja. Guten Abend, Herr Oloniak. Das ist mein Kollege Lorenz Rasper«, sagte Ricarda.

Oloniak hob die Hand. »'n Abend. Monika ist nicht da.«

Sie hasste diesen Moment. *Monika wird auch nie mehr zurückkommen.* »Herr Oloniak, dürfen wir kurz reinkommen?«

»Ja, klar. Aber wie gesagt, Monika ist nicht zu Hause.« Oloniak drehte sich um und ging vor ihnen durch den Flur. Die beiden Polizisten folgten ihm.

Ricarda wusste, wo das Wohnzimmer war. Ein kleines Wohnzimmer in einer kleinen Wohnung. Eine einfache Wohnung, aber eine saubere. Nun, damals war es sauber gewesen. Als sie durch den Flur ging, fiel ihr Blick kurz in die Küche. Stapel dreckigen Geschirrs und Pizzakartons und Thai-Food-Pappboxen.

»Es ist nicht aufgeräumt«, sagte Oloniak, aber er schob keine Entschuldigung hinterher.

Das Wohnzimmer war karg eingerichtet. Ein Sofa und zwei Sessel aus verschiedenen Sortimenten, ein niedriger Sofatisch, ein alter Röhrenfernseher, ein billiger Schrank aus Pressspan. Im linken Teil des Raumes stand ein Esstisch, darum waren vier Stühle gruppiert. Ein paar CDs und einige DVDs zierten das Regal in der Ecke.

Auch hier zeigte sich, dass in den vergangenen Wochen die Verwahrlosung eingezogen war, ein ungebetener, aber hartnäckiger Untermieter. Auf dem Wohnzimmertisch leere Bier- und Colaflaschen, zwei Pizzakartons. Auch der Esstisch war zum Müllabladeplatz degradiert worden. Auf den Stühlen türmte sich Wäsche, ob frische oder noch zu waschende, vermochte Ricarda nicht auf Anhieb festzustellen. Das Bügelbrett mit Bügeleisen wirkte wie ein zynischer Kommentar zum Zustand der Wohnung. Aus einem CD-Radio erklang leise russische Musik. Eine Sängerin mit schöner Stimme, aber Ricarda verstand kein Wort der melancholischen Weise.

»Setzen Sie sich«, sagte Oloniak und wandte sich den Beamten zu. Er trug ein graues Feinrippunterhemd, das sicher irgendwann einmal weiß gewesen war, und ein paar dunkelblaue Boxershorts. Aber es war nicht der Anblick der Bekleidung, der Ricarda zusammenzucken ließ. Es waren die frischen Kratzer im Gesicht und an den Armen. Und das Veilchen am rechten Auge. Stand der Mörder von Monika Oloniak direkt vor ihnen?

Ricarda warf Lorenz einen fragenden Blick zu. Dessen Miene verriet, dass ihm gerade der gleiche Gedanke durch den Kopf gegangen war. Sie ließen sich auf dem Sofa nieder.

Oloniak wischte ein paar der Kleidungsstücke von einem der Stühle und setzte sich. »Ist nicht unsere beste Zeit gerade«, sagte er und zuckte hilflos mit den Schultern. »Schießen Sie los. Haben Sie den Mörder unserer Tochter? Das würde Monika viel bedeuten.« Er sah auf den Boden, dann fuhr er fort: »Mir natürlich auch. Aber Monika, für sie wäre es eine Chance, vielleicht wieder ...« Er suchte kurz nach der richtigen Formulierung. »... vielleicht wieder mit dem Leben zurechtzukommen. Sie ... sie ist nicht mehr sie selbst«, fügte er an und deutete auf sein Gesicht.

»Herr Oloniak, wir haben schlechte Nachrichten für Sie.« Ricarda hatte leise gesprochen.

Oloniak sah sie an. »Es geht gar nicht um Mia?«

»Nein.«

Oloniaks Blick pendelte zwischen Lorenz und Ricarda hin und her. »Moment ... Ihr kommt wegen ...« Er stockte. »... wegen Monika?«

Ricarda nickte.

»Mein Gott, ist ihr was zugestoßen? Hat sie sich etwas angetan? Mein Gott, nein, nicht.«

»Herr Oloniak«, sagte Lorenz und bestätigte dann die schlimmsten Befürchtungen des Mannes, »Ihre Frau ist tot.«

Oloniak sah Lorenz an und kniff die Augen zusammen. »Nein. Ist sie nicht, sie ist vor ein paar Stunden weggegangen, weil sie einen klaren Kopf bekommen wollte. Sie muss

gleich hier sein. Monika kommt sicher gleich nach Hause.«
Während er den letzten Satz sagte, rannen ihm die ersten Tränen über die Wangen.

»Nein. Wir haben sie gerade gefunden. Im Wald, hier neben Ihrer Siedlung.«

Oloniak nickte. »Der gleiche Typ? Ist sie auch ... erschossen worden?«

Lorenz antwortete ihm nicht, sondern fragte: »Wo waren Sie in den vergangenen Stunden?«

Oloniak sah auf, sein Gesicht ein Fragezeichen, dann ein Ausrufezeichen. Nein, nur ein Punkt. Da lag kein Protest in seiner Mimik, nur Resignation.

»Sie glauben, dass ich meine Frau umgebracht habe?«

Wenn die Ballistik herausfand, dass Monika Oloniak mit derselben Waffe erschossen worden war wie ihre Tochter, dann sprach wenig dafür, dass der gebeugte Mann vor ihnen der Mörder war. Denn als seine Tochter erschossen worden war, war er ja nachweislich nicht im Lande gewesen. Es sei denn, er hätte mit jemand anderem gemeinsame Sache gemacht, der mit der Pistole zuerst Pjotr Oloniaks Tochter und nun seine Frau erschossen hat, in Oloniaks Auftrag. Aber das konnte sich Ricarda nicht vorstellen. War die Tatwaffe jedoch eine andere, dann kam er ihrer Meinung nach durchaus als Monikas Mörder infrage. Die Kratzwunden, die sie ihm offenbar beigebracht hatten, sprachen für sich.

Oloniak vergrub das Gesicht in seinen Händen. Nur kurz, dann sah er die beiden Polizisten wieder an. »Ich war die ganze Zeit hier, nachdem Monika aus dem Haus gegangen ist.«

»Gibt es dafür Zeugen?«

Er machte eine ausladende Handbewegung. »Alles, was Sie hier sehen. Der Fernseher, die Wäsche – aber keiner, der was sagen kann.«

»Diese Verletzungen ... die hat Ihnen Ihre Frau zugefügt?« Lorenz' Tonfall war sachlich kühl.

Er nickte. »Wie ich bereits sagte, sie ist ... *war* nicht mehr sie selbst. Wir haben gestritten. Wir haben uns nur noch gestritten. Seit sie aus dem Krankenhaus kam, war sie ein anderer Mensch. Sie hat nur noch auf dem Sofa gesessen, aus dem Fenster gestarrt. Immer aus diesem verdammten Fenster. Als ob dort hinter der Scheibe irgendwas wäre, was nur sie sehen konnte. Sie hat sich nicht mehr um den Haushalt gekümmert. Ich bin die ganze Zeit auf Achse, versuch, Geld ranzuschaffen. Und hab keine frischen Klamotten mehr, wenn ich wieder auf den Bock muss.« Wieder liefen ihm die Tränen übers Gesicht. »Ich konnte nichts tun. Sie hat nicht mehr gesprochen. Nur manchmal, so wie heute, da sah sie mich an, so mit ganz viel Hass in den Augen. Sie hat dann geschrien. Ich wäre dran schuld. Ich hätte die Kleine nicht beschützen können. Scheiße, ja, sie hat ja recht.« Er schluchzte auf, weinte aber dann doch nicht. »Sie hat ja recht gehabt. Und jetzt, jetzt konnte ich auch Monika nicht beschützen.«

»Was genau ist passiert, bevor sie die Wohnung verlassen hat?«

»Sie saß wieder auf dem Sofa. Ich hab sie gefragt, was sie essen möchte, ich wollte was bestellen. Sie hat ja nicht mehr gekocht. Und ich kann es nicht. Ist ja auch nicht mein Job, oder? Ich mein, ich fahr manchmal am Tag tausend Kilometer und noch mehr, um uns zu ernähren, da kann ich doch nicht auch noch kochen und ...«

»Und dann?«

Oloniak musste sich sichtlich zusammenreißen. »Sie sprang auf und hat mich im Gesicht gekratzt. Hat mich beschimpft, dass ich Schlappschwanz unsere Tochter nicht beschützen konnte, dass ich unsere Tochter schon in den ersten vier Tagen ihres Lebens im Stich gelassen hätte. Mein

Gott, was hätt ich denn tun sollen? Wache schieben vor der Babystation? Wer kommt denn auf so was? Wer denkt denn, dass die eigene Tochter geraubt und erschossen wird?« Oloniak atmete tief durch. »Monika – sie hat unglaubliche Kräfte, wenn sie wütend wird. Ich hatte echt Schwierigkeiten, sie festzuhalten. Wir haben gerangelt, sie hat mir eine verpasst. Ich ihr. Sie ist zu Boden gegangen. Dann ist sie aufgestanden und gegangen. Das Letzte, was sie zu mir in ihrem Leben gesagt hat, war ›Arschloch‹.«

Ricarda warf Lorenz einen Blick zu. Sie glaubte Oloniak, dass der Kampf zwischen ihm und seiner Frau hier in der Wohnung stattgefunden hatte. Die Frage war, ob er ihr danach hinterhergegangen war, um sie zu erschießen. Es war so sinnlos, es fehlte jedes Motiv. Eine Tat im Affekt, dass er sie beim Streit erwürgt hätte, das hätte Ricarda ... nein, nicht verstanden, aber nachvollziehen können. Und da war noch etwas, das ihr Gefühl ihr sagte: Pjotr Oloniak würde zusammenbrechen, das spürte Ricarda ganz deutlich.

»Was haben wir falsch gemacht?«, fragte Oloniak ganz leise. »Wer will unser Leben zerstören?«

»Herr Oloniak, wann hat Ihre Frau die Wohnung verlassen?«

Oloniak sah zu einer Wanduhr. Sie zeigte kurz nach zwanzig Uhr. »Das war so gegen fünf.«

»Wo wollte sie hingehen?«

»Sie wollte in den Wald. Spazieren gehen. Runterkommen.«

Dann ging alles ganz schnell. Oloniak sprang förmlich auf, riss den Esstisch nach oben, und der flog mitsamt dem sich darauf befindlichen Mülllager durch die Luft, bevor er gegen das Regal knallte und mit lauten Splittergeräuschen auf den Boden fiel. Oloniaks Schrei kam tief aus seinem Innern. Es war ein Aufheulen, ein Kreischen. Das nächste

Opfer war der Fernseher, den er mit beiden Armen hochhob und auf den Boden schleuderte. Wieder Splittern. Ricarda riss instinktiv die Hände vors Gesicht.

Lorenz sprang auf und versuchte, Oloniak zu bändigen. Mit dem Ergebnis, dass er dessen Faust ins Gesicht bekam.

Keine drei Sekunden später lag ein brüllender Oloniak auf dem Bauch, die Arme auf den Rücken gedreht. Er konnte sich kaum mehr bewegen.

»Ricarda, ruf die Kollegen. Und einen Arzt.«

Sie griff nach dem Handy und bestellte die Nachhut.

Oloniak heulte nur noch, während Lorenz ihm Handschellen anlegte.

Einen Scheißjob hatten sie da manchmal.

»Also, was habt ihr?« BKA-Vizepräsident Lennart saß im breiten Sessel seines Büros und hatte die Beine über Kreuz geschlagen, bei ihm immer ein Zeichen von Abwehr.

»Das Projektil ist identisch. Bei dem kleinen Mädchen, bei seiner Mutter und bei dem Aktienguru aus Heidelberg.« Lorenz hatte auf der Couch Platz genommen.

»Okay, und welche Schlüsse zieht ihr?«

»Der Vater ist, glaube ich, nicht der Mörder.«

Lennart blickte skeptisch. »Hat er ein Alibi?«

Lorenz war sich inzwischen überhaupt nicht mehr sicher, ob Lennart die Abteilung SB noch weiter aufrechterhalten wollte. Denn für eine Cold-Case-Abteilung waren sie einfach zu gut ausgestattet. Also zu teuer.

»Für den Mord an seinem Baby hat er eines«, antwortete Lorenz. »Er war zum Tatzeitpunkt mit seinem Lastwagen unterwegs. Ist Lkw-Fahrer. Für den Mord an seiner Frau ... Bisher nur Bauchgefühl.«

»Dann ist bei dem Mord an dem Baby der Einzige aus dem Rennen, der ein Motiv hätte?«

»Motiv? Was für ein Motiv denn?«, wunderte sich Lorenz.
»Er wollte das Kind loswerden. Vielleicht, um sich von seiner Frau trennen zu können.«
»Das ist Blödsinn. Und für die Tatzeit hat er, wie gesagt, ein Alibi.«
»Gut. Ein anderer Täter tötet beide, Mutter und Kind. Und was ist mit diesem Mord in Heidelberg?«
»Der ehemalige Lebenspartner von diesem Reinhard Hollster galt zuerst als tatverdächtig. Die Beamten, die damals ermittelt haben, halten ihn noch immer für den Mörder. Außerdem scheint es so, als habe der Mörder noch den Inhalt eines Tresors mitgehen lassen.«
»Wow. Das würde ich jetzt erst mal als Motiv für den Lebenspartner sehen.«
»Nein. Denn erstens hätte er sich bei dem Geld einfach bedienen können, ohne zu fragen – er kannte die Kombination des Safes. Zweitens hätte er uns davon überhaupt nichts erzählen müssen. Und drittens hat er Hollster geliebt.«
»Lorenz, ich muss dir wohl nicht das Einmaleins der Polizeiarbeit beibringen, oder? Vielleicht hatte Hollster die Schnauze voll von seinem Geliebten.«
»Von seinem Ehegatten.«
Lennart machte eine wegwerfende Handbewegung. »Herrgott, meinetwegen.«
Lorenz spürte, dass er so nicht weiterkam. »Ja. Ich gebe zu, dass es zwischen diesem ersten Mord und den beiden anderen keinen Zusammenhang zu geben scheint. Dann sieh es einfach mal so: Ricarda und ihr Team ermitteln sich einen Wolf im direkten Umfeld von Familie Oloniak, und sie ermitteln und ermitteln und ermitteln. Ein halbes Jahr, ein Jahr lang. Und finden nichts. Dann legen sie den Fall zu den Akten. In drei Jahren landet er dann sowieso auf meinem Tisch, als Cold Case. Und ich sehe den Zusammenhang

mit dem Projektil, das auch in Heidelberg verwendet wurde. Dann können wir in drei Jahren das Gespräch fortsetzen. Nur sind dann auch die letzten Spuren eiskalt.«

»Okay«, lenkte Lennart ein. »Ihr habt achtundvierzig Stunden. Dann will ich einen glaubhaften Ansatz dafür haben, dass die drei Fälle etwas miteinander zu tun haben.«

»Und Ricarda bleibt so lange hier.«

»Du nervst. Aber ja. Sie bleibt hier. Sonst muss ich mir noch anhören, dass ihr nur nichts finden konntet, weil sie nicht mit von der Partie war.«

Lorenz stand auf. »Danke.«

»Achtundvierzig Stunden.«

DIENSTAG, 10. SEPTEMBER

Die Umgebung war ungewohnt. Ricarda saß im Büro von Lorenz Rasper. Als Chef seiner Abteilung stand ihm ein eigenes Büro zu. Es maß sicher zwanzig Quadratmeter, und der Tisch, an dem Ricarda saß, war wohl für eine temporäre Schreibkraft innerhalb des Büros des Chefs vorgesehen. Der Schreibtisch war nicht klein, aber wenn sie den Kopf hob, sah sie nur auf eine Wand. In ihrem Büro in Mainz konnte sie aus dem Fenster blicken, auf die Türme des Doms. Ein Anblick, der ihr – für sie selbst unerklärlich – oft Momente der Ruhe schenkte. Sie war nicht sonderlich gläubig, war wie die meisten in ihrem Umfeld die typische Weihnachtskirchgängerin. Wie sehr sie an diesem Blick auf die Türme hing, merkte sie erst in diesem Moment, da sie auf eine Wand starrte.

Aber Ricarda war nicht undankbar. Der Präsidiumsleiter in Mainz hatte sie drei Tage an das BKA ausgeliehen. Ausleihen müssen. Nun, es war ihr einerlei, wer hier wem die Anweisungen gegeben hatte. Sie war froh, dass die Dinge in die richtige Richtung liefen. Entweder gelang es ihnen in diesen achtundvierzig Stunden, eine Verbindung zwischen den Fällen herzustellen, dann würde Lorenz' Abteilung den Fall übernehmen. Oder es gelang ihnen eben nicht.

Ricarda war jedenfalls überzeugt davon, dass die drei Morde zusammenhingen. Am Vormittag war sie noch in Mainz gewesen und hatte die Leiterin der Fast-Food-Kette befragt, bei der Monika Oloniak bis wenige Wochen vor der Entbindung gearbeitet hatte. Ergebnis: nichts. Monika hatte ihren Job gemacht, und sie hatte ihn stets gut gemacht. Sie war freundlich, sie war schnell, ihre Kollegen und Kolleginnen hatten sie gemocht. Es gab keinen Hinweis auf Konflikte, nirgends.

Ricarda hatte die Erfahrung gemacht, dass Konflikte unter Arbeitskollegen nie geheim blieben, auch wenn man gegenüber der Polizei nicht darüber reden wollte. Aber man verriet sich, etwa durch das Heben einer Augenbraue, durch ein Verdrehen der Augen, durch einen etwas spitzer formulierten Nebensatz. Hier war sie auf ganzer Linie erfolglos geblieben.

Nun saß sie seit zwei Stunden an diesem Schreibtisch, studierte alles, was sie über Monika Oloniak wusste, und hatte mit ehemaligen Bekannten telefoniert, sogar noch einmal mit den Eltern, die zum Glück vorher von ihren Kollegen über den Tod ihrer Tochter informiert worden waren. Aber nirgendwo war auch nur ein kleiner Widerhaken zu bemerken, bei dem man hätte stutzig werden können. Es zeichnete sich einfach nur ein Bild: Die Oloniaks waren eine kleine Familie gewesen, nicht reich, aber auch nicht von Hartz IV abhängig. Er hatte einen Job. Sie auch. Auch wenn sich Monika in nächster Zeit um die Kleine hätte kümmern müssen, wären die Miete, der Strom und die Lebensmittel immer noch bezahlt gewesen. Sie waren durch und durch unauffällig gewesen.

Das legte einen anderen Verdacht nahe: Jemand hatte es auf die Familie abgesehen. Die Tochter, die Mutter – und eventuell noch der Vater? Aber wenn es sich gegen die Familie richtete, wie passte dann dieser Hollster aus Heidelberg ins Schema? War die Waffe wirklich einfach weitergereicht worden? Dagegen sprach die Vorgehensweise mit dem aufgesetzten Kopfschuss.

Sie drehten sich im Kreis. Mit den wenigen Puzzleteilen,

die ihnen zur Verfügung standen, konnten sie das große Bild nicht einmal erahnen.

Ricarda sah auf die Uhr: Es war bereits zwei Uhr nachmittags. Sie drehte sich nach Lorenz um, dessen Aufmerksamkeit von irgendeinem Dokument auf seinem Schreibtisch völlig in Anspruch genommen wurde. Es gehörte zu den Unterlagen, die Kollege Reppert aus Heidelberg mitgebracht hatte. Auch der war für zwei Tage freigestellt und saß mit Leah Gabriely im Nachbarbüro. Die Arme, dachte Ricarda.

»Gehst du auch irgendwann mal was essen?«, fragte Ricarda.

Lorenz sah auf. »Nein. Doch. Also manchmal.«

»Jetzt? Ich hab Hunger.« Ricarda hatte es sich zur Gewohnheit gemacht, mittags immer nur eine Kleinigkeit zu essen, nichts Großes, meist einfach einen Salat, vielleicht noch mit einem Brötchen. Wenn sie mehr aß, war ihr Magen derart mit Verdauen beschäftigt, dass an konzentriertes Arbeiten nicht mehr zu denken war.

»Okay.« Lorenz sah seinerseits auf die Uhr. »Wenn wir Glück haben, bekommen wir in der Kantine noch was.«

»Na dann«, sagte Ricarda.

Die Kantine war kaum besetzt. Die meisten hatten schon vor Ricarda und Lorenz gegessen. Dennoch bekam Ricarda ihren kleinen Salat, und Lorenz ließ sich Spaghetti mit Sauce bolognese auftun.

Als sie am Tisch saßen, fragte er nur: »Und, schon ein Ansatzpunkt?«

Ricarda schüttelte den Kopf, während sie gegen ein etwas zu groß geratenes Salatblatt kämpfte, das sich weigerte, ihre Mundöffnung zu passieren.

Zwei Stunden später saß Ricarda wieder im Büro und war in ihre Überlegungen vertieft, als jemand gegen den Türrahmen klopfte. Ricarda schrak auf, drehte sich um.

In der Tür stand eine junge Frau, knapp unter zwanzig. Wie Lorenz hatte sie dunkles Haar.

»Pa?«, fragte sie in den Raum und sah dabei auf Ricarda.

Lorenz sah auf, und als er die junge Frau erblickte, schien es, als ob jemand den Lichtschalter angeknipst hätte, denn er strahlte auf einmal. Dann sah er Ricarda an, als ob sie wissen müsste, wen sie da vor sich hatte. »Adriana, darf ich dir meine Mainzer Kollegin Ricarda Zöller vorstellen? Ricarda, das ist meine Tochter Adriana.«

Ja, diesen Namen hatte sie schon gehört, sogar schon oft. Sehr oft an jenem Abend an der Bar. Sie stand auf, ging auf die junge Frau zu und reichte ihr die Hand. »Angenehm«, sagte sie nur.

»Ebenfalls«, entgegnete Adriana, wandte sich dann aber wieder ihrem Vater zu. »Du hast mich heute nicht vergessen, oder?«

Ricarda bemerkte das Zögern, das nicht länger als eine Viertelsekunde gedauert hatte. Was immer er mit seiner Tochter abgemacht hatte, er hatte bis eben nicht mehr daran gedacht.

»Adi, wie sollte ich vergessen, dass wir jetzt gemeinsam zu Bio-Frank gehen?«

Dasselbe Strahlen, das Ricarda eben im Gesicht von Lorenz gesehen hatte, entfaltete sich nun in den Zügen von Lorenz' Tochter. »Super! Können wir?«

Lorenz wandte sich an Ricarda: »Sie hat Bio-Leistungskurs. Bisher immer eine Eins. Gerade nehmen sie die DNA durch, und sie muss ein Referat darüber halten. Und damit das Ganze noch einen Schuss Praxisbezug bekommt und nicht so trocken wird, springt Daddy mit seinen Connections ein und führt sie jetzt in die Molekularbiologische Abteilung, wo Frank ihr Rede und Antwort stehen wird.« Während er den Arm um seine Tochter legte, verdrehte diese die

Augen. Hätte Ricarda an ihrer Stelle auch getan. Papastolz war manchmal unerträglich. Es gab nur eines, was schlimmer war als zu dick aufgetragener Papastolz: kein Papastolz. Das wusste sie aus eigener Erfahrung.

»Wir sind dann mal für eine halbe Stunde weg«, sagte Lorenz.

Ricarda winkte den beiden noch mal kurz nach, dann setzte sie sich wieder an ihren Schreibtisch.

Ricarda hatte die Liste der Verwandten und Bekannten von Monika Oloniak abtelefoniert. Kein Treffer, nicht ein Nebensatz, der irgendetwas verraten hätte, was sie nicht schon gewusst hätten. Ricarda lehnte sich in dem Bürostuhl zurück. Wenigstens war das Büromöbel bequem. Sie verschränkte die Hände hinter den Kopf, sah an die Wand.

Computercrack Daniel klopfte an den Türrahmen. »Hi – ist der Chef da?«

Ricarda setzte sich wieder aufrecht hin. Es war offensichtlich, dass der Chef nicht da war. »Nein. Kommt so in einer halben Stunde wieder.«

»Okay. Ich hab das Handy von der Oloniak geknackt und den Inhalt gesichert. Kann er nun drin rumwühlen. Ich leg's ihm auf den Tisch.« Er platzierte das Handy gut sichtbar auf Lorenz' Schreibtisch, dann verließ er den Raum.

Ricarda nickte nur. Sie war müde. Und sie hatte Kopfschmerzen. Kannte sie gut. Hatte sie öfter, wenn sie nicht weiterkam. Dann fühlte sich ihr Schädel an, als hätte sie ihn gegen eine imaginäre Wand geschlagen. Wie im Augenblick.

Sie stand auf und massierte sich mit den Fingerspitzen die Schläfen, während sie auf und ab ging. Sie mochte Büros, in denen man Platz hatte, um seine Gedanken freizulaufen.

Das Handy auf Lorenz' Tisch war das gleiche Modell, das

ihre Tochter auch benutzte. Samsung. Hatte heute wohl jeder Zweite. Sie nahm das Gerät. Nun, in solch einer kleinen Kiste fand ein ganzes Leben Platz. Sie konnte Lorenz auch schon diesen Part der Routine abnehmen: checken, was das Anrufprotokoll so hergab und wer zu den regelmäßigen Gesprächspartnern gehört hatte. Nein, eher Kommunikationspartner. SMS in all ihren Varianten gehörte mindestens zur Gesprächskultur wie das Gespräch von Mund zu Ohr. Und vielleicht bot das Handy sogar noch den Zugriff auf den einen oder anderen E-Mail-Account. Sie seufzte und setzte sich wieder an ihren Schreibtisch auf Zeit.

Die Favoriten gaben nicht viel her: Maria, Katja und Yvonne. Drei Freundinnen, mit denen sie heute schon telefoniert hatte. Pjotr Oloniak hatte ihnen die Namen gegeben. Dann gab es einen Eintrag unter »Papa«, einen unter »Mama« und einen unter »Mum«. Vielleicht hatte sie die Nummer ihrer Mutter zweimal eingegeben? Die Nummern waren jedoch verschieden. Eine alte Handynummer und eine neue? Nur der Vollständigkeit halber wählte sie die Mum-Nummer. »Diese Nummer ist uns leider nicht bekannt«, flötete eine Computerstimme. Wahrscheinlich handelte es sich wirklich um eine alte Nummer.

Sie sah sich das Protokoll an. Es reichte gut drei Monate zurück. Ricarda fing beim ältesten Eintrag an. Monika Oloniak hatte das Handy nicht sehr oft genutzt. Meist hatte sie mit ihrem Mann telefoniert oder mit ihm kurze SMS ausgetauscht. Die Telefonate waren nie lang gewesen, selten mehr als zwei Minuten. Die SMS meist nur kurze Nachrichten, was noch einzukaufen war, wann er nach der Lkw-Tour wieder nach Hause kam und ähnliche Dinge.

Mit ihren Freundinnen hatte Monika länger telefoniert, manchmal bis zu einer halben Stunde am Stück. Nichts Außergewöhnliches. Es waren drei Frauen, deren Namen sowohl im Adressbuch als auch bei den Favoriten gespeichert waren.

Ricarda scrollte durch das Adressbuch des Handys. Es war ebenfalls sehr übersichtlich, bestand aus besagten Freundinnen, der Familie und noch ein paar weiteren Nummern, etwa jenen von Hausarzt, Frauenarzt und Friseur. Es gab keinen weiteren Namen, der sich nicht auch auf der Liste befunden hätte, die Ricarda am Vormittag abgearbeitet hatte.

Ricarda griff zu einem der rosafarbenen Notizzettel, die in einer kleinen Plastikbox neben dem Monitorfuß standen. Sie notierte, eventuell mit den Ärzten zu sprechen, auch wenn sie sich davon nicht viel versprach.

Ricarda schaltete wieder zurück zum Protokoll der Verbindungen. Ab dem ersten August änderte sich das Protokoll deutlich. Die roten Pfeile neben den eingegangenen Anrufen auf der Liste nahmen überhand: Ab dem Tag, an dem sie ihre Tochter verloren hatte, hatte Monika kaum mehr Anrufe angenommen. Dafür nahmen die empfangenen SMS zu. Überall der gleiche Tonfall. Bedauern über den Verlust, der sich erst in Besorgnis, dann in mehr oder weniger deutlich formulierten Ärger wandelte, weil Monika sich offensichtlich komplett von der Außenwelt abgekapselt hatte.

Ricarda stellte sich für einen Moment vor, wie sie wohl reagieren würde, wenn ihre Tochter ... Sofort würgte sie den Gedanken ab, gestattete sich nicht, sich selbst in die Depression zu denken.

Sie schaltete wieder zum Anrufprotokoll. Am vierten August, drei Tage nach dem Mord an Monikas Tochter Mia, tauchte zum ersten Mal eine Telefonnummer auf, die sie vorher noch nicht gesehen hatte. Sie war keinem Namen zugeordnet, daher war nur die Ziffernfolge zu sehen. Es schien sich aber niemand verwählt zu haben – Monika Oloniak hatte fünfundzwanzig Minuten mit dem Teilnehmer gesprochen.

Der Rest des Protokolls war schnell durchforstet. Außer mit ihrem Mann und ihrer Mama hatte sie nur mit dem Besitzer dieser ominösen Nummer telefoniert. Und immer länger als zwanzig Minuten, einmal sogar länger als eine Stunde. Und immer war es der Besitzer dieser Nummer gewesen, der angerufen hatte. Ricarda griff erneut zu einem rosafarbenen Notizzettel und notierte die Nummer.

»Daniel, ich brauche Ihre Hilfe«, sagte sie eine Minute später, als sie im Büro des EDV-Fachmanns stand.

Daniel wandte sich auf dem Drehstuhl ihr zu. Sein Büro glich eher der Höhle eines Computer-Nerds. Auf den ersten Blick machte Ricarda drei Tische und sechs Monitore aus, vier Tastaturen und ebenso viele Computermäuse.

»Was kann ich für Sie tun?«

»Ich habe hier eine Handynummer. Und ich wüsste gern, zu wem sie gehört.« Sie reichte Daniel den Zettel. Schon während der ihn las, drehte und rollte er den Stuhl wieder in Richtung Tisch. Ricarda hatte den Eindruck, dass er die Zahlen schon eingegeben hatte, bevor der Stuhl zum Stillstand gekommen war. Sie blieb hinter ihm stehen.

Daniel drehte sich zu ihr um. »So kann ich nicht arbeiten. Geh dir einen Kaffee machen. Wenn die Nummer irgendwo im Netz ist, hast du in fünf Minuten den Namen. Ist sie es nicht, dauert es bis morgen. Aber das kann ich dir dann in sechs Minuten sagen.«

»Gut, dann bleiben wir beim Du«, sagte Ricarda und ging.

Sie saß keine fünf Minuten vor ihrem Schreibtisch, als Daniel wieder im Türrahmen erschien. »Ich hab sie. Gerrit Burger. Neunundzwanzig. Wohnt in Mainz. Adresse gefällig?«

»Ja. Wie hast du denn das so schnell ...?«

»Es gibt Leute, die veröffentlichen auf Facebook fast alles.«

»Auch ihre Handynummer?«

»Nein, die nicht. Aber wo ich den Namen schon mal hatte, dachte ich, vielleicht wüsstest du gern, mit wem du es zu tun hast.« Er grinste und kostete seinen Triumph aus.

»Ja. Danke. Und?«

»Sieht aus, als habe Gerrit Burger gemeinsam mit Monika Oloniak in Mainz entbunden. Denn ihr kleiner Rotzebobbel ist genau einen Tag früher zur Welt gekommen als die Tochter von Monika Oloniak, und sie hat das Krankenhaus mit ›gefällt mir‹ markiert. Wobei mir ein Rätsel ist, wie man ein Krankenhaus *mögen* kann.« Er drehte sich um, wollte gehen.

»Äh ... Kannst du mir die Infos auch schriftlich geben?«

»Hast du schon. Liegen auf dem Server.«

»Danke.«

»Gern geschehen«, sagte Daniel und verschwand.

Ricarda tippte die Ziffern in die Tasten des Telefons, doch es meldete sich nur die elektronische Voice-Mailbox. Ricarda hinterließ Namen, Abteilung und Telefonnummer. Als sie auflegte, kam Lorenz wieder zurück ins Büro. »Und?«, fragte Ricarda.

»Was, und?«

»Na, die DNA-Nachhilfe für deine Tochter.«

»War super. Ich dachte schon, ich kenn mich einigermaßen mit diesem ganzen DNA-Gedöns aus. Aber die beiden haben gefachsimpelt, da verstand ich nur noch Bahnhof. Hätte doch Latein nehmen sollen in der Schule. Bin aber nicht sicher, ob ich nicht auch noch Griechisch gebraucht hätte, um das alles zu verstehen.«

»Na, kannst du aber stolz auf deine Tochter sein.«

Lorenz hatte wieder dieses Strahlen im Gesicht. »Ja, das bin ich. Und Frank, der Herrscher über alle Biologie, ist offenbar auch von ihr beeindruckt. Hat ihr gleich ein Jobangebot gemacht.«

»Wunderbar.«

»Und, hast du die Zeit genutzt?«

»Ja. Daniel hat das Handy von Monika Oloniak entsperrt, und ich hab mir ihre Kontakte der vergangenen drei Monate angesehen. Dabei bin ich auf eine Bekannte von Monika Oloniak gestoßen, die zur gleichen Zeit wie sie entbunden hat.«

»Im selben Krankenhaus?«

»Ja.«

»Wie heißt sie?«

»Gerrit Burger. Wohnt auch in Mainz.«

»Hast du schon mit ihr gesprochen?«

»Hab gerade versucht, sie anzurufen, war aber nur der Anruf...« Ricardas Telefon klingelte. Sie nahm den Hörer ab, meldete sich. Gerrit Burger war am anderen Ende, erschrocken darüber, dass die Polizei sich mit ihr unterhalten wollte.

Ricarda sprach nur kurz mit ihr. »Wir würden gern mit Ihnen persönlich sprechen. Ist das möglich?«

»Klar. Kommen Sie einfach vorbei.«

Gerrit Burger wohnte in einem Wohnblock in der Unteren Zahlbacher Straße westlich des Mainzer Hauptbahnhofs. Den größten Vorteil des Hauses sah Lorenz darin, dass es nicht weit zum Bahnhof war.

Gerrit Burger trug ein grünes Kleid mit weißen Tupfen und öffnete den Polizisten die Tür der Wohnung im zweiten Stock. Auf dem Arm hielt sie ein Baby.

»Kommen Sie doch bitte herein«, sagte Gerrit Burger. Als

die Polizisten eintraten, schaute das Kind Ricarda mit großen Augen an.

Gerrit Burger führte die Beamten durch einen engen Flur in ein ebenfalls kleines Wohnzimmer. Sofa, zwei abgewetzte Sessel, ein flacher Couchtisch und drei überbordende Bücherregale stellten die Haupteinrichtung dar. In einer Ecke stand noch ein weiterer Tisch, darauf lagerten Berge von Papier, ein Laptop, ein alter Drucker und noch ein Stapel Bücher.

»Ist nicht ganz unser Wunschzuhause, aber...« Gerrit Burger unterbrach sich. »Setzen Sie sich doch.«

Sie legte das Baby in eine Wiege, die neben dem Sofa stand. Lorenz nahm die Flecken auf der Schulter des Kleides wahr. Er erinnerte sich gut daran, als er selbst dreimal am Tag das Hemd gewechselt hatte, als er seine Tochter zu Babyzeiten versorgt hatte. Sabbern und Spucken lernten Babys als Erstes und binnen kurzer Zeit bis zur Perfektion.

»Möchten Sie etwas trinken?«

Lorenz schüttelte den Kopf, Ricarda ebenfalls.

Sie hatten sich in die Sessel gesetzt, Gerrit Burger nahm auf dem Sofa Platz. Sie bemerkte die Flecken auf dem Kleid, ignorierte sie aber. »Sie sagten am Telefon, dass Monika tot ist?«

Ricarda nickte. »Ja.«

»Und da Sie von der Mordkommission sind, nehme ich an, dass sie keines natürlichen Todes gestorben ist.«

»Sie wurde erschossen«, sagte Lorenz.

Gerrits Augen weiteten sich. »Erschossen?«, wiederholte sie fragend.

»Ja«, antwortete Ricarda. »Und Sie waren offenbar der einzige Mensch außerhalb ihrer Familie, mit dem sie sich nach dem Tod ihrer Tochter noch unterhalten hat.«

Gerrit Burgers Blick wanderte zwischen den Beamten hin

und her. »Wir waren so unterschiedlich«, sagte sie dann. »Doch wir lagen nebeneinander in einem Zimmer. Kamen beide schon Wochen vor dem Geburtstermin ins Krankenhaus. Monika hatte Blutungen, ich einen verkürzten Gebärmutterhals. Und so lagen wir dann da, erzählten uns unsere Lebensgeschichten.« Sie lachte kurz auf. »Na ja, ich war die größere Plaudertasche von uns beiden, und sie kennt jetzt mein ganzes Leben. Ich meine, kannte …«

»Und was hat Ihnen Monika im Krankenhaus anvertraut?«

»Nun, sie hatte ja sehr jung geheiratet. Sie liebte ihren Mann – Pjotr heißt er, glaub ich. Die erste Liebe und gleich geheiratet. Er hat diesen Job als Lkw-Fahrer und ist deshalb sehr unregelmäßig zu Hause. Und sie hat gejobbt, in einem Burger-Schuppen. Mit dem Geld, das war nicht so dicke. Aber auch da hatte ich mit ihr was gemeinsam. Wenn es bei mir auch anders lag.«

»Wie meinen Sie das?«

»Mein Mann und ich haben uns im Studium kennengelernt. Wir haben beide Philosophie studiert. Keine Kunst, die viel Geld einbringt. Und wir hatten uns beide in den Kopf gesetzt, dass wir promovieren. Es gab aber keine Promotionsstellen an der Uni. Und wir wollten auch nicht weg aus Mainz. Mag komisch klingen, aber das ist uns wichtig hierzubleiben. Wurzeln und so.«

Sie blickte zu dem Baby, das offenbar eingeschlafen war. »Gregor war nicht geplant. Aber wir kriegen das hin. Tizian – so heißt mein Mann – fährt nachts Taxi, und in ein paar Wochen werde ich mir auch wieder einen Job suchen. Langer Rede kurzer Sinn: Wir haben unsere Prioritäten so gesetzt, dass da derzeit nicht so viel Geld rumkommt. Aber irgendwann wird sich das ändern. Tizian ist fast fertig mit der Promotion, dann schauen wir weiter.«

Ob er dann in Mainz einen Job als Fulltime-Philosoph bekommt?, fragte sich Lorenz, sprach seine Zweifel aber nicht aus.

»Wie kam es, dass Sie und Monika so oft miteinander telefoniert haben?«, fragte Ricarda.

»Ich bin am Tag nach der Entbindung schon nach Hause. Die Geburt selbst verlief ohne Komplikationen. So schwer Gregor es mir zuvor gemacht hat, seit der Geburt gibt er den Engel.« Sie warf ihrem Sohn einen zärtlichen Blick zu. »Ich rief Monika an, eine Woche nachdem ich zu Hause war. Ich wusste nicht, dass ihre Tochter tot war. Ich meine, natürlich hab ich von dem Baby gelesen, das man erschossen hatte, aber ich hatte keine Ahnung, dass es ihres war. Ich konnte die Geschichte kaum glauben. Bei dem ersten Gespräch war sie ganz gefasst ... Nein, sie war beherrscht. Wir telefonierten sicher jeden zweiten Tag. Ab und zu weinte sie. Aber nie sehr doll. Ich hatte den Eindruck, dass sie ihre Gefühle einfach abgeschaltet hat. Das war fast schon gruselig.«

»Worüber haben Sie geredet, wenn Monika nicht über ihre Gefühle sprach?«, wollte Ricarda wissen.

»Nein, das verstehen Sie falsch. Sie sprach über ihre Gefühle. Sie sagte mir, welch unglaubliche Wut sie habe. Aber gleichzeitig war ihr Ton völlig beherrscht. Ich denke, sie nahm auch irgendwelche Medikamente. Ich weiß es nicht. Ich habe mich sowieso gefragt, warum sie ausgerechnet mit mir redete. Aber sie hat mir gesagt, dass sie mit ihren Freundinnen nicht mehr sprechen könne.«

»Gab es etwas Besonderes, das sie Ihnen anvertraut hat?«, fragte Lorenz, und Ricarda konkretisierte: »Erwähnte sie Streit mit irgendwelchen Leuten? Gab es jemanden, der sie bedrohte, vor dem sie Angst hatte?«

Gerrit Burger dachte nach. »Nein. Davon hat sie mir nichts erzählt.«

»Hätte sie Ihnen davon erzählt?«, hakte Lorenz nach.

»Ja. Bestimmt. Wenn so etwas gewesen wäre, das hätte sie erzählt. Ich hatte auch nicht den Eindruck, dass sie irgendetwas verschwieg.«

Lorenz warf Ricarda einen Blick zu, in dem sie Enttäuschung erkannte. Sie hatten sich viel von diesem Besuch bei Gerrit Burger versprochen. Offenbar zu viel.

Aber es schadete nichts, wenn sie Frau Burger reden ließen. Es waren oft Nebensätze, die eine neue Perspektive eröffneten. Lorenz schoss ins Blaue: »Wie war denn das Verhältnis von Monika zu ihren Eltern?«

»Welche Eltern meinen Sie?«

Lorenz war ebenso irritiert wie Ricarda. »Wie meinen Sie diese Frage?«

»Nun, das Verhältnis zu ihren Adoptiveltern war sehr gut. Aber als sie Kontakt zu ihrer leiblichen Mutter aufgenommen hat, war der eher belastend für sie gewesen. Um es mal freundlich zu formulieren.«

»Herr und Frau Hollenstein waren nicht ihre leiblichen Eltern?«, fragte Ricarda erstaunt.

»Nein. Aber das hat Monika erst erfahren, als sie achtzehn war. Das war vor zwei Jahren. Vielleicht hat sie deshalb auch so überstürzt geheiratet. Dass sie adoptiert war, das hat sie ziemlich aus der Bahn geworfen, hat sie mir erzählt.«

Ricarda und Lorenz tauschten einen Blick. Pjotr Oloniak hatte nicht erwähnt, dass seine Frau ein Adoptivkind war.

»Wer waren ihre leiblichen Eltern?«, wollte Ricarda wissen.

»Ute Pein hieß ihre leibliche Mutter. Der Vater war, soweit ich weiß, nicht bekannt.«

»Das heißt, ihre leibliche Mutter lebt nicht mehr?«, fragte Lorenz.

Gerrit sah zu Boden. »Monika wollte mir gar nichts darüber erzählen. Nur einmal, es war einer der seltenen Momente, bei denen sie geweint hat, da hat sie gesagt, sie hätte so viele Pläne gehabt, wie sie ihre Kleine erziehen wollte. Und dass ihre Tochter Mia niemals eine Junkiehure geworden wäre wie ihre Großmutter. Erst dachte ich, sie meinte ihre Schwiegermutter, hab gesagt, dass ich gar nicht gewusst hätte, dass Pjotrs Mutter drogenabhängig ist. Da hat sie mir dann erzählt, dass ihre Eltern sie adoptiert hätten und dass ihre leibliche Mutter ihr Leben lang an der Nadel gehangen habe, bis sie starb.«

»Monika Oloniaks Mutter ist also an ihrer Sucht gestorben?«

»Nein. Sie hat sich umgebracht. Vor gut einem halben Jahr.«

»Hatte Monika den Kontakt gesucht?«

»Ja. Ihr Adoptivvater rückte irgendwann mit dem Namen raus. Er dachte, er würde ›davonkommen‹ – so hat sich Monika ausgedrückt –, wenn er ihr einfach nur sagte, sie sei adoptiert. Aber Monika war hartnäckig, und schließlich rückte ihr Adoptivvater damit heraus, dass Monikas Mutter bei ihrer Geburt in Darmstadt gewohnt habe. Monika hat sich auf die Suche gemacht und sie dann auch gefunden. Nur war ihre Mutter nicht so, wie Monika es sich erhofft hatte. Viel hat sie nicht erzählt, nur dass ihre Mutter heroinsüchtig war und sie um Geld angebettelt hat, kaum dass sie den Kontakt zur Mutter überhaupt hergestellt hatte. Pjotr musste sie sogar aus der Wohnung schmeißen, als sie sich dort einquartieren wollte.«

»Und dann brachte sie sich um?«

»Ja. Monika sagte nicht, wie. Sie hatte außerdem zu dem Zeitpunkt gerade erfahren, dass sie schwanger war. War nicht einfach für sie. Sie ist mit siebzehn bei ihren Eltern – also bei ihren Adoptiveltern – ausgezogen. Einmal sagte sie,

sie habe frei sein wollen, ihre Eltern hätten sie erdrückt mit ihrer Fürsorge. Und jetzt ... jetzt sehne sie sich nach genau diesen Zeiten zurück, das wäre doch völlig verrückt. Nun, ich konnte sie gut verstehen.«

Lorenz hatte sich bereits den Namen der leiblichen Mutter notiert. »Noch eine Frage, Frau Burger: Lebte diese Ute Pein, Monika Oloniaks leibliche Mutter, immer noch in Darmstadt, als sie sich umgebracht hat?«

»Ja. Monika sagte, dass sie diese Stadt niemals verlassen hat.«

MITTWOCH, 11. SEPTEMBER

Margot Hesgart sah aus dem Fenster ihres Büros im zweiten Stock des Polizeipräsidiums Hessen-Süd in Darmstadt. Ihr Blick ging nach Westen. Die Sonne strahlte auf die Stadt. Die Hauptkommissarin liebte diese Aussicht. Sie hatte ihn vermisst.

Ein Jahr lang hatte sie sich eine Auszeit genommen, war mit ihrem amerikanischen Freund durch Europa getingelt. Davor hatte sie endlich die Trennung von ihrem Mann in eine Scheidung münden lassen. Und nach ihrem letzten Fall, bei dem sie neben einer Selbstmörderin im Auto gesessen hatte und nur durch einen beherzten Griff ins Lenkrad verhindert hatte, dass der Wagen gegen einen Baum gekracht war, war sie nicht mehr in der Lage gewesen weiterzuarbeiten. Burn-out, hatte ein Arzt diagnostiziert. Sie hatte sich bislang immer lustig gemacht über diesen Begriff, bis sie selbst den Unterschied zwischen *ausgelaugt* und *schlicht am Ende* hatte kennenlernen müssen.

Die Europareise war phantastisch gewesen. Nick, so hieß der Amerikaner, ein alter Freund und nun wohl so etwas wie ihr Lebensgefährte, hatte ihr das Leben versüßt, und sie hatte sich drei kitschige Träume erfüllen können: einmal vom südlichsten Punkt Europas ins Meer spucken, einmal den Eiffelturm besteigen und einmal in Venedig Gondel fahren mit einem Mann, den sie liebte. Ja, sie liebte diesen Mann, den sie vorgestern zum Flughafen gefahren hatte, von wo aus er zurück in seine Heimat Evansville in Indiana geflogen war. Sein Sohn lebte und studierte dort. Der Junge,

Milo, hatte sie sogar vier Wochen lang begleitet, als sie gerade Deutschland vom Allgäu bis nach Flensburg erkundet hatten. Er hatte erstaunliche Fortschritte in der deutschen Sprache gemacht.

Steffen Horndeich, Margots zehn Jahre jüngerer Kollege, betrat den Raum. Er hatte im Jahr ihrer Abwesenheit kommissarisch die Leitung der Abteilung übernommen. Nun war sie wieder die Chefin.

»Sind sie schon da?«, fragte Horndeich. Er meinte die Delegation vom BKA, die sich am Vortag angekündigt hatte. Wegen des Selbstmordes der Mutter, deren Tochter ermordet worden war.

»Nein. Müssen aber gleich kommen.« Margot wandte sich der Kaffeemaschine zu. »Auch einen?«

»Klar.«

Die Maschine war noch dieselbe, ebenso wie die Bürostühle, die Tische, die Regale. Irgendwie fühlte es sich für Margot nicht so an, als wäre sie ein Jahr lang fort gewesen. Sie legte Kapseln in die Maschine, füllte die Tassen. Für sich selbst tat sie einen halben Löffel Zucker in den Sud. Gegen die Bitterkeit, wie sie immer zu sagen pflegte. Es hatte auch Zeiten gegeben, da war die Bitterkeit so groß gewesen, dass es zwei ganze Löffel hatten sein müssen.

Es klopfte an der Tür.

»Herein«, sagte Horndeich, den jeder bei seinem Nachnamen nannte, schon immer. Nur seine Frau Sandra rief ihn Steffen.

Die beiden Kollegen aus Wiesbaden traten ein. Lorenz Rasper und Ricarda Irgendwas.

»Willkommen im beschaulichen Darmstadt«, grüßte Horndeich.

»Kenne ich doch, ich wohn schließlich hier«, sagte Lorenz.

»Ach, wo denn?«, fragte Kollege Horndeich.

»Damaschkestraße.«

Horndeich bot den Gästen Kaffee an, bereitete ihn zu, und wenige Minuten später waren sie in einen der kleinen Besprechungsräume umgezogen.

»Sie kommen zu uns wegen der Frau, die sich umgebracht hat und deren Tochter ermordet worden ist«, begann Horndeich, nachdem sie sich um den runden Tisch gruppiert hatten.

»Ja, Ute Pein war ihr Name.«

Margot konnte zu dem Fall nicht viel sagen, denn Ute Pein hatte sich ins Jenseits befördert, als sie gerade in Dänemark gewesen war, wenn sie das richtig einordnete.

Der Laptop auf dem Tisch vor Horndeich war an einen an der Wand montierten großen Bildschirm angeschlossen.

»Ute Pein. Hat sich mit Strom in der Badewanne gehimmelt«, sagte Horndeich. Auch wenn sie ein Jahr nicht hier gewesen war, sie erkannte immer noch, wenn Horndeich etwas sagte, was er nicht so meinte.

»Wie genau?«, fragte Ricarda Zöller. Zum Glück hatte sie sich vorhin noch einmal ganz förmlich vorgestellt.

Horndeich klickte sich durch ein paar Ordner auf dem Server, dann zauberte er ein Bild auf den Bildschirm, das eine nackte tote Frau in einer Badewanne voller Wasser zeigte. Sie war nicht dünn, sie war dürr. Ihr langes Haar schwamm in surrealistisch anmutenden Wellen im Badewasser. Ein elektrisches Heizöfchen lag halb unter der Wasseroberfläche auf ihrem Bauch. Das Stromkabel war in eine Verlängerungsschnur gesteckt.

»So haben wir sie gefunden.«

Lorenz Rasper kam gleich auf den Punkt: »Gab es irgendwelche Zweifel an der Selbstmordthese?«

Horndeich sah ihn an, dann Ricarda, dann Margot. »Nein. Eigentlich nicht.«

»Eigentlich ist eigentlich ein überflüssiges Wort«, sagte Ricarda. »Also doch Zweifel?«

»Formulieren wir es so: außer einem blöden Gefühl nichts«, antwortete Horndeich. »Es kam mir komisch vor. Aber es gab keinen objektiven Anlass, an einem Selbstmord zu zweifeln. Die Frau hatte allen Grund dafür, dass sie aus dem Leben scheiden wollte. Ich wollte auf Nummer sicher gehen. Also das große Programm. Fazit: Für ihre Verhältnisse hatte sie nur wenig Drogen im Blut. Auf dem Heizöfchen gab es nur Fingerabdrücke von ihr selbst. Auf der Verlängerungsschnur waren noch andere Abdrücke, aber das Teil war alt, wer weiß, wer es vorher schon in den Hand gehabt hatte.«

»Was wissen Sie über Ute Pein?«

»Ich hab mich mit den Jungs von den Drogen unterhalten. Die kannten sie seit über zwanzig Jahren. Sie nahm Drogen, seit sie fünfzehn war. Das hat ihr Leben versaut. Ein Kollege hatte einen persönlichen Draht zu ihr, kannte auch die Streetworkerin, zu der sie am meisten Vertrauen hatte. Die hat immer wieder versucht, sie aus dem Sumpf zu ziehen. Frau Pein hatte fünf Entziehungskuren hinter sich, war immer mal wieder ein halbes Jahr clean. Ansonsten die übliche Karriere: Diebstähle, Dealen, Prostitution. Ihr Leben eine Mischung aus Sozialhilfe, Jobs, die sie nie länger als ein paar Monate behielt, und Knast. Gruselig.«

»Okay, jetzt versteh ich den Grund, weshalb sie ihre Tochter gleich nach der Geburt zur Adoption freigegeben hat.«

»Adoption? Nein, Sandra war nur in einer Pflegefamilie.«

»Sandra? Hatte sie einen Zweitnamen?« Ricarda schien irritiert, und auch Lorenz Rasper runzelte die Stirn.

»Sandra? Nein. Die hatte meines Wissens nur einen Vornamen. Sandra eben«, sagte Horndeich.

»Die Tochter von Ute Pein heißt doch Monika«, sagte Lorenz. »Monika Oloniak.«

»Äh … die ermordete Tochter heißt Sandra«, wiederholte Horndeich. »Sandra Pein.«

»Aber nicht die Tochter, die vorgestern erschossen wurde.«

»Monika? Erschossen? Moment, irgendwie reden wir gerade aneinander vorbei«, erkannte Horndeich. »Sandra Pein war Ute Peins Tochter. Sie wurde vier Wochen vor dem Selbstmord ihrer Mutter erstochen. Hier in Darmstadt, auf der Mathildenhöhe. Das sind die Fakten. Und wer, zur Hölle, ist jetzt Monika?«

Ricarda Zöller warf Lorenz Rasper einen Blick zu. Nettes Paar, stellte Margot fest. Aber vielleicht war sie da im Moment auch nicht objektiv. Die Zeit mit Nick hatte ihr gutgetan. So was von gut.

»Monika Oloniak war die leibliche Tochter von Ute Pein«, erklärte Ricarda Zöller. »Frau Pein hat Monika unmittelbar nach der Geburt zur Adoption freigegeben. Sie fand sofort ein Paar, das sie adoptierte. Glück für Monika. Monikas eigene Tochter, Mia, wurde vor fünf Wochen erschossen. Und nun Monika selbst. Beide mit einer Walther P38.«

Horndeich sah wieder zu Margot, doch die konnte ihm nicht helfen. »Wir kennen keine Monika Oloniak. Wir kennen nur Sandra Pein. Geboren 1996, also siebzehn, als sie erstochen wurde. Ihre Mutter Ute hat versucht, das Kind bei sich zu behalten. Aber da war das Jugendamt dagegen. Sandra kam zu Pflegeeltern, auch hier in Darmstadt. Aber sie hat zu ihrer Mutter Kontakt gehalten. Sandra Pein wurde im Dezember erstochen. Sie ging joggen und wurde dabei Opfer ihres Mörders.«

»Dass Ute Pein eine zweite Tochter hatte, davon wussten wir nichts«, sagte Ricarda. »Monika wurde 1993 geboren, war also drei Jahre älter als ihre Schwester. Was hat es mit dem Mord an der zweiten Tochter auf sich?«

Horndeich seufzte. »Auch so ein Fall, bei dem wir nicht wirklich eine Chance haben, ihn zu lösen. Es gibt nichts. Keine verwertbaren Spuren, keine Zeugen. Das Mädchen ist den Weg entlanggejoggt, den es immer gejoggt ist. Dann wurde es offenbar überfallen. Vier Messerstiche. Sexualdelikt ist auszuschließen, Raubmord auch.«

»Wann? Wo?«, fragte Lorenz.

»Sie kennen die Mathildenhöhe?«, wollte Horndeich wissen.

»Wie gesagt, ich wohne hier.«

»Ich nicht«, sagte Ricarda Zöller.

»Vielleicht fahren wir einfach hin, dann zeige ich es Ihnen«, schlug Horndeich vor.

Ricarda folgte den Darmstädter Kollegen nicht auf den Parkplatz unweit des Parks. Er lag vor einem Gebäude der Fachhochschule, glich aber eher einem Truppenübungsplatz.

»Das ist nichts für zart besaitete Italiener«, schmunzelte Lorenz auf dem Beifahrersitz ihres Mito.

»Nein. Definitiv nicht. Und den Stammesbrüdern von Ferrari würden hier zentimetertiefe Schrammen in den Unterboden gefräst.«

Sie kurbelte das Lenkrad herum und stieß rückwärts wieder auf die Straße zurück, die ihre Hinterräder zum Glück nie verlassen hatten.

Die Darmstädter Kollegen waren in Kommissar Horndeichs altem Mercedes gefahren, einem weinroten Flossenbenz, Kombi. Seltsamer Geschmack, der Kollege, hatte Ricarda gedacht. Dann hatte sie den Kindersitz auf der Rückbank gesehen und gedacht, dass sich der Wagen als Familienkutsche sicher ganz gut eignete.

Ihr Mito war keine Familienkutsche. Aber sie hatte ja auch keine Familie mehr.

»Fahr die Straße ein Stückchen runter, da ist bestimmt was frei.«

Ricarda legte den ersten Gang ein und ließ den Wagen sanft anrollen. Sie fuhr die Straße – Lucasweg – bergab. Und fand keinen Parkplatz. Sie lachte auf.

»Was ist so lustig?«

»Nichts«, gluckste Ricarda.

»Fahr jetzt rechts, dann an der Ampel wieder rechts und dann die Zweite noch mal rechts. Dann sind wir wieder auf der Straße zum Parkplatz. Vielleicht finden wir auf der was.«

Ricarda bog ab, nachdem sie einem Containersattelzug noch die Vorfahrt gelassen hatte. Sie folgte der rollenden Wand aus Stahl und Blech.

Im Lucasweg keinen Parkplatz gefunden, wenn das mal nicht eine Ironie des Schicksals war. Denn ihr Exmann hieß ja Lucas. Wie oft hatte sie sich in den vergangenen Jahren gefragt, ob sie alles richtig gemacht hatte. Ob es richtig gewesen war, sich von ihm zu trennen. Wegen der Tussi. Aber gerade im vergangenen Jahr hatte sie sich eingestanden, dass die Tussi gar nicht der Grund für die Trennung gewesen war. Sondern nur die Vorlage für sie, gehen zu können und die Schuld allein auf ihn zu schieben. Obwohl sie inzwischen spürte, dass das so auch nicht stimmte. Auch sie hatte so nicht mehr leben wollen, im täglichen Nichtreden, das etwas ganz anderes war als gemeinsames Schweigen. In der gähnenden Leere, die sie »Ehe« nannten. Wann war er gekommen, der Moment, der *point of no return*, an dem es kein Zurück mehr gegeben hatte aus der gemeinsamen Einsamkeit?

Die Ampel schaltete schon wieder auf Rot, bevor der Fahrer des Sattelzugs vor ihr das akrobatische Kunststück vollbracht hatte, das Gespann um die viel zu enge Kurve zu bugsieren. Die moderne Version vom Kamel durchs Nadelöhr. Der Lastzug wurde millimeterweise vor- und zurückrangiert. Der Verkehr war lahmgelegt. Rechts neben der Straße erhoben sich Mauern zu einem höher gelegenen Grundstück. Durch das Glasdach konnte sie sehen, wie Leute mit Biergläsern das Schauspiel verfolgten. Offenbar handelte es sich um einen Biergarten. Das kostenlose Spektakel würde die Gaffer sicher noch mindestens drei Ampelphasen lang unterhalten. »Was für 'n Idiot«, hörte Ricarda Lorenz murmeln. Das rumänische Kennzeichen am Auflieger entschuldigte in Ricardas Augen jedoch die mangelnde Ortskenntnis.

Sie hatte gewusst, dass sie mit ihren Karriereambitionen die Ehe belastete. Wenn die Bösen in Mainz mal die Füße stillhielten, bildete sie sich in Seminaren weiter. Auch an Wochenenden. Damals schon. Und heute immer noch. Nein, damals war sie nicht bereit gewesen, das aufzugeben. Sie hatte nie so sein wollen wie ihre Mutter. Die hatte das Medizinstudium geschmissen, als Ricarda sich angekündigt hatte, und war seit Ricardas Geburt nur noch Hausfrau gewesen. Und Mutter. Eher Glucke. Das hatte Ricarda ihrer Tochter ersparen wollen. Und nun ... Nun feierte die mit Daddy Geburtstag. In Amerika. Hey ho! Irgendwas war offensichtlich falsch gelaufen.

Und sie, sie war allein. Wünschte sich nun, sie könnte Glucke sein. Und stand stattdessen ausgebremst mit ihrem roten Flitzer hinter einer Stahlwand, die sich immer noch nur schrittweise vor- und zurückbewegte. Das alles, nachdem sie im Lucasweg keinen Parkplatz gefunden hatte. Sauber.

»Was ist so lustig?«

»Nichts«, sagte Ricarda, der gar nicht bewusst gewesen war, dass sie schon wieder gelacht hatte.

Ihr Flitzer, der knallrote Mito, der war ein Symbol für sie. Ihr Bruder hatte ihn ihr verkauft. »Geschenkt« war das treffendere Wort. Ihr Bruder Ingo, drei Minuten älter als sie, hatte schon als Fünfjähriger gebastelt und geschraubt. Ihre beiden Barbies hatte er zu siamesischen Zwillingen verbunden, als ihrem Vater die Tube mit dem Plastikkleber auf den Boden gefallen war. Ingo hatte intuitiv begriffen, was man damit machen konnte. Was sie nicht witzig gefunden hatte. Drei Jahre später hatte er die Klingel an ihrem Fahrrad repariert, mit zehn hatte er den Reifen geflickt und ihr mit sechzehn ein altes, selbst repariertes Mofa geschenkt. Spätestens da hatte er genug geleistet, dass man die Sache mit den Barbies als Gesellenstück werten konnte. Das war ihr Bruder Ingo. Für ihn gab es nichts, was kaputt war. Für Ingo gab es nur Dinge, die noch nicht repariert waren. Wie der Mito. Was die Versicherung einen Totalschaden genannt hatte, war genau genommen ebenfalls nur »noch nicht repariert«. Viertausend Euro und etliche Arbeitsstunden später hatte der Wagen ausgesehen, als wäre er gerade vom Band gelaufen. »Dieser Motor, der geht ab wie dein Leben jetzt«, hatte er zu ihr am Tag der Scheidung gesagt und ihr den Schlüssel in die Hand gedrückt.

Im Nachhinein, so sah sie das, war ihr Bruder nicht nur ein begnadeter Mechaniker, sondern auch zu einem gerüttelt Maß ein guter Psychologe. Denn der Tag ihrer Scheidung war für Ricarda im Rückblick auch immer der Tag, an dem sie den Mito geschenkt bekommen hatte.

Gefühlte vier Stunden später – in Wirklichkeit nur fünf Ampelphasen später – fand sie einen Parkplatz am Seitenstreifen, kurz vor dem Buckelparkplatz.

»Da ist einer«, hatte Lorenz gesagt und auf den Bürgersteig gezeigt.

»Äh ... Da war gerade dieses Schild. Roter Kreis auf blauem

Grund mit rotem Querstreifen. Eingeschränktes Halteverbot. Du meinst, wir schaffen das hier in drei Minuten?«

»Nein. Aber es gibt in Darmstadt kein eingeschränktes Halteverbot.«

»Und das Schild?«

»Das Schild heißt in Darmstadt: Fünfzehn-Euro-Parkplatz. Was kaum teurer ist als die Parkhäuser hier. Ich zahle, wenn uns die Kollegen von der Kommunalpolizei einen blauen Parkschein verpassen.«

Damit war er auch schon ausgestiegen. Und winkte den Darmstädter Kollegen zu, die an dem roten Benz des Kommissars lehnten.

Ricarda erklärte ihnen den Grund für die lange Dauer ihrer kleinen Ehrenrunde.

»Kein Problem«, sagte Margot Hesgart. »Man konnte von hier oben sehen, dass sich in der Dieburger Straße nichts mehr bewegt.«

»Zeigen Sie uns jetzt den Tatort?«, forderte Lorenz.

»Ja, gleich. Zwei Minuten von hier liegt der Tatort«, sagte Horndeich und deutete nach Westen in Richtung des Parks. »Aber hier«, er deutete auf die Häuserzeile im Lucasweg, »hier hat sie gewohnt.«

»Wo genau?« hakte Lorenz nach und zückte bereits die kleine Digicam, die er offenbar immer einstecken hatte.

»Dort, das Haus mit dem Balkon und dem Erker.«

Vom Steingeländer des Balkons ergoss sich ein wahres Meer aus lilafarbenen Petunien. Ricarda mochte die Blumen. Im Garten ihres gemeinsamen Hauses … *Reiß dich zusammen,* sagte sie sich und unterdrückte den Gedanken.

»Sandra Pein wohnte dort mit ihren Pflegeeltern, den Wagners«, sagte Kommissarin Hesgart. »Am 3. Dezember joggte sie in aller Herrgottsfrühe los, noch vor sechs. Um halb acht musste sie in der Volksbank in der Hügelstraße aufschlagen, denn dort hatte sie eine Ausbildung zur Bankkauffrau angefangen. Sie joggte die Straße hoch, vor dem Hochzeitsturm bog sie nach rechts auf den Fußweg ab, auf die Erich-Ollenhauer-Promenade, die bis in die Innenstadt führt.«

Ricardas Blick wanderte über die Turmfassade nach oben. Die Haube des Turms bestand aus fünf stilisierten Fingern. Die goldene Uhr zeigte kurz vor eins.

»Gehen wir den Weg, den sie gejoggt ist«, sagte Steffen Horndeich.

»Hier ist sicher nicht viel los morgens um sechs«, überlegte Lorenz laut.

»Nein. Die Beleuchtung ist zwar an, aber nicht sehr hell. Und im Dezember, da war es richtig kalt. Aber es lag kein Schnee.«

Der Fußweg teilte sich. Man konnte geradeaus gehen oder nach links abbiegen.

Steffen Horndeich deutete geradeaus. »Hier lang. Es geht jetzt etwas bergab.« Immer wieder unterbrachen flache Stufen den Weg.

Sie folgten den Darmstädter Kommissaren. Ricarda drehte sich noch einmal um und sah einen Hain voller Platanen und links daneben eine Wiese, auf der sich mehrere Pärchen auf Decken niedergelassen hatten. Ein junger Mann spielte auf einer Gitarre; Bob Dylan, wenn Ricarda es richtig erkannte. Hunde tollten über das Grün. Es war ein idyllisches Fleckchen Erde. Links neben der Wiese führte ebenfalls ein Fußweg nach unten. Am Ende der Wiese lag ein kleiner Kiesplatz mit zwei Brunnen, links davon stand ein riesiger Klinkerbau, der aussah, als hätte ihn ein Kind mit Bauklötzen entworfen.

Nach wenigen Metern machte der Weg einen Knick, es folgten ein paar Stufen. Steffen Horndeich hielt an. »Hier ist es.«

Rechts neben dem Weg lag eine kleine Oase mit einem Brunnen und Bänken, umgeben von Büschen und Bäumen, zum Teil gesäumt von einer niedrigen Mauer. Der Brunnen war ebenerdig in den Boden eingelassen, umfasst von Klinkersteinen. Wasser plätscherte friedlich in der Brunnenmitte.

»Diesen Weg ist Sandra Pein entlanggejoggt, jeden Morgen um sechs.«

»Wo genau lag sie?«

Steffen Horndeich öffnete eine schmale Plastikmappe. Darin befanden sich Ausdrucke mehrerer Fotografien. Er reichte sie Lorenz und Ricarda.

Die Fotos zeigten Sandra Pein, die mit dem Oberkörper im flachen Becken des Brunnens lag. Sie trug schwarze Leggins, neongrüne Joggingschuhe und ein ebenfalls grünes T-Shirt. Im Hintergrund war eine der Bänke zu sehen und neben der Bank ein überquellender Papierkorb. Im Dezember befand sich kein Wasser im Brunnen, aber um die Leiche hatte sich eine braune Pfütze gebildet.

Ricardas Blick pendelte zwischen den Fotos und dem realen Brunnen hin und her. Sie sah sich um. Ein Baum und das Mäuerchen schirmten den Blick etwas ab, aber man konnte die Szenerie von der Wiese oder dem Weg jenseits der Wiese aus einsehen. Auch von den Fenstern der angrenzenden Häuser hatte man den Brunnen im Blick. Aber im Dezember um sechs Uhr morgens war es finster, dann sah man aus einem beleuchteten Zimmer heraus nicht viel.

Ricarda wandte sich um und bemerkte die Laterne. »War die zur Tatzeit an?«

»Nein. Jemand hatte die Lampe kaputt gehauen. Wir haben die Scherben gefunden«, sagte Horndeich, dann deutete er wieder auf den Brunnen, wo die Leiche der jungen Frau gelegen hatte. »Wie gesagt, sie ist erstochen worden. Vier Stiche. Wenn man Martin Hinrich, unserem Gerichtsmediziner, glauben darf, bekam sie den ersten Stich noch im Stehen ab, in den Bauch. Es folgten drei weitere, als sie am Boden lag. Zwei der Stiche trafen die Schlagader. Sie ist in wenigen Minuten verblutet.«

Ricarda schluckte. Auch ihre Tochter Esther ging oft morgens joggen. Bislang hatte Ricarda das eher nicht als potenziell tödlich eingestuft. *Das Motiv ist entscheidend*, versuchte sie sich zu beruhigen. *Das junge Mädchen musste nicht sterben, weil sie joggen war, sondern weil der Täter ein Motiv hatte, sie umzubringen.* Klang überzeugend. Überzeugte aber nicht.

Steffen Horndeich sprach weiter: »Die Kleidung war nicht angerührt. Kein Anzeichen für ein sexuelles Motiv. Wer immer das getan hat, er hat sie einfach erstochen und ist dann seiner Wege gegangen. Völlig absurd.«

»Und es fehlte nichts bei der Leiche?«

»Nein. Sie hatte außer ihrer Kleidung nur einen losen Hausschlüssel in der Gesäßtasche, und der war noch da.«

»Wer hat sie entdeckt?«

»Eine junge Frau, die ihren Australian Shepherd Gassi geführt hat. Sie wohnt dort unten in diesem Klinkerklotz.« Horndeich deutete auf das große Haus am Fuß der Wiese. »Als sie ihn von der Leine ließ, ist er sofort zu der Leiche gerannt. Da muss der Körper noch warm gewesen sein.«

»Irgendwelche Verdächtigen?«

»Nur ihren Freund. Aber es langte nicht für eine Anklage.«

»Sonst nichts?«

»Es gab im unmittelbaren, im nahen und auch im weiteren Umfeld abgesehen von der Eifersucht des Freundes weit und breit nicht den Ansatz eines Motivs«, sagte Steffen Horndeich. »Nada. Manchmal ist das Resümee nach Wochen so simpel. Aber Sie kennen das ja sicher.«

»Können wir mit dem Freund reden?«, fragte Ricarda. »Und mit den Pflegeeltern?«

Margot Hesgart nickte. »Klar.«

DAMALS. MONTAG, 23. APRIL

Es stinkt nach Urin und nach – Scheiße. Sicher, das kann man auch schöner ausdrücken. Aber der Feingeist, dessen es bedarf, ekelhafte Dinge zu umschreiben, ist mir vor langer Zeit verloren gegangen. Zermahlen von Loren voller Ziegelsteine.

Ich hätte nicht gedacht, dass ich mich mal nach den Baracken im Lager zurücksehne. Dort lagen wir manchmal zu viert auf den Pritschen. Aber, verdammt, wir *lagen*.

Jens' Pillen haben gegen die Entzündung an meinem Fuß geholfen. Vor drei Tagen hat er sie mir gegeben. Ich bin mir sicher, Jens hat mir damit das Leben gerettet. An jenem Tag, an dem der Führer Adolf Hitler seinen sechsundfünfzigsten Geburtstag gefeiert hat – wahrscheinlich im kleinen Kreis, in irgendeinem Bunker –, bin auch ich sozusagen noch einmal geboren worden.

Ich habe wieder etwas Kraft. Deshalb habe ich auch die Fahrt im Güterwagon überstanden. Gestern früh haben sie uns da reingepfercht. Dann sind wir einen Tag lang gefahren. Kamen in Lübeck am Hafen an. Der Zug stand noch ein paar Stunden dort herum, bevor man die Türen geöffnet und uns rausgetrieben hat. Bis auf vier von uns. Die lagen tot im Waggon. Mit der üblichen Schreierei haben sie uns entlang einer Kaimauer gehetzt. Neben uns das Wasser. Und Schiffe. Im Gänsemarsch ging es am ersten Schiff vorbei. Dann mussten wir beim zweiten Schiff an Bord gehen. »Athen« stand auf der Seite.

War es im Güterwaggon schon eng, kann man das hier

kaum aushalten. Sie haben uns tatsächlich in den Stauraum eines Frachters gepackt. Das Wort »gepackt« trifft es. Wie Frachtgut sind wir Mann für Mann – nein, Stück für Stück – im Frachtraum gestapelt worden. Senkrecht gestapelt.

Das Problem ist: Wir sind nicht die Ersten. Mindestens fünfhundert andere zerlumpte Gestalten waren bereits hier drin. Zebras wie wir.

Ich kletterte die Leiter herunter. Musste mich beeilen, denn der Nächste folgte sofort und trat mir schon auf die Hände, so wie ich dem unter mir auf die Hände trat.

Die, die schon unten waren, wurden von den Nachfolgenden geschoben. Und sie verteidigten jeden Zentimeter Platz. Als alle unten waren, schloss sich die Luke. Das ist jetzt schon Stunden her.

Wir können nicht liegen. Unmöglich. Sitzen können immer nur ein paar. Denn einer, der sitzt, braucht doppelt so viel Platz wie einer, der steht. Darum müssen wir das Sitzen organisieren. Aber das ist gar nicht so einfach. Vorhin hätten drei wieder aufstehen müssen, aber sie hatten keine Kraft mehr.

»Lass ihn sitzen«, sagte jemand.

»Und du machst dich dann doppelt so dünn?«, fragte ein anderer. Ich konnte den Dialog nur hören, ich konnte die Männer nicht sehen.

»Lass ihn sitzen. Wenn er krepiert, dann liegt er. Das braucht noch mehr Platz.«

»Nein, die, die krepieren, die können wir aufeinanderlegen.«

Schlimmer als alle Schläge, als alle Frostbeulen, als alle Schwielen an unseren Händen, schlimmer als die Läuse und schlimmer noch als die Krätze, als der unsägliche Dreck, noch schlimmer ist das, was sie uns genommen haben: unsere Menschlichkeit. Keiner von denen, die da gerade um

Zentimeter, nein, Millimeter feilschen, hätte einen Satz wie den letzten in einem zivilisierten Leben von sich gegeben. Sie bringen das Schlechteste in uns ans Tageslicht.

Ich denke, es muss ja mal zu Ende gehen. Hier, mit dieser Situation. Sie müssen uns ja mal irgendwo hinbringen. Aber der Kahn bewegt sich nicht.

Wir halten die Bereiche frei, in denen die Eimer für die Notdurft stehen. Die Plätze um die Eimer rum, das sind die, wo keiner stehen will. Wo die stehen, die sich nicht wehren können. Es braucht keiner Worte, um die Plätze zu verteilen. Es wird geschoben und gedrückt, und am Ende stehen die dort, die am wenigsten geschoben und gedrückt haben.

Ein Anflug von Panik in meinem Kopf. Vielleicht wollen sie uns gar nirgendwo hinbringen. Vielleicht fahren sie auf das offene Meer hinaus. Und dann schießen sie zweimal von außen auf den Rumpf. Und wir versinken. Ein nasses Grab.

Ich versuche, den Gedanken zu verscheuchen. Mein Nachbar, der mit seinem Fuß fast auf meinem steht, hat gesagt, das Schiff sei in den letzten drei Tagen immer wieder abgefahren. Und immer wieder zurückgekommen. Das hier ist also ein funktionstüchtiges Schiff. Sie werden kein funktionierendes Schiff versenken. Sie sind doch immer so effizient, die Deutschen, beim Kriegführen wie beim Bestrafen und beim Töten. Da werden sie doch kein Schiff versenken, das intakt ist. Wenn man jedoch bedenkt, dass sie dann keine Grube ausheben lassen müssen, um unsere Leichen zu verbuddeln, und keine Grube zuschütten müssen – vielleicht fällt die Rechnung unter Kosten-Nutzen-Aspekten dann doch nicht zu unseren Gunsten aus.

»Steh auf, oder ich bring dich um!«, schreit einer.

Das wäre natürlich das Effizienteste für sie: Wir bringen uns gegenseitig um. Es gibt Momente, da schämt man sich für seine eigene Spezies.

Ich fange an zu summen. *Wohin auch das Auge blicket ...* Der Mann, der mit seinem Rücken an meinem Rücken steht, stimmt mit ein. ... *Moor und Heide nur ringsum.* Wenig später singen einige um mich herum. »Wir sind die Moorsoldaten ...«

Warum ausgerechnet dieses Lied?

Ich weiß es nicht. Aber ich weiß: Die, die singen, denken nicht nach. Und das ist eine Gnade. Denn wenn wir nicht nachdenken, schlagen wir uns nicht.

Erschlagen wir uns nicht.

MITTWOCH, 11. SEPTEMBER

»Treten Sie ein«, sagte Sandra Peins Pflegemutter. Elisabeth Wagner war eine große Frau mit Pagenschnitt und pechschwarzem Haar. Sie trug ein rotes Sommerkleid und war kaum geschminkt.

»Mein Mann ist bei der Arbeit«, erklärte sie im Wohnzimmer, nachdem sich Ricarda und Lorenz an den Esstisch gesetzt hatten. Margot Hesgart und Steffen Horndeich waren bereits wieder zum Präsidium gefahren. Lorenz hatte zuvor mit Elisabeth Wagner telefoniert und um ein kurzfristiges Treffen gebeten, nun, da sie gerade in Darmstadt waren.

Frau Wagner bot ihnen zu trinken an und kam wenig später mit einem Tablett ins Wohnzimmer, darauf drei Gläser und eine Karaffe Wasser mit Zitronenstücken und Eiswürfeln. Während sie die Gläser füllte, sagte sie: »Wir haben der Polizei doch schon alles gesagt. Warum wird das wieder aufgewühlt?«

»Frau Wagner, ich möchte keine falschen Hoffnungen wecken, aber es gibt einen neuen Ermittlungsansatz«, sagte Ricarda.

Elisabeth Wagner ließ sich auf einem der freien Stühle nieder. Ricarda sah sich um. Die Altbauwohnung war offenbar erst vor Kurzem komplett saniert worden. Der Parkettboden wirkte nagelneu, der Stuck an der Decke war mit goldfarbenen Linien verziert. Die Türen waren alt, aber ebenfalls so aufbereitet, dass sie wie neu wirkten.

Elisabeth Wagner war Ricardas Blick gefolgt. »Hier haben wir unser Geld investiert«, erklärte sie. »Vor zehn Jahren haben wir die Wohnung gekauft, und vor zwei Jahren konnten wir endlich alle Restaurierungsmaßnahmen abschließen.«

»Sie arbeiten als?«

»Wir sind beide Lehrer. Ludger an der Christian-Gude-Schule, ich am Rainer-Witt-Gymnasium. Ludger hat heute Nachmittag die Foto-AG. Er ist mit den Schülern unterwegs im Wald. Das Thema ist Holz. Seine Schüler sollen Bilder genau so knipsen, dass der Betrachter beim ersten Blick sagt: ›Holz.‹ Nicht ›Wald‹, nicht ›Ast‹, nicht ›Baumstamm‹, sondern ›Holz.‹ Für die Fotohandygeneration eine noch größere Herausforderung als für unsere.«

Womit sie Lorenz meinen musste, denn Ricarda war sicher zehn Jahre jünger als Elisabeth Wagner.

»Frau Wagner, bitte erzählen Sie uns, woran Sie sich erinnern können vom Tag, an dem Ihre Pflegetochter starb.«

Elisabeth Wagner schwieg zunächst. Schluckte. Dann ging ein Ruck durch ihren Körper, der Ricarda an eines dieser Plastiktiere erinnerte, die auf einem Sockel standen und die man in sich zusammensinken lassen konnte, wenn man mit dem Daumen auf die Bodenplatte drückte. Frau Wagner war nicht in sich zusammengesunken gewesen, dennoch war es so, als hätten sich auf einmal die Gummibänder in ihrem Körper gestrafft.

Sie berichtete von jenem Morgen im Dezember, aber Lorenz und Ricarda erfuhren auch nicht mehr, als sie schon von ihren Darmstädter Kollegen wussten. Sandra war wie jeden Morgen joggen gegangen, aber danach nicht zurückgekehrt. Keine besonderen Vorkommnisse davor, keine im Anschluss. Einfach nur ein völlig sinnloser und unerklärlicher Tod.

»Wann kam Sandra in Ihre Familie?«, fragte Lorenz.

Der Anflug eines Lächelns huschte über Elisabeth Wagners Gesicht. »Bereits kurz nach der Geburt. Ich kann keine Kinder bekommen. Sandras Mutter, Ute Pein, sie hat wohl noch eine weitere Tochter, etwas älter, aber die hatte sie gleich nach der Geburt zur Adoption freigegeben. Bei uns sah die Sache anders aus. Frau Pein wollte das Kind behalten, aber das Jugendamt hat ihr die Vormundschaft entzogen. So kamen wir ins Spiel. Ich hab lange mit Ludger diskutiert, ob wir uns auf so was einlassen wollten. Es hätte sein können, dass sie das Sorgerecht wieder zurückbekommen wollte. Wir haben uns dafür entschieden – und das war richtig. Ute hat das Kind ab und zu gesehen, aber es blieb beim losen Umgang. Mal war sie im Knast, mal wieder in einer Therapie. Mal war ihr Interesse am Kind größer, mal hat sie Sandra ein Jahr lang nicht besucht. Hier bei uns hatte Sandra ihr Zuhause, ihren festen Pol in der Welt.«

»Wie ist Sandra damit umgegangen?«, fragte Ricarda. »Ich meine, mit der Sache mit ihrer Mutter?«

»Es war schwer für sie. Und es war manchmal auch schwer für uns. Aber wir haben von Anfang an kein Lügengebilde aufgebaut. Sie wusste immer, wer ihre Mama war. Wer ihr Vater war, das wusste Frau Pein selbst nicht genau. Ich glaube, das war für Sandra noch schlimmer als die Tatsache, dass sie bei Pflegeeltern lebte, dass sie keine Ahnung hatte, wer ihr leiblicher Vater war. Es hat viel Tränen gegeben. Viel Wut. Ein paar kaputte Tassen und viele laute Worte. Aber ich denke, wir haben es richtig gemacht. Die Situation war nicht einfach, aber sie war klar. Und Sandra ...« Tränen rannen Elisabeth Wagner nun über die Wangen. »Sandra hat das auch so gesehen. Sie war für ihr Alter sehr erwachsen. Vier Tage vor ihrem Tod, da ist sie auf mich zugekommen. Hat mich umarmt und mir gesagt: ›Was habe ich für ein Glück gehabt, dass ihr da wart, als ich auf die Welt gekommen bin.‹« Elisabeth Wagner wischte sich über die Wangen.

»Und ihr Freund, was war das für ein Mensch?«, fragte Ricarda.

»Er wurde verdächtigt, Sandra umgebracht zu haben«, fügte Lorenz hinzu.

»Das ist völliger Blödsinn. Basti – Sebastian Decker –, er ist ein Hitzkopf, aber er ist nicht verkehrt. Die beiden haben sich wirklich geliebt. Ja, er war eifersüchtig, aber wir reden hier von Teenagern. Er war kein Stalker, kein Fremdes-Handy-Checker, kein Postfachhacker oder Fremdes-Tagebuch-Leser. Er konnte in der Disco einen Streit anfangen, wenn ein Typ seiner Sandra auf den Busen geschaut hatte. So was. Doch Sandra hat ihn da immer klar und direkt in seine Schranken gewiesen.«

»Wie kam dann die Polizei darauf, dass Sebastian Sandra umgebracht haben könnte?«, fragte Lorenz.

»Er hatte kein Alibi. Und die beiden hatten Zoff. Am Samstag zuvor hatten sie sich richtig gestritten, es ging wieder darum, dass Sandra in der Disco einen Jungen falsch angeschaut hatte. Sponti, so hatte sie ihn genannt. Keine Ahnung, wie er richtig heißt.«

Lorenz hob eine Augenbraue. »Sponti?«

»Ja. Sie hätten Stress wegen Sponti gehabt, hat Sandra gesagt. Sonntag haben sie sich dann hier getroffen und gestritten, und Sandra hat sogar geweint. Und Montag früh war sie tot. Aber es war nicht der erste Streit, und es wäre auch nicht der letzte gewesen. Es war nur so, dass einfach niemand den Mord an Sandra erklären konnte. Und da kam Bastis Eifersucht wohl gerade recht. Aber er hat sie nicht umgebracht. Er hat sie geliebt.«

Das allerdings überzeugte Ricarda nicht gänzlich. Sie hatte schon mehrmals ermittelt, dass ein Partner zum Mörder geworden war, getreu dem Motto: Ich bring dich um, denn dann kannst du mich nicht mehr verlassen.

Nett hat er es in seinem Häuschen, dachte Ricarda. Lorenz hatte sie gebeten, sie nach Hause zu fahren, er müsste etwas klären.

Ricarda hasste Geheimnistuerei. Doch Lorenz hatte ihr nur gesagt, wenn er recht habe, könne das dem Fall eine neue Wendung geben. Er hatte sie gebeten, kurz in der Wohnung zu warten. Seine Tochter würde ihr Gesellschaft leisten.

Sie hatte Adrianas Bekanntschaft ja bereits am Tag zuvor auf dem Präsidium gemacht. Die junge Dame machte ihr einen Kaffee. Der Wohn- und Essbereich des Hauses ging in die offene Küche über, eine Tür führte in den Garten.

»Milch? Zucker?«, fragte Lorenz' Tochter und gab die perfekte Gastgeberin. Ricarda war sich nicht sicher, ob Adriana froh war, die Alleinunterhalterin für Papas Kollegin zu spielen. Wenn es ihr nicht recht war, dann zeigte sie es zumindest nicht.

»Milch, bitte, keinen Zucker.« Ricarda saß an dem massiven Esstisch. Adriana hatte Musik angemacht. Jazz. Irgendwas mit Vibrafon. Lionel Hampton? Sie kannte sich mit Musik nicht aus. Wahrscheinlich war es Musik, von der Adriana dachte, dass sie einer Frau gefallen müsste, die doppelt so alt war wie sie.

Adriana brachte den Kaffee an den Tisch. Sie ging wieder zur Maschine, um sich selbst eine Tasse zu machen.

»Mögen Sie Lionel Hampton?«, fragte sie.

Hatte Ricarda offenbar nicht ganz falschgelegen. »Ich kenne ihn nicht gut«, war Ricardas Umschreibung für: *Ich mache mir nichts aus Jazz.*

»Ich mag ihn wirklich. Mein Pa hat mich mit Jazz vertraut gemacht, und inzwischen ist meine Sammlung größer als seine.« Sie lachte auf.

Ricarda hörte, wie die Haustür aufgeschlossen wurde. Eine Frau mit wallender blonder Mähne kam herein, in jeder Hand zwei Plastiktüten. Trotz der Anstrengung wirkte sie, als befände sie sich gerade bei einem Model-Contest. Perfekt gestylt, die Kleidung Ton in Ton, vorherrschender Akzent Grün, perfekt passend zur schwarzen Jacke von Patrizia Pepe. Dass Ricarda eine solche nicht besaß, hieß nicht, dass sie sie nicht erkannte.

Die Frau stellte die Tüten ab, sah Ricarda, blickte dann Adriana an.

»Hi, Mama«, sagte diese und begrüßte ihre Mutter mit einem Küsschen. »Das ist Ricarda, eine Kollegin von Papa.«

»Jolene«, sagte die Dame, »ich bin Lorenz' Frau.« Ihr Lachen war offen, ihr Händedruck fest. Sie wandte sich Adriana zu: »Schatz, könntest du die Tüten …?«

Adriana nahm die Einkäufe, stellte sie auf der Arbeitsplatte ab und sortierte den Inhalt in Schränke und Ablagen.

»Lorenz hat noch gar nichts von Ihnen erzählt«, sagte Jolene.

»Wir arbeiten seit ein paar Tagen gemeinsam an einem Fall. Ich komme aus Mainz.«

»Ah, die Domstadt. Und die Stadt des größten römischen Bühnentheaters nördlich der Alpen.«

Ricarda schaute Jolene mit einer Mischung aus Unverständnis und Skepsis an.

Sie hörte Adriana lachen. »Opa war unser Chef-Römer. Obwohl er in Amerika geboren ist, hat er, seit er in Deutschland lebt, jedes Buch über die Römer mindestens zweimal gelesen.«

Jolene nickte.

»Käffchen?«, fragte Adriana ihre Mutter.

»Gern.«

»Lorenz' Vater stammt aus den USA?«, fragte Ricarda erstaunt.

»Nein, meine Eltern kommen aus den USA, Derry,

Maine«, korrigierte Jolene. »Ich auch, ich wurde dort geboren. Ich war fünf Jahre alt, als wir nach Deutschland zogen. Beruflich. Wegen meines Vaters.«

»Des Halbrömers«, feixte Adriana.

»Genau.«

Adriana stellte ihrer Mutter den Kaffee auf den Tisch. Die hatte inzwischen die Jacke ausgezogen. »Wo ist Lorenz?«

»Er ist drüben bei den Eltern von Sponti.«

»Und was will er da?«

Adriana zuckte mit den Schultern. Die Geste hatte eine Art Selbstverständlichkeit, als ob sich Adriana damit abgefunden habe, dass ihr Vater Geheimnisse hütete.

»Und da hat er Sie hier einfach geparkt?«, fragte Jolene.

Ricarda hatte sich bisher geweigert, sich das einzugestehen, aber Lorenz' Gattin hatte wohl recht.

»Und Sie? Sie leben auch in Mainz?«

»Ja.«

»Schön dort?«

Nun war es an Ricarda, mit den Schultern zu zucken. Sie hatte ihren Job dort, ihre Tochter wohnte dort – das waren die wesentlichen Gründe, dass sie in Mainz wohnte.

»Na, für Lorenz ist es schon viel Fahrerei«, sagte Jolene, »aber wir wohnen ja zum Glück nicht weit von der Autobahn entfernt. Ich arbeite halbtags in Dieburg. Das ist nicht halb so weit entfernt, aber ich glaube, die Fahrzeit ist nicht wesentlich kürzer.«

Ricarda nickte. Sie empfand die Atmosphäre als freundlich, doch ihr stand der Sinn nicht nach Small Talk. Als hätte Lorenz ihr mentales Flehen gehört, kam er in diesem Moment zurück, das Handy am Ohr. »Okay, dann bis gleich«, sagte er und steckte das Gerät in die Jackentasche. »Hi, da bin ich wieder«, unterstrich er das Offensichtliche und grinste über das ganze Gesicht.

Konnte man diesem Lausbubengrinsen etwas *nicht* verzeihen? Ricarda war froh, dass sie diese Entscheidung nicht regelmäßig treffen musste.

Er küsste seine Tochter, seine Frau und setzte sich ebenfalls an den Tisch. »Noch einen Kaffee für mich und dann Abflug?«, fragte er Ricarda.

»Hat dir dieser Sponti helfen können?«

»Ja.«

»Wie heißt er eigentlich richtig?«, wollte Ricarda wissen.

Bevor Lorenz wieder ein Geheimnis daraus machen konnte, antwortete Adriana: »Marc Schüttler. Den Spitznamen hat er in der vierten Klasse bekommen, weil er immer so spontan war. Etwa mit seiner Entscheidung, die Klasse zu verlassen, weil er Lust auf Brausestäbchen vom Kiosk um die Ecke hatte. Das hat ihn ein Schuljahr gekostet.«

»Ja, und Sponti hat mir helfen können«, sagte Lorenz. »Wirst du nachher sehen.« Er wandte sich an seine Frau: »Und Ute und Fritz haben uns zum Abendessen eingeladen.«

Jolene nickte. Begeisterung sah anders aus.

»Komm, Schatz, ist doch nett mit ihnen. Ab und zu.«

Jolene gab ihm einen Kuss auf die Wange. »Na gut.«

»Super, dann habe ich an dem Abend sturmfreie Bude«, freute sich Adriana.

So entspannt kann das sein, dachte Ricarda nicht ohne einen Funken Neid. Bilderbuchfamilie. War ihr nicht gelungen.

Der Exfreund der ermordeten Joggerin, Sebastian Decker, hatte seine Frisur den Protagonisten aus dem Film »Platoon« abgeschaut: militärisch exakt fünf Millimeter Länge pro Haar. Auch sein Körper glich dem eines U. S. Marines. Das Muscleshirt spannte über den Brustmuskeln, die Bizeps waren auch ohne Anspannung deutlich ausgeprägt. Sein

Gesichtsausdruck wirkte so martialisch kühl, dass man meinen könnte, kein einziger Bartstoppel würde sich schon allein deswegen aus dem Schutz der Gesichtshaut hervorwagen.

»Sebastian ... Ich darf Sie doch Sebastian nennen?«, eröffnete Lorenz das Gespräch.

»Gern, Lorenz«, erwiderte der junge Mann, und damit waren die Fronten geklärt.

»Gut, Herr Decker. Wir haben noch ein paar Fragen an Sie wegen des Mordes an Sandra Pein.«

Keine Regung im Gesicht des Mannes. Sebastian Decker war neunzehn, wirkte aber älter. So, als hätte er schon fünf Jahre Soldatentum hinter sich, davon vier Jahre in Gefechten im Irak. Der Spitzname »Basti« passte jedenfalls so gut zu ihm wie die Bezeichnung »*Kügelchen*« für einen Medizinball.

Mit im Raum saß Steffen Horndeich von den Darmstädter Kollegen. Lorenz hatte ihn gebeten, das Gespräch allein führen zu dürfen. Denn er hatte ein bisschen Munition, die er zur rechten Zeit abschießen wollte. Steffen Horndeich hatte sich einverstanden erklärt. Schließlich hatte er schon dreimal mit diesem Sturkopf geredet.

»Ich habe alles dazu gesagt«, entgegnete Sebastian Decker kühl, und sofort schien die Temperatur im Raum zu sinken.

Steffen Horndeich hatte Lorenz die Akte gegeben. Und darin war zu lesen, dass Basti alles andere war als ein Typ, der *ab und an mal laut* wurde. Sein bevorzugtes Delikt war Körperverletzung. Bereits mit zwölf Jahren war er in Erscheinung getreten, als er einem Schulkameraden das Nasenbein und einem anderen das Jochbein gebrochen hatte. Damit hatte er dann auch seine erste Schmerzensgeldforderung an der Backe gehabt. Gerade vierzehn, stand er das erste Mal vor dem Strafrichter. Die Zahl der Arbeitsstunden, die Basti seitdem bereits in seinem kurzen Leben abgeleistet hatte, kam zeitweise einem Minijob bedenklich nahe.

Bei seiner letzten Attacke auf einen jungen Mann, drei Monate vor Sandras Tod, war ein Messer im Spiel gewesen, und Basti hatte richtig Schwein gehabt, dass die Haftstrafe zur Bewährung ausgesetzt worden war.

»Wo waren Sie an dem Morgen, als Sandra Pein erstochen wurde?«

»Das hab ich alles schon gesagt.«

»Dann sagen Sie es jetzt noch mal.«

»Ich habe verschlafen gehabt. Deshalb bin ich auch zu spät zur Arbeit gekommen.«

Sebastian Decker machte eine Lehre als Landschaftsgärtner in einem großen Darmstädter Betrieb. Am Tag, als Sandra Pein ermordet worden war, war Sebastian nicht um acht, sondern erst um zehn bei seiner Arbeitsstelle erschienen.

»Warum haben Sie verschlafen?«

»Ich hatte am Abend davor zu viel getrunken. Weil ich mich mit Sandra gestritten hatte. Am Nachmittag, im Haus ihrer Pflegeeltern. Ich bin dort so gegen fünf gegangen, nach Hause, und habe Bier und Wodka in mich reingeschüttet. Aber auch das hab ich alles schon hundertmal erzählt.«

Lorenz schwieg.

»Dann kann ich jetzt gehen?«

»Nein, mein Freund.«

»Ich bin nicht Ihr Freund.«

»Warum haben Sie und Sandra sich gestritten?«

Sebastian rollte mit den Augen. »Weil so ein Typ sie angegraben hat. Samstag. Im A5.«

»Wie hieß der Typ?«

»Ich weiß nicht, was das soll, das hab ich doch alles schon zig Mal erzählt und unterschrieben.«

»Wie hieß der Typ?«, wiederholte Lorenz stoisch.

»Marc Schüttler. Meinte, er könne Sandra angraben, während ich danebenstehe.«

»Und dann haben Sie ihm Prügel angedroht.«

»Genau.«

»Und Sandra?«

»Die hat sich darüber aufgeregt.«

»Über Spontis Anmache?«

Deckers Augenbraue zuckte nur kurz, aber er hatte sehr wohl registriert, dass Lorenz den Spitznamen von Schüttler kannte. Sein Tonfall verriet jedoch keine Unsicherheit, als er antwortete: »Nein. Sie hat sich darüber aufgeregt, dass ich Schüttler Prügel angedroht habe.«

»Und *darüber* haben Sie sich dann aufgeregt?«

»War ein beschissener Abend. Ich hab mir Sandra geschnappt, und wir sind raus aus der Disco. Ich hatte keinen Bock mehr.«

»Und Sandra?«

Sebastian zauberte ein Lächeln auf sein Gesicht, das jede Diskussion über Erderwärmung im Keim erstickt hätte. »Die hatte auch keinen Bock mehr.«

»Sie haben bei ihr übernachtet?«

»Nein.«

»Sie bei Ihnen?«

»Nein. Ich hatte *überhaupt* keinen Bock mehr.«

»Sonntag sind Sie dann zu ihr.«

»Herr Kommissar Rasper, ich hab das alles schon erzählt. Und ich sag jetzt nichts mehr.«

Lorenz ließ sich Zeit, bevor er den nächsten Satz sagte. Leise, zischelnd, wie das Geräusch eines kleinen, spitzen Pfeils: »Basti, Basti, ich glaube, du verkennst den Ernst der Situation. Es geht schon lange nicht mehr nur um den Mord an Sandra Pein.«

Sebastian mimte die Statue. Nichts in seinem Gesicht verriet, dass ihn das »Du« reizte. Oder dass ihn Lorenz' Eröffnung irgendwie beeindruckte.

»Wo hast du die Walther P38?«

»Eine P38? Ich? Wie kommen Sie denn da drauf?«

»Wo warst du am ersten August in diesem Jahr?«

»Was? Erster August? Was weiß ich. Arbeiten. Berufsschule. Keine Ahnung.«

»Und woher weißt du, dass das ein Wochentag war?«

»Weiß ich nicht.«

»Doch. Arbeiten und Berufsschule – das geht nur an Wochentagen.«

»Meinetwegen. Also, was war das für ein Tag?«

»Und wo warst du am neunten September?«, fragte Lorenz weiter, anstatt zu antworten. »Vorgestern. Montag.«

»Keine Ahnung.«

»Solltest du aber. Denn da wurde Monika Oloniak erschossen. Mit der P38, die du in deinem kleinen Waffenlager hast.«

»Da habe ich keine P38.«

»Ah, dann hast du also keine P38 mehr im Wald?«

Zum ersten Mal zeigten sich Risse in der selbstsicheren Fassade von Sebastian Decker.

»Nein.«

»Nicht mehr, nachdem du Reinhard Hollster, Mia Oloniak und Monika Oloniak erschossen hattest.«

»Heyheyhey – was soll das? Ich hab niemanden erschossen!« Sebastian hob die Stimme, die dabei deutlich höher wurde. Mit einem Mal wirkte er tatsächlich wie neunzehn.

»Warum hast du Sandra erstochen und nicht erschossen wie die anderen?«

»Ich hab niemanden umgebracht.«

»Wo warst du am vierten Juni im vergangenen Jahr?«

»Woher soll ich ...«

Lorenz unterbrach ihn rüde. »War ein Montag, falls das deiner Erinnerung auf die Sprünge hilft.«

»Moment!«

»Nichts Moment. Wo warst du? Denn es sieht ganz so aus, als seien alle Morde von ein und derselben Person verübt worden. Und da *du* Sandra auf dem Gewissen hast, bist du auch für die anderen Bluttaten ein guter, sehr, sehr guter Kandidat. Warum hast du *diese* Menschen erschossen? Warum hast du Sandra mit einem Messer getötet?«

Sebastians Mund stand weit offen.

»Antworten, Basti, Antworten! Und zwar jetzt!«

»Anwalt«, stammelte er nur noch.

»Okay. Wen sollen wir anrufen? So ein mickriger Pflichtverteidiger holt dich aus *der* Sache nicht mehr raus, und Staranwälte sind teuer.«

»Ich hab Sandra nicht umgebracht. Ich hab niemanden umgebracht!« Den letzten Satz schrie Sebastian.

»Dass du dich zugesoffen hast und deshalb zu spät gekommen bist, das ist Bullshit!«

Sebastian ließ den Kopf sinken. Dann sah er wieder auf. »Ja. Ich war da. Aber ich hab ihr nichts getan.«

»Sondern?«

»Der Mann.« Sebastian sah Lorenz direkt in die Augen. Sein Blick war der eines kleinen Kindes, das gesteht, dass es das Glas Milch doch auf den Boden hat fallen lassen. Aber der umgeschmissene Fernseher, der ging nicht auf seine Kosten. Sondern auf die des *Mannes*.

»Der Mann?«

»Ja.«

»So, dann jetzt mal langsam zum Mitschreiben. Was ist passiert an jenem Montag?«

»Scheiße, ich war so sauer auf Sandra. Und auf Sponti. Ich hab die Nacht kein Auge zugetan. Und ich wusste ja, dass sie joggen geht. Also wollte ich sie abpassen. Wartete mit meinem Motorrad unten an der Straße. Sie kam aus der Haustür, lief los. Und ich bin über die Dieburger außen rum gefahren. Hab das Bike unten abgestellt, an dem Platz, da bei den Bänken an dieser komischen Figur. Dort wollte ich sie abpassen. Aber sie kam nicht. Sie hätte eigentlich wenige Sekunden später da vorbeikommen müssen. Stattdessen kam der Mann die Ollenhauer-Anlage runter.«

»Was für ein Mann?«

»Es war dunkel. Ich hab nicht viel gesehen. Dunkler Mantel. Kleiner als ich. Normale Figur.«

»Und das Gesicht?«

»Er hatte eine Mütze auf. Ich hab das Gesicht nicht sehen können. Ich hab auch nicht auf ihn geachtet. Ich dachte ja, jetzt muss Sandra kommen. Dann bin ich den Fußweg hochgelaufen. Da lag sie. Überall war Blut. Ich hab den Puls gefühlt. Da war nichts mehr. Sie war tot. Dann bin ich zu meinem Motorrad gerannt. Und ab durch die Mitte.«

»Etwas genauer, bitte.«

»Was genauer?«

»Der Mann.«

»Keine Ahnung. Hab ich doch gerade schon gesagt.«

»Alt? Jung?«

»Wie er sich bewegt hat, war er kein Jugendlicher. Ein Erwachsener. Eher alt als jung.«

»Genauer geht's nicht?«

Sebastian starrte Lorenz wieder an. »Nein. Ich hab doch gerade gesagt, ich hab gar nicht auf ihn geachtet. Ich hab erst an ihn gedacht, als Sandra tot dalag.«

»Warum hast du keine Hilfe geholt? Warum bist du nicht dageblieben?«

»Sie war tot, Mann. Und ich wollte vermeiden, dass jeder glaubt, dass ich sie umgebracht hab.«

»Vielleicht hat sie noch gelebt!«

Sebastian sank auf dem Stuhl in sich zusammen.

»Du hast deine Freundin einfach liegen lassen, hast dich vom Acker gemacht!«

Sebastian schwieg.

»Sie ist verblutet. Wenn du Hilfe geholt hättest, könnte sie vielleicht noch leben. Und dann gäbe es den ganzen Schlamassel nicht. Dann hätte sie sagen können, wer auf sie eingestochen hat. Ob du oder das Phantom, wenn es das überhaupt gibt.«

Sebastians Augen wurden feucht.

»Aber das musst du jetzt mit deinem Gewissen ausmachen.« Lorenz erhob sich. »Und jetzt sagst du den Kollegen noch, wo sie deinen kleinen Waffenschrank finden.«

»Woher wissen Sie …?«

»Ich bin die Polizei, mein Lieber. Und nicht ganz so doof, wie du kleines überhebliches Arschloch denkst. Und ich habe meine Quellen. Und wer vor anderen mit seinen Waffen prahlt, muss sich nicht wundern, wenn sie entdeckt werden.«

Damit verließ er den Raum.

Basti konnte sein Grinsen nicht sehen. Sponti hatte ihm erzählt, dass Basti immer wieder damit angegeben hatte, Waffen organisieren zu können.

Leah Gabriely wartete auf den Rest des Teams. Sie hatte eine Kanne Früchtetee zubereitet. Kaffee am Abend – das wollte sie sich und auch den anderen nicht zumuten.

Daniel kam als Erster in den Raum. Wie immer hatte er den Laptop gar nicht erst zugeklappt, bevor er eintrat. »Effizientes Arbeiten« nannte er es an einem Tag, »Akkuschonung« an anderen. Fakt war: Ohne einen Rechner mit Internetzugang fühlte sich Daniel unwohl. Ein Sommerurlaub am Meer kam für ihn eher einer Strafe gleich. Leah hatte schon den Gedanken gehegt, dass selbst ein Gefängnisaufenthalt für Daniel keine wirkliche Repressalie wäre, wenn man ihm nur einen Rechner – na gut, wenigstens zwei – überließ. Aber Internetzugang gab es im Knast für die Gefangenen nicht.

»Irgendwas herausgefunden?«

Daniel schüttelte den Kopf. »Nein, nichts, was auf einen Zusammenhang zwischen den Opfern schließen ließe. Und du?«

»Ich wühle mich durch Aktenberge, aber die entscheidende Verbindung will sich auch mir nicht auftun«, gestand Leah.

Bruno betrat den Raum, und Ricarda und Lorenz folgten dichtauf.

Leah mochte die beiden Männer, jeden auf seine Weise. Lorenz war für sie attraktiv, und manchmal musste sie aufpassen, keine roten Wangen zu bekommen, wenn sie ihn sah. Oder an ihn dachte. Und Bruno – er war ein Mann fürs Leben, ein Fels in der Brandung. Aber lieber mit getrennten Schlafzimmern. Wobei sich Leah sicher war, dass keiner der beiden auch nur die Möglichkeit in Erwägung zog, dass sie zu solchen Gedanken überhaupt fähig war. Die Mauer, die sie um sich herum hochgezogen hatte, bestand aus biederer Kleidung, der zu großen Brille und dem Dutt. Und das war auch gut so. Wie es innen aussah, das ging niemanden etwas an. Die Zeiten, in denen das anders gewesen war, waren ihr nicht gut bekommen.

»Was gibt's Neues?«, wollte Lorenz wissen.

»Ich fang an«, sagte Daniel frustriert, »denn ich kann's in einem Wort zusammenfassen: nichts.«

»Dem schließe ich mich an«, sagte Leah. »Aber ich bin auch erst zur Hälfte durch den Papierstapel durch.«

»War heute noch mal in Heidelberg. Nichts Neues«, rekapitulierte Bruno, »das ist das Fazit eines Tages voller Arbeit.« Auch bei ihm sah Zufriedenheit anders aus.

»Tja, dann zu uns beiden.« Lorenz warf Ricarda einen Seitenblick zu. »Wir haben den Stammbaum der Opfer deutlich erweitert. Monika Oloniak hatte eine leibliche Schwester, Sandra Pein. Und das ›hatte‹ gilt in beide Richtungen. Die junge Frau Pein ist nämlich vor einem Dreivierteljahr erstochen worden, am dritten Dezember, in Darmstadt. Sie war siebzehn und damit drei Jahre jünger als Monika. Die Mutter der beiden hat sich am Jahresanfang umgebracht, also gut einen Monat nachdem ihre jüngere Tochter erstochen wurde.«

»Moment, versteh ich das richtig? Ute Pein hat also nach Monika noch eine Tochter auf die Welt gebracht?«

»Ja. Die lebte bei Pflegeeltern, weil ihre Mutter das mit den Drogen nicht in den Griff bekam«, bestätigte Ricarda. »Es gab auch einen Verdächtigen, ihren etwas cholerischen, eifersüchtigen Freund Sebastian Decker.«

Lorenz berichtete, was sie an diesem Tag über den Mord herausgefunden hatten.

»War er es, oder war er es nicht?«, fragte Leah. »Welchen Eindruck habt ihr?«

»Ich weiß es nicht«, gestand Ricarda.

»Er ist zwar überheblich und cholerisch«, sagte Lorenz, »aber mein Bauchgefühl sagt mir, dass er sie nicht umgebracht hat. Die Geschichte mit dem schwarzen Mann, den er gesehen haben will, die ist schon wieder so schwach, dass ich mir kaum vorstellen kann, dass er sich das ausgedacht hat. Aber ...«, er sah Ricarda an, »... auch ich weiß es nicht.«

»Und die Mutter? Die hat sich wirklich selbst umgebracht?«, fragte Leah.

»Es sieht alles danach aus«, antwortete Ricarda. »Heizöfchen in der Badewanne. Keine Einbruchsspuren.«

»Das ist zu dünn«, meinte Daniel.

Ricarda dachte: *Super, Schlaumeier, aber mehr haben wir nicht!* Doch das sprach sie nicht laut aus.

»Was schlägst du vor, um es dicker zu machen?«, entgegnete Lorenz.

Daniel zuckte mit den Schultern.

»Der Kollege in Darmstadt hat doch gesagt, es gebe eine Streetworkerin, die diese Ute Pein länger gekannt hat«, erinnerte sich Leah. »Vielleicht ist das ein Ansatz.«

»Gut«, sagte Lorenz. »Ricarda, magst du dir das für morgen auf die Agenda schreiben?«

»Passt«, sagte sie und dachte: *Geht doch auch konstruktiv.*

»Dann haben wir jetzt also eine tote Mutter mit zwei leiblichen Töchtern, die nicht bei ihr wohnten, die beide ermordet wurden. Monika erschossen. Sandra erstochen. Also ein unterschiedlicher Modus Operandi. Die Enkelin der Selbstmörderin wird auch erschossen, mit derselben Waffe wie ihre Mutter. Sieht alles nach einer Familienfehde aus.«

»Wäre da nicht der Banker aus Heidelberg, der auch mit dieser Waffe erschossen wurde«, erinnerte Bruno, »und nichts mit der Familie zu tun hat.«

»Es kann also sein, dass alles zusammenhängt«, meinte Lorenz.

»Oder nur der Mord an dem Baby und seiner Mutter«, gab Bruno den Widerpart. »Und der Banker in Heidelberg ist wirklich von seinem Partner erschossen worden. Der hat die Waffe an den Mörder der Mutter und ihrem Baby vertickt. Und die junge Joggerin in Darmstadt ist wirklich von ihrem Freund erstochen worden.«

»Und die Mutter der beiden jungen Frauen hat wirklich Selbstmord begangen«, schloss Lorenz.

»Irgendwie sind wir nicht wirklich viel weiter«, brummte Daniel, und nun klang er wirklich frustriert. »Außer dass die Zahl der Opfer gestiegen ist. Und die Möglichkeiten, wer wen umgebracht haben könnte.«

»Morgen Abend sollten wir wissen, ob die Fälle zusammenhängen oder nicht. Denn allerspätestens dann muss ich Lennart was liefern«, sagte Lorenz. »Was ist also der Plan für morgen?«

»Ich versuch noch was Neues über die Handy- und E-Mail-Kontakte rauszubekommen«, schlug Daniel vor.

»Ich wühle mich durch den Rest des Papiergebirges«, erbot sich Leah.

»Ricarda, du kümmerst dich um die Sozialarbeiterin in Darmstadt?«

Ricarda nickte.

»Bruno?«

»Ich spiel wieder den Advokaten des Teufels und klopfe noch mal Monikas Ehemann Pjotr ab, den Lkw-Fahrer.«

»Prima, dann haben wir ja alle eine Aufgabe.«

»Und du?«, fragte Ricarda.

»Ich. Tja, ich bin morgen bei unserem großen Boss. Strategische Besprechung. Und ich muss sehen, ob ich noch ein paar Tage für uns raushauen kann. Für diesen Fall. Aber auch grundsätzlich. Auf Deutsch: Morgen muss ich klären, ob es uns in vier Wochen noch geben wird. Mittags klinke ich mich ein, vielleicht gibt es dann ja schon Neuigkeiten.«

DONNERSTAG, 12. SEPTEMBER

»Und du bist das komplett durchgegangen?«
Daniel seufzte. »Natürlich.«
»Pjotr Oloniak ist am ersten August mit dem Laster nach Münster in Westfalen gefahren. Ach komm, zeig es mir noch mal.«
Daniels Seufzen erfüllte den Raum. Er schätzte Bruno. Er mochte dessen ruhige Art, seine überlegte Art – und auch seine gründliche Art. Solange sie nicht anfing, seine – also Daniels – Arbeit infrage zu stellen. »Wirklich?«
»Dich kostet es zehn Minuten. Und wenn du mich überzeugst, dann ist Pjotr Oloniak in einer Stunde, wenn ich mir nach deinem kurzen Vortrag die Papiere noch mal angeschaut habe, von der Liste.«
»Okay.« Daniel gab sich geschlagen. »Chronologisch: Am ersten August betritt Pjotr Oloniak das Firmengelände der Spedition Augustus in Wiesbaden, exakt Carl-Bosch-Straße in Schierstein. Dort arbeitet er als Kraftfahrer. Beweis: Er hat um 5 Uhr 32 gestempelt.« Daniel zeigte auf einen Ausdruck der Zeiterfassung des Unternehmens.
»Okay, akzeptiert.«
»Dann hat er die Frachtpapiere für den Transport bekommen. Der Zwölftonner stand schon fertig bepackt im Hof. Transportgut: Baustoffe. Er hat die Papiere gegengezeichnet und ist um 5 Uhr 45 vom Hof gefahren. Beweis: der digitale Fahrtenschreiber. Der Ausdruck ist ebenfalls hier.« Daniel blätterte in der Akte, zeigte auf das entsprechende Blatt.
»Okay, jetzt sitzt er auf dem Bock. Und dann?«

»Fährt er nach Münster. Auf der A5, dann auf der A45 und auf der A1.«

»Beweis?«

»Sein Ziel ist die Firma Heldwein, Am Mittelhafen in Münster. Der Transport geht zweimal in der Woche dorthin, ganz regelmäßig. Er fährt die Tour, oft auch ein Kollege von ihm. Die Strecke ist, wenn man das mal in Google-Maps eingibt, genau 303 Kilometer lang. Der Fahrtenschreiber – schau hier«, wieder deutete Daniel mit dem Finger in die Akte, »303,4 Kilometer. Um zwei nach zehn fährt er auf den Hof. Heldwein ist eine Partnerspedition, die die Baustoffe dann um Münster herum an Firmen weiterverteilt.«

»Okay.«

»Halt, es gibt noch ein weiteres Indiz. Am ersten August gab es auf der A45 bei Olpe einen Unfall. Da hat sich alles gestaut, bis zu zehn Kilometer. Und schau hier: Genau zu der Zeit kroch der Laster im *Stop-and-Go* über eine halbe Stunde lang.«

»Okay. Er ist die Strecke gefahren.«

»Dann wurde der Laster entladen. In der Zeit hatte er seine Ruhepause. Ist was essen gegangen, hat er gesagt, an so einer Döner-Fritten-Bude um die Ecke. Damit hatte er seine gesetzlich vorgeschriebene Ruhephase absolviert. In der Zeit wurde der Wagen wieder beladen. Um 11 Uhr 28 setzt sich Pjotr in die Zugmaschine und fährt zurück. Diesmal geht es ohne Stau nach Hause. Um 16 Uhr 8 steht der Lkw in Schierstein auf dem Hof. Pjotr erledigt noch Papierkram, dann sticht er um 16 Uhr 38 aus.«

»Beweis?«

Daniel blätterte zurück. »Die Zeiterfassung. Und der Chef, der sich daran erinnert, ihm beim Abschied zum Nachwuchs gratuliert zu haben.«

»Lückenloses Alibi.«

»Ja. Genau so nenne ich das auch.«

»Ricarda?«

»Ja?« Ricarda kannte die Nummer nicht, die da auf dem Display des Handys erschien. Die Freispracheinrichtung war ein Segen, denn sie konnte sich zugleich auf den Verkehr konzentrieren. Sie kam nur langsam voran, vor ihr zeichnete sich ein Stau ab. Wie langsam sie war, wurde ihr bewusst, als sie den Kinderwagen wiedererkannte, den eine Mutter an ihr vorbeischob. Der etwas exotische knallrote Wagen war ihr vor zehn Minuten schon aufgefallen, als sie zum ersten Mal an dieser Frau vorbeigefahren war.

»Hier ist Holger. Holger Strumm.«

»Was verschafft mir die Ehre?« Ihr Kollege war Kommissar bei der Schutzpolizei. Sie mochte den hochgewachsenen Mann, der allein durch seine Größe von fast zwei Metern in der Lage war, mit einem ruhigen, aber bestimmten »Jetzt mal halblang« auch den harten Jungs einen respektvollen Blick abzunötigen.

»Wir sind gerade zu einer Schlägerei gerufen worden. In der Blücherstraße.«

Ricarda wurde sofort hellhörig. Die Straße, in der Pjotr Oloniak wohnte. »Oloniak?«, fragte sie. Sie trat auf die Bremse, weil bei dem Wagen vor ihr urplötzlich die Bremslichter aufgezuckt waren.

»Genau. Als ich den Namen gehört hab, da hab ich dich gleich angerufen. Du bearbeitest doch den Mordfall an seiner Frau?«

»Ja«, sagte Ricarda. *Und den an seiner Tochter.* Aber das sagte sie nicht.

»Die Wohnung ... Das sieht schlimm aus hier. Und beide sind im Krankenhaus.«

»Beide? Wer denn?« Spontan hatte Ricarda an die Eheleute Oloniak gedacht, aber Monika Oloniak war ja tot.

»Volker Parowski. Mehr weiß ich auch noch nicht. Aber Pjotr Oloniak, der hat mehr eingesteckt.«

»Warte bitte auf mich. Ich komme direkt zur Wohnung«, sagte sie und beendete das Gespräch. Direkt zur Wohnung war allerdings ein Witz. Sie musste zurück in die Richtung, aus der sie gerade kam.

Tatsächlich stellte sie den Mito zehn Minuten später vor dem Haus in der Blücherstraße ab. Sie hatte versucht, Lorenz zu erreichen, aber der war ja in der Sitzung mit BKA-Vize Lennart. Sie hatte Leah gebeten, Lorenz mitzuteilen, wo sie war, wenn dieser von Lennart zurückkam.

Als sie aus dem Wagen stieg, hatte sie ein ungutes Gefühl. Sie kannte dieses Grummeln in der Magengegend gut. Dieses Ziehen, das sie verspürte, war ein ganz wörtlich zu nehmendes Bauchgefühl. Und es verhieß selten Gutes.

Vor dem Haus standen keine Polizeifahrzeuge. Die waren offenbar schon wieder abgefahren. Die Haustür stand dennoch offen. Ricarda trat ein und ging nach oben. Auch die Wohnungstür war nicht geschlossen. »Hallo?«, rief Ricarda.

»Hier«, kam die Stimme aus der Küche.

Offenbar hatte Pjotr ein wenig aufgeräumt. Vielleicht hatten ihm auch die Eltern geholfen, des Chaos in der Wohnung Herr zu werden, das Ricarda vor drei Tagen noch gesehen hatte. Neben dem Kühlschrank standen drei schwarze Müllsäcke. Wahrscheinlich beinhalteten sie die skurrile Sammlung an Pizzakartons und Thai-Food-Styroporboxen sowie die Cola- und Bierflaschen. Jemand hatte auch das Geschirr abgespült. »Auf den ersten Blick sieht es ganz manierlich aus«, fand Ricarda.

»Dann komm mal mit«, brummte Strumm und ging voraus. Er steuerte nicht auf das Wohnzimmer zu, sondern auf das Schlafzimmer. Oder das, was davon übrig war.

»Mein Gott«, sagte Ricarda.

Das Bett war in der Mitte zerbrochen, zwei der Türen aus dem Kleiderschrank gerissen. Scherben bedeckten den Boden, die ehemals in trauter Verbundenheit den Wandspiegel gebildet hatten. Eines der Kissen war zerfetzt, Federn lagen überall im Raum verteilt. Der Inhalt einer der Kleiderschrankhälften war breit verstreut, die Regalbretter aus ihren Halterungen gerissen.

Strumm legte Ricarda eine Hand auf die Schulter. »Es kommt noch besser.«

Das Wohnzimmer zeigte sich in ähnlichem Zustand. Ironischerweise war der kaputte Fernseher, den Oloniak vor drei Tagen in ihrer Gegenwart zerschlagen hatte, das Einzige, was einen Hauch von Ordnung darstellte: Er war akkurat im rechten Winkel in eine der Zimmerecken geschoben worden, das schwarze Loch, in dem einstmals die Bildröhre gewesen war, glotzte ähnlich ungläubig wie Ricarda in das zerstörte Zimmer.

Der Esstisch, den Pjotr Oloniak bereits zwei Tage zuvor durch den Raum geschleudert hatte, war in seine Bestandteile zerlegt worden, und das galt leider auch für den gesamten Rest der Wohnzimmereinrichtung. Der Couchtisch lag auf dem Rücken, drei Beine ragten in die Luft, das vierte Bein lag drei Meter weit entfernt. Das Sofa war in der Mitte durchgebrochen, die beiden Regale umgeworfen und zertrümmert worden. »Mein Gott«, wiederholte Ricarda tonlos. »Ich muss gerade mal auf die ...«

»Vergiss es«, sagte Strumm.

Dennoch ging Ricarda ins Badezimmer. Das Waschbecken war aus der Halterung gerissen, war wohl auf die Kloschüssel geschleudert worden, die es nun nicht mehr gab.

Ricarda wankte in die Küche, riss das Fenster auf und atmete die frische, aber viel zu warme Luft ein. Nach einer Minute ließ sie sich auf einem der Stühle nieder.

Strumm, der ihr gefolgt war, setzte sich ihr gegenüber.

»Was ist passiert?«, wollte sie von ihm wissen.

»Wir wissen noch nichts Genaues. Wie gesagt, beide sind mit dem Sanka ins Krankenhaus. Wir wurden von einer Nachbarin gerufen, die dachte, jemand reißt das Haus ab. Als mein Kollege, Dortser – ich weiß nicht, ob du ihn kennst –, und ich hier ankamen, waren die immer noch zugange. Wir haben die Tür eingetreten. Parowski hat auf den am Boden liegenden Oloniak eingedroschen und dabei geheult. Oloniak war schon weggetreten, konnte sich gar nicht mehr wehren.«

»Wer ist dieser Parowski?«

»Volker Parowski, ein Arbeitskollege von Oloniak. Sie arbeiten bei derselben Spedition als Fahrer. Mehr habe ich auch noch nicht aus ihm rausbekommen. Bevor Oloniak ohnmächtig wurde, hat auch er gut zugelangt. Sie werden Parowski ebenfalls zusammenflicken müssen.«

»Wohin haben Sie sie gebracht?«

»Uniklinik. Und ich fürchte, das ist für Oloniak die einzige Option zu überleben. Ich hab ja schon ein paar Opfer von Schlägereien gesehen, aber der ...«

»Danke, dass du mich gleich angerufen hast.«

»Klar doch«, sagte Strumm. »Dich doch immer.«

Ricarda schenkte ihm ein Lächeln. Sie mochte ihn wirklich. Und sie wusste auch, dass er sie diesen kleinen Tick mehr mochte, als es unter Kollegen und Freunden üblich war.

»Merci«, sagte sie noch einmal. »Ich fahre jetzt gleich ins Krankenhaus.«

Für die zehn Kilometer von Oloniaks Wohnung zur Uniklinik brauchte Ricarda länger als die Krankenwagen, die mit Lalülala durch die Stadt brausten.

Beide Kontrahenten waren noch in Behandlung in der Notaufnahme. Ricarda musste zwanzig Minuten warten, dann durfte sie Volker Parowski sprechen. Eine der Krankenschwestern führte sie in einen Nebenraum, damit Ricarda ungestört mit ihm reden konnte.

Parowski hatte wie Oloniak eine stattliche Figur. Auch der Bauchansatz konnte nicht darüber hinwegtäuschen, dass er ein wahres Kraftpaket war. Er wirkte wie ein Athlet, der eine Weile nicht mehr trainiert hatte. Sein Gesicht war grob geschnitten. Seine Nase war wohl vor der heutigen Schlägerei schon einmal gebrochen gewesen. Er trug einen dicken Verband am Kopf. »Platzwunde. Sechs Stiche«, sagte er auf Ricardas Frage hin. Er hatte einen deutlich slawischen Akzent.

»Herr Parowski – was ist passiert in der Wohnung Ihres Kollegen?«

Parowskis Blick sah sie an wie ein Hund, der Angst vor der Strafe hatte, weil er einen Haufen auf den Teppich gesetzt hatte. Gleichzeitig lagen aber auch Trotz und ein Anflug von Angriffslust in diesem Blick.

»Ich hab gesagt, ich muss mit ihm reden. Ich würde zur Polizei gehen. Er hat seine Tochter umgebracht. Hab ich zumindest gedacht. Sicher bin ich jetzt nicht mehr. Aber egal, was stimmt, das mit seiner Tochter oder das mit …« Er unterbrach sich. »Egal. Er hat es verdient. Er hat es echt verdient.«

»Weshalb wollten Sie zur Polizei gehen?«

Volker Parowski sah Ricarda direkt an, dann senkte er den Blick. Es war deutlich zu erkennen, dass er einen Kampf mit sich selbst ausfocht. »Der erste August. Der Tag, an dem seine Tochter ermordet wurde. Für den hat er ja ein Alibi. Er ist die Tour nach Münster gefahren.«

»Ich weiß. Zur Spedition Augustus.«

»Ist er eben nicht. Ich bin gefahren.«

Ricarda starrte ihn an. »*Sie* sind gefahren? Wie denn das?«

»Ganz einfach. Ich war krankgeschrieben. Hatte Grippe. Und ... Ach, Scheiße, ich habe gezockt. Karten. Ist nicht so gut gelaufen. Deswegen hatte ich vierhundert Euro Schulden, von denen meine Freundin nichts wissen sollte. Und dann rief mich Pjotr an. Schlug mir vor, dass ich die Tour für ihn fahren soll. Er sagte, dass er was erledigen muss. Dass er das nicht aufschieben kann. Er wollte mir hundertfünfzig Euro auf die Kralle geben.«

»Und Sie sind gefahren?«

»Ja. War kein großes Ding. Er holte den Lkw auf dem Hof ab und fuhr ihn bis zu der Tankstelle Weilbach. Ich hab dort auf ihn gewartet, er raus aus dem Laster, ich rein. Er hat dann meinen Wagen genommen. Am Nachmittag auf der Gegenspur dann das Ganze umgekehrt. Da meistens er oder ich die Tour fahren, hat in Münster auch niemand doof geschaut oder nachgefragt. War so was von easy.«

»Und was hatte Pjotr Oloniak zu erledigen?«

»Weiß nicht. Also, damals wusste ich es nicht. Ich hab nicht gefragt. War seine Sache. Ich hab noch gedacht, vielleicht will er in den Puff. Aber dazu hätte er mich ja gar nicht gebraucht, denn seine Alte lag ja in der Klinik. Die hatte ja grad das Kind geboren. Ich Idiot.«

»Das heißt also, dass Oloniak kein Alibi für den Tod seiner Tochter mehr hat. Ist Ihnen das aufgefallen?«

»Ja. Klar. Logo.«

»Haben Sie ihn darauf angesprochen?«

»Nein. Nicht direkt. Ich meine, seine Tochter ist ermordet

worden, da frag ich doch nicht nach: ›Ey, Alter, hast du dein Baby gekillt?‹«

»Ist Ihnen der Gedanke gekommen, dass das vielleicht was miteinander zu tun haben könnte?«

»Am Anfang nicht. Wir waren mal was trinken. Da war seine Frau schwanger. Und er hat sich beklagt. Dass sie immer so komisch wär, dass sie ... Nun, dass sie ihn nicht mehr ranlässt. Da hat er gesagt, dass es vielleicht besser wär, keine Familie zu haben. Aber ich hab das nicht ernst genommen. Mein Gott, ich hab mich ja auch schon ausgekotzt über Gerda. Das ist meine. Die ist auch immer zickig. Aber die hab ich im Griff.«

Ricarda konnte sich gut vorstellen, was der Mann vor ihr darunter verstand. »Und dann? Warum sind Sie heute zu ihm?«

»Ich hab das erst gestern erfahren. Dass seine Frau auch tot ist. Und dass beide erschossen worden sind. Scheiße, hab ich gedacht, der hat Ernst gemacht. Der hat tatsächlich seine ganze Familie abgemurkst. Und der hat mich benutzt, damit er für den Mord an dem Baby 'n Alibi hat. Dann ... dann hab ich ja Beihilfe geleistet oder so. Und ich will damit nix zu tun haben, ich hab meine eigenen Probleme. Also bin ich hin. Und hab ihm auf den Kopf zugesagt, dass er mich benutzt hat, um seine Tochter aus dem Weg zu räumen.« Parowski starrte wieder auf den Boden.

»Und was hat er darauf gesagt?«

»Gesagt hat er gar nichts. Er hat mir eine reingehauen. Dann haben wir uns geprügelt. Na ja, das sehen Sie ja.«

»Ja. Aber Pjotr Oloniak wird immer noch zusammengeflickt. Und Sie reden gerade mit mir.«

»Wir haben aufgehört. Wir saßen im Wohnzimmer, er auf dem Sofa, ich auf dem Sessel. Dann hat sich was verändert. Er sah mir in die Augen. Ganz komisch. Und dann sagte er: ›Ja. Ich hab die Kleine umgebracht. Und du Trottel hast mir das Alibi verschafft. Und dann hab ich meine Frau umgebracht.‹ Ich wusste nicht, was ich sagen sollte. Wollte aufstehen und zur Polizei. Aber er hat sich mir in den Weg gestellt und mich beleidigt. Was für ein Trottel ich wär. Da hab ich wieder zugelangt. Zweimal, dreimal. Und dann hat er noch gesagt, dass er meine Gerda gef… also, dass er sie …« Er wurde rot.

»Dass er mit Ihrer Freundin geschlafen hätte.«

»Ja. Da bin ich dann wohl echt sauer geworden, und schon lag er blutend auf dem Boden. Und dann …«

Ricarda ließ ihm Zeit. Sie wusste, dass sie jetzt gleich erfahren würde, weshalb Pjotr Oloniaks Zustand so viel schlechter war als der seines Raufpartners.

»Ich hab aufgehört. Ich hab ja gesehen, dass er genug hatte. Aber er hörte nicht auf, mich zu beleidigen. Und er hat gesagt, wo Gerda dieses Muttermal hat, das aussieht wie ein Herz, das hat sie genau neben ihrer … Also, das konnte er nur wissen, wenn er sie wirklich … Dann hat er noch gesagt, was Gerda über mich gesagt hat. Dass Pjotr ihr es wenigstens richtig besorgen kann und solche Sachen. Da bin ich ausgerastet und hab ihn durch die ganze Wohnung geprügelt. Er hat sich nicht mehr gewehrt. Er hat nur gelacht, hat mich frech angelacht. Und irgendwann gingen bei ihm die Lichter aus. Eine Minute später standen Ihre Kollegen vor der Tür. Zum Glück. Ich wollte ihn doch nicht …«

Volker Parowski weinte nicht. Aber die Staumauer, die die Tränen zurückhielt, war sehr bröckelig.

Als Ricarda wenige Minuten später die Notärztin fragte, ob sie mit Oloniak sprechen könne, verneinte sie. Pjotr Oloniak sei in keinem guten Zustand. Es könne noch ein paar Stunden dauern. Vielleicht auch ein paar Tage.

Ricarda sprach Lorenz auf die Mailbox. Sie würde jetzt

was essen gehen. Dann würde sie in Darmstadt mit der Streetworkerin sprechen, die Monikas und Sandras Mutter am besten kannte.

Leah saß allein im Besprechungszimmer. Es war kurz nach vier. Daniel hockte noch an seinen Rechnern, aber weder die E-Mail-Accounts noch Telefon- und Handydaten der Familie Oloniak hatten irgendetwas Neues erbracht.

Leah hatte die Akten auf den Tischen ausgebreitet. So konnte sie am besten denken: Sie musste Strukturen schaffen, Dinge in geometrische Ordnung bringen. Schon in der Schule war sie dadurch aufgefallen, dass sie in Geschichte oder schon viel früher in Heimatkunde die Dinge immer auf großen DIN-A3-Blättern in Übersichten brachte. Lange bevor sie den Begriff Mind-Map gekannt hatte, hatte sie die Methode schon benutzt. Doch was in der Erwachsenenbildung als letzter Schrei der Kreativtechnik galt, war im klassischen Schulsystem einfach nur störend. Wie oft war ihre Mutter in die Schule zitiert worden, weil ihre Tochter »sich so seltsam gebärdet« oder »mit ihren Extravaganzen den Unterricht beeinträchtigt« – so wurde es zumeist gesehen. Dabei hatte Leah nichts anderes gewollt als genug Platz für ihre DIN-A3-Blätter. Und sie hatte sich durchgesetzt, denn es war ihr wichtig gewesen: Sie wollte lernen, wollte wissen. Auch wenn die Mitschüler – das interessierte sie anfangs wenig – und die Mitschülerinnen – da war der Preis schon höher – sie dafür hänselten. Dass dank ihrer Methode eine Zwei die schlechteste Note gewesen war, die sie in einer Arbeit je nach Hause gebracht hatte, hatte zwar die Lehrer und ihre Eltern gefreut, für den Rest der Klasse war sie jedoch die Streberin gewesen. Und ab der vierten Klasse die »Brillenschlange«, was die Etikettierung »Streberin« gleich miteinschloss.

Sie saß immer allein an ihrem Schultisch, denn sie benötigte Platz für die DIN-A3-Blätter. Ab der Fünften war sie genau in den Stunden die Beliebteste, in denen Klassenarbeiten geschrieben wurden. Da wollten dann alle neben ihr sitzen. Sogar die Jungen.

Inzwischen waren die DIN-A3-Blätter modernen Whiteboards gewichen, und es war Leahs Job, diese zu pflegen. Sie war am besten in der Lage, die Dinge so an der Tafel anzubringen oder umzuordnen, dass Zusammenhänge auf den ersten Blick sichtbar wurden.

Einer ihrer Träume war ein Ersatz der Whiteboards durch mindestens ebenso große Tablet-Computer, an denen sie durch Wischen und Ziehen Bilder und Textblöcke neu ordnen und mit speziellen Stiften direkt auf den Bildschirm schreiben konnte. Derzeit Zukunftsmusik. Aber vielleicht würde sie es in ihrer Karriere noch erleben.

Sie ging drei Meter rückwärts in den Raum und betrachtete die Tafel. Sie hatte alle Akten durchgearbeitet und ihre Erkenntnisse auf die beiden Whiteboards übertragen. Die Fotos der Mordopfer, die bekannten Daten, die bekannten Zusammenhänge.

Zwischen den drei weiblichen Opfern bestand eine Verwandtschaftsbeziehung: Monika, ihre Schwester Sandra und Monikas Tochter Mia. Zu dem männlichen Opfer Hollster aus Heidelberg führten auf dieser Ebene keine Verbindungspfeile.

Der einzige Brückenschlag war dieselbe Waffe, mit der sowohl der Mann in Heidelberg als auch die Mutter und ihre Tochter erschossen worden waren.

Nein, das war nicht richtig, es gab noch eine weitere Verbindung: Die lag darin, wie die Morde verübt worden waren. Auch wenn die junge Joggerin erstochen worden war, so hatten alle Taten gemeinsam, dass sie schnell und offenbar geplant ausgeführt worden waren. Vielleicht war der Zeitpunkt des Mordes an der Joggerin aus irgendeinem Grund wichtig gewesen, aber die P38 hatte Ladehemmung gehabt, und der Mörder hatte improvisieren müssen.

Leah seufzte. An dieser Tafel standen entschieden zu viele Konjunktive. Hätte, könnte, würde – das alles half nicht weiter.

Es gab noch eine Akte, die der leiblichen Mutter der beiden jungen toten Frauen. Eine Selbstmordakte. Sie hatte sie schon durchgeblättert, aber noch nicht richtig durchgeackert, Zeile für Zeile, auf der Suche nach Ungereimtheiten und neuen Spuren. Doch schon auf den ersten Seiten wurde klar, dass sich die Frau wirklich selbst umgebracht haben musste. Kaum vorstellbar, dass der Spitzenagent irgendeines Geheimdienstes in die Wohnung gelangt war, ohne Spuren zu hinterlassen, und dass sich das Opfer, selbst als 007 das Heizöfchen an die Steckdose angeschlossen hatte, nicht gewehrt hatte. Es gab nicht einmal einen Deostift, der auf dem Boden lag, anstatt auf dem Waschbeckenrand neben der Badewanne zu stehen. Nein, Ute Pein war durch eigene Hand gestorben, daran hatte Leah keinen Zweifel.

Dennoch würde sie sich auch durch diese Akte wühlen. Leah war gründlich. Das lag ihr im Blut.

Sie schrieb den Namen der Selbstmörderin – Ute Pein – an die Tafel und befestigte ein Foto mit dem Magneten darunter. Dann nahm sie sich die Akte vor.

Auf der letzten Seite entdeckte sie die zwei Worte, die alles veränderten.

Sie stand auf und ging in das Büro von Daniel.

Tina Gassau war Streetworkerin der Drogenberatung in Darmstadt. Ricarda musste fast eine Stunde warten, weil zwei akute Fälle wichtiger waren als das Gespräch mit der

Polizei. Ricarda dachte darüber nach, ob sie mit ihrem Ausweis Autorität demonstrieren oder warten sollte.

Manchmal war das Warten auf ein Gespräch mit Zeugen ähnlich nervtötend, als würde man im Wartezimmer eines Arztes hocken. Natürlich konnte man den Aufstand proben, wutschnaubend gehen. Aber was brachte das? Man ging, man kam wieder. Nicht eben ein Zeitgewinn. Also wartete sie.

Als Tina Gassau sie hereingebeten hatte, hatte diese sich sofort entschuldigt. »Die Frau, die gerade vor mir saß – ich versuche sie seit einem Jahr zum Entzug zu bewegen. Jetzt ist sie so weit. Endlich. Sorry, dass ich das vorgezogen habe.«

Ricarda schüttelte verständnisvoll lächelnd den Kopf und log: »Kein Problem.«

»Würde es Ihnen etwas ausmachen, wenn wir draußen sprechen? Ich könnte ein wenig frische Luft gut gebrauchen.«

Die Einrichtung der Drogenberatung lag direkt neben dem Park Herrngarten, und Ricarda hatte nichts gegen einen Spaziergang einzuwenden. Die beiden Frauen schlenderten auf dem Weg zwischen einem Ententeich und einer alten Mauer zur Straße hin. Es war heiß, es war schwül, und Ricarda war froh, dass sie morgens die leichten Klamotten gewählt hatte. T-Shirt, dünne Jeans und das Blouson, unter dem sich Halfter und Dienstpistole noch verstecken ließen.

»Weshalb wollten Sie mit mir sprechen?«, fragte Tina Gassau.

»Ute Pein. Sie hat sich umgebracht vor gut einem halben Jahr.«

Tina Gassau nickte. »Ich erinnere mich. Tragisch. Aber ich kann's verstehen.«

»Eine ihrer Töchter wurde im Dezember ermordet.«

»Ja. Einen Monat bevor sie sich selbst das Leben nahm.«

»Sie sind also überzeugt davon, dass es Selbstmord war?«
»Zweifeln Sie daran?«
Ricarda zuckte nur mit den Schultern.
»Ute war am Ende«, erzählte Tina Gassau. »Ganz am Ende. In ihrem Leben ist so ziemlich alles schiefgelaufen, was schieflaufen konnte. Sie hatte einen guten Start. Und dann ist sie an jeder Abzweigung ihres Lebens falsch abgebogen. ›Highway to Hell‹ – wenn der Song von AC/DC auf jemanden zutrifft, dann auf sie.«
»Wie darf ich das verstehen?«, fragte Ricarda.
»Ach, Frau Zöller. Ute kam aus gutem Hause. All die Klischees vom prügelnden Vater und der alkoholisierten Mutter trafen bei ihr nicht zu. Sie hatte noch zwei Geschwister, einen Bruder, eine Schwester, hat sie mir mal erzählt. Ute hat rebelliert. Musste immer auf die jüngere Schwester aufpassen, weil die Eltern ein Unternehmen hatten. Dann, als sie fünfzehn war, kam noch das Nesthäkchen hinzu. Für das hatte die Mutter dann alle Zeit der Welt. Sicher, man kann sich ein wärmeres Zuhause vorstellen, ein verständnisvolleres, es gibt immer Luft nach oben. Aber das Entscheidende waren wohl die falschen Freunde. Die haben eben nicht nur mit Alkohol experimentiert, sondern mit härteren Sachen. Viel härteren. Und Ute, sie hatte den ›Mut‹, sich das Zeug einzuwerfen, und schreckte auch nicht davor zurück, sich selbst 'ne Spritze in die Vene zu setzen. Sie war schon immer eine gewesen, die der große Weltschmerz packen konnte. Und zum Weltschmerz gesellten sich dann Liebeskummer und Selbstmitleid. Und damit rutschte sie ab.«
»Wie lange kannten Sie sie?«
»Ich mach den Job jetzt fünfundzwanzig Jahre. Und zwanzig Jahre davon hab ich Ute begleitet.«
»Sie haben die beiden Schwangerschaften mitbekommen?«

»Ja. Beide. Bei der ersten Schwangerschaft war sie eine Weile von der Bildfläche verschwunden. Hat in München gewohnt, glaub ich. Sie ist dann wieder nach Darmstadt zurückgekommen. Da war sie im fünften Monat und schwer abhängig. Primär von Heroin. Und wenn das nicht zu kriegen war, dann nahm sie, was sie bekam, Koks, auch mal Benzos. Ansonsten gern Hustensaft, also den mit reichlich Codein.«

»Und?«

»Sie kam nicht runter von dem Zeug. Dass ihr Mädchen überlebt hat, war ein Wunder. Doch Ute, sie wollte das Kind nicht haben. Hat es sofort zur Adoption freigegeben. Ich muss sagen, dass ich die Entscheidung richtig fand. Ich hätte ihr damals keine drei Jahre mehr gegeben.«

»Und der Vater?«

»Unbekannt.«

»Okay. Und Tochter Nummer zwei?«

»Drei Jahre später war Sandra unterwegs.«

»Vater?«

»Ebenfalls unbekannt. Während der Schwangerschaft wurde sie wieder rückfällig. Aber es war nicht mehr so schlimm wie drei Jahre zuvor. Und diesmal wollte sie das Kind unbedingt behalten. Aber es gelang ihr nicht. Das Jugendamt ging bei ihr ein und aus. Die Kleine kam in die Pflegefamilie, wieder zur Mutter, wieder in die Familie. Hut ab vor den Wagners, die Sandra immer die Stange gehalten haben. Es gab Zeiten, das war Sandra vier Monate am Stück bei der Mutter, dann gab es Zeiten, da war Ute wieder für zwei Jahre abgetaucht. Dazwischen immer wieder Entzug, Therapie, Job, Rückfall und alles zurück auf null.«

»Gab es noch weitere Kinder?«

»Ich weiß, dass sie noch eine Totgeburt hatte, das muss so zehn Jahre her sein.«

»Wissen Sie, ob sie irgendwelche Kontakte nach Heidelberg hatte?«

»Heidelberg? Weshalb?«

»Ein Mordopfer hat dort gewohnt. Und wir versuchen, Zusammenhänge herzustellen.«

»Ich weiß, dass sie öfter in München war, aber nicht, wo sie sonst gewohnt hat. Sie war eher verschlossen. Und in den vergangenen fünf Jahren, da ist sie immer mehr in die Depression gerutscht. Sie hat den Kontakt zu Sandra gesucht, aber sie war nicht gerade die Zuverlässigkeit in Person und hat ihre Tochter oft versetzt, weil sie einen Freier hatte, den Affen schob oder das Treffen einfach verschlafen hat. Ihr Wille, drogenfrei zu leben, schwand immer mehr. Und als sie hörte, dass Sandra tot war ... Nun, ich hatte den Eindruck, von dem Tag an war ihr klar, dass sie ihr Leben beenden würde. Zumal der Kontakt zu ihrer ersten Tochter auch nicht gut lief. Monika hatte sie ausfindig gemacht. Und war entsetzt, als sie ihre leibliche Mutter gesehen hat. Sie hat den Kontakt wieder eingestellt, nachdem Ute Geld von ihr wollte.«

»Sie haben keine Zweifel daran, dass sie sich selbst umgebracht hat?«

»Nein. Absolut nicht. Sie hat es mehrmals angekündigt. Und ich kannte sie lange. Ich wusste, dass sie es ernst meint.«

»Was wissen Sie noch über ihre Familie?«

»Was ich schon sagte, zwei Geschwister.«

»Die Eltern, leben die noch?«

»Das weiß ich nicht. Sie sagte, glaube ich, mal, dass die auch in Hessen wohnen, aber mehr weiß ich nicht. Und wo ihr Exmann abgeblieben ist, das weiß keiner.«

»Ihr Exmann? Ich dachte, der jeweilige Vater der Kinder sei unbekannt?«

»Ja, das stimmt. Aber sie hat mit siebzehn mal geheiratet.

Wundert mich, dass die Eltern dazu den Segen gegeben haben. Drei Monate später reichte Ute, grün und blau geschlagen, die Scheidung ein. Eine kurze Ehe.«
»Und wo, vermuten Sie, ist der Exmann abgeblieben?«
»Wenn er noch lebt, dann ist er vielleicht in Südamerika. Wer weiß das genau.«
»Der Name?«
»Pein. Irgendwas mit H. Horst. Harald, Helge – ich weiß es nicht mehr.«
»Sie hat ihren Mädchennamen nicht wieder angenommen?«
»Nein. Sie war ja auf ihre Familie nicht so gut zu sprechen.«
»Und wie war der Mädchenname von Ute Pein?«
Tina Gassau nannte ihn.
Und Ricarda machte große Augen. Den Namen kannte sie.

Lorenz hatte mehrfach mit der Uniklinik telefoniert. Vor einer Viertelstunde hatten sie ihn angerufen, dass er jetzt mit Pjotr Oloniak reden könne. Er war sofort zum Krankenhaus gefahren.
Seine Stimmung pendelte irgendwo zwischen Ärger, Wut und Enttäuschung. Wobei der Bereich Wut vom Pendel oft lange aufgesucht wurde, so als gäbe es Momente frei von Schwerkraft.
Lennart hatte seinen Punkt deutlich gemacht: Es gab keinen stichhaltigen Hinweis darauf, dass es einen Zusammenhang gab zwischen den Morden an den Oloniaks und dem Mord an dem Banker aus Heidelberg außer der Tatwaffe. Ricarda solle augenblicklich wieder nach Mainz zurückkehren, und Lorenz' Abteilung sollte sich wieder um den Prigge-Fall und die beiden toten Jugendlichen kümmern. Sie soll-

ten dort besser schnell Erfolge erzielen, denn die Luft sei ganz dünn für die Abteilung, ganz dünn, war Lennart nicht müde gewesen zu wiederholen.

Sollte es ihnen gelingen, in zwei Wochen einen der beiden alten Fälle zu lösen, bestand die Möglichkeit, dass man seine Abteilung in eine »Cold-Case«-Abteilung umwandelte. Wenn nicht, würden sie einfach wieder auf bestehende Abteilungen verteilt werden. Die Jungs von IT hätten sich schon beschwert, dass eine Koryphäe wie Daniel in Lorenz' Abteilung versauere.

Lorenz war ruhig geblieben. Doch auf dem Weg ins Krankenhaus hatte sich der Wackeldackel auf dem Armaturenbrett einige Tiraden anhören müssen. Er war ein Geschenk von Adriana. Der Dackel hatte seitdem in jedem Wagen von ihm vorn seinen Platz gehabt. Und da Lorenz nicht einmal sich selbst gegenüber zugegeben hätte, dass er im Auto Selbstgespräche führte, diente ihm der Dackel als Pseudogesprächspartner. Und er war ein guter Zuhörer, nickte immer nur zustimmend. Widerspruch wäre ihm auch ganz besonders an diesem Tag schlecht bekommen.

Der Anruf vom Krankenhaus war genau zur rechten Zeit gekommen, denn er diente als Rechtfertigung dafür, dass Lorenz die Weisung von Lennart, alle Kollegen an die alten Aufgaben zu setzen, nicht sofort befolgen konnte.

Als er den Motor abgestellt hatte, stupste er den Dackel auf die Schnauze. »Danke, Kumpel«, sagte er, und der Wackeldackel nickte wissend.

Im Krankenzimmer saß eine junge Frau am Bett von Pjotr Oloniak. Sie trug das hellbraune Haar kurz, und als sie sich Lorenz zuwandte, sah dieser das blaue Auge. Es war noch nicht sehr alt.

Im Zimmer standen drei Betten, doch zwei davon waren mit durchsichtiger Plastikfolie überzogen und derzeit nicht belegt. Bereits der erste Blick auf Oloniaks Gesicht zeigte Lorenz, dass Ricarda nicht übertrieben hatte, als sie behauptet hatte, Oloniak habe Glück gehabt, überhaupt noch zu leben.

»Guten Tag. Lorenz Rasper, BKA. Ich müsste mit Pjotr Oloniak sprechen.«

Die junge Dame erhob sich von dem Plastikstuhl. Sie reichte Lorenz die Hand: »Gerda Baier.«

»Mit Ihnen alles okay?«

»Ja«, meinte die Frau, doch die Stimme war tonlos und stand im Gegensatz zur Aussage.

»Dürfte ich kurz mit Herrn Oloniak ...?«

»Ja, ich warte draußen.« Sie nickte Pjotr Oloniak zu.

Nachdem die Frau das Zimmer verlassen hatte, ließ Lorenz sich auf dem Stuhl nieder. Oloniaks Kopf war verbunden, er trug eine Schiene über der Nase. Neben den Verbänden war die Haut bläulich grün, Ausläufer von Blutergüssen. Ein Bein hing eingegipst in einer Schlinge.

»Herr Oloniak, können Sie sprechen?«

Oloniak deutete ein Nicken an. »Ja«, sagte er. Seine Stimme war leise, aber Lorenz verstand ihn. Er rückte noch ein bisschen näher.

»Volker Parowski hat uns gegenüber schon zugegeben, dass er Sie so zugerichtet hat. Aber wir verstehen immer noch nicht, was genau passiert ist. Und wir würden es gern verstehen. Was ist schiefgelaufen?«

»Ich lebe noch. Das ist schiefgelaufen.«

»Volker Parowski sagte uns, dass er die Tour für Sie gefahren hat an dem Tag, an dem Ihre Tochter ums Leben kam.«

»An dem sie erschossen wurde, nicht ›ums Leben kam‹. Abgeknallt wie ein räudiger Hund. Wie ein Fuchs, der Hühner stiehlt.« Oloniak machte eine kurze Pause. »Das mit der Tour ... Ich dachte, es wäre eine gute Idee. Ich dachte, es wäre richtig klug. Aber ich wusste ja nicht ...« Er verstummte.

Für einen Moment dachte Lorenz, der Mann würde nicht mehr weitersprechen. Oloniaks Augen waren geöffnet, der Blick zur Decke gerichtet. Er blinzelte immer wieder. Doch dann sprach er weiter. »Gerda – das ist die, die Sie gerade hier am Bett gesehen haben –, sie ist Volkers Freundin. War es. Volker ist noch nicht so lang bei unserer Spedition. Vor einem guten halben Jahr, da hat er Geburtstag gefeiert, da war er gerade vier Wochen in der Firma. Für ihn war das so 'ne Art Einstand. Er hat in seiner Wohnung gefeiert. Waren sicher so zwanzig Leute da. Ich bin auch auf die Feier gegangen. Monika war damals schwanger, ihr ging es nicht so gut, sie war oft müde, ihr war immer wieder schlecht, gerade am Anfang der Schwangerschaft. Und auf der Feier, da sah ich dann Gerda. Und sie sah mich. Volker war schon ziemlich betrunken, und so hat er gar nicht mitbekommen, dass Gerda und ich verschwanden. In den Keller. Fünfzehn Minuten. Es war Sex, nur Sex.«

Wieder verstummte er und blinzelte die Decke an. Lorenz wartete, und schließlich sprach Pjotr weiter.

»Sie hat mir ihre Handynummer gegeben. Und wir trafen uns. Mal in einem Hotel. Mal in ihrem Bett, wenn Volker eine Tour fuhr. Wir haben nicht viel geredet. Aber wir – wie soll ich sagen –, wir waren gut füreinander. Keine Ahnung, was daran anders war als beim Sex mit Monika. Keine Ahnung.« Er schwieg kurz. Dann wiederholte er fast flüsternd: »Keine Ahnung.«

Nun, Lorenz wusste genau, worüber Pjotr sprach. Sex mit Jolene, der war nie schlecht, meist sogar gut und ab und an phantastisch. Natürlich hatte sich in den Jahren, den Jahrzehnten eine Routine eingespielt. Ein Standardprogramm. Umso reizvoller war es, das ab und an zu sprengen. So wie es reizvoll gewesen war, der reinen Begierde nachzugeben mit ... Verdammt, der Name wollte ihm einfach nicht mehr einfallen. Sie war die Erste von vieren inklusive Marla gewesen. Hatte er Jolene dadurch etwas weggenommen? Etwas, was eigentlich ihr gehörte? Was, wenn sie sich ebenfalls ab und an mit anderen Männern vergnügte? Ein ganz neuer Gedanke. Ein ... bestürzender Gedanke. Für einen Moment fühlte sich Lorenz wie ein Paddler auf der Ostsee, der merkt, dass da vorn gleich ein Wasserfall kommt, obwohl es bei einem Meer eigentlich gar keinen Wasserfall geben kann.

»Aber manchmal ...«, fuhr Pjotr fort, »manchmal hat sie eben doch was erzählt. Sie hat gesagt, dass Volker sie nicht gut behandelt. Dass sie überlegt, ob sie ihn verlassen soll. Ich hab darauf nie geantwortet. Ich wollte Monika nie verlassen. Es war nur so, seit sie schwanger war, war alles anders. Sie war komisch. Und sie wollte keinen Sex mehr. Und Gerda – sie wollte. So einfach war das.«

Wieder verstummte Pjotr. Und Lorenz erinnerte sich an dieses fürchterliche Frühstück vor fünf Tagen mit dieser ... Verdammt, wie hieß sie denn jetzt gleich schon wieder? Irgendwas mit M. ... Marla! Ja, das war ihr Name. Die Nacht war toll gewesen. Nein, nicht die *Nacht*. Der Sex, der war toll gewesen. In der Nacht, da war ihr Arm immer wieder auf seinem Körper gelandet, im Versuch, ihn zu umschlingen. Dass Marla ihn im Schlaf hatte umarmen wollen, das ging zu weit. Das durfte nur Jolene.

»Und dann ... dann kam Monika ins Krankenhaus. Ich war gerade von einer Tour zurückgekommen, als sie plötzlich anfing zu bluten. Ich rief den Krankenwagen, fuhr mit ihr ins Krankenhaus. Sie konnten die Blutung stoppen. Ich saß an ihrem Bett. Immer wenn ich nicht auf dem Bock war, dann war ich bei ihr.«

Lorenz dachte an seine Tochter. Obwohl Jolene so jung

gewesen war, keine achtzehn, hatte es Komplikationen gegeben. Auch Jolene hatte Blutungen gehabt. Welch ein Schock war es gewesen, als sie ihm gesagt hatte, dass sie schwanger war. Er hatte mit dem Schicksal gehadert, hatte nicht Vater werden wollen, er war doch noch viel zu jung. Aber wie groß war der Schock erst gewesen, als die Blutungen einsetzten. Als plötzlich die Möglichkeit im Raum gestanden hatte, dass er *kein* Vater werden würde. Er erinnerte sich, wie er ebenfalls im Krankenhaus an Jolenes Bett gesessen hatte. Und nur noch einen einzigen Wunsch gehabt hatte: dass das Kind das Licht der Welt erblickte.

»Ich hatte nur noch einen Wunsch«, fuhr Pjotr fort. »Ich wollte, dass das Kind lebend auf die Welt kommt. Und dass Monika gesund wurde. Dann wurde tatsächlich unsere Tochter geboren. Mia. Den Namen, den hatten wir schon ausgesucht, eine Woche nachdem Monika wusste, dass sie schwanger war. Max oder Mia.«

Lorenz sah Pjotr an. Rechts und links auf dem geschundenen Gesicht sah er die Tränen. Und er verstand diesen Menschen, der im Moment kein Zeuge, kein Verdächtiger, kein Mörder, kein Unschuldiger mehr war, sondern nur ein Mann, mit dem sich Lorenz verbunden fühlte.

»Als Mia auf die Welt kam, da wusste ich, dass das mit Gerda falsch gewesen war. Ich war Vater. Ich war verantwortlich für Mia«, erzählte Pjotr. »Und ich war verantwortlich für Monika. Und niemand, auch keine Gerda, durfte etwas daran ändern.«

Auch Adriana war gesund auf die Welt gekommen. Etwas zu früh, aber gesund. Und wenn er daran dachte, dass seine Adriana jetzt eine schöne junge Frau war, die ihr Leben lebte, ihren Weg gehen würde – ja, da war auch er mit sich im Reinen.

Lorenz war nicht klar, ob sich Pjotr Oloniak überhaupt

noch bewusst darüber war, dass er mit einem Polizeibeamten sprach, oder ob er seine Lebensbeichte viel mehr gegenüber der Zimmerdecke ablegte.

»Ich wusste, dass ich das mit Gerda beenden würde. Und die Tour nach Münster war ideal. Die sollte Volker fahren, dann hatte ich genug Zeit, mit Gerda zu reden, ihr zu erklären, dass es zu Ende war und warum. Gerda weinte. Für sie war ich der Prinz gewesen, der sie von Volker befreien sollte. Damit er sie nicht mehr schlägt. Aber ich hatte jetzt Familie. Wissen Sie, was die große Ironie daran ist?«

»Nein«, sagte Lorenz.

»Der Moment, in dem ich Gerda sagte, dass wir uns nicht mehr sehen würden, das war der, in dem meine Tochter erschossen wurde.«

Lorenz nickte. So was wollte er nicht erleben. Und in diesem Moment wusste er, dass es keine Marlas mehr in seinem Leben geben würde, dass er Vorträge halten konnte in der ganzen Welt, aber dass er nie mehr Jolene betrügen würde. Sie war seine Frau und Adriana seine Tochter. Und er würde seiner Frau in Zukunft treu sein. Ein Versprechen, das er im Geiste auch seiner Tochter gab, selbst nicht wissend, weshalb.

»Dieses Arschloch hat meine Tochter erschossen, als ich gerade dabei war, mein Leben auf die Reihe zu kriegen. Ist das nicht ein schlechter Witz?«

Lorenz nickte nur.

»Und dieses Arschloch erschießt nicht nur meine Tochter, er erschießt auch noch meine Frau. Ich versteh das alles nicht, ich versteh es einfach nicht. Aber ist auch egal. Monika ist tot. Mia ist tot. Es ist alles egal.«

»Und deshalb haben Sie sich von Volker halb totschlagen lassen? Sie haben ihn so gereizt, dass er einfach nicht mehr anders konnte, als zuzuschlagen. Sie wollten, dass er Sie schlägt. Dass er Sie umbringt. Wegen des falschen schlechten Gewissens.«

»Ja, Herr Kommissar. Dann wäre ich frei gewesen, und Gerda wäre von ihm frei gewesen. Aber Volker hat es verpfuscht. Wie er sein ganzes scheißbeschissenes Leben verpfuscht hat. Er hätte mich totschlagen sollen. Aber nicht mal das hat er hingekriegt.«

In diesem Moment war Lorenz nicht mehr Kriminalrat Rasper, sondern nur noch Lorenz. Er wusste, dass das nicht professionell war. Aber es gab keine Zeugen. Und es war ihm scheißegal. »Nun, Pjotr … Gerda war da. Sie saß an Ihrem Bett. Dafür hat sie das blaue Auge in Kauf genommen.«

Er stand auf. Mit zwei Erkenntnissen mehr in seinem Leben. Die erste: Pjotr Oloniak hatte weder seine Tochter noch seine Frau auf dem Gewissen. Es gab diesen anderen, nebulösen Täter. Und die zweite Erkenntnis: Er würde seiner Frau treu sein. Und an diesem Abend würde er damit anfangen und sie lieben wie lange nicht mehr. Und der Gedanke erregte ihn. »Sex findet im Kopf statt«, erinnerte er sich an einen Satz, den wer noch mal gesagt hatte? Marla? Egal.

Kaum hatte er das Krankenhaus verlassen, klingelte das Handy. Ricarda.

»Ja?«, meldete er sich knapp.

»Lorenz. Wir haben die Verbindung zwischen all den Opfern.«

DAMALS. SAMSTAG, 28. APRIL

Ich hätte nicht gedacht, dass es noch schlimmer kommen kann. Ich kann nicht mehr stehen. Das liegt nicht an meiner körperlichen Verfassung. Sondern an dem Raum, in den sie uns gesteckt haben. Er ist keine eins fünfzig mehr hoch.

Die »Athen« hat gestern wieder losgemacht. Und wir fuhren. Wohin, wussten wir nicht. Aber allein das Gefühl zu fahren war ein gutes Gefühl. Es bedeutete, etwas würde sich verändern. Und ich war für jede Veränderung dankbar. Wenn sie uns auf der Ostsee versenkt hätten, wäre auch das eine Veränderung gewesen. Der Tod hat seit gestern seinen Schrecken verloren. Seit sie die Luke geöffnet und die Eimer mit den Fäkalien hochgezogen haben. Sie waren randvoll. Und sind übergeschwappt. Es war der Moment, in dem ich seit drei Jahren das erste Mal wieder geweint habe.

Sie hatten die Motoren der »Athen« gestoppt, die Luken geöffnet. Ich sah Wolken am Himmel. Und die Bordwand eines riesigen Schiffes. Wieder Schreierei – sicheres Zeichen, dass wir den Laderaum verlassen würden. Sie trieben uns unter Knüppelschlägen eine schmale Gangway hinauf auf das Schiff. Dort übernahm uns die nächste Mannschaft, die uns dann im Innern des Schiffes wieder die Treppen nach unten geknüppelt hat.

Auch dieses Schiff ist übervoll. Überall Menschen, wie wir in den Zebraanzügen der Lager gekleidet. Das Ziel war erneut ein Lagerraum im Bug. Sie öffneten die Luke und stießen uns hinein.

Und schlossen die Luke.

Kein Licht.
Keine Luft.
Kein Wasser.

Abgesehen von einem kleinen Wasserhahn. Doch aus dem kommt nur salzige Meeresbrühe. Ich war einer der Letzten, die sie hineingetrieben haben.

Nun habe ich kein Zeitgefühl mehr. Der Durst bringt mich fast um. Ein paar Russen haben das Kommando, es sind fast nur Russen in diesem Raum. Sie versuchen, den Rest von Organisation und Disziplin zu wahren. Es gibt keine SS-Männer mehr hier unten, sagt einer. Sie haben das Deck komplett aufgegeben, aus Angst vor Seuchen. Berechtigt. Die Leichen werden in eine Ecke gerollt, aber sie bleiben mit uns im Raum.

Als ich merke, dass der Mann neben mir nicht mehr atmet, gebe ich mich auf. Ich will zu dem Wasserhahn, das Salzwasser trinken, damit das Ende schneller kommt.

Da wird die Luke geöffnet.

»Franzosen und Belgier raus!«, blafft eine Stimme. Auf Deutsch. Ich denke nicht nach. Instinktiv und weil ich günstig dahocke, klettere ich hoch. Ich denke noch, wie können Franzosen und Belgier, die kein Deutsch sprechen, den Befehl verstehen. Gar nicht, das ist mir klar. Und es ist mir egal. Denn es hieß für mich: Rettung.

DONNERSTAG, 12. SEPTEMBER

»Das ist die Verbindung«, sagte Lorenz zum dritten Mal. Und bei jedem Mal hatte er die grüne Linie zwischen Ute Pein geborene Hollster und Reinhard Hollster mit rotem Stift nachgezogen.

Ute und Reinhard waren Geschwister. Was keinem aufgefallen war, weil Ute den Namen ihres Ehemannes behalten hatte. Dass sie bereits einmal verheiratet gewesen war, war nur auf Monikas Adoptionspapieren vermerkt gewesen, deren Kopie sich ganz hinten in Ute Peins Akte befunden hatte.

Lorenz sah in die Runde. Ricarda und Daniel stand ein Lächeln im Gesicht, Bruno nickte. Lennart, der ebenfalls anwesend war, schaute Lorenz ausdruckslos an. Leah, die neben dem Whiteboard stand, warf Lorenz einen mürrischen Blick zu.

»Sorry«, sagte er und wischte die roten Streifen wieder weg, wobei auch der grüne in Mitleidenschaft gezogen wurde. Leah machte einen Schritt auf Lorenz zu, und der gab ihr den Schwamm. Während er weitersprach, löschte Leah die gesamte Verbindung zwischen Ute und ihrem Bruder Reinhard aus, um die beiden dann wieder mit einer sauberen grünen Linie zu verbinden. Das System war einfach: In Grün wurde aufgeschrieben, was sicher war. Orange waren noch nicht gesicherte Informationen, in Rot wurden Hypothesen vermerkt und in Blau Fragen. Und Leah achtete penibel darauf, dass dieses System eingehalten wurde.

»Die Information, dass die beiden wirklich Geschwister sind, ist bestätigt?«, fragte Lennart.

Lorenz sah Daniel an, der daraufhin antwortete: »Ja. Sie haben beide dieselben Eltern. Da wir wussten, wonach wir suchen mussten, war es nicht mehr schwer, den Rest in Erfahrung zu bringen. Die Eltern heißen Thea und Fritz Hollster, wobei Thea Hollster schon vor acht Jahren verstorben ist, eines natürlichen Todes.«

»Wohnsitz?«

»Letzter bekannter Wohnort ist Kronberg bei Frankfurt. Adresse Goethestraße. Eine Villa am Victoriapark. Netter Vorgarten.«

»Irgendwelche Informationen über die Hollsters?«

»Auf die Schnelle: Fritz Hollster gehört ein großes Unternehmen: Skelter-Spielwaren. Die Firma sitzt in Frankfurt, kennt wohl jeder.«

In Brunos Gesicht vollzog sich eine Wandlung, ein leises Lächeln schlich sich in seine Miene und ebenso in Lennarts.

Die beiden sahen sich an, und aus dem Lächeln wurde ein Grinsen. Eigentlich war der Vize gekommen, um dem Team höchstselbst den Stecker zu ziehen. Auf einmal sah alles anders aus.

»Auch die Bahn?«, fragte Bruno.

Lennart nickte. »Fünfzehn Meter Fahrstrecke.«

Bruno zog eine Augenbraue hoch und nickte anerkennend.

»Derzeit nutzen meine Enkel sie noch. Einmal im Jahr zu Weihnachten.«

Bruno antwortete nicht.

»Und – Ihre Enkel?«

»Nö. Ich fahre selbst noch.« Brunos Grinsen wurde breiter.

Es war Ricarda, die fragte: »Kann uns Unwissende mal jemand aufklären?«

Sofort wurde Lennart wieder ernst. »Skelter-Race war mal

eine Autorennbahn. Es gab Zeiten, da war Skelter der größte Konkurrent von Carrera. Sind aber nicht kompatibel.«

»Herr Lennart, das wiederum ist nur eine Frage modellbauerischen Geschicks. Auf meiner Bahn dreht ein Flossen-Benz von Revell seine Runden.«

»Wie dem auch sei. Ich wusste gar nicht, dass es die noch gibt.«

»Doch«, erwiderte Daniel, »sie machen immer noch in Kinderspielzeug, aber die Bahn gibt es wohl schon lange nicht mehr.«

»Gut. Dann wissen wir jetzt, dass alle Opfer miteinander verwandt waren. Alle stammten von Fritz und Thea Hollster ab«, sagte Bruno.

»Jetzt müssen wir rausfinden, ob es noch mehr Familienmitglieder gibt. Wir müssen die finden, bevor der Mörder noch mal zuschlägt.«

»Und wir sollten Pjotr Oloniak unter Polizeischutz stellen. Im Krankenhaus ist er ja ziemlich sicher, wir müssen nur Leute im oder vor dem Zimmer postieren.«

»Aber warum bringt jemand nicht nur die Kinder von jemandem um, sondern auch noch die Enkelgeneration und sogar die Urenkelin?«, fragte Daniel.

»Rache«, war Leah überzeugt.

FREITAG, 13. SEPTEMBER

Sie hatten den Fall zurück. Lorenz war zufrieden. Und sie würden ihn lösen.

»Wie kommt der denn eigentlich in dein Auto?«, fragte Ricarda und deutete auf den Wackeldackel.

»Geschenk meiner Tochter«, sagte Lorenz nur, hielt den Blick aber auf die Fahrbahn gerichtet. Der Dackel hatte an diesem Morgen auf der Fahrt zum BKA schon eine Menge mitanhören müssen. Etwa dass Lorenz seinen Treuevorsatz mit einer durchliebten Nacht besiegelt hatte. Dadurch hatte er zwar wenig Schlaf abbekommen, aber jede Sekunde war die heutige Übermüdung wert gewesen. Und Jolenes Blick, als sie aufgestanden waren, hatte ihm verraten, dass sie das ebenso sah.

»Passt gut in so einen pfeilschnellen PS-Boliden«, legte Ricarda nach. Als Lorenz darauf nicht reagierte, fragte sie: »Noch weit?«

»Nein, wir sind gleich da.« Er hatte Ricarda in Wiesbaden beim BKA aufgelesen. Sie waren unterwegs in Richtung Kronberg und bereits seit gut einer halben Stunde unterwegs.

Lorenz lenkte den Wagen in die Goethestraße. Die Villen waren imposant.

»Nobel«, sagte Ricarda.

»Ja. Offenbar hat die Rennbahn einige Talerchen eingefahren.«

Lorenz parkte den Wagen direkt vor dem Haus. In der Einfahrt stand ein Ferrari. Da wird dein Alfa sich ja wohlfühlen, dachte er.

Der Zaun war mannshoch, und die Zacken auf den schmiedeeisernen Zaunpfählen machten auf den ersten Blick deutlich, was die Eigentümern von der Idee hielten, einfach über den Zaun zu klettern, wenn man etwa den Schlüssel vergessen hatte. Oder keinen besaß.

Gleich zwei Videokameras waren auf die Besucher gerichtet. Es gab einen Klingelknopf aus Messing, aber kein Namensschild.

»Sicher, dass wir richtig sind?«

»Ja«, meinte Lorenz und drückte den Knopf, »Daniel baut keinen Mist.«

Das Surren rührte nicht vom Summer her, sondern von den Kameras, die sich bewegten und sich auf die Störenfriede ausrichteten. Aus einem nicht sichtbaren Lautsprecher hörten sie eine weibliche Stimme. »Ja?«

Lorenz hielt seine Marke in Richtung Kamera. »Kriminalrat Rasper vom Bundeskriminalamt und Kollegin Zöller. Wir hätten ein paar Fragen.«

»Worum geht es?«

»Das würden wir Fritz Hollster gern selbst sagen.«

»Er ist momentan nicht im Haus.«

»Vielleicht können Sie uns auch weiterhelfen«, sagte Lorenz und fügte in Gedanken an: *Wer auch immer Sie sind.*

Diesmal summte der Türöffner. Lorenz drückte gegen das Tor, das deutlich schwerer war, als es auf den ersten Blick wirkte. Massiver deutscher Qualitätsstahl. Nicht rostend.

In dem Moment, in dem das Tor aufschwang, setzte das Hundegebell ein. Dreistimmig, mindestens. Lorenz' Verhältnis zu Hunden war klar definiert: Alles, was nicht höher war als seine Knie – inklusive Kopf –, also alles, was er mit einem Tritt loswerden konnte, das waren gute Hunde. Alles andere zählte für ihn nicht zur Kategorie Hund, sondern zur Gattung Bestie. Weshalb er und seine Frau auch nie einen Hund haben würden. Denn alles, was kleiner war als ein Kalb, war für Jolene nur ein Schoßtierchen; da konnte sie sich auch einen Hamster kaufen.

Wenn man allerdings vom Lungenvolumen auf die Größe der soeben im Chor kläffenden Meute hätte schließen dürfen, hätte Jolene an diesen Geschöpfen ihre Freude gehabt. Lorenz blieb stehen, und seine Hand wanderte automatisch zum Pistolenholster. Auch Ricarda ging keinen Schritt weiter.

Dann – vom Bellen der Hunde fast gänzlich akustisch verdeckt – eine weibliche Stimme, die nur ein Wort rief: »Still.«

Und Ruhe kehrte ein.

Lorenz entspannte sich ein wenig. Langsam gingen Ricarda und er den gepflasterten Weg in Richtung Haus.

Die Villa war imposant. Sicher zweihundert Quadratmeter Grundfläche. Und ein ausgebautes Dach. Im Keller sicher genug Platz für eine riesige Skelter-Rennbahn mit allem Drum und Dran.

Der Eingang lag an der linken Seite des Hauses. Unweit der Villa stand ein Geräteschuppen in XXL-Version. Davor standen vier Deutsche Doggen, die an Ketten gehalten wurden. Hatte was Beruhigendes, auch wenn Lorenz nicht um die Länge der eisernen Schutzleinen wusste. Sie sahen die Gäste an, und Lorenz meinte, in ihren Augen unverhohlenen Hass zu erkennen

Sein Blick wanderte von den Wachhunden in Richtung Haustür. Im Türrahmen stand eine Frau. Sie trug einen modischen blauen Hosenanzug. Das Haar war makellos frisiert, und auch das Make-up zeigte, dass sie sich zurechtzumachen wusste. Die Dame des Hauses? Eine weitere Tochter von Fritz Hollster? Konnte hinkommen.

»Freya Hollster«, stellte sich die Frau vor und reichte zuerst Ricarda, dann Lorenz die Hand. »Treten Sie doch bitte ein.« Der Flur war weitläufig, der Boden mit Marmor gefliest. »Fritz ist im Moment nicht da. Aber ich denke, er wird in zwanzig Minuten zurück sein. Bitte legen Sie doch ab.«

Lorenz half Ricarda aus der Jacke, hängte sie und danach seine auf einen Bügel der Garderobe.

»Bitte folgen Sie mir«, sagte Freya Hollster und führte die Beamten in einen Raum von sicher sechzig Quadratmetern. Wohnzimmer war vielleicht nicht die richtige Bezeichnung, Salon traf es besser. »Nehmen Sie bitte Platz – kann ich Ihnen etwas zu trinken anbieten?«

»Ein Wasser wäre toll«, sagte Ricarda, und Lorenz schloss sich an. Sie ließen sich auf der ledernen Garnitur nieder. Lorenz sah sich um. Nein, noch besser als Salon traf Ballsaal zu, denn außer Sitzgarnitur, Couchtisch und zwei antiken Schränken standen im Raum keine Möbel. Als Accessoires dienten ein Weinregal, ein paar Pflanzen, große Lautsprecherboxen und ein Fernsehschirm, der jeden DVD-Abend zum Kinoereignis machte.

Frau Hollster kehrte mit einem Tablett zurück. Sie stellte die Gläser und eine Wasserkaraffe auf dem Tisch. Sie schenkte ihren Gästen ein, dann sich selbst. »Worum geht es denn?«

»Darf ich erfahren, in welchem Verhältnis Sie zu Herrn Hollster stehen?«, fragte Ricarda.

»Ich bin seine Frau.«

Lorenz sah, wie sich Ricardas Stirn in Falten legte. Hatte gestern Daniel nicht gesagt, Fritz Hollsters Frau sei bereits verstorben? Und die hatte auch nicht Freya geheißen.

»Ich bin Fritz' zweite Frau. Thea ist vor acht Jahren gestorben. Danach haben wir geheiratet.«

Lorenz betrachtete ihr Gesicht, dann ihre Hände. Freya

war vielleicht fünf Jahre älter als er selbst, also etwa fünfundvierzig. Und Fritz Hollster? Er hatte Kinder in ihrem Alter.

»Kennen Sie die Kinder Ihres Mannes?«, fragte Ricarda.

»Darf ich wissen, worum es geht?«

»Wir ermitteln in mehreren Mordfällen. Ihr Mann kann uns vielleicht helfen, ein paar Antworten zu finden. Wir würden gern warten, bis er wieder da ist. Dann müssen wir auch nicht alles doppelt erzählen.«

»In Ordnung.«

»Vielleicht können Sie uns in der Zwischenzeit etwas über das Unternehmen Skelter erzählen.«

»Das kann ich sicher. Mir gehört ein Teil. Und ich leite die Skelter-Stiftung.«

»Skelter-Stiftung?«, fragte Ricarda.

»Ja. Mein Mann hat einen großen Teil des Familienvermögens in eine Stiftung überführt. Einfach, um zu gewährleisten, dass das Kapital ... nun, nicht verloren geht.«

Lorenz hatte keine Ahnung davon, was Freya Hollster damit meinte, aber Daniel würde das bestimmt checken. Wenn jemand etwas über die finanziellen Hintergründe des Unternehmens herausfinden konnte, dann er.

»Wie lange gibt es das Unternehmen Skelter schon?«

»Lange. Es wurde von Fritz' Großvater gegründet, Ferdinand Skelter. Er fing an mit Metallmodellen. Während des Zweiten Weltkriegs war die Wehrmacht Hauptkunde. Die schätzten die Modelle, um ihren Soldaten die Fahrzeuge und Kriegsmaschinen des Feindes vorzuführen. Damit man nicht versehentlich die eigenen Verbände beschoss.«

Lorenz nickte. Davon hatte er bereits gehört.

»Nach dem Krieg fing Fritz' Vater mit zivilen Modellen an, und 1961 wurde die Skelter-Rennbahn auf dem Markt eingeführt.«

»Die Rennbahn gibt es heute nicht mehr, oder?«

»Nein. Märklin Sprint gibt es nicht mehr, Skelter-Race gibt es nicht mehr. And the winner is: Carrera. Zumindest bei den deutschen Firmen.«

»Und was stellt Skelter heute her?«

»Nach wie vor Modellbausätze aus Metall. Da waren wir in den Sechzigern sehr stark, bis in die Achtziger. Aber heute bieten wir nur noch einige exklusive Modelle von Autos im Maßstab eins zu acht. Unsere größte Sparte ist Spielzeug für Kleinkinder. Alles hundertelfprozentig ökologisch. Zieht als Werbeslogan. Und die Eltern können beruhigt sein, dass kein bisschen Chemie in den Artikeln ist.«

Alles ist Chemie, dachte Lorenz.

»Die Palette umfasst Holzeisenbahn, Holzklötze, Puppen aus Textilien und so weiter. Besonders erfolgreich ist die Puppenserie zum ›Kleinen Gespenst‹. Da haben wir jetzt eine ganze Geistergroßfamilie. Fritz hat bereits in den frühen Achtzigern die Ökonische für Spielzeug rechtzeitig erkannt, zu den Zeiten, als die Grünen zum ersten Mal in Parlamente eingezogen sind.«

Ricarda wiederholte ihre Frage von vorhin, auf die sie noch keine Antwort bekommen hatte. »Kennen Sie die Kinder Ihres Mannes?«

»Zu seinen Kindern fragen Sie ihn bitte persönlich«, sagte sie, dann drang das Bellen der Hunde an ihre Ohren. *Hier möchte ich nicht Paketzustellerin sein,* dachte Ricarda.

»Er kommt gerade nach Hause«, sagte Freya Hollster. »Wenn Sie mich bitte kurz entschuldigen.«

Sie erhob sich, verließ den Raum und kam wenig später in Begleitung eines älteren Herrn wieder zurück. Er war etwas größer als Lorenz und trug einen Sommeranzug in Beige, dazu Lederslipper. Sein Haar war grau und modisch frisiert. Anzug und Schuhe ließen darauf schließen, dass der Herrenausstatter von Fritz Hollster nicht nur Geschmack hatte, sondern auch gut verdiente.

»Das sind die Herrschaften von der Polizei«, stellte Freya die Gäste vor.

»Fritz Hollster, angenehm«, stellte sich auch Hollster vor und reichte zuerst Ricarda die Hand, danach Lorenz. Die beiden nannten Namen und Rang.

Nachdem sich alle gesetzt hatten, begann Lorenz mit den Worten: »Herr Hollster, wir kommen zu Ihnen, da wir in einer Serie von Mordfällen ermitteln.«

»Dann hoffe ich, dass ich helfen kann.«

Daniel hatte ihnen die Geburtsdaten von Fritz Hollster genannt. Er war sechsundziebzig Jahre alt, doch er wirkte zehn Jahre jünger. Seiner Haut sah man das Alter an, aber Stimme, Bewegungen und seine Mimik ließen nicht darauf schließen, dass ihn nur noch wenige Jahre vom Greisenalter trennten.

Lorenz war irritiert, denn offenbar kam Fritz Hollster nicht in den Sinn, dass von seinen Kindern die Rede war. Und Enkeln. Und Urenkeln. Verdammt. Wieso wusste Hollster nicht Bescheid? Lorenz war nicht darauf vorbereitet, eine Hiobsbotschaft zu überbringen.

Er sah Ricarda an. Die übernahm. »Herr Hollster, Sie haben zwei Kinder, Reinhard und Ute.«

Kurz zuckte es in Hollsters Gesicht. Dann sagte er: »Nein. Ich habe eine Tochter, Susanne. Und die ist vor zwei Jahren bei einem Verkehrsunfall verstorben. Bei Rostock. Sie haben sicher von dieser Sandwolke gehört, die wie aus dem Nichts über die Autobahn gefegt ist und allen die Sicht genommen hat. Sie ist in einen Lastwagen gefahren. Ihr Partner saß auch im Wagen. Ein anderer Lastwagen knallte von hinten drauf. Ende.«

Nun wusste auch Ricarda nicht weiter. Hatten sie sich getäuscht? War Daniel bei seinen Recherchen ein Fehler unterlaufen? Versank ihre ganze Theorie, dass die Opfer alle verwandt waren, gerade in der Tonne?

Lorenz registrierte, dass Freya Hollster ihre Hand auf die ihres Mannes legte.

»Sie haben also keine Kinder, die Reinhard und Ute heißen?«

Hollster schwieg.

Ricarda sah zu Lorenz. »Nun, dann entschuldigen Sie bitte die ...«

Lorenz unterbrach sie. Denn unmittelbar bevor Fritz Hollster nach Hause gekommen war, hatte Freya die Frage nach den Kindern beantwortet, indem sie gesagt hatte, zu *seinen Kindern* sollten sie ihn persönlich befragen. Sie hatte den Plural nicht korrigiert. »Herr Hollster, wir müssen mit Ihnen über Ute und Reinhard sprechen.«

»Ich habe keine Kinder, die so heißen.«

»Wir wissen, dass sie nicht mehr leben. Hierzu unser Beileid. Dennoch müssen wir Ihnen ein paar Fragen stellen.«

Hollster starrte Lorenz an, dann Ricarda, sagte aber nichts.

Auch Freya Hollster riss die Augen auf. »Ute und Reinhard leben nicht mehr?«

Hollster, der eben noch kerzengerade gesessen hatte, sank in sich zusammen.

»Ute Pein hat sich das Leben genommen, bereits Anfang des Jahres«, erklärte Ricarda. »Und Reinhard Hollster wurde schon vor einem Jahr ermordet. Sie wissen nichts davon?«

»Ich hatte nur eine Tochter. Susanne. Sie ist vor zwei Jahren bei einem Unfall gestorben. Auch ihr Partner. Da war diese Sandwolke ...«

»Fritz!«, rief Freya und starrte ihren Mann an.

»... und da kam der Laster«, fügte Hollster tonlos an.

Lorenz fürchtete schon, der alte Herr würde zusammenklappen. Aber das tat er nicht. Es ging ein Ruck durch seinen Körper, dann straffte er seine Haltung. »Gut. Ich denke, Sie haben recht. Wir sollten miteinander reden.« Er schüttelte die Hand seiner Frau ab. »Freya, würdest du uns bitte allein lassen?«

Freyas Blick wanderte zu Ricarda, als erwarte sie, dass die Polizistin ihr Schützenhilfe gab und ihrem Mann sagte, seine Frau könne ruhig bleiben. Aber Ricarda schwieg.

Freya erhob sich. »Du findest mich im Arbeitszimmer.« Der Tonfall war eisig. Zu den Beamten sagte sie nur: »Die Herrschaften«, und verließ den Raum.

»Entschuldigen Sie bitte den kleinen Aus…«, Hollster korrigierte sich selbst, »… die kleine mentale Unpässlichkeit.« Er erhob sich. »Ich brauche jetzt einen Drink. Sie auch?« Noch bevor Lorenz oder Ricarda antworten konnten, ergänzte er: »Stimmt, Sie sind ja im Dienst.«

Er ging auf den antiken Schrank zu, öffnete eine der oberen Glastüren. Dahinter Hochprozentiges. Hollster griff nach einem Cognacschwenker, schenkte sich eine goldgelbe Flüssigkeit ein, verschloss die Flasche, schloss den Schrank und setzte sich wieder. Er nahm einen großen Schluck. Dann stellte er das Glas auf der Tischplatte ab. »Ich hatte kein Glück mit meinen Kindern.«

»Wie meinen Sie das?«

»Ganz einfach. Ich leitete die Firma. Meine Frau kümmerte sich um die Kinder und um den Haushalt. Die klassische Aufteilung. Warum auch nicht. Aber ihr ist es nicht gelungen, unsere Kinder so zu erziehen, dass sie … im Leben zurechtkamen.«

Ricardas Blick in Richtung Lorenz drückte das aus, was Lorenz dachte: Da machte sich jemand die Dinge etwas einfach.

»Ute, sie war bereits als Kleinkind unerträglich. Ein egoistischer Trotzkopf, nicht zu bändigen, nicht in den Griff zu bekommen. Jeder Gedanke daran, dass sie einmal das Unternehmen leiten würde – absurd vom ersten Tag an.«

Ricardas Mund stand für ein paar Sekunden offen.

»Dann kam Susanne auf die Welt. Sie war das komplette Gegenteil von Ute. Sie war folgsam, sie war ruhig. Als Ute ging, war ich erleichtert. Keine Stänkereien und keine ständigen Brüllereien mehr. Und sie war auf Drogen, das erkannte sogar ich. Ich willigte in ihre Heirat ein, hoffte, der Mann würde sich um sie kümmern. Fehlanzeige. Als sie achtzehn wurde, bot ich ihr zwanzigtausend Mark an, damit sie das Haus verlässt und nicht mehr wiederkommt. Sie nahm das Geld. Nicht überraschend. Damit habe ich sie aus meinem Herzen gestrichen.«

»Wo ist bitte die Toilette?«, fragte Ricarda, die blass geworden war.

Fritz Hollster erhob sich, und alle Bitterkeit war aus seinem Tonfall verschwunden. Seine Stimme passte wieder zum perfekten Gentleman. »Ich zeige es Ihnen.«

Was für ein selbstgerechtes, überhebliches Arschloch, dachte Lorenz. Die Vorstellung, die Drogensucht des eigenen Kindes einfach zu akzeptieren, sie fortzuschicken, aus dem Haus, aus dem eigenen Leben – das war für ihn unvorstellbar. Ein Leben, in dem er nicht mehr im Ansatz am Leben seiner Tochter Adriana teilhaben konnte, war für ihn undenkbar. Er schüttelte den Kopf.

Hollster kam zurück. Setzte sich. »Es mag Ihnen vielleicht ein wenig hart oder selbstgerecht vorkommen, was ich Ihnen erzähle. Doch ich kann Ihnen nur sagen: Es bringt keinem etwas, wenn man sich oder anderen etwas vormacht. Ich war schon immer jemand, der die Dinge beim Namen nennt. Und das hat sich bis heute nicht geändert.«

»Erzählen Sie weiter.«

Hollster nickte. »Susanne war mein Sonnenschein. Aber sie war nicht dazu zu bewegen, sich in die Firma einzubringen. Sie wollte bereits als Vierjährige Krankenschwester werden, und das tat sie dann auch. Ich habe ihr großzügige Angebote gemacht, damit sie BWL studierte. Aber sie verzichtete auf das Geld und machte die Ausbildung. Dann zog sie zu ihrem damaligen Freund ins Schwäbische, nach Heilbronn. Diesen Freund, diesen Taugenichts, den hat sie dann auch geheiratet. Leider. Zwei Jahre nachdem sie einen Jungen in die Welt gesetzt hat, ist der Bursche dann auf und davon. Ja, Susannes Leben lief nicht glatt, aber wir haben nie den Kontakt verloren. Dann wollte ich ein weiteres Kind, vielleicht endlich einen Sohn. Meine Frau wollte nicht noch mal schwanger sein. Aber ich konnte sie überzeugen.«

Lorenz konnte sich vorstellen, was der alte Mann mit diesem letzten Satz umschrieb.

»Reinhard war nicht verkehrt. Aber dann ... dann wurde der Junge homosexuell. Ich habe die Welt nicht mehr verstanden. Man kann so eine Neigung doch auch diskret ausleben. Aber er musste es unbedingt in alle Welt posaunen. Kam Händchen haltend mit einem Kerl hier in mein Haus spaziert.«

Euer Haus, dachte Lorenz.

»Dann habe ich ihn des Hauses verwiesen. Thea wollte sich widersetzen. Aber ich war das, was ich immer war. Ich war konsequent. Nun, inzwischen hatten wir ja einen schwulen Außenminister ... Mein Gott, in welche Richtung steuert diese Gesellschaft?«

Darauf gab Lorenz keine Antwort. Es fiel ihm schwer, mit diesem Mann von vorgestern keine Diskussion anzufangen, aber dann wäre er in die Falle getappt. In seinem Job musste er Abstand wahren.

Ricarda kam wieder in den Raum. Sie setzte sich wortlos.

»Sie wissen von Ihren Enkeln?«

»Susannes Junge Kevin«, sagte Hollster. »Der ist nicht verkehrt, auch wenn seine Gesinnung noch etwas reifen muss. Seine Ansichten sind manchmal ziemlich ... radikal. Er begreift nicht, dass wir in vielen Dingen im Grunde die gleiche Meinung haben. Aber er hat mein Geld angenommen, als er mal einen guten Anwalt brauchte. Aber das ... Nun, das gehört nicht hierher.«

»Ihr Enkel, wo wohnt er?«, fragte Ricarda.

»In Heilbronn. Ich kann Ihnen seine Adresse geben.«

»Ich bitte darum. Aber Ihre Tochter Ute, sie hatte auch Kinder.«

»Davon weiß ich nichts.«

Wie auch?, dachte Lorenz und sagte: »Zwei Mädchen.«

»Und?«

»Und eine Ihrer Enkelinnen, Monika, hat ebenfalls eine Tochter geboren. Ihre Urenkelin. Mia.«

War es das Alter, das die Einstellung gegenüber dem Nachwuchs milder werden ließ? War es der Wunsch eines jeden, etwas auf der Welt zurückzulassen, was über das eigene Leben hinausreicht? Ein Kind, einen Enkel, einen Urenkel? War das der Grund, dass Fritz Hollster fragte: »Wo leben sie? Haben sie ihr Leben besser auf die Reihe gekriegt als ihre Junkiemutter?« Auch wenn seine Worte scharf wie die Zähne einer Säge waren, so sprachen Fritz Hollsters Augen eine andere Sprache. Der Blick war weich geworden, das Lächeln von der Sorte, das nur der Gedanke an süße Enkel hervorzaubern kann.

Lorenz sah zu Ricarda. *Du darfst zuschlagen*, sagte sein Blick. »Wie heißt Ihr Enkel genau? Kevin wie?«

»Krick. Wie Susanne seit ihrer Hochzeit hieß. Warum?«

»Weil es Ihr einziger Nachfahre ist. Utes Kinder Monika und Sandra wurden ebenfalls ermordet.«

Das Lächeln gefror. Fritz Hollster war ein intelligenter Mann. Deshalb wusste er die Antwort auf seine nächste Frage bereits in dem Moment, da er sie aussprach: »Und Mia?«

Er hat sich sogar den Namen gemerkt, dachte Lorenz.

Ricarda hätte noch einen draufsetzen können. Aber es war ihrer Menschlichkeit geschuldet, dass sie kein Wort mehr sagte, sondern nur schweigend den Kopf schüttelte.

Eine Träne rann aus dem rechten Auge des Mannes. Er erhob sich, ging durch den Raum in Richtung Tür. Der Mann, der den Raum verließ, schien zehn Jahre älter als der, der ihn betreten hatte.

Zwei Minuten später trat Freya Hollster wieder ein. »Mein Mann hat sich hingelegt.«

»In Ordnung. Wir haben aber noch einige Fragen«, sagte Ricarda.

»Wir möchten Sie bitten, morgen um neun beim BKA in Wiesbaden zu sein.« Lorenz reichte Freya seine Karte.

»Morgen ist Samstag.«

»Ja. Dennoch. Und noch eine Frage: Hatte oder hat Ihr Mann Feinde? Gibt es jemanden, dem Sie zutrauen, dass er sich an der Familie Ihres Mannes vergreift?«

»Das kann ich Ihnen auf die Schnelle nicht sagen. Aber wir werden darüber nachdenken.«

»Noch etwas«, ergriff Ricarda wieder das Wort. »Hat er Ihnen gerade gesagt, dass seine Kinder und Enkel ermordet wurden?«

Freya Hollsters Gesichtsfarbe verabschiedete sich, was man trotz des Puders auf ihrem Gesicht erkennen konnte. »Nein.«

»Ich sage es Ihnen jetzt, weil wir davon ausgehen, dass

alle Opfer vom selben Täter getötet wurden«, erklärte Ricarda. »Deshalb möchten wir, dass ein paar Kollegen auf Sie aufpassen, solange wir noch keine genauen Hintergründe kennen.«

Freya nickte.

»Können Sie uns die Adresse von Kevin nennen?« Hollster hatte ihnen nur die Stadt Heilbronn genannt.

»Ja.« Sie nannte eine Adresse im Osten der Stadt, dann verabschiedete sie Lorenz und Ricarda. Als sie die Haustür öffnete, gaben die vier animalischen Boliden keinen Mucks von sich. *Gut dressiert*, dachte Lorenz.

Ricarda fand sich pünktlich um halb zwei im Besprechungsraum ein. Alle waren da, nur Lorenz fehlte.

Sie hatte in der Kantine etwas gegessen, Bratwurst mit Pommes, viel Ketchup und Mayo. Irgendwie musste sie die Übelkeit bekämpfen, die die Begegnung mit Fritz Hollster in ihr hervorgerufen hatte. Seine Kaltschnäuzigkeit hatte ihre Gallenproduktion zu Sonderschichten veranlasst. Die Mahlzeit war zwar nicht magenfreundlich, aber die Gallensäfte hatten daraufhin wenigstens ein sinnvolles Ziel. Und Pommes mit Ketchup machen glücklich. Sie hoffte, dass das alles genug Serotonin und Dopamin erzeugen würde, damit sie den restlichen Tag durchstand.

Sie warteten bis Viertel vor zwei, aber Lorenz ließ sich nicht blicken. Als sie das BKA erreicht hatten, hatte er auf sein Handy geschaut, dann hatte er Ricarda angesehen und gesagt: »Ich komm ein paar Minuten später«, und war im Gebäude verschwunden.

Ricardas Handy piepte. »Fangt ohne mich an«, lautete die knappe SMS von Lorenz.

Ricarda verkündete den Stand der Dinge und versuchte, ihren Zynismus im Zaum zu halten. »Wir haben den Hollsters Polizeischutz geschickt«, sagte sie schließlich. »Vor dem Haus steht jetzt ein Streifenwagen, im Haus ist ein weiterer Beamter. Und die Alarmanlage ist auch eingeschaltet, wenn die beiden im Haus sind, wie mir der Kollege aus Kronberg versichert hat. Wir müssen auf jeden Fall zu dem Enkel fahren, denn der steht vielleicht auch auf der Liste des Killers. Was habt ihr?«

Daniel sah auf den Bildschirm seines Laptops. »Ich kann das kurz machen. Ich hab mir die Firma gründlich angesehen. Skelter ist grundsolide.«

Leah bestätigte das. »Hab bei den Kollegen in Frankfurt angerufen. Keine Gerichtsverfahren oder sonst was.«

»Ich war bei denen heute Vormittag und habe mir mal alte Bilanzen und Prospekte geben lassen«, sagte Bruno. »Ich kann mich meinen Vorrednern nur anschließen.«

»Wie sieht es aus mit der Person Fritz Hollster?«

»Keine Vorstrafen. Keine Geldschwierigkeiten. Im Gegenteil«, fasste Leah zusammen. »Er war und ist in einigen Vereinen und Gremien. IHK Frankfurt, Arbeitgeberverband. Auch in ein paar gemeinnützigen Vereinen. WWF. Brot für die Welt. Sein Hobby ist das Jagen.«

Das passt, dachte Ricarda. Als ob dieser Mann alle Klischees bedienen wollte.

Daniel fuhr fort: »Seine Frau Thea hat sich ebenfalls engagiert, aber eher in lokalen sozialen Projekten. Sie stand aber nie so im Rampenlicht wie ihr Mann. Sie starb 2005 nach ›kurzer, schwerer Krankheit‹, wie es in der Todesanzeige formuliert war. In Frankfurt haben sie in die Krankenakte geschaut. Herzinfarkt. Sie kam ins Krankenhaus und starb vier Tage später.«

»Gibt es irgendwas über die neue Frau Hollster?«, wollte Ricarda wissen.

»Ich habe eine Hochzeitsanzeige gefunden. War einfach

gehalten. Sie haben 2006 geheiratet, ein Jahr nach dem Tod von Hollsters erster Frau.«

»2007 wurde sie dann Teilhaberin und Mitglied im Vorstand«, ergänzte Bruno.

»Über Freya Hollster gibt es nicht viel zu sagen. Im öffentlichen Leben wurde sie nur auf dem Opernball 2009 in Frankfurt erwähnt, sogar mit Bild in der Zeitung abgedruckt, wie sie mit ihrem Gatten tanzt. Nur der Vollständigkeit halber: Im Führungszeugnis gibt's keinen Eintrag«, schloss Daniel.

»Okay. Wie gehen wir weiter vor? Wo steckt Lorenz?«, fragte Ricarda. »Macht er das öfter?«

»Nein«, sagte Bruno. Er sah auf die Uhr. »Der Enkel wohnt in Heilbronn? Ich fahr da noch hin und kümmere mich um Polizeischutz für den Jungen.«

Nach der Besprechung wollte Ricarda nach Hause fahren. Doch die Jacke lag noch in Lorenz' Wagen, und der war noch nicht wieder aufgetaucht. Sie schickte ihm eine SMS. Die prompt beantwortet wurde: »Bin am Fort Malakoff in Mainz. Sitze am Rhein.«

Dreißig Minuten später parkte sie ihren Wagen unweit des Forts. Sie fand Lorenz auf den Treppen sitzend. Neben ihm stand eine Flasche Bier. Irgendetwas stimmte da ganz und gar nicht.

»Hi. Meine Jacke ist in deinem Wagen«, sagte sie, als sie sich neben ihn auf die Stufe setzte.

»Hm«, brummte Lorenz.

»Was ist los mit dir?«

Lorenz sah sie kurz an. Ricarda erkannte, dass er geweint hatte.

»Jemand gestorben?«

»Ja, so kann man das sagen.«

»Magst du reden?«

Lorenz schwieg.

Ricarda ebenfalls. Sie hatte keine Ahnung, was vorgefallen war. Aber sie spürte sehr deutlich, dass in Lorenz ein Kampf tobte. So ruhig er dasaß, so aufgewühlt schien er im Innern. Es waren die kleinen Zeichen, die das zeigten: Seine Hand zitterte, als er die Bierflasche zum Mund führte. Seine Lippen zuckten immer wieder, obwohl er nichts sagte.

Ricarda erinnerte sich an ihre Nacht vor gut einem Jahr. Sie hatte seinen Vortrag gehört, über Sinn und Zweck der Abteilung SB. Und sie hatte geschmunzelt, wie nach dem Vortrag die jüngeren weiblichen Zuhörerinnen nach vorn gegangen waren, um noch Fragen zu stellen. Sie kannte ihre Geschlechtsgenossinnen. Einigen der fachlichen Fragen folgte auch die nach der privaten Telefonnummer. Oder der Zimmernummer.

Sie hatte sich die Vorstellung angesehen. Und hatte erkannt, wie sehr Lorenz dieses Bad in der weiblichen Menge genoss. Es war der letzte Vortrag an diesem Tag gewesen. Sie ging ins Restaurant, hatte einen Salat gegessen, einen Wein getrunken. Als sie um acht wieder auf ihr Zimmer gegangen war, merkte sie, wie ihr die Decke auf den Kopf fiel. Fernsehen? Buch lesen? Nein, sie wollte unter Menschen sein. Vielleicht saß ja unten an der Bar noch der eine oder andere, den sie kannte.

Sie stieg in den Aufzug. Die Türhälften schlossen sich bereits, als sich ein Schuh dazwischenschob. Ein schwarzer Männerhalbschuh. Die Türen öffneten sich wieder, und vor ihr stand Lorenz. »Oh, das ist ja mal eine angenehme Überraschung«, sagte er. »Es hätte auch ein dicker, alter Mann in der Kabine sein können.«

»Na, da bin ich ja froh, dass Sie ein solches Glück gehabt haben, auf mich zu stoßen.«

»Das ist wohl wahr. Dritte Reihe. Rechts außen. Vorhin, bei meinem Vortrag.«

»Gut beobachtet. Sie haben Ihren Beruf nicht verfehlt.«

Ricarda erinnerte sich genau an diese Sätze. An jede Silbe. Natürlich hatte er den Macho gegeben. Aber es war okay für den Moment. Sie wollte sich nicht verführen lassen, wollte auch selbst niemanden verführen, aber sie genoss das Kribbeln, das sie so lange nicht mehr verspürt hatte. Flügelschlag eines verirrten Schmetterlings, der die vergangenen Jahre in irgendeinem Kokon in ihrem Bauch überlebt hatte.

Sie waren an die Bar gegangen, sie war bei Wein geblieben, Sauvignon Blanc, er trank Bier. Sie hatten sich über so vieles unterhalten. Er hatte von Venedig erzählt, von dem Tanzkurs, den er mit seiner Frau gemacht hatte, zwei Jahre zuvor, damit sie sich beim Abschlussball ihrer Tochter in der Tanzschule nicht blamierten. Er war aufgestanden, hatte ihr die Schritte gezeigt, sich nicht darum kümmernd, dass die Hälfte der Umsitzenden seinen Tanzunterricht schmunzelnd begutachtete. Sie hatte erzählt, wie sie mit der Tochter Konzerte besucht hatte. Miley Cyrus, Esthers erstes Konzert. Und dann auch unbekanntere Gruppen mit kleinerem Publikum, weil Esther das Konzert zwar toll gefunden hatte, es ihr aber zu eng gewesen war.

»Gehen wir zu mir?«, hatte er aus dem Nichts heraus gefragt. Es war halb eins gewesen.

Ricarda hatte nur den Kopf geschüttelt.

»Ist wahrscheinlich auch besser so. Denn ich mag dich«, hatte Lorenz gesagt. »Ich hab meine Frau zweimal betrogen. Aber die Frauen hab ich nicht gekannt. Und daher auch nicht gemocht. Bei dir ist das anders. Deshalb ist es sicher besser so. Und du? Ich weiß gar nicht, ob du verheiratet bist. Ich seh keinen Ring? Wie kann so eine tolle Frau nicht verheiratet sein?«

»Indem sie geschieden ist«, sagte sie und konnte sich nicht erinnern, wann jemand sie das letzte Mal *eine tolle Frau* genannt hatte.

»Geschieden? Erzähl.«

Und Ricarda hatte erzählt. Vom langsamen Auseinanderleben. Vom Sich-nichts-mehr-zu-sagen-Haben bis hin zum Genervt-Sein. Dass ihr Mann zuerst fremdgegangen war. Nun ja, dass er damit angefangen hatte, entsprach zwar dem Klischee, hätte aber auch anders sein können, wie sie sich in dieser Nacht eingestanden hatte.

Sie und Lorenz hatten die Handynummern ausgetauscht. Und waren danach jeder auf das eigene Zimmer gegangen. Für Ricarda war dieser Abend etwas Besonderes gewesen: das erste Mal, dass sie wieder auf einen Mann zugegangen war, ihm zugehört hatte, von sich selbst erzählt hatte. Lorenz konnte es nicht wissen, aber sie hatte sich im vergangenen Jahr immer und immer wieder mit einem Schmunzeln daran erinnert.

»Ricarda, ich weiß nicht, wie ich das aushalten soll«, holte Lorenz' Stimme sie in die Gegenwart zurück. Sie wartete kurz. »Du erinnerst dich, wie ich am Dienstag mit meiner Tochter zu Frank in die Molekularbiologische Abteilung bin, wegen ihres blöden Referats.«

»Ich erinnere mich. Deine Tochter, das Bioass.«

»Ja. Und Lorenz, der Trottel.«

»Warum?«

»Frank hat gesagt, er hat die Proben von mir und Adriana viermal durch die Analyse gejagt, hat jedes Mal wieder bei null angefangen. Aber es gibt keinen Zweifel. Adriana ist nicht meine Tochter. Also, nicht meine leibliche Tochter.«

Ricarda wusste nicht, was sie zum Trost sagen konnte. Zumindest konnte ihr Mann sich sicher sein, dass Esther seine Tochter war. Wenn er das sicher auch nicht als etwas Besonderes ansah.

»Ich weiß nicht, wohin. Ich kann jetzt nicht nach Hause. Ich kann Adriana jetzt nicht in die Augen sehen. Und Jolene will ich nicht sehen.«

»Was ist mit den Ergebnissen? Wird Frank sie deiner Tochter mitteilen?«

»Nein. Ich hab ihm gesagt, er soll irgendwelche alten Ergebnisse aus einem alten Fall nehmen, bei denen die DNA eines Vaters mit der seiner leiblichen Tochter verglichen worden ist. Man sieht den Grafiken ja nicht an, von wem sie stammen.«

»Wirst du es ihr noch vor dem Referat sagen?«

»Ich glaube nicht. Sie wird dann später zwar stinksauer sein, aber ich kenne meine Tochter: Wenn sie es vorher weiß, wird sie das Referat unter Tränen halten und vor allen Mitschülern ausposaunen, dass ihre Mutter ihren Vater betrogen hat. Das hat sie nicht verdient. Ich meine, Adriana hat es nicht verdient. Aber Jolene ... Ich weiß es nicht.«

Ricarda sah auf die Uhr: »Komm mit zu mir. Ich hab ein Gästebett. Ich koch uns was, und dann kannst du morgen entscheiden, was du machen wirst.«

Lorenz nickte. »Das ist nett. Aber es geht nicht. Auch wenn ich nicht *will*, muss ich heute nach Hause. Ich *muss* mit Jolene reden.«

Lorenz' Handy klingelte. Er sah auf das Display, nahm den Anruf an. »Ja, Daniel?«

Er hörte zu.

»Wunderbar. Sag es auch Bruno. Ciao.«

»Was Neues?«

»Ja. Unser Täter hat Kevin offenbar schon in der Mangel gehabt.«

»Wann das?«

»Vor knapp eineinhalb Jahren ist Kevin mit einer Eisenstange bearbeitet worden. Seitdem ist ein Knie steif.«

»Aber er lebt?«

»Ja. Bruno ist jetzt unterwegs nach Heilbronn. So ganz unbeleckt ist der Junge übrigens nicht. Er hat acht Monate gesessen, nachdem er ein Mädchen fahrlässig getötet hat. Er hat sie gestoßen, und sie ist mit dem Kopf auf einen Poller geknallt und gestorben.«

»Wann war das?«

»Er ist vor gut zwei Jahren eingefahren. Die Demo, auf der das passiert ist, war vier Monate davor. Und dann hat Daniel noch was gecheckt: Es gibt keinen weiteren ungeklärten Mord in Deutschland, bei dem das Opfer Hollster heißt, auch nicht mit Mädchennamen. Wir haben den Kreis der Opfer und potenziellen zukünftigen Opfer wohl schließen können, wenn nicht noch eine Überraschung von Europol kommt. Müssen wir also nur noch herausfinden, wer die alle auf seiner Todesliste hat und warum.«

DAMALS. SAMSTAG, 28. APRIL

Sie treiben uns nach oben.

Frische Luft. Sie löscht den Durst nicht. Aber sie weckt Hoffnung. Sie scheuchen uns ein Stück das Deck entlang. Ich sehe einen Eingang, der wieder nach unten zum nächsten Deck führt. Daneben einen Berg Leichen.

Und ich sehe Jens. Während zwei SS-Männer und vier Wachen mit MPs an Bord stehen, soll er den Abtransport der Leichen organisieren. Sie werden nicht ins Wasser geworfen. Wir müssen sie die Gangway hinuntertragen. Dort wartet ein kleines Schiff.

Wir legen die toten Körper auf das Deck. Eine grausige Arbeit. Und doch ist alles, alles besser als der Bunker.

»Zbigniew, ich dachte, du bist tot«, sagt Jens.

»Nein. Nur fast«, antworte ich.

»Auf, wieder runter in den Bunker«, sagt einer der Wachmänner. Er ist sicher schon fünfundsechzig. Einer, den sie an Land zwangsverpflichtet haben.

»Dieser Mann kommt mit in unsere Kabine«, bestimmt Jens.

Was hat Jens vor ein paar Tagen gesagt? Die Engländer sind fast da. Vielleicht denkt der Mann auch gerade darüber nach. Der Krieg ist bald vorbei. Ist es dieser Gedanke, der ihn einfach mit der Schulter zucken lässt? Jedenfalls treibt er nur die anderen wieder nach unten. Vielleicht ist es ihm auch einfach nur egal. Fliehen kann keiner von uns. Ob vom Lagerbunker aus oder hier von Deck.

Jens bringt mich in eine Kabine.

Als er die Tür öffnet, traue ich meinen Augen kaum. Roter Teppich auf dem Boden. Betten aus Holz. Echte Matratzen. Im Raum sind noch elf weitere Menschen. Ich erkenne Jens' Brüder, Ernst und Ludwig. Der ältere Herr muss ihr Vater sein, Paul heißt er, glaube ich. Jens war mit mir in Meppen-Versen, die anderen waren im Hauptlager Neuengamme geblieben.

Dann sehe ich an der Seite noch eine völlig ausgemergelte Gestalt. Nur Haut und Knochen. Viele bei uns sehen so aus. Erst als ich meinen Arm bewege und er diese Bewegung synchron begleitet, erkenne ich, dass ich in einen Spiegel schaue.

Das soll ich sein? Das bin ich? Es gibt keinen Zweifel. Aber der Kerl im Spiegel, er sieht noch weit schlimmer aus, als ich mich fühle.

Sie reichen mir eine Karaffe mit Wasser. Erste Klasse. Ich wohne jetzt Erster Klasse.

»Leg dich hin, Zbyszek«, sagt Jens und legt mir die Hand auf die Schulter. Die zwei, die noch auf dem einen Bett sitzen, stehen auf. Und so lege ich mich zum ersten Mal seit fünf Jahren in ein Bett. Mit einem Kissen.

Ich kann nicht anders. Ich weine.

Aber nicht lange. Denn dann falle ich in einen erschöpften Schlaf.

FREITAG, 13. SEPTEMBER

Gab es eine Zeit vor dem Navi?, fragte sich Bruno Gerber. Das kleine Kästchen an der Frontscheibe hatte ihm zuverlässig den Weg nach Heilbronn gewiesen. Nun bog er an einem Ententeich ab, und es ging wieder bergauf. Zwei Minuten später hatte er die Adresse in der Rosengartstraße erreicht.

Er parkte den Wagen direkt vor dem Haus, das von einem kleinen Vorgarten vom Bürgersteig getrennt wurde. Ein hölzerner Zaun mit Gartentörchen versperrte den Zugang. Das Haus war eindeutig ein Kind der Fünfzigerjahre, gelb gestrichen, mit typisch geschwungenen Eckfenstern. Bruno stieg aus.

Drei Drucktaster zierten das Klingelfeld, neben dem untersten stand der Name »Krick«. Doch bevor sein Finger auf dem Knopf landete, sprach ihn eine tiefe männliche Stimme von hinten an. »Zu wem wollen Sie?«

Das war einer der Kollegen, die auf Krick aufpassen sollten. Das ging schnell. Bruno war der Passat gleich aufgefallen, zwanzig Meter entfernt, in dem vorn zwei Männer gesessen hatten. »Wer will das wissen?« Er wandte sich langsam um.

»Dürfte ich Ihren Ausweis sehen?«, fragte der Mann in Zivil. Er hielt Bruno seinen Polizeiausweis hin, der ihn als Polizeikommissar Richter auswies.

»Derselbe Verein«, sagte Bruno und griff langsam in die Innentasche. »Darf ich mit dem Knaben jetzt reden?«

Richter nickte und trollte sich wieder.

Bruno klingelte.

Er hatte noch von Wiesbaden aus mit der Polizei in Heilbronn telefoniert. Die würden ihm ihre Akte zu dem Überfall auf Kevin Krick kopieren, er konnte sie am kommenden Vormittag abholen. Das bedeutete eine Nacht im Hotel. Auch kein Drama. Die Gerichtsakte aus Berlin hatte er bereits angefordert. Die kam per Kurier, aber das würde bis Montag dauern.

Der Summer ertönte, Bruno drückte das Gartentörchen auf, und ein paar Meter vor ihm wurde die Haustür geöffnet. Das war Kevin Krick. Daniel hatte ihm ein Foto aufs Handy geschickt. Krick war schlank, fast dürr, die Haare zum Bürstenhaarschnitt gestutzt. Einundzwanzig war er.

»Herr Gerber?«, fragte Kevin.

»Ja, der bin ich. Kevin Krick?«

Kevin nickte, trat zur Seite in einen kleinen Vorflur, der durch eine weitere Tür direkt in eine Wohnung überging. Rechts führte eine Treppe nach unten.

»Ich wohne im Souterrain«, sagte Krick und ging vor. Bruno bemerkte, dass er hinkte. Das Knie war fast steif. Das hatte Daniel ihm schon mitgeteilt. Kevins Zimmer ging vom Kellerflur ab. Toilette und Bad lagen ebenfalls auf dem Flur.

»Ihr Reich?«

»Nur das Zimmer und hinten, das Duschbad. Aber ich darf auch den Waschkeller mitbenutzen. Passt schon.«

Da das Haus in die Schräge eines ehemaligen Weinbergs gebaut war, hatte die Wohnung ein großzügiges Fenster zum Garten hin und noch ein kleineres an der Seite. Der Raum maß vielleicht zwölf Quadratmeter. Über das Bett war eine Tagesdecke gelegt, die auch schon bessere Zeiten gesehen hatte. Der Raum war kärglich eingerichtet: ein Esstisch, auf dem ein Laptop und ein Wasserkocher standen, ein Kleiderschrank, ein Sessel und ein Klappstuhl; mehr Möbel gab es nicht.

Kevin Krick setzte sich aufs Bett, Bruno ließ sich auf dem Sessel nieder, dem er mehr vertraute, sein Gewicht zu ertragen, als dem Klappstuhl.

»Sie klangen ziemlich mysteriös am Telefon«, kam Kevin direkt zur Sache. »Was ist los?«

»Kevin … Ich darf Sie so nennen?«

Kevin nickte nur.

»Ich bin vom Bundeskriminalamt. Wir bearbeiten gerade eine Mordserie. Ich weiß nicht, ob du mitbekommen hast, dass dein Onkel und deine Tante gestorben sind.«

»Ute? Und Reinhard?«

»Ja.«

»Ute kenn ich nur von Fotos. Ich weiß, dass sie seit Jahren an der Nadel hängt. Überdosis?«

»Nein. Sie hat sich das Leben genommen.«

»Und Reinhard? Aids?«

»Nein. Er wurde erschossen.«

»Ich kannte die beiden kaum. Von der Familie habe ich nur Kontakt zu meinem Opa gehabt. Und zu meiner Oma. Aber die lebt ja auch nicht mehr.«

»Wir gehen davon aus, dass jemand sich an eurer Familie rächen will. Wenn wir im Moment auch keine Ahnung haben, warum.«

»Weil jemand Reinhard umgebracht hat, denken Sie, jemand hat es auf die ganze Familie abgesehen? Da ist ja sonst niemand mehr.«

»Doch. Deine Tante Ute hatte zwei Töchter. Und eine Enkelin. Und die wurden ebenfalls ermordet.«

Kevin machte große Augen. »Ich hatte Cousinen? Und eine … Cousinennichte oder wie man das nennt?«

Bruno nickte.

»Fuck. Da bekomm ich endlich ein bisschen Familie, und schon ist sie wieder weg.«

»Dein Vater?«

Kevin schnaubte, verdrehte die Augen, eine deutlichere Antwort als jeder Vortrag.

»Es gibt etwas, über das ich mit dir sprechen möchte. Du bist im Frühjahr im vergangenen Jahr überfallen worden.«

»Ja. Der Typ hat mich mit einer Eisenstange verdroschen.«

»Hattest oder hast du irgendeinen Verdacht, wer das war?«

»Nein. Aber es muss jemand gewesen sein, der genau wusste, was er tut. Denn er hat genau auf die Stellen gezielt, an denen es richtig wehtut.«

»Kannst du mir das beschreiben?«

»Ja, kann ich. Ich meine, das ist wie ein Film, den man nicht vergisst.« Kevin machte eine Pause. »Ich bin abends noch mal rausgegangen. War schon spät. Die Straße runter, da ist dieser kleine Park. Pfühlpark heißt der. Da habe ich noch eine geraucht und bin dort langspaziert. Der Typ, der mich zusammengeschlagen hat, der kam aus dem Nichts. Ich hab ihn auch zunächst gar nicht gesehen, weil er mir von hinten eine übergezogen hat, mit einer Eisenstange oder Brechstange. Ich bin sofort zu Boden. Dann schlug er mir mit der Stange in die Seite, sodass drei Rippen brachen. Er schlug auf das rechte, dann auf das linke Knie. Ich schrie, ich weiß aber nicht, ob das sehr laut war, denn das Luftholen tat so scheiße weh, wegen der Rippen. Dann rannte er weg.«

»Du sagst ›er‹. Bist du sicher?«

»Nein. Ich … ich weiß es nicht. Aber ich kann mir irgendwie auch nicht vorstellen, dass eine Frau so was macht.«

Frauen nehmen Gift. Das alte Klischee. »Keine Idee, wer dich da umbringen wollte?«

»Nein. Also konkret nicht. Aber der wollte mich auch nicht umbringen. Wenn er das gewollt hätte, hätte er mir mit der Stange auf den Kopf geschlagen. Aber er hat auf die Beine gezielt, auf die Rippen – der Typ wollte mir richtig wehtun. Aber nicht mehr. Es war ein Denkzettel.«

»Und eine Ahnung, wer das *unkonkret* gewesen sein könnte?«

»Zwei Möglichkeiten sind mir eingefallen. Das waren auch die Richtungen, in die die Polizei ermittelt hat. Waren aber beides Sackgassen.«

»Ich höre.«

»Eine längere Geschichte.«

»Ich habe Zeit.«

Kevin senkte den Blick. Bruno wusste, dass er im Knast gesessen hatte. Aber er wollte die Geschichte aus Kevins Perspektive hören.

»Sie kennen meine Geschichte?« Kevin sah auf. »Berlin?«

»Keine Details.«

»Ich hab mit meiner Mutter früher auch hier gewohnt, ein paar Ecken weiter, im Rampachertal. Mein Vater, der hat sich ja verpisst, als ich zwei war. Meine Mutter hatte lange keinen Freund. Aber als ich so dreizehn war, da kam dann Ali. Türke. Ein Idiot. Damals dachte ich, alle Türken wären Idioten. Aber Ali, der war *wirklich* ein Idiot. Er hat meine Mutter behandelt wie Dreck. Und meinte, er müsse bei mir den Vater raushängen lassen. Dabei hat er noch nicht mal Deutsch gesprochen. Also, richtiges Deutsch. Er wollte, dass meine Mutter ihn heiratet. Dann sollte sie Kopftuch tragen. Ich hab mich mit ihm angelegt. Aber er war stärker. Und meine Mutter, sie hat ihn auch noch verteidigt. Sie kam mit mir nicht zurecht und meinte, Ali sollt's richten.

Ich hab's nicht mehr ausgehalten. Ich habe die Bargeldkassette meiner Mutter geplündert, hab meinen Seesack gepackt und bin nach Berlin getrampt. Fuck you, Schule, fuck you, Ali, und fuck you, schwäbische Hausordnung.

Ich bin in Berlin gelandet. Und traf dort Leute, die mir halfen. Sie nennen das wohl die ›rechte Szene‹. Und ja, es waren die Glatzen, die Nazis, bei denen ich gelandet bin. Denn die Typen, die haben verstanden, wenn ich ihnen erzählte, dass ich diesem Ali am liebsten die Zähne ausgeschlagen hätte. Alle, nicht nur die vorderen zwei.

Ich war ein Jahr bei ihnen, da verlangten sie von mir, dass ich mitmache. Den Kümmeltürken die Fresse polieren, wie sie sagten. Ich war mit dabei, immer wieder, aber irgendwann ging denen auf, dass ich mich immer im Hintergrund hielt. Wenn ich dazugehören wollte, dann müsse ich auch mal richtig zuhauen. Klare Ansage. Und so kam's dann auch. Vier Leute im Hintergrund, aber ich musste den Ali, der gar nicht Ali hieß, vermöbeln. Ich hab's getan. Dumm nur, dass die Bullen gerade vorbeifuhren.«

Er grinste schief. »Sorry, Ihre Kollegen. Arbeitsstunden, ich musste wieder zurück nach Heilbronn. Ali – der echte – meinte, er müsse mir seine persönliche Strafe verpassen. Hat er getan. Und als ich wieder laufen konnte, ging ich sofort wieder nach Berlin. Da war ich der Held. Für kurze Zeit. Und ich merkte auch, dass es da eine ganz harte Hackordnung gab. Und dass alles mit Nazisprüchen gerechtfertigt wurde. Und ich war ja abhängig von denen. Ich hab Geld gekriegt, wenn ich ... Moment mal, wenn ich hier rede, können Sie mich dann noch dafür drankriegen?«

»Wir sind allein, ich hab kein Band mitlaufen. Wenn du später sagst, dass du mir das alles nie erzählt hast, dann steht Aussage gegen Aussage. Außerdem interessiert mich das alles nur insofern, als dass ich unseren Mörder kriegen will. Also, bitte.«

»Mal hab ich Plakate geklebt, mal bei den Türken die Rückspiegel vom Auto getreten oder ›Türkensau‹ auf ein Auto gesprüht. Dafür hab ich Geld bekommen. Nicht viel, aber ich kam über die Runden. Und dann kam Führers Geburtstag. 20. April 2011. Aus ganz Deutschland sollten die Kameraden zur Demo kommen. Hat Spaß gemacht, das zu organisieren, echt. Ulf, quasi mein Chef, hat gemerkt, dass ich ganz gut organisieren kann, viel besser, als mich zu kloppen. Also hab ich da viel gemacht, koordiniert, E-Mails geschrieben und so weiter.

Und dann kam die Demo. Ich glaub, es waren mehr von Ihrer Truppe da als von uns«, sagte Kevin und sah Bruno direkt ins Gesicht. »Aber das hat nichts gemacht. Je mehr Polizei, desto mehr ›Medienpräsenz‹, ein Wort, das ich damals gelernt habe. Ich wusste nicht, dass meine Mutter gestorben war, während ich Hitlers Geburtstagsfest vorbereitet hab. Hab ich erst gehört, als ich dann in U-Haft saß. Sie wissen, was passiert ist?«

Bruno nickte. Er hatte Ricardas Bericht gelesen.

»Ich weiß bis heute nicht, was die in Rostock wollten. Vielleicht wollte Ali meine Mutter in die Türkei entführen und hat sich verfahren.«

Bruno lachte nicht.

»Is' auch egal. Na, auf jeden Fall kam dann die Demo. Wir sind durch Schöneweide, kamen in die Michael-Brückner-Straße. Und immer eine dicke Wand von Polizei neben uns, damit die von der Gegendemo nicht an uns rankamen. Und die waren viel mehr als wir. Alles lief gut, es waren ja aus ganz Deutschland Kameraden gekommen. Es gab natürlich auch immer wieder Rangeleien, wenn welche von der Antifa – großes Schimpfwort! – zu uns durchbrachen. Wie an der Ecke zur Brückenstraße. Da wurde es wirklich ungemütlich, hab auch einen Gummiknüppel abgekriegt. In dem Chaos vermischten sich die Gruppen. Ich ließ mich etwas zurückfallen. Dann stand neben mir dieses Mädchen. Und ich war noch ganz benommen, kapierte in der ersten Sekunde gar nicht, dass ich nicht mehr bei meinen Leuten war, sondern auf der Seite von der Antifa. Ich fiel gar nicht auf, denn ich war nicht martialisch schwarz gekleidet. Hatte Bluejeans an, weil die schwarze Hose am Morgen gerissen war und ich nicht mit Schlitz am Arsch zur Demo wollte.

›Da haben wir es den Naziwichsern aber gerade gezeigt‹, hat sie gesagt und mich angestrahlt. Mein Gott, war die schön.«

Kevin sah Bruno an. Ja, an die ersten Blitze, die das weibliche Geschlecht in ihm ausgelöst hatte, konnte sich Bruno auch noch erinnern. Und den größten Blitz – nein, ein ganzes Gewitter in kaum einer Zehntelsekunde – hatte Martha ausgelöst. Gott hab sie selig. Damals hatte er wahrscheinlich ein ähnliches Lächeln im Gesicht gehabt.

»Ich war so saublöd. Sie war so aufgekratzt. Ich hätte sie einfach küssen sollen. Ich bin sicher, sie hätte sich nicht gewehrt. Aber ich war so ein Arschloch. Ich hab nur gesagt: ›Ich bin kein Wichser. Ich bin für Deutschland.‹ Hätten da ein paar Jungs von den Antifaschisten gestanden, ich weiß nicht, ob ich die nächsten Minuten überlebt hätte. Carla – ich hab erst später erfahren, dass das ihr Name gewesen war –, sie starrte mich an. Dann begann sie, mich zu schubsen. ›Verpiss dich, Arschloch!‹, schrie sie. Das hätte ich machen sollen. Aber ich schrie zurück: ›Türkenschlampe, Judenfotze!‹ Das Vokabular, das mir in den vergangenen Jahren so in Fleisch und Blut übergegangen war. Und während ich noch denke, dass die beiden Begriffe, die ich ihr soeben an den Kopf geworfen hatte, sie nicht so gut charakterisieren, hab ich ihr schon eine gescheuert. In Berlin hatte ich meine Muckis trainiert. Deshalb kippte sie sofort um und schlug mit dem Kopf auf den Poller. Die anderen wichen zurück. Sie lag auf dem Boden, die Augen starr nach oben, sie zwinkerte nicht mal mehr. Ich kniete mich neben sie, das Blut floss unter ihrem Kopf vor, so verdammt viel Blut. Ich versuchte es mit den Händen irgendwie zu stoppen. Später sagte mir einer Ihrer Kollegen, ich hätte die ganze Zeit geschrien: ›Stirb nicht, mein Gott, stirb nicht!‹ Er hat mich zuerst für ihren Freund gehalten. Vielleicht war ich das auch gewesen, für drei Sekunden oder so.«

Tränen liefen über Kevins Gesicht.

Bruno ließ ihn weinen, gab ihm die Zeit, sich zu beruhigen und zu sammeln.

»Sie haben mich mitgenommen. Und nachdem ich eine Woche in U-Haft gesessen hatte, kam da ein Mann, der mich besuchen wollte. Es war Carlas Opa. Er sah mich eiskalt an, und er sagte mir nur, dass ich Nazisau ihm das Liebste genommen hätte, was er gehabt hatte. Er fing richtig an zu randalieren, und drei Wärter mussten ihn rausbringen.«

Kevin machte wieder eine Pause. Dann fuhr er fort, die Stimme wieder etwas kräftiger. »Ich bekam zwölf Monate, nach acht kam ich raus. Gute Führung. Ich hab gebüffelt im Knast. Ich hab mich reingekniet und dann den Hauptschulabschluss geschafft. Das Witzige war: Es gab noch einen wie mich, der auch unbedingt die Hauptschule schaffen wollte. Hassan. Ein Türke. Der einen Griechen auf dem Gewissen hatte. Wir wurden keine engen Freunde. Aber wir konnten miteinander lernen. Und er und seine Gang haben mich im Knast dann vor den Nazis beschützt. Der Türke beschützt den Deutschen vor den arischen Deutschen. Echt krass.«

»Okay, dann kenne ich jetzt eine der Spuren, die die Polizei hier in Heilbronn verfolgt hat: den Opa von Carla.«

»Ja. Aber der hatte ein Alibi. Vielleicht hat er jemanden geschickt, der mich verprügelt hat. Ich könnte es ihm nicht mal übel nehmen. Wobei das mit dem Knie echt scheiße ist. Ich hatte 'ne Lehrstelle als Maler in Aussicht. Konnte ich vergessen. Was immer ich in meinem Leben mal mache, es wird im Sitzen sein.«

»Und wer ist die Nummer zwei?«

»Freya, die holte mich aus dem Knast ab.«

»Moment, Freya Hollster? Die zweite Frau deines Großvaters?«

»Ja, die. Da hat er sich ja einen steilen Zahn geangelt.«

»Hattest du vorher schon Kontakt zu ihr?«

»Kaum. Ich hab mit ihr telefoniert, kurz vor der Entlassung. Denn ich hatte Schiss. Ich wollte nicht zurück zu den Nazis. Das mit Carla, dann meine ... na ja, *Fast*-Freundschaft mit Hassan ... Ich wollte da raus. Und ich wusste, die Chance hätte ich in Berlin nicht gehabt. Und die wussten alle, wann ich entlassen werde. Der Buschfunk aus dem Gefängnis und ins Gefängnis funktioniert perfekt. Und ich dachte, wenn ich da rauskomm, stehen die Spalier und wollen mich gleich wieder einsacken. Also rief ich meinen Opa an. Und Freya ging dran. Sie sagte, sie würde mich abholen. So kam es dann auch. Sie stand um zehn mit ihrem roten Jaguar-Cabrio vor dem Knast. Ulf und vier seiner Kumpel lehnten an ihrem alten Benz. Es war gut, dass sie gekommen war. Eine Frau – da hielten sich die ›alten Kameraden‹ zurück, als ich durchs Tor ging und Freya mich mit einer Umarmung begrüßte. Wir rauschten davon. Sie nahm mich mit nach Kronberg, brachte mich in einem Hotel unter. Nach meiner Verurteilung war mein Großvater nicht besonders gut auf mich zu sprechen. Aber Freya, die unterstützte mich. Sie half mir, die Wohnung hier zu finden. Wir telefonieren manchmal. Ohne sie ...«

»Nummer zwei auf der Liste sind also deine Kumpels aus Berlin, die dir vielleicht 'ne Abreibung verpasst haben, weil du nicht mehr zurückgekommen bist.«

»Ja. So muss das gewesen sein. Entweder die Nazis in Berlin oder der Opa von Carla. Aber beide können ja auch jemanden damit beauftragt haben.«

SAMSTAG, 14. SEPTEMBER

Der Mann, der Ricarda und Lorenz gegenübersaß, hatte kaum Ähnlichkeit mit dem Mann, mit dem die beiden am Tag zuvor gesprochen hatten. Das Gesicht von Fritz Hollster wirkte eingefallen, Schatten lagen unter seinen Augen. Hätte ein Wellnesshotel für seine Acht-Wochen-Kuren werben wollen, wäre eine aktuelle Fotografie von Fritz Hollster das perfekte »Vorher«-Bild, ein Foto vom Vortag das passende »Nachher«-Bild gewesen. Auch seine Stimme klang brüchiger.

Lorenz hatte ihm gerade die Details der Morde an seinen Nachkommen präsentiert. Er hatte ihm auch Tatortfotos vorgelegt. Zwar hatte er auf die üblen Aufnahmen verzichtet, aber auch die anderen waren für Hollster nur schwer zu verkraften.

»Herr Hollster, wir müssen noch mehr über Ihre Familie wissen, auch wenn es für Sie nicht einfach ist«, gab Lorenz den Verständnisvollen. Leah saß mit ihm im Raum. Ricarda befand sich im Nebenraum, sah durch den Einwegspiegel und hörte den Ton über Lautsprecher. Es war gut, das Ricarda nicht mit im Raum war. Sie wusste, sie hätte sich kaum im Zaum halten können, sollte Hollster wieder eine seiner menschenverachtenden Bemerkungen machen.

»Sie sagten gestern, dass Sie keinen Kontakt mehr zu Ihren Kindern Reinhard und Ute hatten. Hielt Ihre Frau Kontakt zu den Kindern, als sie noch lebte?«

Fritz Hollster fixierte die Tischplatte vor ihm. Dort stand ein Becher Kaffee, den er bislang noch nicht angerührt hatte.

»Ich weiß es nicht. Ich nehme es an, aber ich wollte es gar nicht wissen. Es hat für mich keine Rolle gespielt. Wir haben nicht darüber gesprochen. Und wenn Susanne uns mal besucht hat – was selten genug vorkam –, dann habe ich sehr deutlich gemacht, dass ich nicht wünschte, dass sie ihre Geschwister erwähnte.«

»Wie war Ihre Ehe? Wie kamen Sie miteinander aus?«

»Wir waren viele Jahre zusammen. Aber wir lebten jeder unser Leben. Meine Frau, sie war an der Firma nicht interessiert. Eher an karitativen Dingen. Damit war die Rollenverteilung klar: Ich verdiente das Geld, sie gab es aus. Solange der Haushalt lief und die Kinder versorgt waren, war mir das recht.«

»Wie haben Sie Ihre zweite Frau kennengelernt?«

Bisher waren seine Züge verbittert gewesen, doch nun hellte sich seine Miene auf. Es ein Strahlen zu nennen wäre übertrieben gewesen, es glich eher einem Sonnenaufgang bei starkem Nebel. Man sah es kaum, man spürte eher, dass es heller wurde.

»Freya – sie ist das Glück meines Lebens. Sie kam vor fünfundzwanzig Jahren in die Firma. Sie studierte damals BWL in Frankfurt, und sie machte ein Praktikum. Sie war in der Abteilung für Öffentlichkeitsarbeit. Günter, der Leiter damals, sagte zu mir, dass sie sich außerordentlich gut mache. Ich habe sie zu einem Gespräch gebeten. Und obwohl sie so jung war, hat sie kein Blatt vor den Mund genommen und ein paar sehr vernünftige Vorschläge gemacht. Sie war Praktikantin, und es lag mir fern, ihr gleich einen Job anzubieten. Aber ich habe danach Günter angewiesen, ihre Konzepte umzusetzen.

Sie bekam dann einen Werksvertrag von mir, denn ich wollte sie an die Firma binden. Und ich gewährte ihr ein Stipendium, nur an die Bedingung geknüpft, das Studium mit einer Eins vor dem Komma abzuschließen. Wenn es eine Zwei würde, müsse sie die Summe zinsfrei, aber zügig zurückzahlen. Sie hat mich nicht enttäuscht. Und damit auch die Grundlage für die Skelter-Stiftung gelegt: Menschen fördern, deren Intelligenz ihre finanziellen Möglichkeiten weit übersteigt. Sie sollen ein Studium ohne finanzielle Nöte abschließen können. Bei einer Eins vor dem Komma ohne Rückzahlung, ansonsten wie ein BAföG-Darlehen.«

»Welche Note hat Freya genau bekommen?«

Als er antwortete, lag für einen Moment wieder die überhebliche Festigkeit in seiner Stimme, die Ricarda am Vortag schon so übel aufgestoßen war: »Was glauben Sie denn? Eins Komma null.«

»Und wie stieg sie von der Studentin zur Ehefrau auf?«

»Ich werde nicht mein Privatleben vor Ihnen ausbreiten«, sagte Hollster. Ricarda übersetzte für sich: *Wir waren schon lange bevor meine Frau starb ein Paar.*

»Und beruflich, wie ging es da weiter?«

»Sie löste Günter ab. Und nach drei Jahren wurde sie zu meiner persönlichen Assistentin.«

»Wie darf ich das verstehen?«

»Wie ich es sage. Sie war meine rechte Hand und mein Sparringspartner bei allen schwierigen Entscheidungen.«

»Und Ihre Frau?«

»Die tat, was ich sagte.«

Ricarda sog laut Luft ein, froh, dass sie auf dieser Seite des Spiegels saß.

»Bevor Sie das jetzt kommentieren wollen, Herr Rasper, lassen Sie mich Ihnen eines sagen: Schauen Sie sich an, wie sich die Firma entwickelt hat, seit Freya sie mit mir zusammen leitet. Ein steiler Weg nach oben. Und nur nach oben. Wir beide, Freya und ich, hatten genau dieses Ziel: nach oben. Und wir sind den Weg erfolgreich gegangen. Und wenn Sie jetzt einwenden, dass das egoistisch sei, dann sage ich: Ja, ich ... *wir* haben gutes Geld verdient. Und in den vergangenen Jahren habe ich die Belegschaft in Deutschland verdoppelt und auch rund tausend Chinesen Arbeit verschafft.«

»Dann muss doch die Vorstellung schlimm gewesen sein, dass, wenn Sie einmal nicht mehr sind, Ihre noch lebenden Kinder Anspruch auf die Firma erheben könnten.«

»O ja, das hat mir gar nicht geschmeckt. Besonders nachdem ich erfahren habe, dass mein Sohn ... *anders* ist. Er in der Firmenleitung – er, der mein Geld mit seinen abartigen Freunden bei Champagnerorgien auf den Kopf haut –, das war keine angenehme Vorstellung.«

»Also haben Sie hinter sich aufgeräumt?«

»Wie meinen Sie das?«

»Wie ich es sage. Weg mit dem, was stört. Effektiv und effizient.«

Ricarda sah, dass auch Leah ihren Vorgesetzten mit Entsetzen ansah. Sie fürchtete wohl ebenfalls, dass Fritz Hollster gleich den ausbrechenden Vulkan geben würde. Ricarda rückte, ohne es selbst wahrzunehmen, ein Stück vom Spiegel ab.

Doch Fritz Hollsters Stimme blieb ruhig. »Wenn Sie damit andeuten wollen, dass ich meine Nachfahren, so unglücklich ich über deren Entwicklung auch war, beseitigt habe oder wahrscheinlich doch eher habe beseitigen lassen, so kann ich Ihnen nur sagen, dass ich weit über solch primitiven Lösungen stehe.«

»Welche Lösung haben Sie dann gefunden?«

»Ganz einfach. Ich habe vor sechzehn Jahren eine Stiftung gegründet. All mein persönliches Vermögen habe ich in die Stiftung gesteckt. Nachdem meine erste Frau verstarb, habe ich auch das, was ich von ihr geerbt habe, sofort in die

Stiftung überführt. Freya und ich werden bis zu unserem Tode Nutznießer dieser Stiftung sein. Wenn wir beide nicht mehr sind, wird die Stiftung gemeinnützig. Dann unterstützt sie Studenten, wie meine Frau eine war: ehrgeizig und mit Zielen. Und um Ihre Unterstellung final zu kontern: Meine Kinder und Enkel hätten natürlich etwas geerbt. Aber mein Lebenswerk hätten sie durch ihre Ansprüche nicht gefährdet. Sie können es drehen und wenden, wie Sie wollen, daraus wird kein Mordmotiv. Und gestatten Sie mir eine Bemerkung: Auch wenn ich meinen Nachwuchs umgebracht hätte, meinen Enkelinnen hätte ich kein Haar gekrümmt. Sie konnten nichts für ihre Eltern.«

Da sprichst du ein großes Wort gelassen aus, dachte Ricarda. Sie war sich sicher, dass sich Ute Pein, Reinhard Hollster und Susanne Krick mit diesem Gedanken auch schon getröstet hatten.

»Sie haben mich lange warten lassen«, sagte Freya Hollster, als Ricarda in den Befragungsraum kam.

»Entschuldigung, ging nicht schneller.« Ricarda setzte sich, legte ihren Notizblock auf den Tisch sowie ein Aufnahmegerät, das sie einschaltete. »Ist Ihnen jemand eingefallen, der einen Groll gegen die Hollsters hegen könnte?«

Freya Hollster schlug die Beine übereinander. Wie am Tag zuvor war sie stilvoll gekleidet, langer Rock, leichte Bluse. Sie hatte das Haar hochgesteckt, nur eine Strähne fiel ihr ins Gesicht, wobei sich Ricarda sicher war, dass das Absicht war.

»Ja. Ich habe darüber nachgedacht, und ich habe mit Fritz darüber gesprochen. Wir hatten einen Mitarbeiter, der Geld veruntreut hat. Manfred Küfer, Buchhalter bei uns. Als wir ihn entlassen haben, drohte er uns, er werde sich an unserer Familie rächen, damit es uns genauso gehe wie seiner Tochter.«

»Wie ging es denn seiner Tochter?«

»Sie hatte einen Unfall. Sie ist in der Küche ausgerutscht, hat dabei die Pfanne vom Herd gerissen und sich das siedende Fett über Arme, Brust und Bauch gegossen. Es sind natürlich hässliche Narben zurückgeblieben. Ihr Vater wollte, dass sie nochmals kosmetisch operiert wird, um die Narben weniger sichtbar zu machen. Aber das zahlt die Kasse nicht. Und so hat er angefangen, Geld zu veruntreuen. Wir haben das nach einem halben Jahr entdeckt, es waren rund 5000 Euro. Er sagte, die OPs würden mindestens 20 000 kosten. Das war vor drei Jahren. Ich habe Fritz davon überzeugen können, Küfer nicht zu kündigen und die 5000 als Spende zu verbuchen. Aber Undank ist der Welten Lohn. Er griff weiter in die Kasse. Wieder 2500 Euro. Wir haben ihn entlassen. Und ihn vor die Wahl gestellt, ein gutes Zeugnis und auch noch die 2500 Euro als Abfindung zu akzeptieren oder eine Anzeige wegen Veruntreuung.«

»Er hat akzeptiert?«

»Er hat getobt. Hat um sich geschlagen und noch zwei Tische und drei Computer zu Bruch gehauen. Wir mussten die Polizei holen. Die haben ihn abgeführt. Und er schrie herum, er werde unsere Familie ebenso leiden lassen, wie wir sein Leben und das seiner Tochter zerstört hätten.«

»Haben Sie wieder etwas von ihm gehört?«

»Ich habe lange mit Fritz gestritten. Er wollte ihn anzeigen, wegen des geklauten Geldes, wegen der Tische und der Rechner. Doch schließlich haben wir es auf sich beruhen lassen.«

»Wie haben Sie Ihren Mann überzeugt? Ich meine, es ging ja nicht um eine Kleinigkeit wie einen geklauten Bleistift.«

»Nüchtern betrachtet, hatten wir drei Möglichkeiten. Die erste: Anzeige. Prozess gegen den Mann. Sicher, wir hatten uns großzügig gezeigt, aber die Gefahr bestand darin, dass sich die Presse darauf stürzen würde. Und man kann es natürlich auch so sehen, dass wir als florierendes Unternehmen die Kosten für so eine OP hätten übernehmen können. Das Argument, dass wir nicht allen unseren Mitarbeitern alle Kosten ersetzen, die die Kassen nicht übernehmen, dass es ungerecht wäre, das eine zu bezahlen, das andere nicht – nun, solch diffizile Unterscheidungen trifft etwa das Massenblatt mit den vier großen Buchstaben selten. Und Küfers Tochter ist hübsch – die Story wäre gut gewesen. Die zweite Möglichkeit: keine Anzeige, kein Radau. Keine eventuellen Anwaltskosten. Möglichkeit drei: den Spieß umdrehen, die OP bezahlen und eine PR-Kampagne daraus machen. Wenn Sie überlegen, was eine Anzeige in der FAZ kostet, hätte sich eine Investition in diese OP mit garantierter Berichterstattung gelohnt.

Ich hätte die dritte Variante gewählt, aber Fritz war so wütend, dass er die erste wollte. Aber er war Geschäftsmann genug, um sich mit mir dann wenigstens auf die zweite zu einigen.

Das ist die ganze Geschichte. Küfer jedenfalls hat uns bedroht. Und so cholerisch, wie er war, könnte ich mir vorstellen, dass er mit der Sache etwas zu tun hat.«

»Gut, wir werden das prüfen. Können Sie mir seine Anschrift geben?«

Freya Hollster griff in ihre Handtasche und entnahm ihr einen USB-Stick.»Hier ist die Personalakte und all unsere vertraulichen Anmerkungen zu dem Fall«, sagte sie und reichte Ricarda den Stick.

Die nahm ihn, bedankte sich, dann wollte sie wissen: »Noch eine Frage. Wie war Ihr Verhältnis zu Susanne Krick, der Mutter von Kevin?«

Freya Hollster zögerte.»Mein Mann wünschte nicht, dass ich Kontakt zu seiner Familie hielt. Was seine Tochter Ute und Reinhard anging, war das nicht schwer. Aber Susanne, sie kam immer wieder mal hierher. Dann tranken wir gemeinsam einen Kaffee. Ich weiß nicht, wie sie an meine Handynummer gekommen ist, aber vor vier Jahren rief sie mich das erste Mal an. Sie war am Ende. Sie war mit einem gewalttätigen Mann zusammen, und es gelang ihr nicht, sich von ihm zu trennen. Außerdem machte sie sich Sorgen um Kevin. Sie wisse nicht, wo er sei, wie sie ihn erreichen könne. Ich fuhr nach Heilbronn, traf mich mit ihr. Fritz wusste nichts davon. Susanne war nicht gut auf mich zu sprechen, sie dachte ja immer, dass ich ihre Mutter hintergangen hätte und schon lange vor ihrem Tod ein Verhältnis mit Fritz hatte ...«

Ricarda unterbrach. »Hatten Sie?«

Freya Hollster beantwortete die Frage nicht und fuhr fort: »Ich will damit nur sagen, dass es zeigt, wie verzweifelt Susanne gewesen sein musste, dass sie sich an mich gewendet hat.«

»Konnten Sie ihr helfen?«

»Ich hab ihr die Adresse eines Frauenhauses besorgt. Aber ich glaube, sie ist nie hingegangen. Das war der erste und auch der letzte Besuch, den ich in Heilbronn gemacht habe. Susanne war dann noch einmal hier, mit ihrem Scheich. Die Situation war unerträglich. Dieser Mann war unerträglich. Ich bin aufgestanden und gegangen. Und nach weiteren fünf Minuten hat Fritz ihn dann der Tür verwiesen. Und Susanne ist ihm gefolgt. Das war das letzte Mal, dass ich sie gesehen habe. Ein paar Monate danach ist sie gestorben.«

»Und Kevin?«

»Kevin rief hier an, als dieser Unfall auf der Demo passiert ist. Ich hatte ihn als Kind hin und wieder gesehen, immer einmal im Jahr, wenn Fritz Geburtstag hatte oder damals auch noch Thea. Ich mochte den Jungen, und ich glaube, er mich auch. Er war ja noch zu jung, um zu verstehen, dass meine Nähe zur Familie und gerade zu Fritz sich nicht schickte. Als er aus Berlin anrief, sprach ich mit Fritz darüber. Er hatte von dem Vorfall gehört und war entsetzt, dass sein Enkel auf einer Nazidemo gewesen war.«

»Uns gegenüber hat er gestern gesagt – Moment, ich habe das aufgeschrieben –, ›dass seine Gesinnung noch etwas reifen muss‹.«

»Fritz ist kein Freund des Euro. Er ist der Meinung, dass Deutschland zum Sozialamt der Welt wird. Eine Angst, die ich nachvollziehen kann, wenngleich ich auch die Vorteile des erweiterten Wirtschaftsraums sehe. Fritz wünscht sich die Grenzen wieder, und damit Sie mich nicht missverstehen, nicht jene von 1937. Fritz freute sich, dass sein Enkel sich ebenfalls für Deutschland interessierte, aber eine Demo zu Hitlers Geburtstag, das ging und geht zu weit.«

»Also ist Ihr Mann ein Mann nationaler Gesinnung?«

»Was ist schlecht daran, sein Vaterland zu lieben?«

Ricarda spürte wieder das Grummeln im Magen. Es war ihrem Wohlbefinden und auch ihrem Blutdruck sicher besser gedient, wenn sie sich auf eine solche Diskussion nicht einließ. »Also, wie ging das weiter mit Kevin?«

»Ich habe ihm einen guten Anwalt besorgt. Und als er mich aus dem Gefängnis aus anrief und von seiner Entlassung sprach, holte ich ihn ab. Ich brachte ihn erst mal in einem Hotel unter. Fritz wollte nicht, dass er bei uns wohnt. Dann habe ich ihm geholfen, eine Wohnung zu finden.«

Ricarda hatte bereits mit Bruno telefoniert. Kevin hatte ihm die Geschichte auch so erzählt.

»Ich war dann ein paar Tage bei ihm, als er nach der Attacke auf ihn im Krankenhaus lag. Wir haben ihn sogar zu einem Spezialisten bringen lassen. Ohne dessen Hilfe wären jetzt beide Knie von Kevin steif.«

»Und? Kann Kevin nicht in Ihrer Firma anfangen?«

»Er will nicht. Fritz und er, sie können nicht miteinander. Ich habe mit beiden geredet, aber eine Eigenschaft, die allen Hollsters eigen ist, ist ihre Sturheit.«

»Jetzt muss ich doch ein bisschen indiskret werden«, sagte Ricarda. »Wie war Ihr Verhältnis zu Fritz Hollster, als er noch verheiratet war?«

»Frau Kommissar Zöller, vielleicht muss ich es einmal deutlich sagen: Auch wenn Fritz' Familie keine aus dem Bilderbuch war, wenn vieles nicht so gelaufen ist, wie man sich das wünscht – ich will, dass Sie den Kerl oder die Kerle fassen, die sich an Fritz' Familie vergriffen haben. Sie sagen, seine Urenkelin wurde erschossen. Ich habe gestern Abend genug Zeit gehabt zu googeln, wer, wann und wo das war. Ein Neugeborenes regelrecht hinzurichten, das ist ... unfassbar. Deshalb werde ich alle Fragen beantworten, die Sie mir stellen.«

»Also?«

»Es ist ganz so, wie sich alle das gedacht haben, aber niemand sich traute, es auszusprechen. Seit ich Fritz' Referentin war, war ich auch seine Geliebte. Fritz liebte mich, ich ihn. Wir hatten uns gesucht und gefunden. Auch wenn er oder vielleicht sogar gerade *weil* er älter ist, verstehen wir uns so gut und sind auf einer Wellenlänge. Wir waren immer sehr diskret. Schon damals sorgte er dafür, dass ich finanziell abgesichert sein würde.«

»Wie hat er Sie ... rumgekriegt?«

»Es war andersrum. Ich glaube, er sah in mir zunächst die Tochter, die er nie gehabt hat. Eine Tochter, die ehrgeizig war, der ein Unternehmen, sein Unternehmen, heute unser Unternehmen, viel bedeutete, die sich mit Freude und Zielstrebigkeit für Skelter einsetzte, es mitformte und weiterbrachte. Und mir imponierte seine Kraft, seine Zielstrebigkeit – und bei allem auch sein Humor und sein Intellekt. Es dauerte, bis er sich auf mich einließ. Und er dankte mir später immer wieder, dass ich nicht lockergelassen habe.«

»Und seine Frau?«

»Ich wusste, dass er sich nicht scheiden lassen würde. Und er hat die meisten Nächte auch zu Hause verbracht. Irgendwann hatten sie getrennte Schlafzimmer. Ich habe das nicht gefordert, er hat es so gewollt. Thea und ich hatten uns arrangiert. Wir gingen uns aus dem Weg. Aber Fritz sorgte immer dafür, dass ich bei wichtigen Anlässen mit dabei war. Er lud einfach noch ein paar andere aus der Firma ein, und dann konnte sich niemand das Maul zerreißen.«

»Hatte Thea noch Verwandtschaft?«

»Ja, eine Schwester und ein paar Neffen und Nichten. Das weiß ich nicht genau, weil die bei den Familientreffen, soweit ich mich erinnern kann, nie dabei waren.«

»Irgendjemand, von dem Sie sonst noch denken, er könnte derart wütend auf Ihren Mann sein, dass er den Nachwuchs umbringt?«

»Nein. Was soll das auch?«

Ja, dachte Ricarda. *Wir greifen hier nach Strohhalmen.* Sie würden es prüfen, aber sie konnte sich nicht vorstellen, dass dieser Herr Küfer eine ganze Familie auslöschen wollte. Doch eigentlich konnte sie sich das bei *niemandem* vorstellen. Wie krank musste man sein, um so einen Plan durchzuziehen?

Das Häuschen war schnuckelig, dachte Ricarda, gut gepflegt, der Anstrich wirkte ziemlich frisch. Blumenkästen außen, ein kleiner Rasen vor dem Haus. Sie saß im Essbereich des Wohn- und Esszimmers. Ricarda schätzte die Grundfläche des Hauses auf vielleicht siebzig Quadratmeter.

Bruno hatte sie gefragt, ob sie vielleicht noch mit Leonhard Seitz sprechen könne. Das war der Opa der Demonstrantin, Carla Seitz, die Kevin Krick getötet hatte. Leonhard Seitz wohnte in Wiesbaden. Bruno hatte noch berichtet, dass Seitz in den Fokus der Heilbronner Ermittler geraten war, als Kevin Krick vor zwei Jahren mit einer Eisenstange zum halben Krüppel geschlagen worden war, und auch die Begleitumstände dargelegt. Zudem hatte er die wichtigsten Aktenseiten der Heilbronner Kollegen abfotografiert und ihr per Mail zugeschickt. Nun saß sie hier, während das Wetter von unerträglich heiß zu unerträglich heiß und schwül wechselte.

Die Inneneinrichtung des Reihenhauses in der Siedlung Talheim war gemütlich, doch die Kunstdrucke alter Meister an den Wänden hatten etwas Biederes. Milena Seitz, die Frau des Hauses, bereitete Kaffee zu, ihr Mann Leonhard kam mit einem Teller Plätzchen ins Wohnzimmer. Die Außentemperaturen lagen immer noch bei über dreißig Grad. Schokoplätzchen waren so ziemlich das Letzte, was Ricarda da zu sich nehmen wollte.

»Bitte bedienen Sie sich«, sagte Seitz und setzte sich ebenfalls an den Tisch. Hinter ihm an der Wand stand ein Sideboard, sehr mächtig und definitiv ebenfalls der Kategorie bieder zuzuordnen. Darauf eine ganze Armada an Bilderrahmen mit Fotografien. Ganz rechts stand einer dieser elektronischen Bilderrahmen, eigentlich ein kleiner Monitor, der alle drei Sekunden ein neues Foto zeigte. Das Motiv schien immer dieselbe Frau zu sein. Auf keinem der Bilder war sie älter als zwanzig. Und sie strahlte in die Kamera. Ihr Lachen hatte sicherlich bereits einige Jungen- oder auch Männerherzen auf dem Gewissen gehabt, und die weibliche Hälfte der Bevölkerung hatte sie bestimmt um ihr Aussehen beneidet.

Milena Seitz trug die Kanne Kaffee in den Raum, schenkte allen ein, dann setzte auch sie sich.

»Herr Seitz, wir ermitteln in mehreren Mordfällen.«

»Ja, das hat mir Ihr Kollege bereits am Telefon gesagt. Was kann ich für Sie tun?« Er griff nach der Hand seiner Frau. »Was können wir für sie tun?«

Seitz mochte knapp siebzig sein, seine Frau schien im selben Alter.

»Im Zuge unserer Ermittlungen befassen wir uns auch mit dem Angriff auf Kevin Krick vor zwei Jahren.«

Leonhard nickte.

»Die Kollegen in Heilbronn haben Sie damals befragt.«

»Ja.«

»Wissen Sie noch, wo Sie in der Nacht waren, in der Kevin Krick zusammengeschlagen wurde.«

Alle Liebenswürdigkeit war aus Leonhard Seitz' Gesicht verschwunden, als hätte er eine Maske abgenommen. »Sie haben die Akten sicher gelesen. Und ich kann nur wiederholen, was ich damals gesagt habe: Ich war mit meiner Frau in der Oper, hier in Wiesbaden. Turandot. Ja, ich glaube, es war Turandot.«

Seine Frau nickte kaum merklich.

»Ich habe den Kollegen in Heilbronn die Eintrittskarte gezeigt. Nach der Oper sind wir beide gemeinsam nach Hause gefahren. Hätte ich gewusst, dass ich ein Alibi brauchen würde, ich wäre auf der Schiersteiner Straße einfach mit siebzig am Blitzer vorbeigefahren. Da mich die Kollegen in Heilbronn erst eine ganze Weile nach der Tat vernommen haben, gab es auch keine Aufzeichnungen mehr von der Verkehrsvideoüberwachung an der Kreuzung Wilhelmstraße und Rheinstraße. Aber ... ich habe Kevin Krick nicht zusammengeschlagen.« Er sah seine Frau an, die ihm sanft über die Hand streichelte. »Nun können Sie mir glauben, dass ich mehr als einmal daran gedacht habe, ihn genau so zuzurichten, wie der Täter es gemacht hat. Wegen Milena, nur wegen Milena habe ich es nicht gemacht.« Er sah seine Frau an.

Die ergriff das Wort und sagte: »Frau Hauptkommissarin Zöller, dieser junge Mann hat uns unseren Sonnenschein genommen. Dafür hat er acht Monate gesessen. Der, der ihn verprügelt hat, der hat die Gerechtigkeit ein wenig mehr zum Zuge kommen lassen. Und das sagt Ihnen die Frau eines Polizisten.«

Ricarda blickte auf: »Sie waren Polizist?«

»Ja. Bin schon ein paar Jahre in Rente. War bis zum Schluss hier bei der Truppe.« Die Härte war wieder aus seinem Gesicht gewichen. »Ich kenne Bruno Gerber noch. Und Lorenz Rasper. Bei denen sind Sie doch jetzt, oder? Wenn Bruno anruft und Sie zu mir kommen, kann es nicht anders sein. Sie sehen, ich bin immer noch informiert.«

»Ja, ich arbeite derzeit mit Lorenz zusammen.«

»Ist eine gute Idee mit seiner Abteilung. Lennart steht hinter ihm. Ein guter Mann. Aber ich fürchte, Sie werden das nicht lange durchhalten.« Offenbar hatte Seitz trotz Pensionierung tatsächlich noch gute Kontakte.

Milena Seitz löste ihre Hände von denen ihres Mannes. Sie stand auf und ging zu dem Sideboard. Dort legte sie einen Schalter am elektronischen Bilderrahmen um, dann zog sie das Netzkabel ab. Sie brachte den Rahmen zu dem Tisch und stellte ihn so auf die Platte, dass alle drei den Fotofilm sehen konnten.

»Das Leben hat es nicht immer gut mit uns gemeint«, sagte sie. »Und besonders schlimm war der Tod von Carla. Wir haben sie großgezogen, Leonhard und ich.«

Diesmal nickte Leonhard. »Wir haben unsere eigene Tochter verloren, als Carla noch nicht lange auf der Welt war. Dann haben wir unsere Enkelin aufgezogen. Und sie hat es uns gedankt, indem sie uns nur Freude bereitet hat.

Man sollte seine Kinder nicht zu Grabe tragen müssen, das widerspricht dem natürlichen Lauf der Welt. Und sein Enkelkind zu verlieren ...«

Während er sprach, sah Ricarda auf das Minikino. Carla auf dem Rücken eines Pferdes, Carla an der Seite eines Jungen, den sie mit verliebtem Blick ansah, Carla im Bikini am Strand, Carla neben einem Schneemann, Carla Arm in Arm mit Leonhard Seitz, Carla als kleines Mädchen vor dem Weihnachtsbaum, eine Puppe in der Hand.

»Sie halten das sicher für eine Verklärung der Vergangenheit«, sagte Leonhard Seitz, »aber es stimmt. Carla *war* ein Sonnenschein. Mein Gott, auf wie vielen Elternabenden sind wir gewesen, nicht wahr, Milena? Elternabende, auf denen sie von Drogen berichtet haben, Alkoholexzessen auf Klassenfahrten, von Mobbing per Handy. Auch wenn wir beide schon älter sind, wir leben im Heute, wir kennen die Probleme, die die Jugendlichen haben. Und ich habe sie auch in meinem Job ja jeden Tag zu sehen gekriegt.«

»Auch unsere Carla ging natürlich durch die Pubertät«, sagte Milena und lächelte. »Auch sie hatte den ersten Liebeskummer, auch sie entwickelte ihre eigene Meinung, die nicht immer die unsere war. Aber all das ging sehr sanft vor sich. Sie achtete Grenzen, sie war so verdammt vernünftig. Manchmal ertappte ich mich bei dem Gedanken, dass sie doch vielleicht ein wenig über die Stränge schlagen solle, auch mal Dummheiten machen müsse. Wir waren in dem Alter auch keine Engel, nicht wahr, Leo?«

Wieder fanden sich ihre Hände, und ein schelmisches Lächeln huschte über Leonhards Gesicht. Neben den Händen trafen sich auch die Blicke, und Ricarda wusste, dass die beiden gerade an dasselbe dachten, welche Episode aus ihrem Leben das auch immer gewesen sein mochte.

»Ein Jahr vor ihrem Tod, da fing Carla an, sich politisch

zu engagieren«, fuhr Milena Seitz fort. »Der Nationalsozialismus, das war ihr Thema. Und nun registrierte sie, dass es auch im modernen Deutschland Kräfte rechts außen gab, Neonazis. Deshalb war es ihr auch nicht auszureden, dass sie nach Berlin fuhr, zu der Demo gegen das Geburtstagsständchen für den Führer.«

»Ich habe es ihr noch versucht auszureden«, übernahm Leonhard wieder das Wort. »Natürlich waren in Berlin viele Kollegen, die den rechten Mob im Zaum halten sollten. Und auch die Linken, die ja auch keine Engel sind. Aber ich weiß es ja aus eigener Erfahrung: Manchmal gibt es eine Dynamik, da sind dann auch wir hilflos. Es kann gefährlich werden. Sehr gefährlich. Aber Carla lachte mich an, versicherte mir, sie würde auf sich aufpassen, sich im Hintergrund halten. Das hat sie sicher auch getan. Aber es hat ihr nichts genützt.«

»Sagen Ihnen folgende Namen etwas?«, fragte Ricarda. »Ich fang mal an: Monika Oloniak?«

»Nein«, sagte Leonhard Seitz.

»Mia Oloniak?«

»Nein. Wer soll das sein?«, fragte seine Frau.

Ricarda ignorierte die Gegenfrage. »Reinhard Hollster? Ute Pein? Sandra Pein?«

»Nein. Die Namen sagen mir gar nichts. Dir?« Leonhard Seitz wandte sich seiner Frau zu.

»Nein. Nie gehört.«

»Fritz Hollster?«

»Nein. Sagt mir auch nichts. Warum fragen Sie uns das?«

»Wie gesagt, wir ermitteln in einer Serie von Mordfällen.«

»Da sind Sie bei mir an der falschen Adresse«, erklärte Leonhard Seitz. »Ich hab nicht nur niemanden verprügelt, ich hab auch keinen umgebracht. Und meine Frau schon gar nicht.«

Wieder legte Milena Seitz eine Hand auf die ihres Mannes.

»Da ist noch einiges Interessante über diesen Leonhard Seitz aufgetaucht. Aber um es vorwegzunehmen – ich kann nirgendwo auch nur ein Motiv dafür entdecken, dass er mit unserer Mordserie etwas zu tun haben könnte.«

Nachdem Daniel seine Vorrede beendet hatte, zeigte der große Bildschirm im Konferenzraum ein Gruppenfoto von Männern in Polizeiuniform. »Das ist eine Dienstgruppe der Schutzpolizei in Berlin. Ganz links sehen wir Seitz. Er ist damals Polizeimeister. Geboren wurde er 1942 in Hamburg. Über seine Kindheit und Jugend habe ich nicht viel herausbekommen. Aber 1957 ist er mit seiner Familie nach Berlin umgezogen. Dort ging Seitz zur Polizei. 1964 heiratet er Milena Seitz, geborene Seitz. Ich weiß nicht, ob das ein Zufall oder Verwandtschaft ist. 1973 kommt ihre Tochter auf die Welt, Ingrid.«

»Er sagte, dass sie auch nicht mehr lebt.«

»Genau. Und jetzt wird es wirklich dramatisch, jetzt muss ich euch was nicht so Schönes zeigen.«

Niemand im Raum sagte etwas. Die gesamte Aufmerksamkeit war auf Daniel gerichtet.

Auf dem Bildschirm war eine unscharf rauschende Aufnahme in verwaschenen Grautönen zu sehen. Sie stammte offenbar von der Überwachungskamera in einem U-Bahnhof.

»Das ist der U-Bahnhof Alexanderplatz in Berlin. Sonntag, fünfter November 1992, drei Uhr morgens.«

Am unteren Bildrand trat ein Pärchen ins Bild. Daniel hielt die Aufnahme an. »Das links ist Ingrid Seitz, die Tochter von Milena und Leonhard Seitz, damals neunzehn. Rechts sehen wir ihren Freund, Cemil Erol. Türkischer Staatsbürger. Er war zu diesem Zeitpunkt sechsundzwanzig Jahre alt.«

Ricarda glaubte zu ahnen, was kommen würde, doch ihre Phantasie war zu gnädig. Die Realität war schlimmer. Von oben trat ein Trio ins Bild. Einer trug einen Baseballschläger bei sich. Erst stießen zwei der Jungen Cemil nach hinten. Sie boxten ihn in den Unterleib. Ingrid wollte helfen, doch der Junge mit dem Baseballschläger stellte sich ihr in den Weg. Ingrid rangelte mit ihm, während die beiden anderen auf den inzwischen am Boden liegenden Cemil eintraten. Der Dritte stieß nun Ingrid zu Boden. Sie rappelte sich wieder auf. Da holte Nummer drei mit dem Baseballschläger aus, traf Ingrid, sie taumelte nach hinten, schwankte, stürzte von der Bahnsteigkante auf das Gleisbett. Nummer drei rief etwas. Die beiden Schlägerkollegen hielten inne. Zu dritt schauten sie auf das Gleisbett. Dann hoben alle drei gleichzeitig die Köpfe, sahen kurz Richtung U-Bahn-Tunnel. Und rannten aus dem Bild. Vier Sekunden später fuhr die U-Bahn ins Bild.

Daniel stoppte den Film. »Cemil Erol hat überlebt. Ingrid Seitz nicht. Erol hat sich ein Jahr später das Leben genommen.«

»Und die Täter?«

»Nun, diese Aufnahme ist leider nicht HD. Dieses Grau in Grau war damals das höchste der Gefühle. Man sieht, was passiert, aber man erkennt kein Gesicht. Es gab eine Sonderkommission. Es gab auch zahlreiche Hinweise. Aber die Täter wurden nie gefasst, es kam nie zu einer Anklage. Ich habe noch mal nachgehakt. Sie haben an die vierzig Leute vorgeladen und befragt. Bei zehn hatten sie den Verdacht, dass sie zu den Tätern gehören könnten. Aber sie suchten drei, nicht zehn. Also – nada.«

»Scheiße«, sagte Ricarda tonlos. Für einen Moment sah sie das Gesicht ihrer Tochter vor sich. Würde sie sich noch an die Regeln halten, wenn die junge Frau in der Aufnahme ihre Tochter gewesen wäre? Wäre sie in der Lage, Selbstjustiz zu üben?

»Es kommt noch dicker«, sagte Daniel.

»Wie soll das denn noch gehen?«, wollte Leah wissen, mit dem Gesichtsausdruck einer Statue.

»Ingrid war ja schon Mutter, sie lebte mit ihrer Tochter Carla bei ihren Eltern Leonhard und Milena. Mit Cemil hatte sie sich verlobt, die beiden wollten drei Monate später heiraten. Und Ingrid war im vierten Monat schwanger. Ein Mädchen.«

Wäre sie, Ricarda Zöller, an Leonhard oder Milena Seitz' Stelle gewesen – ja, sie würde den Täter erschießen. So einfach war das. Ihre Karriere wäre dann im Eimer, aber ihre psychische Gesundheit nicht. Das war zumindest ihr Gedanke in diesem Augenblick.

Leah fiel der Löffel aus der Hand, mit dem sie gerade ihren Kaffee hatte umrühren wollen.

Ricarda zuckte zusammen. Hatte sie das wirklich gerade gedacht? Hatte sie wirklich gedacht, sie würde einen Menschen aus Rache erschießen? Der Fall ging ihr an die Nieren. Vielleicht ein wenig zu sehr. Sollte Leonhard Seitz Kevin Krick doch die Knie zerschlagen haben, dann konnte Ricarda das zumindest verstehen.

»Leonhard Seitz blieb danach noch eine Weile bei der Polizei in Berlin, war immer wieder krankgeschrieben. Ich nehme nicht an, dass er jedes Mal erkältet war. Er und seine Frau bekamen das Sorgerecht für Carla. Dann ließ er sich versetzen und landete hier in Wiesbaden. Er kaufte mit seiner Frau das Häuschen. Ist seit ein paar Jahren abbezahlt. Hier ist Carla dann groß geworden. Und dann in Berlin gestorben. In der Stadt, in der auch Leonhards und Milenas Tochter starb. Wenn Leonhard Seitz sich diesen Kevin Krick vorgeknöpft hat, dann könnte ich ihn zumindest verstehen«, schloss Daniel.

Ja, ich auch, dachte Ricarda. *Das auf jeden Fall.*

DIENSTAG, 17. SEPTEMBER

»Ich war halt ein Hitzkopf«, gestand Manfred Küfer.

Lorenz und Ricarda saßen im Wohnzimmer seiner Wohnung in Köln. Daniel hatte am Vortag eine Zeit lang gebraucht, bis er Küfers aktuelle Adresse herausgefunden hatte. Er war nach seinem Rausschmiss dreimal umgezogen. Am Morgen waren Ricarda und Lorenz über eine verstopfte A3 nach Norden gefahren. Nun saßen sie dem Mann gegenüber, der die Familie Hollster bedroht hatte. Nur sah der Mann überhaupt nicht bedrohlich aus.

»Im Nachhinein muss ich sagen, dass ich Fritz Hollster und seiner Frau dankbar sein muss, dass sie mich nicht angezeigt haben und dass sie mir auch im Nachhinein keine Knüppel in den Weg gelegt haben. Das war sehr anständig.«

»Warum haben Sie die Familie Hollster dann bedroht?«

»Herr ... Rasper, nicht wahr? Ich war verzweifelt. Absolut verzweifelt. Meine Tochter sprach von Selbstmord. Und ich war nicht in der Lage, etwas zu tun. Auch wenn meine Juliane für mich immer die Schönste bleibt, die Narben waren fürchterlich.«

»Sie haben getobt, damals, in der alten Firma.«

»Ja. Ich habe, glaube ich, drei Computer und einen Tisch auf dem Gewissen. Aber ich werde diesen Schaden auch bezahlen.«

»Erst wollen Sie die Familie umbringen, und jetzt wollen Sie den Schaden ersetzen?«

»Ich wollte niemanden umbringen«, behauptete Küfer. Er

hatte den Polizisten Kaffee angeboten, trank nun selbst bereits die zweite Tasse.

»Wenn man Freya Hollster Glauben schenken darf, dann wollten Sie das sehr wohl«, sagte Ricarda.

Lorenz schwieg und betrachtete Manfred Küfer. Er spürte bereits, dass sie auch diese Spur nicht weit brachte. Aber sollte Ricarda noch ein bisschen bohren, schaden würde es nichts.

»Sagen Ihnen die Namen Mia und Monika Oloniak etwas?«

»Nein, hab ich nie gehört. Wer soll das sein?«

»Wo waren Sie am ersten August, wo am neunten September?«, wollte Ricarda wissen.

»Ist das die Frage nach einem Alibi?«

»Antworten Sie einfach.«

»Moment. Vielleicht darf ich Ihnen erst etwas erzählen. Ich habe niemanden von Fritz Hollsters Familie auf dem Gewissen. Ich habe überhaupt kein Motiv. Ich bin dem Mann dankbar, dass er nicht gegen mich prozessiert hat, dass er mir siebeneinhalb Tausend Euro geschenkt hat, gespendet für die OPs, die meine Tochter brauchte und noch braucht.«

Ricarda ließ sich nicht beeindrucken. »Wo waren Sie an diesen beiden Tagen?«

»Himmelherrgott, wahrscheinlich hier, im Arbeitszimmer!« Langsam trat er hervor, der aggressive Manfred Küfer. »Aber ich habe überhaupt kein Motiv, Hollster oder seiner Familie etwas anzutun! Juliane bekommt doch alle Operationen, die sie benötigt! Und das wäre alles nicht so gelaufen, wenn mich Hollster nicht vor die Tür gesetzt hätte.«

Nun schwieg Ricarda. Sah Lorenz an. Das war genau der Satz gewesen, auf den er gewartet hatte. Wie ein kleiner Schlag auf den Hinterkopf.

»Was habe ich mich aufgeregt, als Hollster mich an die

Luft gesetzt hat. In einem Forum im Netz, da hab ich mir Luft gemacht. Einige haben mir recht gegeben, einige haben mir deutlich gemacht, dass Hollster nun gar nichts dafür kann, dass Juliane sich verbrüht hat. Dass meine Wut wohl eher mir selbst gelte, weil ich als Vater versagt habe.«

»Julianes Mutter? Wo ist sie?«, hakte Lorenz nach, aber das war nur noch Neugierde, nicht mehr die Hoffnung, etwas zu erfahren, was dem Fall eine Wendung geben würde.

»Meine Frau hat mich verlassen, als sie mit Juliane schwanger war. Am Anfang hat noch jeder gedacht, dass ich ihr irgendwas getan haben müsste. War aber nicht so. Sie ist psychisch krank. Weshalb Juliane bei mir lebt, seit sie drei ist. Das hat dann endlich auch für Ruhe im – etwas dezimierten – Freundeskreis gesorgt. Das ist das einzig Gute an der Geschichte.«

»Lebt sie in einer Anstalt?«

»Ich weiß nicht, was das mit Ihrem Fall zu tun haben könnte, aber nein. Ihr neuer Mann, der empfindet das Leben mit ihr allerdings sicher als ein Leben in der Anstalt.« Er trank wieder einen Schluck Kaffee. »Auf jeden Fall – in dem Forum sagte mir einer, wenn ich Spenden für die OPs sammeln wolle, solle ich das einfach mal bei Facebook posten. Hab ich gemacht. Und das Ganze entwickelte sich zum Selbstläufer. Ich hab dann einen Verein gegründet, damit das mit dem Geld ordentlich läuft. Dann ist RTv aufgesprungen, der private Fernsehsender. Zum Glück habe ich einen Anwalt, der sich mit Medienrecht auskennt. Dann habe ich denen die Rechte verkauft, exklusiv über die OPs und den Erfolg oder eben Misserfolg berichten zu dürfen. Damit haben sich die OPs bezahlt. Gerade jetzt, während wir hier sprechen, ist Juliane wieder im Krankenhaus. Es wird sicher noch ein paar weitere Eingriffe geben – aber die Ärzte sagen, dass in ein paar Jahren nur noch ein paar weiße Streifen zu sehen sein werden. Inzwischen leite ich den Verein, wir haben sicher 70 000 Euro an Spenden erhalten. Das Ganze ist zu meiner Lebensaufgabe geworden.«

Lorenz gönnte Juliane Küfer ihr Glück, auch dem Papa. Und der Verdacht, dass Küfer der Mörder von Fritz Hollsters Nachfahren war, der war ganz offensichtlich vom Tisch.

»Nichts.« Das war die Zusammenfassung von Bruno Gerber darüber, welche neuen Erkenntnisse er in den vergangenen achtundvierzig Stunden gesammelt hatte. »Ich habe gestern mit einigen führenden Köpfen von Hollsters Firma gesprochen, aber da war kein Grummeln und kein Lästern, gar nichts. Fritz Hollster ist eben der Chef. Er hält den Laden am Laufen, ist sicher kein Heiliger, wird aber respektiert. Was wohl auch daran liegt, dass er seit Jahren, wenn nicht seit Jahrzehnten Leute einstellt und keine entlässt. Freya Hollster ist beliebt. Über die Familie des Chefs wissen die wenigsten auch nur ein Quäntchen. Ich habe dann auch noch mit den ältesten und den langjährigsten Mitarbeitern gesprochen. Nada. Auch wenn der Chef manchmal etwas cholerisch rüberkommt, so freuen sich doch alle, dass sie einen sicheren und gut bezahlten Arbeitsplatz haben. Fazit: kein neuer Ansatz.«

Sie saßen alle wieder im Konferenzraum. Leah hatte Kaffee und Tee gekocht. Es war bereits kurz vor vierzehn Uhr.

Lorenz schwieg. Ricarda beobachtete ihn. Sein Humor und seine Fröhlichkeit hatten gelitten, seit er erfahren hatte, dass seine Tochter nicht seine leibliche Tochter war. Er hatte seit Freitag nichts mehr zu diesem Thema gesagt. Und Ricarda hatte auch nicht gefragt.

»Okay. Die Firma gestern war Fehlanzeige. Sonst noch was auf der Liste, was wir abhaken können?«

»Ja«, meinte Bruno. »Ich habe vorgestern auch noch mit

der Haushaltshilfe von Freya und Fritz Hollster gesprochen, Sabine Anatide. Sie hatte ihren freien Tag, da habe ich sie allein erwischt. Aber auch da nichts und wieder nichts. Die beiden behandeln sie korrekt, wenn Fritz Hollster auch ihr gegenüber seine cholerische Neigung nicht immer im Griff hat. Freya Hollster beschrieb sie als schnippisch bis zynisch. Nun, auch Sabine Anatide wirkte nicht, als wäre sie frei von Temperamentsausbrüchen. Sie konnte nichts berichten über Leute, die irgendwie auffällig gewesen wären. Aber an diesen Typen mit seiner verbrühten Tochter – Küfer –, an den konnte sie sich erinnern. Er wollte mal aufs Anwesen, als Frau Anatide allein zu Hause war. Er hat vor der Gegensprechanlage und der Kamera getobt, als sie sagte, niemand außer ihr sei im Haus. Er habe erst aufgehört, als sie die Haustür geöffnet und zu John, Paul, George und Ringo ›Gib Laut!‹ gerufen habe.«

»Zu wem?«, fragte Leah.

»Den vier Wachhunden«, erklärte Lorenz.

»Als die vier Tölen angefangen hätten zu bellen, habe er das Weite gesucht, sagt Frau Anatide. Aber abgesehen von dieser Episode fiel ihr nichts mehr ein. Kein außergewöhnlicher Besuch, niemand, der aggressiv gewesen wäre oder sich auch nur danebenbenommen hätte. Auch keine Einbruchsversuche.«

»Und heute früh? Wer hat da für ein weiteres ›Nichts‹ gesorgt?«, fragte Ricarda.

Daniel hob die Hand: »Ich hatte mir von dem Freund von Mister Heidelberg, Hollsters Sohn Reinhard, noch ein paar Namen geben lassen. Vier engere Bekannte von Reinhard Hollster. Aber auch hier völlige Fehlanzeige. Nichts. Das war's.«

»Auch bei uns nur wenig Neues«, sagte Lorenz und übergab Ricarda per Blick den Staffelstab.

»Wir waren noch mal in Darmstadt. Diese Streetworkerin hat uns mit drei Leuten bekannt gemacht, die Ute Pein länger kannten. Aber auch da nichts Neues. Gestern Nachmittag allerdings riefen die Kollegen aus Darmstadt noch mal an. Bei ihnen hat sich eine junge Frau gemeldet, die sich an den Tag erinnert hat, an dem die junge Joggerin ermordet worden ist. Sie hat gesagt, dass sie ebenfalls einen dunkel gekleideten Mann gesehen hat, dort, wo Sandra Pein erstochen wurde. Das muss vielleicht eine Viertelstunde gewesen sein, bevor der Mord geschah.«

»Und wieso kommt sie erst jetzt zur Polizei?«

»Sie war ein Dreivierteljahr in Kanada. *Work and travel.* Bevor sie anfängt zu studieren, wollte sie noch was von der Welt sehen. Vor zwei Wochen ist sie wieder nach Hause gekommen. Sie wohnt noch bei ihren Eltern, die in derselben Straße leben wie auch Sandra Peins Pflegeeltern. Sie ist damals auch in der Früh joggen gegangen. Der Mann mit den dunklen Klamotten, den hat sie öfter dort gesehen, er hat immer auf der Bank an dem Brunnen gesessen, wo Sandra dann erstochen worden ist.«

»Das stärkt natürlich die Story von Sandras Freund, der ja auch vom ›Schwarzen Mann‹ erzählt hat«, ergänzte Lorenz.

»Interessant ist vor allem«, sagte Ricarda, »dass sie sich erinnert, dass diese Laterne am Rand des Weges noch gebrannt hat.«

»Die war zerschlagen, haben doch die Kollegen in Darmstadt gesagt?«, erinnerte sich Leah, die solche Details immer im Kopf behalten konnte. Ricarda fragte sich, wie es dieser Frau gelang, ihr mentales Ablagesystem zu organisieren, um solche Details stets abrufbar zu halten.

»Ja. Zwei Lampen waren kaputt geschlagen«, sagte Lorenz.

Zwei. Auch Lorenz' System schien gut organisiert, dachte sie.

»Wieso kann sie sich überhaupt an diesen Tag erinnern?«, wollte Bruno wissen.

»Es war ihr Geburtstag«, sagte Ricarda. »Und es war einen Tag vor ihrer Abreise. Und es war der Tag, an dem sie eben auf der Höhe von dem Brunnen auf dem Weg in Hundescheiße getreten ist und fast der Länge nach hingeflogen wäre. Das ist ihr passiert, weil sie nach dem dunklen Mann geschaut hat. Daher weiß sie auch, dass die Lampen brannten, weil sie die Bescherung auf dem Boden deutlich gesehen hat. Und vorgestern kam beim Abendessen mit ihren Eltern das Gespräch auf den Mord. Und gestern Nachmittag, da ging sie zur Polizei. Und da wir noch in Darmstadt waren, kamen wir dazu.«

»Na, das ist doch schon mal was«, sagte Leah. »Wenn es den dunklen Mann in Darmstadt gegeben hat, dann kann es doch auch gut sein, dass das derselbe Typ ist, den diese alte Frau damals in Heidelberg gesehen hat. Der sich als Paketbote ausgegeben hat.«

Lorenz nickte. »Ja. Möglich.«

»Diese Zeugin gestern«, sagte Ricarda, »sie hat auch gesagt, dass sie diesen Mann sicher drei Wochen lang morgens dort hat sitzen sehen. Kam ihr komisch vor, unheimlich, aber sie hat ihn nicht angesprochen. Sie dachte, vielleicht ist es ein Obdachloser. Sie wollte ihn nicht ansehen, zumal er nie gewirkt hat, als ob es ihm schlecht gehe.«

»Wenn das stimmt und der schwarze Mann der Täter ist, dann hat er lange auf sein Opfer gewartet«, sagte Leah. »Warum?«

»Weil er es kennenlernen wollte?«, schlug Ricarda vor.

»Er musste es bereits kennen. Er musste genau wissen, dass es sich um Sandra Pein handelte.«

»Dann hat er vielleicht Kontakt zu ihr aufgebaut«, überlegte Ricarda laut. »Ich will ein junges Mädchen ermorden.

Ich brauche sein Vertrauen, damit es mich so nah heranlässt, dass ich zustechen kann.«

»Wieso zustechen? Er hat doch sonst mit der Pistole gearbeitet«, erinnerte Lorenz.

»Egal«, sagte Ricarda unwirsch. »Egal, ob Stechen oder Schießen – er braucht eine gewisse Nähe, besonders wenn es dunkel ist.«

Im Raum breitete sich Schweigen aus, das verkündete, dass man ihr zuhörte.

»Ihr Vertrauen gewinne ich darüber, dass ich sie beim Namen nenne. Niemals sonst würde ein junges Mädchen sich einem Schwarzen Mann nähern. Er ruft sie also. ›Hallo, Sandra!‹ oder ›Hallo, Frau Pein‹. Sandra bleibt stehen. ›Hallo?‹ – ›Sie sind doch die Frau Pein aus der Bank?‹ Sandra rennt einfach weiter. Am kommenden Tag hebt der Mann nur die Hand, auch am dritten Tag. Es wird vertraut. Er sitzt jetzt immer da, wenn Sandra an ihm vorbeijoggt. Am vierten Tag erwidert sie seinen Gruß.«

»Und an Tag fünf geht er zur Volksbank, grüßt sie dort«, sagt Leah spontan.

Ricarda schüttelt den Kopf. »Nein, das macht er nicht. Denn dann gibt er nicht nur sein Gesicht preis, sondern auch seinen Namen.«

»Nicht wenn er eine Bareinzahlung macht.«

»Aber gleichzeitig muss die Beziehung so lose sein, dass sie Sandra nicht für wichtig hält und plötzlich aller Welt davon erzählt. Der Mann darf keine Bedrohung sein, aber auch nicht plump vertraut rüberkommen«, meinte Bruno.

»Okay. Er nimmt Kontakt zu ihr auf«, sagte Ricarda. »Eines Tages – in der Volksbank oder auch auf ihrer Joggingstrecke – unterhalten sie sich kurz. ›Warum sitzen Sie immer hier?‹, fragt Sandra. ›Es ist meine Art zu meditieren. Die Ruhe und die Dunkelheit am Morgen geben mir das

Gefühl der Geborgenheit, und gleichzeitig kann ich über die wichtigen Dinge des Lebens nachdenken.‹ Irgend so was nichtssagend Schwülstiges.«

»Und wie lockt er sie dann schließlich zu sich?«, fragte Lorenz.

Ricarda musste nicht lange überlegen: »Ganz einfach. Er sitzt da jeden Tag, eine vertraute Gestalt, die der siebzehnjährigen Sandra Pein nie zu nah kommt, die Distanz wahrt und nicht mehr als Bedrohung wahrgenommen wird. Und jetzt joggt Sandra dort entlang, als der Mann stöhnt: ›Hilfe, ich hab mir den Knöchel verstaucht, ich kann nicht mehr aufstehen.‹ Oder etwas Ähnliches. Es ist dunkel, denn der Mann hat die Beleuchtung kaputt geschlagen. Er hockt als Schatten vor der Bank. Sandra geht auf ihn zu. Sie hilft ihm auf. Als er steht, geht es ganz schnell: Der Mann zieht das Messer hervor, sticht zu, mehrfach, und rennt fort, nach unten. Zu dumm, dass dort der Freund von Sandra steht und ihn sieht. Aber der Mann weiß sicher sogar, dass es diesen Freund gibt und dass er eifersüchtig ist. Wahrscheinlich erkennt er den Freund.« *Und wie verdammt leicht könnte dieser Mann mit dieser Masche auch meine eigene Tochter am Wickel kriegen*, dachte Ricarda. *Wie einfach ist es, sich in die vertrauten Muster der Menschen einzuklinken. Jemanden, den wir zehnmal gegrüßt haben, den nehmen wir nicht mehr als Bedrohung wahr.* Aber sie musste nicht nur Angst um ihre Tochter haben. Sie wusste, dass selbst bei ihr solch ein Mechanismus greifen würde. Ihr war kalt. Obwohl es draußen immer noch heiß war und die Klimaanlage den Raum kaum kühlte.

Für ein paar Sekunden herrschte Schweigen.

»Ja. So könnte es gewesen sein«, sagte Bruno. »Ich weiß, die Antwort wird Nein sein, deshalb nur der Vollständigkeit halber: Hat die Dame etwas mehr zum Aussehen oder Alter des Mannes sagen können?«

»Kaum«, sagte Ricarda. »Normale Statur. Zum Alter konnte sie nichts sagen. Kleidung normal. Alles dunkel, dunkle Jacke, kein langer Mantel. Kragen hoch, Mütze. Er hat sie nie angesehen. Was wieder zeigt, dass er Sandra Pein gut studiert hatte oder sogar kannte. Er brauchte nicht den direkten Blickkontakt, um zu wissen, ob es Sandra war.«

Lorenz fasste zusammen: »Der ›Schwarze Mann‹ scheint zu existieren – ob als Täter oder als Zeuge, lassen wir im Moment mal dahingestellt. Daniel, wie weit bist du gekommen?«

»Das Fazit ist ähnlich wie bei Bruno: nichts. Viele Informationen, aber nichts, wo man aufhorcht, stutzt, die Stirn runzelt.«

»Und was bedeutete das Nichts im Detail?«, fragte Lorenz.

»Ich bin durch die Datenbanken durch, bei den großen deutschen Tageszeitungen, FAZ, Welt und Süddeutsche, dem Spiegel, bei den sozialen Netzwerken und bei den Telefonlisten. Fangen wir mit Letzterem an: Es ist erschreckend, wie wenig Kontakt die Familienmitglieder untereinander hatten. Das Einfachste ist, wenn ich sage, wer mit wem telefoniert hat. Kevin Krick, Schlägeropfer und Totschläger aus Heilbronn, hat mit der Frau seines Opas, also Freya Hollster, telefoniert. Und sie mit ihm. Aber das wissen wir ja schon durch die Befragungen. Und das war's. Weder Fritz noch Freya Hollster haben mit Fritz' Sohn Reinhard, dem Aktienguru aus Heidelberg, Kontakt gehabt. Wie das mit der drogensüchtigen Ute aussah, lässt sich nicht mehr rekonstruieren, sie ist ja schon ein halbes Jahr lang tot. Auch in die Enkelgeneration reicht der Telefonkontakt – von obiger Ausnahme abgesehen – nicht.

Dann habe ich mir die Datenbanken der Zeitungen vorgeknöpft. Klar, das Unternehmen von Fritz Hollster ist immer wieder in den Schlagzeilen. Entweder weil die Zahlen des Unternehmens so gut waren oder weil sie Geld an karitative Einrichtungen gespendet haben. Wirkt auf mich wie ›Tu Gutes und sorg dafür, dass darüber berichtet wird‹. Fritz Hollsters Name taucht ein paarmal auf, er war mal beim Frankfurter Opernball. Interessant auch, dass seine erste Frau – also Thea Hollster – immer wieder mal in der Presse auftauchte. Sie hielt häufig Vorträge. Dabei waren zwei Auftritte nicht unumstritten. Danach trat sie nicht mehr in Erscheinung.«

»Was hat sie gemacht?« Leah stellte die Frage, die in der Luft lag.

»Es war ein Vortrag in München und einer in Sachsen, beide im Jahr 1995. Die Veranstaltungen wurden ins rechte Spektrum gerückt, von einigen auch ins Neonazimilieu. Es waren Eintagsfliegen – und das ist auch schon achtzehn Jahre her. Reinhard Hollster, der Heidelberger Aktienprofi, wurde in ein paar Berichten über seine Meinung zum Zusammenbruch des Neuen Marktes um die Jahrtausendwende befragt. Aber er sagte nichts Revolutionäres. Er meinte, dass zu viel Geld in Luftblasen gesteckt worden sei. Bei der US-Immobilienkrise nach 2007 taucht er in ein paar Artikeln als Experte auf. Aber das war es denn auch. Weder Ute Pein noch Susanne Krick kommen in der Berichterstattung der großen Zeitungen vor. Über Susanne Kricks Sprössling Kevin wurde ausführlich berichtet, über seinen Prozess wegen Totschlags, als er in den Bau ging, und auch als er wieder rauskam. Und als er verdroschen wurde, war das auch dem Spiegel einen Artikel wert.«

»Und die sozialen Netzwerke?«

»Facebook. Google+, stayfriends, das sind die drei, bei denen ich auf die Schnelle die Accounts einsehen konnte. Fangen wir an mit Google+, das ist das Einfachste, denn dort ist totale Fehlanzeige. Stayfriends – ebenfalls uninteressant. Reinhard Hollster hat sich dort angemeldet, allerdings nur mit dem kostenlosen Account, den er auch kaum genutzt hat. Seit drei Jahren ist er dort quasi Karteileiche. Alle anderen hatten dort kein Konto.«

»Bleibt Facebook«, sagte Lorenz.

»Nein, es gibt noch ein Kontaktportal für Homosexuelle. Planet Romeo. Hollster war dort ebenfalls angemeldet, aber die Aktivitäten gehen gegen null. Keine Männer, mit denen er in den vergangenen zwei Jahren aktiv Kontakt aufgenommen hatte. Und Anfragen von anderen hat er entweder ignoriert oder freundlich abgelehnt. Auch hier keine Kontakte, die uns weiterhelfen oder auch bei einem der anderen auftauchen würden.«

»Ich sage doch, bleibt Facebook.«

»Ja. Freya Hollster hat dort ein Profil. Das Unternehmen Skelter hat eine Fanseite, die aber auch nicht wirklich gut gepflegt ist. Auch Reinhard Hollster hat dort ein Profil, ebenso Kevin Krick, das er jedoch auch kaum nutzt. Seine Mutter Susanne Krick, die hatte eines. Ist noch im Netz, obwohl sie schon zwei Jahre tot ist. Schon gruselig.

Was aber am wichtigsten ist: Es gibt keine einzige Übereinstimmung von Kontakten innerhalb dieser Netzwerke. Diese Kontaktkreise sind komplett getrennt. Keiner, der mit Reinhard Hollster Kontakt hatte, kannte seinen Neffen Kevin. Und wer mit Susanne Krick befreundet war, hatte keine Verbindung zu ihrem Bruder. Eine Familie von lauter Individualisten. Null Herdentrieb. Das Gleiche gilt für die Telefonnummern. Keine einzige Übereinstimmung auf den verschiedenen Listen. Keine. Echt gruselig, diese Sippe.«

Leah ergriff wieder das Wort. »Okay, die Frage ist nun die: Wie gehen wir weiter vor? Meine Arbeitshypothese lautet: Alle Familienmitglieder sind von ein und demselben Täter umgebracht worden. Ich nenne ihn jetzt einmal den

›Schwarzen Mann‹. Ich gehe davon aus, dass das auch der Mann ist, der in Heidelberg als DHL-Mann unterwegs war.«

Lorenz nickte, und Leah sah das als Signal weiterzusprechen.

»Wir finden innerhalb dieser Familie keine verbindenden Elemente. Wir haben das Internet und die Zeitungen durchgepflügt. Wir sind durch die sozialen Netzwerke gezogen und durch die Schwulenportale. Nichts.«

Wieder schwiegen alle.

Leah rührte in ihrer Tasse. »Ich bin der Meinung, wir müssen die Familie noch breiter aufstellen.«

Lorenz zog die Stirn in Falten. »Wie meinst du das?«

»Ich meine, sehen wir uns auch die Cousins und die Cousinen von Reinhard Hollster, seiner Schwester Ute Pein und seiner verstorbenen Schwester Susanne Krick an. Irgendwo muss es einen Treffer geben, einen Mann, einen Menschen, der zu mehr als einem der Verwandten Kontakt hatte. Und der wird uns zum Täter führen. Oder er wird der Täter sein.«

»Schräg«, konstatierte Bruno.

»Hast du eine bessere Idee?« Leahs Tonfall war wie immer äußerst kühl, bemerkte Ricarda. Leah war immer distanziert, wahrte den Abstand.

»Nein«, sagte Bruno.

Daniel sprang ein. »Wir können natürlich Fritz und Freya Hollster befragen. Aber eine Spur in diese Richtung habe ich bereits. Reinhard Hollster hat auf seiner Facebook-Seite eine Verwandte angegeben, eine Tante: Regine Springe.«

»Das ist gut. Über sie können wir sehr schnell herausfinden, ob es noch Cousinen oder Cousins gibt«, sagte Leah.

»Okay, wir machen das«, entschied Lorenz. »Daniel, check das. Bruno, ruf Fritz oder Freya Hollster an, was sie uns über Verwandte nach rechts und links sagen können. Hat Fritz noch Geschwister, gibt es Geschwister von seiner ersten Frau Thea? Haben die Kinder?« Seine Stimme war sehr leise, als er sagte: »Mehr fällt mir im Moment auch nicht mehr ein.«

Schwebte sie hier tatsächlich über der Landschaft? Google Earth live?

Wie oft hatte Ricarda darüber nachgedacht, dass der Schreibtisch in Mainz nicht alles sein könne in ihrem Leben? Dass sie Neues, Anderes erleben wolle, Abenteuer, Aufregung, Adrenalin in ihrem Job.

Super. Hatte sie jetzt. Und wusste in diesem Moment, dass sie das nicht brauchte in ihrem Leben. Sie hatte einen Kopfhörer über den Ohren, der das Vibrieren des Motors nicht dämpfen konnte. Und schon gar nicht die Gedanken an »Was wäre wenn?«. Was wäre, wenn der Motor jetzt ausfiele, nur so als Beispiel. Was wäre, wenn das Benzin oder Kerosin oder wie immer das hieß, was dieser blöde Hubschrauber an Sprit brauchte, durch ein Leck tropfte? Was wäre, wenn der Pilot einen Herzinfarkt bekäme? Genau in diesem Moment?

»Wir sind in wenigen Minuten da«, hörte sie Lorenz' Stimme über den Kopfhörer, obwohl er direkt neben ihr saß.

»Hm-mm«, antwortete Ricarda.

Der Hubschrauber flog nun tiefer. Sie sah die Ostsee. Sie hatte die Ostsee immer gemocht. War mit ihren Eltern einmal hier gewesen, wenn auch nicht in dem kleinen Ort Kellenhusen, in dem diese Regine Springe, die Tante von Reinhard Hollster und seinen Schwestern, lebte. Ricarda hatte den Urlaub mit ihren Eltern weiter östlich verbracht, in Kühlungsborn. Es war kurz nach der Öffnung des Eisernen Vorhangs gewesen.

Wenigstens war es noch hell. In diesem blechernen Ungeheuer über der Erde zu rattern, ohne direkten Sichtkontakt auf die Welt, hätte sie bestimmt nicht ohne Nervenzusammenbruch überstanden.

Der Hubschrauber setzte zur Landung an. *Wenigstens nicht direkt am Wasser*, dachte Ricarda. Sie konnte sehen, wie die Bäume sich versuchten, unter dem Wind wegzuducken. Sekunden später hatte der Hubschrauber festen Boden unter den Kufen. Zwei uniformierte Beamte nahmen sie in Empfang.

»Lorenz Rasper?«, fragte einer der Beamten aus dem hohen Norden.

Lorenz nickte.

»Olsen mein Name. Wir fahren Sie direkt zu Frau Springe.«

Wenig später saßen sie in einem Opel Vectra der Schutzpolizei aus Neustadt, der nächstgelegenen Stadt, wie Kommissar Olsen ihnen mitteilte.

»Ich kenne Regine Springe seit dreißig Jahren«, sagte der Kollege. »Eine feine Frau, und sehr engagiert.«

»Wie meinen Sie das?«, fragte Lorenz.

»Na, sie macht viel hier in der Gegend. So in Kultur und so.«

»Das heißt?«

»Na, wissen Sie, wir sind hier ja schon sehr auf den Tourismus ausgerichtet. Und das eine Schlagernacht am Strand mehr Touris zieht als eine Dichterlesung, darüber brauchen wir, glaube ich, nicht zu reden. Aber Regine, sie hat immer wieder auch die Angebote gemacht, die nicht so nullachtfünfzehn waren. Und sie ließ sich auch nicht abschrecken, wenn dann nur fünf Leute kamen.«

Während Ricarda noch versuchte, mit ihrem Magen Frieden zu schließen – nie wieder Hubschrauber! –, hakte Lorenz gleich nach: »Was meinen Sie damit?«

»Unser Strand, er war für die ehemaligen DDR-Bürger

das Paradies. Viele haben damals versucht, die knapp zwanzig Kilometer über die Ostsee zu rudern, zu paddeln, zu schwimmen. Es waren echt nur ein paar, die es geschafft haben. Über solche Themen spricht die Frau Springe. Und damit macht sie sich nicht nur Freunde. Denn die meisten Touristen, die wollen Sonne, Strand und gute Laune und nichts über tragische Themen hören.«

Der Wagen fuhr an einem Hotelkomplex vorbei, bog dann in die Ostlandstraße ein. Kurz danach hielt der Wagen an.

Regine Springe wohnte in einem Zweifamilienhaus. »Ferienwohnung zu vermieten«, verkündete ein Schild vor dem Haus. »Besetzt« stand auf einem kleinen roten Schild, das an zwei Haken unter dem großen baumelte.

Olsen ließ sie aussteigen. »Sie haben meine Handynummer, ich muss hier sowieso noch was erledigen. Wenn Sie fertig sind, rufen Sie einfach an.«

Ricarda sog die Luft ein. Sie mochte Seeluft und fragte sich wieder einmal, warum sie nicht öfter herkam. Diese Frage stellte sie sich jedes Mal, wenn sie in der Gegend war.

Fünf Minuten später saßen sie auf einem Balkon mit Blick auf die See. Eine Brise machte die Hitze erträglich. Regine Springe hatte Eistee auf den Tisch gestellt. Zu ihren Füßen lag ein Golden Retriever mit goldenen Sprenkeln im weißen Fell. Sie registrierte Lorenz' Blick, der den ausgewachsenen Wackeldackel mit Skepsis betrachtete.

Auch Regine Springe bemerkte Lorenz' Befangenheit. »Die alte Dame ist noch ruhiger als ich«, schmunzelte sie und kraulte den Kopf der Hündin. »Gabby genießt nur noch. Alles andere ist ihr zu anstrengend.« Als er seinen Namen hörte, hob der Hund kurz ein Augenlid, um es gleich darauf wieder zu senken. »Sie fordert ihren Morgenspaziergang ein und einen zur Mittagszeit. Dann ist im Großen und

Ganzen auch genug für den Tag, abgesehen vom kurzen abendlichen Besuch beim Busch um die Ecke.«

»Na, meine Kleine«, sagte Ricarda. Die Hündin sah sie an. Erhob sich majestätisch, tapste zu Ricarda und ließ sich zu ihren Füßen nieder. Ricarda kraulte den Hund im Nacken. Für gewöhnlich hatte sie es nicht so mit Hunden. Aber diese Hundedame schien sie zu mögen. Und – Ricarda musste es sich eingestehen – das beruhte auf Gegenseitigkeit.

»Haben Sie Hunger?«, fragte Regine Springe.

Lorenz verneinte, und auch Ricarda schüttelte den Kopf. Allein der Gedanke, ihrem eben etwas zur Ruhe gekommenen Magen Feststoffe jeglicher Art zukommen zu lassen, störte diese Ruhe erheblich.

»Was führt Sie zu mir?«, fragte Frau Springe. »Ihre Kollegen waren am Telefon etwas … kryptisch.« Sie wischte sich eine Haarsträhne aus der Stirn. Sie war siebzig, trug das silberfarbene Haar jedoch offen. Das helle Sommerkleid stand ihr ausgezeichnet.

»Frau Springe, Sie sind die Schwester von Thea Hollster, ist das richtig?«, fragte Lorenz.

»Ja. Aber meine Schwester ist schon acht Jahre tot.«

»Das wissen wir. Wir ermitteln in einer Serie von Mordfällen. Alle Opfer sind Nachkommen von Ihrer Schwester und deren Mann.«

»Oh«, sagte Regine Springe nur.

»Sie wissen davon nichts?«, fragte Ricarda.

Frau Springe sah Ricarda mit wachem Blick an. Dann verneinte sie. »Ich habe mein ganzes Leben nur wenig Kontakt zu meiner Schwester und ihrer Familie gehabt.«

»Aber Sie kennen Reinhard Hollster?«

»Ja. Ich habe keinen intensiven Kontakt zu ihm, aber mein Neffe ist deutlich aus der Art geschlagen – und damit ist er mir schon per se sympathisch.«

Regine Springe sprach in der Gegenwartsform von ihrem Neffen. Das bedeutete, dass der Kontakt nicht so eng gewesen sein konnte, wenn sie über seinen Tod vor mehr als einem Jahr nicht informiert war.

»Ich habe ihn vor drei Jahren einmal in Heidelberg besucht. Wir waren auf dem Schloss, er hat mich durch die Altstadt geführt, und wir haben uns eine Rundfahrt auf dem Neckar gegönnt. War ein schönes Wochenende. Auch sein Freund war nett. Gerald hieß er, glaube ich.«

»Frau Springe, wir haben keine guten Nachrichten für Sie. Ihr Neffe ist tot.«

Frau Springe hatte sich gut im Griff, nur ihre Hand zitterte leicht, als sie ihr Glas mit Eistee zum Mund führte. »Das ist traurig. Ich habe ihn gemocht. Wie ist er gestorben?«

»Er wurde erschossen.«

Regine Springe zuckte zusammen. »Erschossen, sagen Sie?«

»Ja. In seiner Wohnung. Und der Mörder läuft noch frei herum.«

Das Zittern ihrer Hand verstärkte sich. Sie versuchte, einen Schluck zu trinken, aber der Tee schwappte über. Sie stellte das Glas wieder ab. »Entschuldigen Sie. Immer wenn ich aufgeregt bin, dann ...« Sie vollendete den Satz nicht. »Wann war das?«

»Im Juni letzten Jahres.«

»Sie sprachen von mehreren Morden. Wer noch?« Regine Springes Stimme war leiser geworden.

»Ihre andere Nichte, Ute Pein ...«

»Die mit den Drogen. Ich habe sie kaum gekannt.«

»... und ihre Kinder und eine Enkelin.«

»Mein Gott«, sagte Regine Springe. Sie griff erneut nach ihrem Glas mit Eistee, doch kaum hatte sie es angehoben, stellte sie es wieder ab, weil sie bereits auf den ersten Zentimetern der Bewegung Tee verschüttet hatte. Gabby schaute auf, als sie von Eistee besprengt wurde. »Und alle sind erschossen worden?«

»Ja. Bis auf eine Tochter Ihrer Nichte, Sandra Pein. Sie wurde erstochen. Mit vier Stichen.«

Regines Gesicht wirkte wie versteinert. »Mein Enkel, Norbert, er ist auch erstochen worden. Ebenfalls im vergangenen Jahr. Im September. Vor fünf Tagen war es genau ein Jahr.«

Lorenz sah Ricarda an. Machte sich der Mörder auch über Regine Springes Familie her? »Bevor wir weitersprechen – gibt es noch weitere Menschen in Ihrer Familie, die eines gewaltsamen Todes gestorben sind?«

Regine Springe schüttelte den Kopf. »Nein. Aber mein Enkel – das langt mir eigentlich.«

»Wie viele Kinder haben Sie? Wie viele Enkel?«

Regine Springes Augen weiteten sich: »Ich habe nur eine Tochter, Sina. Und sie hat zwei Kinder, Norbert und Janina.« Der Gedanke an die Enkelin zauberte für eine Sekunde ein Lächeln auf ihr Gesicht.

»Wo wohnt Ihre Tochter? Wo Ihre Enkelin?«

»Sie wohnen beide in Hamburg. Aber Sie erreichen sie dort nicht. Sie sind in Australien. Vielleicht kommen sie auch gar nicht mehr zurück.«

»Haben Sie noch weitere Geschwister?«

»Nein. Meine Schwester hat mir völlig gereicht.«

»Wo ist Ihr Enkel ermordet worden?«, fragte Ricarda.

»In Bayreuth. Beim Joggen.«

»Wie hieß Ihr Enkel mit Nachnamen?«, fragte Lorenz.

»Norbert Kaufmann. Er trug den Namen meines Schwiegersohns.«

»Bitte entschuldigen Sie mich einen Moment«, sagte

Lorenz, erhob sich und ging in den angrenzenden Raum, wobei er sein Handy zückte.

»Was passiert hier gerade?«, fragte Regine Springe.

Ricarda umriss in knappen Worten die Morde und berichtete, dass die Opfer alle Nachfahren von Fritz und Thea Hollster waren. »Leider haben wir noch keine Ansätze, was das Motiv angeht. Und auch keinen Verdächtigen.«

Lorenz kam wieder zurück auf den Balkon. »Ich habe Bruno Bescheid gesagt. Er setzt sich mit den Kollegen in Bayreuth in Verbindung und fährt heute noch mit Leah dorthin.« Er setzte sich wieder und wandte sich an Regine Springe: »Dürfen wir Ihnen noch ein paar Fragen stellen?«

Die Frau vor Ricarda hatte sich in den vergangenen Minuten von einer rüstigen Seniorin zu einer alten Frau gewandelt, ein Effekt, den Ricarda auch bei Fritz Hollster wahrgenommen hatte. Frau Springe nickte nur.

»Was können Sie uns über den Tod Ihres Enkels sagen?«

»Nicht viel. Meine Tochter Sina hat immer wieder mit mir darüber gesprochen. Sie hat mich zu dieser Zeit öfter besucht. Aber die Ergebnisse der Ermittlung lassen sich kurz zusammenfassen: Der Mörder wusste um Norberts Gewohnheit, nachmittags joggen zu gehen, und kannte seine Strecke. Am Rand des Waldwegs trat er auf ihn zu und stach auf ihn ein. Eine Spaziergängerin sah, wie sich ein dunkel gekleideter Mann über Norbert gebeugt hatte. Als er sie bemerkte, rannte er davon. Aber wer der Mann war und was er gegen Norbert gehabt hat, das haben die Polizisten nicht herausbekommen. Und jetzt kommen Sie zu mir und meinen, dass meine ganze Familie ...« Regine Springe beendete den Satz nicht.

»Wie lange sind Ihre Tochter und Ihre Enkelin noch in Australien?«, fragte Ricarda.

»Ich weiß es nicht. Janina hat ja im Sommer ihr Abi gemacht – ein Schnitt von eins Komma vier, ich war echt platt. Ihre Mutter hat im vergangenen Jahr einen Mann kennengelernt, der hier in Deutschland lebte und vor zwei Monaten zurück nach Australien ist. Sina wollte mit ihm gehen. Und Janina hat gesagt, dann geht sie auch mit. Sie sind jetzt ebenfalls seit zwei Monaten dort unten.«

»Haben Sie die Adresse, wo sie wohnen?«

»Nein. Sie reisen im Moment durch das Land. Sinas Freund hat einen neuen Job, deshalb musste er auch zurück. In vier Wochen muss er in Sydney anfangen. Bis dahin zeigt er den beiden Damen sein Land.«

»Wie heißt der Freund Ihrer Tochter?«

»Lewis. Aber den Nachnamen habe ich nicht.«

»Hat Ihre Tochter dort ein Telefon?«

»Ja. Sie hat ein Handy.«

»Gut. Dann rufen Sie sie an, und sagen Sie ihr, dass sie nichts über ihren Aufenthaltsort sagen oder schreiben soll – zumindest nicht via E-Mail.«

Regine Springe nickte.

»Hat Ihre Tochter einen Account bei Facebook?«

»Ich weiß nicht. Nein, ich glaube nicht. Aber meine Enkelin hat einen.«

»Sie sollen alle Angaben über Australien löschen, wenn sie welche gemacht haben.«

»Ich glaube nicht, dass sie das getan haben. Denn sie haben die Wohnung in Hamburg noch gehalten. Und sie wollen sicher keinem Einbrecher stecken, dass die Wohnung derzeit nicht bewohnt ist. Sie wollen die Wohnung erst aufgeben, wenn beide wirklich in Australien bleiben. Vielleicht kehrt zumindest meine Enkelin wieder zurück.«

»War Ihr Enkel in irgendwelchen Netzwerken unterwegs?«, fragte Ricarda.

»Nein. Er studierte auf Lehramt. War ihm viel zu stressig, als Schülerinnen den Kontakt zu ihm suchten, als er noch im Praktikum war.«

»Frau Springe, wir suchen immer noch nach einem verbindenden Glied zwischen den Getöteten«, sagte Lorenz. »So, wie es sich uns jetzt darstellt, scheint der Mörder auch Cousinen und Cousins umzubringen, auch Cousinen und Cousins zweiten Grades.«

»Wie kommen Sie darauf, dass der Mord an meinem Enkel mit den anderen Morden zusammenhängt?«

»Weil auch Ihre Großnichte beim Joggen erstochen wurde und dabei ebenfalls ein dunkel gekleideter Mann gesehen worden ist«, sagte Lorenz.

»Vielleicht erzählen Sie uns einfach etwas über ihre Familie«, bat Ricarda.

Ein Lächeln erschien auf dem Gesicht der Dame, die sich von dem Schock der Berichte der Polizisten etwas erholt hatte.

»Meine Schwester und ich, wir sind Kriegskinder. Sie war älter als ich, drei Jahre. Sie war Papas Tochter, und ich war das schwarze Schaf. Ich hatte meinen eigenen Kopf, meinen eigenen Willen, und Thea war die Folgsame.«

»Woher stammen Sie?«, fragte Ricarda.

»Meine Eltern kommen beide aus Hamburg. Mein Vater war bei der Polizei. Nach dem Krieg war er interniert, kam dann in Hamburg wieder zur Polizei. Er bewarb sich beim neu gegründeten Bundeskriminalamt. Deshalb zogen wir 1955 nach Bonn Bad-Godesberg. Seine Abteilung saß dort, die anderen in Wiesbaden.«

»Das war die Sicherungsgruppe«, wusste Lorenz. »Die Kollegen, die Politiker beschützen.«

»Keine Ahnung«, gestand Regine Springe. »Papa war Polizist, und davor galt es, Respekt zu haben. Per Definition. Meine Schwester Thea wurde gut verheiratet, an Fritz Hollster. Nun, Sie haben ihn ja sicher kennengelernt. Da hat Thea dann Papa Nummer zwei zum Mann gekriegt. Ich bin drei Jahre nach der Hochzeit getürmt. Mein Vater hatte das feste Ziel, mich auch unter die Haube zu bringen. Er hatte Ludwig ausgesucht. Der war nett. Ein junger Mann, der in Wiesbaden bei der Polizei arbeitete. Am Tag vor der Hochzeit bin ich abgehauen. Die beste Entscheidung meines Lebens. Habe meiner Mutter alles Bargeld aus der Küchenkasse geklaut. Geliehen – sie hat es auf Mark und Pfennig zurückbekommen. Mein Ziel war klar: Berlin. Von Ludwig wusste ich, dass dort an den Universitäten Dinge passierten, die ihm gar nicht passten, dass dort die roten Revoluzzer waren. Ich war gerade erst einundzwanzig geworden, hatte zumindest eine Ausbildung als Hauswirtschaftskraft absolvieren dürfen. Und was immer Ludwig als rote Revoluzzer bezeichnete, würde mir bestimmt gefallen.«

»Hatten Sie da noch Kontakt zu Ihrer Schwester?«

»Nein, damals überhaupt nicht. Ich war 1973 noch einmal im heimischen Kreise, als Sina gerade zwei war. War ein Familienfest, der sechzigste Geburtstag meines Vaters. Ich habe mich dort so unwohl gefühlt ... Theas Tochter Ute war damals sieben und gerade eingeschult. Susanne war drei. Und Reinhard, der kam ja erst als Nachzügler, acht Jahre später auf die Welt. Das Fest war fürchterlich und ich nicht wohlgelitten. Und meine Schwester? Unsere Weltanschauungen waren die Definition des Wortes Gegensatz. Während meine Einstellung eher der Farbe der Blätter entsprach, war ihre die des Bodens.«

»Schwarz?«

»Braun. Wir hatten uns nichts zu sagen.«

»Und davor in Berlin?«

»Ach, da war es herrlich. Ich strotzte damals vor Selbstbewusstsein. Ich hatte ja ein bisschen Kohle, '65, nachdem ich abgehauen war. Also fuhr ich auf den Campus der Uni. Sonnte mich dort. Es dauerte keine zehn Minuten, bis mich ein Student ansprach. Ich weiß seinen Namen nicht mehr. Aber er ließ mich eine Nacht im Studentenwohnheim übernachten. Heimlich. Und er kam mir nicht zu nahe.

Nach drei Tagen hatte ich dann endlich die roten Revoluzzer kennengelernt. Auch meinen späteren Mann, Jörg Springe. Er war so alt wie ich, sah gut aus, und mit ihm erlebte ich die Achtundsechziger.«

»Wenn ich richtig gerechnet habe, dann kam Ihre Tochter Sina also 1971 auf die Welt«, sagte Ricarda.

»Sie hören gut zu. Das gefällt mir. Ja, Sina wurde 1971 geboren. Jörg und ich hatten drei Monate zuvor geheiratet. Wir waren beide hin und her gerissen zwischen den Idealen, die wir propagierten, und der Wirklichkeit, wenn man plötzlich Verantwortung für ein Kind trägt. Jörg hatte sein Studium zwar inzwischen abgeschlossen – gerade so, war jetzt Diplom-Soziologe –, aber er hatte keinen Job und auch keine Lust, sich dem Establishment unterzuordnen. Ich war es, die uns dank meiner Ausbildung zur Hauswirtschafterin versorgte, mit Jobs in Hotels oder der Mensa. Jörg hielt lieber Reden über die Weltveränderung. Ich habe ihn geliebt, Jörg war wirklich ein schlauer Kopf, aber mit der Geburt von Sina hatten sich meine Prioritäten verschoben: Ich wollte ein gewisses Maß an Sicherheit für meine Tochter und für mich. Die Trennung kam '72, die Scheidung '74. Deshalb war ich auf dem Familientreffen auch Gesprächsthema Nummer eins. Gruselig und heute kaum mehr nachvollziehbar.«

»Wann hatten Sie in den vergangenen Jahren Kontakt zur Familie Ihrer Schwester? Sie sagte, Sie hätten Ihren Neffen Reinhard Hollster getroffen?«

»Ja. Er hat sich bei mir gemeldet, vielleicht vor fünf Jahren. Wollte seine Tante mal näher kennenlernen. Wir schrieben uns, er kam mich mal für eine Woche besuchen. Und ich fuhr dann nach Heidelberg. Aber das habe ich ja schon gesagt. Darüber hinaus hatte ich keinerlei Kontakt zu Thea und ihrem Nachwuchs. Reinhard tratschte ein wenig, dass seine Schwester Ute schwer auf Drogen war. Aber viel habe ich auch durch ihn nicht erfahren. Seine Eltern konnten nie damit umgehen, dass er schwul war.«

»Wie lange leben Sie denn schon hier?«, fragte Ricarda. »Liegt ja nicht gerade direkt neben Berlin.«

»Lange«, sagte Regine. »Ich habe meinen zweiten Mann hier kennengelernt. Aber Ole ist auch schon fast zehn Jahre tot. Ihm gehörten hier ein paar Ferienhäuser. Und ein paar Ferienapartments in diesen Betonklötzen, die Sie da sehen.« Regine Springe deutete auf das, was Ricarda auf der Hinfahrt für einen Hotelkomplex gehalten hatte. In dem beschaulichen Ort wirkten die Kästen deplatziert. »War in den Siebzigern mal ein Familienhotel. Dann wurde es verkauft. Und Ole, er hat sich ein paar der Apartments gesichert. Davon lebe ich heute noch ganz gut.«

Es entstand eine Pause.

Lorenz nahm ein Kärtchen aus seiner Visitenkartenbox und gab es Regine Springe. »Wenn Ihnen noch irgendwas einfällt, melden Sie sich bitte.«

»Was sollte mir noch einfallen?«

»Nun, vielleicht erinnern Sie sich an etwas, was Ihnen jetzt, nach unserem Gespräch, seltsam vorkommt.«

Für Sekunden wirkte Regine Springe abwesend, als ob sie in ihrem mentalen Regal etwas suche. »Jetzt, da Sie es sagen ...«

Sie erhob sich. Gabby hob wieder nur ein Augenlid, beschloss, dass Ricarda ihr genug Sicherheit bot und es nicht lohne, sich zu erheben, und das Auge schloss sich wieder.

Sekunden später stand Regine Springe wieder im Rahmen der Balkontür. »Es ist weg.« Sie ließ sich wieder auf ihren Stuhl fallen, als wäre sie völlig erschöpft.

»Was ist weg?«, fragte Ricarda.

»Mein Adressbüchlein. Ich hab es immer auf dem Schreibtisch liegen. Neben dem Telefon. Damit ich direkt nachschauen kann, wenn ich eine Nummer nicht mehr im Kopf habe.« Sie schwieg, als wäre damit alles erklärt.

»Und wo ist es?«, fragte Lorenz.

»Jetzt, wo Sie mir das über meine Familie erzählt haben – da bekomme ich richtig Angst.«

Ricardas Antennen vibrierten. Gabby hatte die Augen geöffnet und sah ihre Herrin an. Die Hundedame erhob sich, trottete zu Regine Springe, ließ sich zu ihren Füßen nieder und bedachte Ricarda mit einem Blick, der wohl besagen sollte: *Sorry, sie braucht jetzt Trost.*

»Frau Springe, was ist passiert?«, fragte Ricarda.

»Gestern, da war dieser Mann. Und dabei war er so nett gewesen.«

Ricardas Nackenhärchen stellten sich auf.

»Ich war gestern mit Gabby am Hundestrand. Wenn Sie von hier aus direkt zum Strand runtergehen, dann ist da nach links ein Stück Hundestrand. Wir machen unseren Spaziergang immer mittags, auf dem Deich Richtung Dameshöved, bis zum Kap. Und dann laufen wir am Strand zurück. Eine schöne Runde von vielleicht eineinhalb Stunden, wenn wir uns Zeit lassen. Und gestern, da saß da dieser Mann am Steg, der ins Wasser führt. Ich meine, ich hätte ihn früher auch schon einmal dort gesehen. Er ging auf Gabby zu, streichelte sie. Wir kamen ins Gespräch. Er sagte, sein Golden Retriever sei vor zwei Wochen gestorben, und er würde keinen Boden mehr unter die Füße bekommen. Das konnte ich nachvollziehen. Wenn Sie mal … Ich mag gar nicht daran denken.

Wir haben uns sicher eine halbe Stunde unterhalten. Er sagte, er würde hier ein paar Tage Urlaub machen. Müsse überlegen, wie er sein Leben neu sortiere. Seine Frau habe sich scheiden lassen, nach fünfunddreißig Jahren Ehe. Kinder hätten sie keine. Er hatte eine weiße Spur an seinem Ringfinger, wo mal der Ehering gewesen war. Na, und da habe ich ihn auf einen Kaffee eingeladen. Er war so ... sympathisch. Wir haben sicher zwei Stunden hier auf dem Balkon gesessen, so wie ich jetzt hier mit Ihnen sitze.«

»Und wieso glauben Sie, dass er Ihr Adressbuch mitgenommen haben könnte?«, fragte Ricarda.

»Natürlich kamen wir auch auf unsere Familien zu sprechen. Er sagte, er habe eine Tochter und fünf Enkel. Zu der Tochter habe er kein gutes Verhältnis, aber alle fünf Enkel würde er regelmäßig sehen. Und dann fragte er mich nach meiner Familie. Und ich erzählte. Von Norberts Tod. Von meiner Sina und meiner Enkelin Janina, mit der ich alle drei Tage telefonieren würde, in Australien. Und dass ich mir nie merken könne, ob es dort später oder früher ist als hier. Dass ich meine Tochter sicher schon dreimal mitten in der Nacht aus dem Bett geklingelt hätte.

Da brachte er das Thema auf diese Smartphones, von denen er jetzt eines gekauft hat, nachdem einer der Enkel ihn überredet hatte. Und dass er es irgendwie geschafft hatte, alle Adressen zu löschen. Ich habe auch ein Handy, aber das tut seit zehn Jahren seinen Dienst. Und meine Telefonnummern und Adressen, die hab ich alle in dem kleinen Buch.

Dann fragte er mich nach dem Badezimmer, ob er es mal kurz benutzen dürfe. Unmittelbar danach hat er sich verabschiedet. Und irgendwie hatte ich den Eindruck, dass er nicht mehr so freundlich war. Ich hab noch eine halbe Stunde überlegt, ob ich irgendetwas Falsches gesagt oder getan hatte. Es war schon komisch. Und jetzt, da ich mit Ihnen rede, jetzt habe ich den Eindruck, er hat mich ausgefragt. Sehr geschickt hat er mich ausgefragt. Nach meiner Tochter und meiner Enkelin. Und auf einmal stelle ich fest, dass das Buch weg ist.«

»Wie hieß denn der Mann?«

»Er hat sich mir als Michael Müller vorgestellt.«

»Können Sie ihn beschreiben?«

»Ja, natürlich. Er war in meinem Alter, vielleicht ein bisschen jünger, aber er wirkte sehr rüstig, regelrecht trainiert, obwohl er einen Bauch hatte. Aber es war nur der Bauch, der Rest des Mannes war nicht aufgedunsen. Zu viel Bier«, meinte Regine Springe und schmunzelte. »Er trug eine sehr starke Brille. Früher hat man gesagt, so dick wie die Böden einer Cola-Flasche. Sein Haar war grau, zu einem Zöpfchen gebunden. Ich mag das ja nicht, aber ihm stand es. Und er trug Bart. Richtig Bart, nicht nur so einen unrasierten Flaum, den man heute Dreitagebart nennt.«

»Wie war er gekleidet?«

»Leger, wie ein Urlauber. Dreiviertelhose, Turnschuhe, ein Hemd – das war's auch schon. Die Hose hatte viele Taschen, so ein modernes Outdoor-Teil, wie die heute ja heißen. Aber da war sicher genug Platz für mein Adressbuch.«

Endlich hatte der Mann ein Gesicht – wenn es sich bei dem angeblichen Hundeliebhaber wirklich um den Täter handelte. Vielleicht war er auch nur ein harmloser Tourist. Aber das würden sie schnell herausbekommen. »Frau Springe, könnten Sie mit uns nach Lübeck fahren?«, fragte Lorenz. »Wir würden Sie bitten, mit unseren Kollegen ein Phantombild des Mannes anzufertigen. Das wäre dann morgen in allen Zeitungen der Umgebung. So finden wir diesen Mann. Und vielleicht auch Ihr Adressbuch.«

»Ja, das mache ich gern.«

»Noch etwas«, sagte Ricarda. »Ich will Ihnen keine Angst machen, aber ich würde gern mit Ihrer Tochter sprechen.«
»Sie *machen* mir Angst«, sagte Regine Springe. »Ich habe die Nummer noch in meinem Handy. Ich kann sie anrufen.« Dann huschte wieder ein etwas gequältes Lächeln über ihr Gesicht. »Dort ist es jetzt vier Uhr morgens, oder?«
»Bitte«, sagte Lorenz nur.
Regine Springe stand auf, ging vom Balkon in die Wohnung. Gabby trottete brav hinterher. Lorenz und Ricarda folgten ihr.
Regine Springe klickte sich durch das Menü des Handys, eines antik wirkenden Nokia in Blau und Orange. Sie nahm das Handy ans Ohr. Es dauerte ein paar Sekunden, dann sagte sie: »Sina?«
Eine Pause, in der auf der Gegenseite wohl erwähnt wurde, wie spät es gerade in Australien war.
»Ja, Sina, ich weiß, ich weiß. Aber es ist wichtig. Sina, die Polizei ist bei mir.«
Wieder wurde am anderen Ende gesprochen.
»Geben Sie sie mir«, flüsterte Lorenz.
Regine Springe reichte Lorenz das Handy. »Frau Kaufmann, hier spricht Kriminalrat Lorenz Rasper vom Bundeskriminalamt.«
»Oh. Ich dachte gerade, meine Mutter hätte Besuch von einem Dorfpolizisten bekommen. Kriminalrat vom Bundeskriminalamt. Das klingt nach einer großen Sache.«
»Ja, das könnte sein. Frau Kaufmann, ich werde Sie gleich von meinem Handy aus anrufen, dann haben Sie auch meine Handynummer. Und dann erkläre ich Ihnen, worum es geht.«
»Machen Sie das. Ich bin gespannt.«
Lorenz ließ sich die Nummer von Frau Springe diktieren.
»Kaufmann. Spreche ich mit Kriminalrat Lorenz Rasper vom Bundeskriminalamt?«

»Ja.« Lorenz erzählte ihr von der Mordserie. Und dass die Möglichkeit bestand, dass auch sie und ihre Tochter auf der Todesliste eines Irren standen. »Solange Sie durch Australien reisen, sind Sie in Sicherheit. Sie teilen niemandem Ihre aktuellen Aufenthaltsorte mit? Per WhatsApp oder via Facebook?«

»Nein. Ganz gewiss nicht.«

»Das sollten Sie unbedingt so beibehalten. Ich möchte Sie bitten, mich sofort anzurufen, wenn Sie irgendwas Sonderbares bemerken. Jemand, der Ihnen folgt, oder Ähnliches. Auch wenn Sie aus Deutschland angerufen werden, von jemandem, den Sie nicht persönlich kennen. Bitte melden Sie sich dann sofort bei mir.«

»Das klingt gefährlich.«

»Das kann ich noch nicht beurteilen. Aber bitte, melden Sie sich lieber einmal zu viel als zu wenig. Es macht auch nichts, wenn Sie mich aus dem Bett werfen.«

»Dann wären wir quitt.«

»Genau. Ihnen, Ihrer Tochter und Ihrem Freund noch eine gute Reise.«

»Danke. Grüßen Sie meine Mutter. Ich melde mich bei ihr, wenn ich in ein paar Stunden gefrühstückt habe.«

Ausgerechnet Bayreuth!

Sie rollten über die A3 in Brunos Safarimonster. Leah hatte sich bemüht, ebenfalls einen Hubschrauber für ihren Trip zu bekommen, aber alle Helis waren unterwegs.

»Wie kann man sich so ein Auto kaufen?«, fragte Leah den Mann am Steuer.

»Mit Geld?«

Leah schwieg.

»He, was ist los mit dir?«, wolle Bruno wissen, nahm den Blick aber nicht von der Straße.

Leah antwortete nicht. Bayreuth! Vielleicht lebte ihre Mutter noch dort. Aber sie wollte es nicht wissen. Alles in ihr sträubte sich dagegen, in die Stadt zu fahren, die sie vor zwanzig Jahren verlassen hatte, mit dem festen Vorsatz, nie wieder dorthin zurückzukehren. Aber davon wollte sie Bruno nichts erzählen. »Wer ist unser Ansprechpartner?«

Bruno hatte nach Lorenz' Anruf von der Ostsee sofort in Bayreuth angerufen und ein bisschen Druck gemacht. »Hauptkommissar Ralf Ritter hat damals die Ermittlungen im Mordfall Norbert Kaufmann geleitet.«

Sie fuhren viele Kilometer schweigend.

»Hattest du Kinderträume?«, fragte Bruno dann.

Leah war ganz in Gedanken gewesen. Brunos Frage war wie eine Rettung vor weiteren schlechten Gedanken an die Stadt, in die sie nicht fahren wollte. »Klar.«

»Irgendeinen Traum, den du dir erfüllt hast?«

»Was ist das für eine komische Frage?«

»Das ist keine komische Frage. Es ist eine ganz einfache Frage. Was wolltest du werden, als du noch Kind warst?«

Mörder, dachte Leah, sagte es aber nicht. Bruno hätte es für einen Witz gehalten. Aber es war keiner.

Bruno hakte nicht nach, sondern fragte: »Weißt du, was ich werden wollte?«

»Nein. Was wolltest du werden?« Sollte er erzählen. Das würde sie von den düsteren Erinnerungen ablenken.

»Ich wollte Tierarzt in Afrika werden.«

Leah sah ihn an. »Tierarzt? In Afrika? Nun, dann muss ich dir leider mitteilen, dass du deinen Traumberuf ziemlich weit verfehlt hast. Auf jeden Fall geografisch.«

»Ich weiß.«

Wieder fuhren sie ein paar Kilometer, bevor Leah ihre Neugier nicht mehr im Zaum halten konnte. »Warum wolltest du ausgerechnet Tierarzt in Afrika werden?«

»Weil mein großes Vorbild ein Tierarzt in Afrika war.«
»Die Gorillafrau Dian Fossey?«
Bruno lachte auf. »Nein. Marshall Thompson. Daktari. Damals im Fernsehen. Tieren helfen und coole Autos fahren – schöner kann kein anderer Beruf sein, hab ich damals gedacht.«
»Kenn ich nicht.«
»Nie gesehen?«
»Nein.« Was sicher auch daran lag, dass Leah in ihrem Leben immer lieber ins Kino gegangen war, als Fernsehen zu gucken.
»Na, du hast doch gefragt, wie man sich so ein Auto kaufen kann. Dieser Wagen hat damals in der Serie mitgespielt. Also habe ich einen Kompromiss geschlossen: Ich helfe Menschen statt Tieren, das Ganze in Deutschland, aber ich fahre einen coolen Wagen wie Daktari.«
Leah konnte sich ein Grinsen nicht verkneifen.
Auch Bruno griente. »Ich weiß, die Definition von cool ist subjektiv.«
Gegen siebzehn Uhr erreichten sie die Ludwig-Thoma-Straße, in der sich die Kriminalpolizeiinspektion in Bayreuth befand. Bruno stellte den Wagen auf einem Parkplatz unweit des roten Ziegelbaus ab. Sie meldeten sich bei der Pforte, wurden zu Ralf Ritter geschickt.
Das Büro des oberfränkischen Kollegen war praktisch und pragmatisch eingerichtet. Vier Fotografien zeigten einen Mann auf einem blauen Motocrossmotorrad.
Ritter war groß, ein wenig untersetzt, aber die Uniform zeigte, dass er wohl gerade ein paar Kilos verloren hatte, denn sie schlabberte ein wenig um den ansonsten muskulösen Körper. Ritters Haar war strohblond. Er reichte den Kollegen die Hand, die eher die Bezeichnung Pranke verdient hätte.

»Ihr kommt wegen des Mordes an Norbert Kaufmann, hast du gesagt«, begann er und führte damit gleich das Du ein.

»Ja. Sieht so aus, als ob der Mordfall mit einer ganzen Serie zusammenhängt«, sagte Bruno.

»Na, das wird besonders Ursula freuen.«

»Wen?«, fragte Leah.

»Ursula Kaufmann. Sie ist Polizeiobermeisterin. Und sie ist die Witwe von Norbert Kaufmann. Sie hat am meisten darunter gelitten, dass wir den Fall bislang nicht aufklären konnten. Gehen wir in den Besprechungsraum, ich hab schon alles vorbereitet.«

Bruno und Leah folgten Ralf Ritter durch ein paar Flure, bis sie den Raum erreichten.

Eine Frau in Polizeiuniform saß bereits am Tisch, einen Laptop vor sich platziert. Ein Beamer strahlte ihren Bildschirm auf ein großes Whiteboard. Die Polizistin erhob sich. Sie war etwas kleiner als Leah, hatte gewelltes feuerrotes Haar, das sich auch mit einem Haargummi kaum bändigen ließ.

Ritter stellte sie als Ursula Kaufmann vor und schloss: »Auch wenn es ein Fall für das K1 ist, kennt sich wahrscheinlich niemand so im Detail damit aus wie Ursula.«

Nachdem sie sich gesetzt hatten, griff Bruno zu den Wasserflaschen, die in der Mitte des Tisches standen, schenkte Leah, Ursula Kaufmann, dem Kollegen Ritter und schließlich sich selbst ein.

»Ursula, am besten informierst du unsere Gäste erst mal über den Fall«, sagte Ritter.

Ursula Kaufmann nickte, klickte mit der Maus auf eine Datei, die sich öffnete, und das Foto eines jungen Mannes erschien auf dem Whiteboard. »Norbert Kaufmann wurde am 12. Juli 1988 in Hamburg geboren. Er wuchs dort auf, machte dort auch sein Abitur. Nach dem Abi machte er Zivildienst als Rettungssanitäter hier in Bayreuth. Er wollte mal in den Süden der Republik. Hat eine Ausbildung zum Rettungssanitäter absolviert und arbeitete bis zum Jahr 2010 beim ASB. Dann fing er in Bayreuth ein Studium an, Deutsch und Geografie auf Lehramt. Er wohnte damals im Emil-Warburg-Weg in einer WG.« Ursula Kaufmann schluckte.

»Da haben die beiden sich kennengelernt«, merkte Ralf Ritter an.

Kaufmann nickte nur. »Wir wohnten beide dort. Und haben 2011 geheiratet, sind dann zusammengezogen. In eine kleine Dachwohnung in der Gontardstraße. Bis zum Mittwoch, den zwölften September vergangenen Jahres. An diesem Tag wurde er erstochen.«

Ursula Kaufmann versagte die Stimme. Ritter, der neben ihr saß, griff nach der Maus und übernahm den weiteren Bericht. Das nächste Bild erschien auf dem Whiteboard. Es zeigte Bayreuth aus der Vogelperspektive, offenbar ein Bild von Google Earth.

»Das ist unsere schöne Stadt.« Mit einem Leuchtstift zeigte Ritter auf einen Ort im Norden. »Der Ort dürfte jedem bekannt sein, auch wenn er noch nicht dort war: Das ist der Festspielhügel mit dem Festspielhaus.« Richard Wagners architektonische Hinterlassenschaft an die Welt. Der Lichtpunkt landete unweit des Festspielhauses im Westen. »Die Wohnung von Norbert und Ursula ist hier.« Das nächste Bild zeigte wieder ein Luftbild, diesmal war aber deutlich mehr Wald auf dem Bild zu sehen. Der Lichtpunkt wanderte an den unteren Bildrand. »Hier ist jetzt die Wohnung. Und das ist der Wald nördlich von der Stadt.« Ein weiterer Klick, und eine geschlossene rote Linie legte sich über das Foto. »Das ist die Strecke, die Norbert immer gejoggt ist. In den

Wald, rund drei Kilometer nach Norden, dann auf den parallelen Waldwegen wieder zurück, am Siegesturm vorbei und dann bergab. Das alles sind rund sieben Kilometer. Diese Strecke ist er mindestens fünfmal die Woche gejoggt. Er hatte einen genauen Plan, wie er das in sein Studium eingebaut hat.«

Wieder klickte Ritter ein Bild weiter. Die Strecke war nun nur noch eine dünne Linie. Dafür gab es ein dickes gelbes Kreuz, etwa einen halben Kilometer nördlich der Stelle, die Ritter als Siegesturm bezeichnet hatte.

Leah kannte den Wald. Kannte die Wege. Und hatte in ihrem Leben ebenfalls eine Stelle dieses Waldes mit einem gelben Kreuz markiert. »Wo ist die Toilette?«, fragte sie. Für ein »Bitte« war keine Zeit mehr.

Trotz ihres eigenen Kummers nahm Ursula Kaufmann sehr wohl wahr, dass es Leah nicht gut ging. Sie verlor kein Wort, stand ebenfalls auf, und beide Damen verließen sehr eilig den Raum.

Ursula Kaufmann ging voran, drei Türen weiter deutete sie nach links. Leah eilte in die Toilette und zu der nächsten freien Kabine. Sie schaffte es gerade noch, den Deckel aufzuklappen, bevor sich ihr Innerstes nach außen kehrte.

»Ist alles okay?«, vernahm sie die Stimme der Bayreuther Kollegin.

Sie nickte, nicht fähig zu sprechen. Wenig sinnvoll bei geschlossener Kabinentür. Dann realisierte sie, dass die Tür nicht geschlossen war.

»Ja, alles okay«, hauchte sie, dann kam der nächste Schwall.

»Soll ich einen Arzt holen?«

»Nein, geht schon.«

Und es ging tatsächlich. Leah straffte sich, ein wenig unsicher auf den Beinen. Sie ging zum Waschbecken, spülte den Mund aus und schaufelte sich kaltes Wasser in ihr Gesicht, ohne daran zu denken, dass sie damit die Schminke verwischte. Mit einem Papiertuch versuchte sie, das Make-up gänzlich zu beseitigen. Es misslang.

»Einen Moment«, sagte Ursula Kaufmann, verschwand kurz, um eine Minute später wieder zu erscheinen und Leah ein Schminketui zu reichen. »Kommen Sie zurück, wenn Sie fertig sind«, sagte sie.

»Danke«, sagte Leah und bemühte sich, die Spuren ihres kleinen Zusammenbruchs zu beseitigen.

Wenige Minuten danach betrat sie wieder den Raum. Alle Blicke waren auf sie gerichtet, als sie Platz nahm. »Alles okay«, sagte sie.

Bruno hob eine Augenbraue, und Leah dachte: *Wahrscheinlich spekuliert er jetzt, ob ich schwanger bin. Wenn im Film eine Frau kotzt, ist sie immer schwanger, wenn sie über dreizehn und unter fünfzig ist.*

Ursula Kaufmann fuhr fort: »Das ist die Stelle, an der Norbert ermordet wurde.«

Das hatte sich Leah schon gedacht. Gleich würde Kaufmann die Tatortfotos zeigen. Wie konnte sich die junge Polizistin das nur antun, den Führer durch die Grausamkeit zu geben?

Ralf Ritter schien ihre Gedanken zu erraten. »Ursula war diejenige, die von uns zuerst am Tatort war. Sie war auf Streife mit ihrem Kollegen Tönner.«

»Ich habe die Bilder hundertmal gesehen«, sagte Ursula Kaufmann. »Jedes Detail zwanzigmal wahrgenommen und überlegt, ob es uns zum Täter führen kann. Bislang hat es das leider nicht.«

Sie klickte ein neues Bild her. Es zeigte dichten Wald, durch den sich ein Weg zog, vielleicht vier Meter breit. Am rechten Rand des Weges stand eine Bank, und mitten auf dem Weg lag Norbert Kaufmann auf dem Bauch. Das Blut war als Fleck wahrzunehmen, der sich um den Bauch ausgebreitet hatte.

»Norbert erreichte den Ort um 16 Uhr 34. Er hatte so einen Sportcomputer, der all diese Daten aufzeichnete. Sein Herz hörte auf zu schlagen um 16 Uhr 36. Ebenfalls um diese Zeit rief Gerlinde Thömmsen den Notruf an. Um etwa 16 Uhr 45 trafen wir am Tatort ein, kurz darauf der Rettungswagen.« Sie klickte weiter. Nun zeigte das Whiteboard das Formular des Rechtsmediziners. Auf die Schablone eines Menschen von vorn und hinten waren die Einstiche eingezeichnet. »Wie wir sehen, gab es fünf Einstiche. Alle von vorn, drei verletzten die Aorta und waren tödlich.«

»Das deckt sich mit dem Schema, das wir bei einem unserer Opfer haben«, sagte Bruno. »Knapp drei Monate nach Norbert Kaufmann wurde Sandra Pein in Darmstadt erstochen. Auch beim Joggen, auch mit vier Stichen von vorn.«

»Gibt es eine Beziehung zu Norbert?«, fragte Ursula Kaufmann.

Bruno sah kurz an die Decke, dann sagte er: »Norberts Großmutter und die Großmutter von Sandra Pein sind Schwestern. Die beiden waren also …« Er zögerte kurz, als müsse er eine Matheaufgabe lösen. »Sie waren Cousin und Cousine zweiten Grades.«

»Das haben wir nicht gewusst«, sagte Ralf Ritter.

»Was hat Ihre Untersuchung ergeben?«, fragte Leah.

»Nun, wir haben eine Zeugin, die den Mord beobachtet hat. Die genaue Aussage ist in der Akte, aber ich fasse die Worte von Gerlinde Thömmsen zusammen. Sie ging auf demselben Weg spazieren, auf dem Norbert in die gleiche Richtung joggte. Er überholte sie. Etwa hundert Meter weiter kam die Bank. Auf der Bank saß ein Mann. Norbert hob die Hand zum Gruß. Der Mann stand auf, sagte etwas, was Frau Thömmsen aber nicht verstehen konnte. Er trat auf

Norbert zu. Dann sah Frau Thömmsen, wie Norbert zusammensackte. Und dann rannte der Mann in den Wald.«

»Dann gibt es eine Beschreibung vom Täter?«, fragte Leah hoffnungsvoll.

»Es gibt sogar drei.«

»Sind noch mehr Leute auf dem Waldweg unterwegs gewesen?«

»Nein«, antwortete Ursula Kaufmann. »Aber ich selbst habe den Mann gesehen.«

»Wie das?«

»Norbert erzählte mir, dass er einen neuen Bekannten habe. Einen Mann, der immer auf einer Bank sitze, an der er vorbeilief. Irgendwann hätten sie sich gegrüßt. Und dann bin ich einmal mit Norbert zusammen dort langgelaufen. Und der Mann saß auf der Bank. Als er uns zu zweit joggen sah, hob er seine Zeitung vors Gesicht, als wir an ihm vorbeiliefen. Ich drehte mich noch mal um, und da sah er mich direkt an.«

»Wie sah er aus?«

Wieder drückte Ursula Kaufmann auf die Maustaste. Ein Phantombild erschien auf dem Whiteboard.

Leah hatte noch nie etwas für diese Bilder übriggehabt. So gut sie sich an Dinge erinnern konnte, die sie schon einmal gesehen hatte, umso schlechter konnte sie Gesichter abstrahieren. Hier war es besonders schwer. Denn der Mann trug eine Brille und einen Vollbart. Beides konnte man binnen Minuten nach der Tat verändern.

»Der Mann hatte einen Bauch, so viel ist klar. Er war auch kleiner als Norbert, aber Norbert war über einen Meter neunzig groß. Die Zeugin Thömmsen konnte die Größe nicht schätzen. Mindestens einen Meter siebzig, höchstens einen Meter achtzig. Da ich den Mann auch nur sitzend sah, kann ich nichts dazu beitragen. Die dritte Zeugin meldete sich, als wir das Bild in die Medien brachten. Sie hat ihn auch ein paarmal auf der Bank gesehen. Dort saß er wohl zum ersten Mal mindestens zwei Wochen vor dem Mord. Norbert hat mir zehn Tage vor dem Mord, also am zweiten September, von ihm erzählt.«

»Wie alt ist er?«, fragte Bruno.

»Auch da gehen die Meinungen auseinander. Ich hätte ihn aus dem Bauch heraus auf über sechzig geschätzt. Thömmsen jedoch sagte, so behände er in den Wald gerannt sei, und das bei seiner Leibesfülle, wäre er eher zwischen vierzig und fünfzig. Die dritte Zeugin tippte auf zwischen fünfzig und sechzig. Womit nun nur sicher scheint, dass er nicht unter vierzig ist. Und nicht über siebzig.«

Ursula Kaufmann klickte weiter, wieder erschien das Bild mit dem gelben Kreuz auf dem Whiteboard.

Leah zuckte zusammen. Ihr gelbes Kreuz war im selben Wald gemacht worden, aber Leah wusste nicht genau, wo. Die Polizei hatte es ihr nicht gesagt, ebenso wenig wie ihre Mutter. Sie war damals erst sechzehn gewesen.

Und das gelbe Kreuz in ihrem Leben, das stand für ihren Vater.

DAMALS. 1. MAI

Mein Magen knurrt. Es gibt kaum mehr etwas zu essen, nur ab und an Wasser. Aber ich beklage mich nicht, denn jene unten im Bananenbunker, die haben gar nichts zu essen, nichts zu trinken, nichts zu atmen. Ich versuche, nicht daran zu denken. Es ist schon elf Uhr nachts. Jens und ich stehen an der Reling, am Heck des Schiffes auf dem C-Deck. Wir dürfen uns auf dem Schiff nicht frei bewegen, doch nachts ist es kaum mehr ein Problem. Oben auf dem A-Deck und auch auf dem B-Deck, da sitzen die Letzten von der SS, die sich noch nicht abgesetzt haben. Sie haben Wachen aufgestellt, wohl aus Angst, dass wir sie überfallen könnten. Aber wenn wir sie massakrieren, wo sollten wir denn hin? Unser Schiff ist manövrierunfähig.

Die Tage haben keine Struktur mehr. Kein Schuften, keine regelmäßigen Mahlzeiten mehr. Auch das, was einmal ein Morgenappell gewesen war, äußert sich nur noch in Parolen der Kapos an die Wachmannschaft. Nach unten traut sich kaum mehr jemand. Der Gestank allein genügt, die SS davon abzuhalten. Und die Seuchengefahr. Hoffentlich kommen die Engländer bald.

Ich schaue zu Jens, der neben mir steht. Sein Gesicht ist nur schemenhaft zu erkennen. Der Mond nimmt ab, immer wieder verdunkeln ihn die Wolken. Ich starre in die Schwärze. »Und wenn uns die Engländer tatsächlich hier lebend rausholen – was machst du dann als Erstes?«

»Ich gehe nach Hause, nach Hamburg«, antwortet er. »Und suche nach meiner Frau und meinem Sohn.«

»Wo ist deine Frau?«

»Sie ist gleichzeitig mit uns verhaftet worden. Wir haben gesagt, wenn wir das alles hier überleben, dann sehen wir uns in Hamburg. Meine Schwägerin, Gesine, sie ist nicht verhaftet worden. Ihr Vater ist ein hohes Tier bei der SS. Vielleicht jetzt auch nicht mehr, wer weiß das schon. Damals war er es. Aber mein Sohn, er sollte bei Gesine sein. Sie hat gesagt, sie kümmert sich um ihn.«

Wieder schweigen wir.

»Und du?«, fragt er mich. »Was wirst du machen?«

»Ich weiß es nicht.«

»Wo ist deine Frau? Hast du Kinder?«

»Meine Frau ist tot«, sage ich. Und spreche nicht darüber, wie es geschehen ist. Bilder, die mich bislang noch jeden Tag verfolgt haben.

»Und du hast keine Kinder?«

Ich schüttle den Kopf. Spreche nicht vom dicken Bauch, den Gosia schon gehabt hat, als die Soldaten kamen.

»Das tut mir leid. Aber vielleicht möchtest du ja erst mal mit zu uns nach Hamburg kommen? Unser Haus, es ist im Eilbeker Weg, Nummer 24. Wir wohnen im vierten Stock. Wenn das Haus noch steht. Aber da treffen wir uns!«

Ich lächle müde. Jens kann das nicht sehen. Gestern waren wir für kurze Zeit ganz euphorisch, als wir erfahren haben, dass Hitler tot ist. Heute bin ich nur müde. Vorhin, da musste ich nicht etwa an Deck, weil ich den Sternenhimmel sehen wollte. Ich musste raus, weil ich meinen eigenen Geruch nicht mehr ertrage. Der Blick in den Spiegel, er war mehr als eine Ohrfeige. Er hat mir in einer halben Sekunde das Gefühl zurückgebracht, zu dem ich seit mehr als vier Jahren nicht mehr fähig gewesen war: Wut.

Wieder fange ich an zu summen. Dieses Lied. Ein Lied wie ein Freund. Und ich bin dein Moorsoldat, auch ohne

Spaten. Schaut in den Spiegel, so sieht er aus, der Moorsoldat.

»Goguel ist auch an Bord«, sagt Jens.

Ich höre auf zu summen. »Wer?«

»Rudi Goguel. Er hat die Melodie komponiert. Im Lager Börgermoor, schon vor zwölf Jahren. Von dort aus hat es sich jedes Mal, wenn einer aus dem Lager verlegt worden ist, über die ganzen KZs hinweg verbreitet. Seit September war er auch in Neuengamme. Und jetzt ist er hier, an Bord der ›Cap Arcona‹. Wusstest du das?«

Nein, das wusste ich nicht. Schaue auf das schwarze Meer. Auch die Küste ist dunkel. Verdunklung. Welch Doppelsinn des Wortes. »Wie kann man nur?«, murmele ich vor mich hin.

»Was?«

Ich sehe Jens direkt an. »Wie kann man zulassen, dass sie uns auf dieses Schiff bringen? Der Käpt'n – wenn er Nein gesagt hätte, wenn auch nur noch ein Funken Menschlichkeit in ihm gewesen wäre, was hätten sie dann tun können? Das Schiff bombardieren?«

»Kapitän Bertram *hat* Nein gesagt.«

»Woher weißt du das?«

»Weil ich selbst mit Schonnegg gesprochen hab. Er ist der Verbindungshäftling. Und Bertram hat fast zwei Stunden mit ihm gesprochen.«

»Und trotzdem sitzen die anderen im Bananenbunker?« Ich werde nicht laut. Ich bin zu schwach dafür. Aber ich spüre die Wut überdeutlich.

»Bertram hat sich eine Woche lang gewehrt. Sechs Tage lang hat er versucht, diesen Wahnsinn nicht zuzulassen. Du warst doch auf der ›Athen‹. Ihr seid ein paarmal losgefahren, habt gestoppt, seid wieder zurückgefahren. Und warum? Weil Bertram sich geweigert hat, die Häftlinge an Bord zu nehmen, auf sein Schiff, das keinen Proviant hat, kaum Wasser und keinen Motor, mit dem es hätte fahren können.« Jens verstummt.

»Und warum hat er dann doch die Gefangenen auf das Schiff gelassen? Wie viele sind wir hier? Das sind doch mehrere Tausend!«

»Sie haben ihm die Pistole auf die Brust gesetzt, ganz wörtlich. Ein SS-Sturmbannführer hatte die Pistole in der Hand. Er hat geschrien, getobt und Bertram klargemacht, dass er ihn standrechtlich erschießen würde, wenn er sich nicht sofort bereiterklären würde, die Häftlinge an Bord seines Schiffes zu nehmen. Und Bertram wusste, dass der Kerl abgedrückt hätte. Er hat Schonnegg erzählt, dass er diesem SS-Idioten gesagt hat, er werde sich nicht länger wehren. Er lehne aber jede Verantwortung ab.«

»Er hat es sich einfach gemacht.«

Jens schüttelte den Kopf. »Bertram hat Familie, hat zwei Töchter. Und wenn sie ihn erschossen hätten, dann wären wir jetzt genauso hier. Oder auf der ›Athen‹ oder diesem anderen Frachter, der ›Thielbeck‹. Du warst doch auf der ›Athen‹. Noch mehr Menschen auf diesem Kahn? Wie sollte das gehen? Und Bertram, der hat durchgesetzt, dass fast zweitausend wieder weggebracht wurden, weil zu viele auf dem Schiff hier waren.«

»Wie viele sind wir jetzt?«

»Knapp fünftausend.«

»Und wie hieß er, dieser Sturmbannführer?«

Jens nennt den Namen, den ich nie vergessen werde.

DIENSTAG, 17. SEPTEMBER, ABENDS

Regine Springe saß mit dem Zeichner für Phantombilder im Nebenraum. Genau genommen war Zeichner der falsche Ausdruck, denn der Mann arbeitete mit einem Rechner an einem großen Bildschirm. Er hatte Lorenz und Ricarda gebeten, nebenan zu warten. Eine Kollegin von der Mordkommission brachte ihnen Kaffee. Hauptkommissarin Ilona Tscheib war ein wenig untersetzt, trug das Haar kurz und war sicher nicht weiter als fünf Jahre von der Pensionierung entfernt. Sie stellte die beiden Pappbecher auf dem Tisch ab, dann legte sie drei Zuckertütchen daneben und vier kleine Kondensmilchportionen.

»Das hilft sicher beim Warten«, sagte sie lächelnd und verschwand wieder.

Zunächst saßen sie ein paar Minuten schweigend im Raum, dann sprach Ricarda wieder den aktuellen Fall an. »Gehen wir einmal davon aus, dass wirklich alle Morde von ein und demselben Täter begangen wurden.«

Lorenz nickte.

»Dann ist die Frage, was der gemeinsame Nenner ist, was alle Morde miteinander verbindet.«

Wieder ein Nicken. »Und? Was ist der gemeinsame Nenner?«

Während des Fluges in dem vermaledeiten Hubschrauber hatte Ricarda Zeit genug gehabt, etwas Gedankenakrobatik zu betreiben, schon allein, um sich abzulenken. Schließlich hatte sie sich nicht von dem Google-Earth-Effekt mit Radau in Dolby-Surround unterkriegen lassen.

Auf dem Tisch lag ein DIN-A4-Block. Ricarda zog ihn zu sich heran, klappte das Deckblatt auf die Rückseite, nahm einen Kuli, der ebenfalls auf dem Tisch lag, und begann, die Ahnengalerie der Opferfamilien zu skizzieren. Dann drehte sie den Block so, dass auch Lorenz die schematische Darstellung sehen konnte.

»Schau her«, sagte sie und deutete auf die Vierecke, in die sie die Namen Sandra Pein und Monika Oloniak geschrieben hatte, »die Opfer sind Geschwister und ...«

»Oder Cousins«, unterbrach Lorenz sie, »wenn wir Kevin auch zu den Opfern rechnen.«

»Oder sogar Cousins zweiten Grades«, sagte Ricarda und deutete auf die Namen Norbert Kaufmann und Monika Oloniak.

Ricardas Zeichnung war natürlich nicht bunt und auch nicht so übersichtlich wie die Grafiken an Leahs Whiteboard, doch sie machte die verwandtschaftlichen Beziehungen deutlich. Sie zog den Block wieder zu sich heran und ergänzte bei den Opfern Monat und Jahr der Mordtat. Dann schob sie den Block wieder in die alte Position.

»Da ist mir noch etwas aufgefallen«, führte Ricarda ihre Gedanken weiter aus. »Siehst du es auch?«

»Nein, keine Ahnung, worauf du hinauswillst.«

»Ich glaube, da steckt noch ein zweites System dahinter. Mir ist aufgefallen, dass Kinder vor ihren Eltern umgebracht werden. Schau hier: Das Baby Mia Oloniak ist mehr als einen Monat vor seiner Mutter getötet worden.«

»Ja, aber das war's auch schon«, sagte Lorenz, der bereits die restlichen Todesdaten registriert und mental ausgewertet hatte.

»Nun, fast. Sandra Pein, die Joggerin, sie starb auch vor ihrer Mutter.«

»Aber ihre Mutter hat sich selbst umgebracht.«

»Richtig«, sagte Ricarda, »aber vielleicht ist sie damit einem Mord nur zuvorgekommen.«

»Auf was willst du hinaus?«

»Ich will sagen, dass das, was alle Todesopfer verbindet, die darüberstehende Generation ist: Sie sind Nachkommen von Thea Hollster oder Regine Springe, und das sind Schwestern.«

Lorenz' Interesse war geweckt. »Was willst du damit sagen?«

»Dass diese Generation ebenso auf der Abschussliste unseres Mörder stehen kann. Thea Hollster und Regine sind Kinder eines Elternpaars. Erst sterben die Kinder, dann die Eltern.«

Lorenz betrachtete die Skizze.

»Und es sind nur die Menschen in Gefahr, die in direkter Blutlinie von Thea Hollster und ihrer Schwester Regine Springe abstammen«, führte Ricarda weiter aus. »Schau, alle Partner sind noch am Leben. Monika Oloniak und ihre Tochter wurden umgebracht, ihr Partner Pjotr Oloniak lebt noch. Der Börsenguru Reinhard Hollster in Heidelberg ist tot, sein Mann Gerald lebt ebenfalls noch. Norbert Kaufmann aus Bayreuth ist tot, seine Frau Ursula Kaufmann ist quicklebendig.«

Lorenz sinnierte kurz über der Skizze, dann sagte er: »Mit der Blutlinie, da hast du sicher recht. Aber da ist noch ein Denkfehler«, sagte er dann. »Wenn die Reihenfolge tatsächlich die ist, dass erst die Kinder umgebracht werden und dann die ältere Generation, dann müsste der Killer jetzt erst mal Regine Springes Tochter Sina umbringen. Nein, bevor er Sina umbringt, müsste er noch ihre Tochter umbringen. Er hat bislang nur Regine Springes Norbert auf dem Gewissen.«

»Ja, aber ich gebe zwei Dinge zu bedenken«, widersprach ihm Recarda. »Sina ist mit ihrer Tochter in Australien, an einer unbekannten Adresse. Es würde unseren Mörder Monate kosten, die beiden ausfindig zu machen. Wenn er ein Pragmatiker ist, nimmt er das, was er kriegen kann. Wenn er also auf die beiden Australier verzichtet, dann bleiben auf seiner Liste noch genau zwei Opfer übrig. Das ist zum einen Regine Springe ...«

»Und der andere ist dann wohl Kevin Krick«, ergänzte Lorenz. »Es sei denn, der Mörder ist damit zufrieden, dass Kevins Knie kaputt ist. Was schlägst du also vor?«

Sie sah Lorenz an. »Polizeischutz auch für Regine Springe. Bis wir diesen Irren gefasst haben.«

»Wenn es denn, genau genommen, wirklich ein Irrer ist«, gab Lorenz zu bedenken. »Aber du hast recht, ich denke auch, es ist besser, die alte Dame unter Polizeischutz zu stellen, bis wir klarer sehen. Wenn deine Überlegungen richtig sind, dann brauchen wir den Polizeischutz. Wenn nicht – nun, dann zahlt der Steuerzahler dafür, dass wir lieber zu viel schützen als zu wenig.«

Lorenz griff zu seinem Handy, wählte eine Nummer, und fünf Minuten später war die Sache mit dem Polizeischutz arrangiert. Kurz darauf hatte Regine Springe gemeinsam mit dem Phantombildzeichner das Porträt fertiggestellt. Regine Springe behauptete, genau so habe der Mann ausgesehen.

Lorenz sah sich das Bild an. Mit dem Bart und der Brille war von den Gesichtszügen darunter nicht viel zu erkennen.

Nach ein paar Telefonaten hatte Lorenz ebenfalls durchgesetzt, dass am kommenden Morgen die Bereitschaftspolizei aus Eutin anrücken würde. Sie würden mit diesem Phantombild Kellenhusen und die angrenzenden Dörfer durchkämmen und alle Einwohner fragen, ob dieser Mann jemandem aufgefallen war. Vielleicht würden sie sogar herausbekommen, wo er abgestiegen war.

Wenig später fuhren Ricarda und Lorenz mit einem Polizeiwagen der Lübecker Kollegen wieder nach Kellenhusen. Von dort sollte sie der Helikopter zurück nach Wiesbaden bringen. Doch auf der Wiese, auf der der Hubschrauber vor einigen Stunden gelandet war, stand keiner mehr.

Lorenz griff zum Handy, und während er telefonierte, hörte ihn Ricarda immer wieder fluchen. »Nee. Nicht wirklich, oder?«, blaffte er schließlich.

»Und?«, fragte Ricarda, nachdem er das Gerät wieder eingesteckt hatte. Sie ahnte schon, was kommen würde.

»Der Helikopter ist fort. Eine Geisellage in Hamburg. Irgendein Spinner hat eine Bank überfallen. Wir sitzen fest.«

Ricarda sah auf ihre Uhr. Es war bereits nach acht.

»Wir sollten uns ein Hotel nehmen«, schlug Lorenz vor. »Morgen früh ist dann entweder der Hubschrauber wieder da, oder wir fliegen mit einem Flugzeug über Hamburg zurück, oder wir nehmen uns einen Leihwagen.«

»Einen Leihwagen in Kellenhusen?« Ricarda lachte auf, dann fluchte auch sie. Sie hatte nicht mal eine Zahnbürste dabei. Vom Schminktäschchen mal ganz abgesehen.

»Komm, wir gehen an den Strand. Da gibt es Restaurants. Ich hab Kohldampf«, sagte Lorenz. »Und die sollen uns ein Hotel organisieren. Ich hab keine Lust, hier noch lange rumzusuchen.«

Ricarda nickte.

Die Strandpromenade, so verriet Lorenz' Handy, lag keine hundertfünfzig Meter von der Wiese entfernt. Sie überquerten den Deich, und als sie dann die Promenade erreichten, sah Ricarda hinaus auf die See. Wellen mit Schaumkronen brandeten gegen den Sandstrand, liefen dann aus. Es waren immer noch Leute im Wasser.

»Schön ist es hier«, sagte sie und sog die Luft tief ein. »Komm, machen wir was draus. Wenn ich schon hier bin, dann möchte ich wenigstens ein paar Meter barfuß durch

Wasser laufen.« Sie zog ihre Schuhe aus, krempelte die Hosenbeine hoch und ging durch den Sand auf das kühle Nass zu.

Lorenz blieb auf der Strandpromenade. So liefen sie parallel nebeneinander den Strand entlang. Ricarda genoss das kühle Meerwasser, das ihre Füße umspülte.

Zwanzig Minuten später saßen sie im Restaurant Kruse. Beide bestellten sich eine Fischplatte, Lorenz ein Bier, Ricarda einen Weißwein. Die Bedienung, eine attraktive Frau, deren Namensschildchen sie als Tina auswies, sagte, dass sie ihnen problemlos ein Hotelzimmer organisieren könne, der Schwager einer Freundin betreibe mitten im Ort ein kleines Hotel. Gleichzeitig mit den Getränken überbrachte sie Minuten später die frohe Botschaft, dass zwei Einzelzimmer gebucht seien. Sie gab Lorenz einen Zettel mit der Adresse. Lorenz gab sie ins Smartphone ein. »Prima, kein halber Kilometer«, sagte er.

Wenig später wurden die Fischplatten serviert. Während des Essens hingen beide schweigend ihren Gedanken nach. Ricarda schaute immer wieder auf die See hinaus. Zwei große Schiffe fuhren am Horizont entlang. Eines war wohl ein Fährschiff, das andere ein Tanker.

»Wie hat deine Frau reagiert, als du sie damit konfrontiert hast, dass deine Tochter nicht von dir ist?«, fragte sie auf einmal. Die Frage war in ihrem Kopf aufgepoppt, aus dem Nichts entstanden, und gleich nachdem Ricarda sie ausgesprochen hatte, bereute sie es.

Doch Lorenz antwortete ohne Umschweife. »Sie sagte nur: ›Jetzt weißt du es also.‹ Ich hätte damit gerechnet, dass sie in Tränen ausbricht, aber sie blieb ganz kühl. Sie sagte mir, dass sie es von dem Moment an gewusst habe, als Adriana sich vom Baby zum Kleinkind entwickelte. Die Form ihres Kinns, das war eindeutig ein Erbe ihres Vaters.«

Ricarda sah Lorenz an. Diesmal tobte kein Kampf in ihm. Seine Stimme klang so teilnahmslos, als würde er über einen Zeitungsartikel sprechen und nicht über sein Leben.

»Ich kenne den Vater sogar, also, ich kannte ihn«, fuhr er fort. »Als Jolene schwanger wurde, war uns beiden klar, dass wir heiraten würden. Da waren wir in der letzten Klasse. Jolene hat das Abi hochschwanger gemacht. Schon am Anfang des Schuljahres, da haben wir darüber gesprochen, ob wir nicht für immer zusammenbleiben wollten. Wir haben uns wirklich geliebt, damals. Zumindest war sie meine große Liebe. Ich hatte vor ihr mit fünfzehn schon mal eine Freundin, aber für Jolene war ich der erste Mann. Ihre Familie stammt aus den USA, sie kamen nach Deutschland, als Jolene sieben war. In unserer Klasse war noch ein amerikanischer Junge, Harrison. Er war ein Jahr älter und schwer verliebt in Jolene. Als uns beiden klar war, dass wir zusammenbleiben würden, da hat sie mit ihm geschlafen. Einmal. Weil sie auch mit einem anderen Mann schlafen wollte, wenigstens einmal, und mich später nicht mehr betrügen wollte. Das war der Plan gewesen. Sie wäre nie im Traum darauf gekommen, dass er der Vater von Adriana war, zumal sie damals die Pille nahm. Keine Ahnung, ob sie sie falsch genommen hat oder sie eben die eine von den zweihundert Frauen ist, die trotz Pille schwanger werden.«

»Und nun?«

»Sie hat gesagt, sie wollte es mir immer sagen. Aber je älter Adriana wurde und je mehr sie sah, wie die Kleine an mir hing und ich an ihr, desto schwieriger wurde es für sie. Als Adriana ihr sagte, dass sie mit mir diesen DNA-Test machen wolle, war sie wie gelähmt, hat sie mir gesagt.«

»Und du? Wie geht es dir jetzt?«

Lorenz schüttelte den Kopf. »Ich weiß es nicht. Ich wünsche mir, dass alles wieder so wird wie früher. Ich versuche mir einzureden, dass sich ja auch nichts geändert hat. Ich will mich selbst betrügen und schaffe es nicht. Etwas hat sich verändert. Etwas ist kaputtgegangen. Und ich weiß nicht, ob ich damit leben kann. Ob ich damit leben will.«

»Du hast gesagt, du bist auch schon fremdgegangen.«

»Ja. Und darauf bin ich auch nicht stolz.«

»Weiß es deine Tochter?«

»Nein. Am liebsten würde ich es ihr niemals sagen. Aber das geht nicht. Sie hat vorgestern schon gefragt, was denn los sei. Wir haben ihr nur gesagt, dass wir uns gestritten hätten. Aber wir können ihr nicht ewig etwas vorspielen. Was danach kommt, davor hab ich am meisten Angst.«

»Ich glaube nicht, dass sie sich von dir distanzieren wird.«

»Nein. Das glaube ich auch nicht. Aber ich kenne meine Tochter. Sie wird ihren leiblichen Vater kennenlernen wollen.«

»Ist der nicht schon wieder in den USA? Ihn dort ausfindig zu machen könnte ein bisschen schwierig werden.«

Lorenz lachte auf. »Das wäre kein Hindernis. Dann würde Adriana zu ihrer Mutter gehen und ihr sagen, sie habe ihr das eingebrockt, sie müsse jetzt auch den Detektiv bezahlen, der ihren biologischen Vater aufspüren muss. Aber ich habe den Job schon selbst erledigt.«

»Du weißt, wo er steckt?«

Lorenz nickte.

»Typisch Bulle«, murmelte Ricarda.

»Ja, so ist es wohl. Er lebt in Berlin.«

»Wirst du ihn aufsuchen? Willst du mit ihm sprechen?«

»Ich kann mich gerade so beherrschen.«

»Was willst du dann tun?«

»Das ist nun wirklich nicht mein Problem. Das muss Jolene mit unserer Tochter klären.« Lorenz schob seinen Teller von sich. »Wenden wir uns anderen Themen zu. Wie sieht's bei dir aus? Keinen neuen Freund seit dem letzten Jahr?«

»Nein«, sagte Ricarda. Für einen Moment blitzte in ihrem Kopf der Gedanke auf, was wohl passiert wäre, wenn sie an jenem Abend vor einem Jahr nicht getrennt auf ihre Zimmer gegangen wären. »Komm, lass uns aufbrechen. Wir können ja noch mal einen kleinen Umweg am Wasser entlang machen.«

Leah und Bruno fuhren von der Kriminalpolizeiinspektion in Lübeck direkt zum Hotel. Ursula Kaufmann hatte ihnen noch alle weiteren Details zum Fall berichtet, was länger als zwei Stunden gedauert hatte. Leah hatte irgendwann abgeschaltet. Sie hatte jedoch darum gebeten, die Akten über Nacht mit ins Hotel nehmen zu dürfen.

Bruno hatte versucht, seine Kollegin im Auto in eine Plauderei zu verwickeln, aber Leah hatte lieber vor sich hingebrütet.

»Was ist los mit dir? Muss ich mir Sorgen machen?«, fragte er während der Fahrt.

Leah wusste nicht, ob sie Bruno etwas sagen sollte. Sie hatte noch nie den Drang verspürt, sich anderen Menschen gegenüber mitzuteilen. Sie hatte of genug die Erfahrung gemacht, dass man sie missverstand. »Ich habe hier mal gewohnt«, eröffnete sie ihm schließlich. »Und ich habe keine guten Erinnerungen an diese Stadt und mein Leben damals.« Bruno setzte gerade zur nächsten Frage an, aber Leah kam ihm zuvor. »Mehr will ich dazu nicht sagen, okay?« Ihr sonst so sanfter Tonfall war in diesem Moment schneidend wie ein japanisches Harakirimesser.

Er hob abwehrend eine Hand. »Alles gut, Leah, alles okay.« Als er den Wagen in der Tiefgarage des Hotels abstellte, fragte er: »Wollen wir uns gemeinsam durch den Aktenberg wälzen?«

»Nein. Ich möchte jetzt gern allein sein.«

»Okay. Dann werde ich mir noch einen Gang in die Sauna gönnen. Soll hier gut sein.« Ralf Ritter hatte sich um das Hotelzimmer gekümmert. Er kannte das Hotel und hatte es in den höchsten Tönen gelobt.

Ursula Kaufmann hatte sogar einen Trolleykoffer aufgetrieben, in dem sie die Akten hatten verstauen können. Und sie hatte Leah noch einen Stick gegeben, auf dem die wichtigsten Unterlagen und Fotos abgespeichert waren. »Vielleicht finden Sie ja das Arschloch, das meinen Mann auf dem Gewissen hat«, waren ihre Abschiedsworte gewesen.

Der Gedanke, etwas zu essen, verursachte Leah Übelkeit. Das Hotel lag im Bayreuther Vorort Aiching. Damit war sie ihrer alten Heimat zumindest ein paar Kilometer entflohen. Sie ging in ihr Zimmer. Es war geräumig, und der große Tisch bot Platz für ein paar Ordner. Sie legte ihre Jacke ab und ließ sich auf das Doppelbett fallen. Einzelzimmer waren nicht mehr frei gewesen. Ein Doppelbett war die reine Verschwendung für sie. Sie wachte am Morgen meist in der Haltung auf, in der sie abends eingeschlafen war. Sie streifte sich die Schuhe ab, die fast geräuschlos auf dem Teppichboden landeten, und schloss die Augen. Sie hatte nicht damit gerechnet, dass sie die Erinnerung derart überwältigen würde. Sie fühlte sich, als hätte ein Bus sie gestreift. So hatte es ihr Vater immer genannt.

Sie wollte nicht einschlafen, sondern nur ein wenig dösen, bevor sie sich die Akten ansehen würde. Ursula Kaufmanns Vortrag war recht detailliert gewesen. Aber Leah war eher ein visueller Mensch. Was sie sah, konnte sie besser abspeichern als das, was sie nur hörte.

Das gelbe Kreuz. Ihr Vater hatte sich umgebracht. Erhängt an einem der Bäume im Wald beim Siegesturm. Leah hatte ihn gehasst dafür. War nett von ihm gewesen, dass er es nicht auf dem heimischen Dachboden gemacht hatte. So fürsorglich. Und erst viele Jahre später hatte Leah verstanden, was in ihm vorgegangen sein musste.

Sie erinnerte sich genau an den Tag, an dem das Ende angefangen hatte. Er hatte geweint. Sie hatte ihn nicht oft weinen gesehen, wenn sie im Rückblick auch dachte, dass er das wohl viel öfter getan haben musste, als ihr bewusst gewesen war.

Sie war zu ihm gegangen, hatte sich neben ihn auf das Sofa gesetzt. Wie hilflos hatte sie sich gefühlt. Sie hatte ihren Vater in den Arm genommen. Er hatte geweint wie ein kleines Kind. »Ich kann nicht mehr«, hatte er immer wieder geschluchzt. »Ich ertrage es nicht mehr.« Und seine Stimme war die Stimme eines Greises gewesen.

Irgendwann hatte er aufgehört zu weinen. Er hatte sich wieder aufrecht hingesetzt. Sie hatte ihm ein Tempo gereicht, mit dem er sein feuchtes Gesicht abgetupft hatte. »Vergib mir«, hatte er gesagt, und sie hatte gedacht, er würde damit seine Tränen meinen.

Es war das letzte Mal, dass sie ihn lebend gesehen hatte. Wie die Polizei rekonstruiert hatte, war er wohl direkt in die Garage gegangen, hatte einen Strick genommen und war in den Wald gegangen. Sie hatten ihn erst drei Tage danach gefunden.

In den Minuten, Stunden, Tagen, nachdem die Polizei ihnen die Nachricht überbracht hatte, hatte sie sich immer und immer wieder gefragt, was sie anders gemacht hätte, wenn sie seinen letzten Satz richtig interpretiert hätte. Eine Frage, auf die es keine Antwort gab.

Leah zuckte zusammen. Nun war sie doch fast eingeschlafen. Seit Jahren hatte sie die Erinnerung nicht mehr so nah an sich herangelassen. Seit Jahren hatte sie die Erinnerung nicht mehr so brutal überfallen.

Lebte ihre Mutter noch in Bayreuth? Lebte sie überhaupt noch?

Sie setzte sich auf. Stand auf, zog sich aus und ging ins Bad. Sie stellte sich unter die Dusche. Das heiße Wasser rann über ihre Haut. Und für einen Moment hatte Leah das Gefühl, sie könne damit auch die Vergangenheit abwaschen.

Nein. Sie würde nie wieder hierher zurückkommen. Das wusste sie jetzt ganz genau. Nie wieder. Sie würde überallhin gehen, überall. Nur nicht mehr in diese Stadt.

Sie drehte das Wasser ab, griff nach einem Handtuch. Zehn Minuten später saß sie bereits am Tisch und begann, sich durch die erste Akte zu kämpfen. Als sie nach einer Stunde merkte, dass sie nichts mehr aufnehmen konnte und schon drei ihrer DIN-A3-Blätter mit Begriffen, Pfeilen und grafischen Symbolen gefüllt waren, sah sie auf die Uhr. Es war gerade mal kurz nach zehn. Jetzt schlafen zu gehen würde bedeuten, sich den alten Geistern im Schlaf oder beim Nicht-Einschlafen-Können stellen zu müssen.

Sie holte den Computer aus ihrem Koffer und klappte den Laptop auf, fuhr den Rechner hoch und steckte den USB-Stick, den ihr Ursula Kaufmann gegeben hatte, in die entsprechende Buchse. Dann klickte sie den Ordner »Fotos« an. Sie stand nochmals auf und ging zur Minibar. Über den Wald zu lesen, in dem der Mord passiert war und in dem sich ihr Vater das Leben genommen hatte, war eine Sache, sich die Fotos anzusehen, war etwas ganz anderes. Sie öffnete den kleinen Kühlschrank. Bier, Wodka, Weißwein, Saft, Wasser, Apfelschorle. Sie griff nach dem Wodka. Sie wusste aus schmerzlicher Erfahrung, dass sie keinen Alkohol vertrug, weshalb sie normalerweise auch keinen trank. Dennoch öffnete sie die kleine Flasche, entnahm dem Kühlschrank zur Sicherheit noch eine Flasche Mineralwasser und setzte sich wieder an den Tisch. »Prost, Papa«, sagte sie, dann nahm sie einen kräftigen Schluck aus dem Flachmann.

Sie öffnete das erste Foto. Weitwinkel, die ganze Szenerie.

Norbert Kaufmann tot auf dem Waldweg, im Hintergrund das Absperrband der Polizei. Die Bank.

Der Alkohol zeigte bereits seine Wirkung.

Sie klickte sich durch die weiteren Fotos. Sicher zehn Aufnahmen der Leiche, wie sie beim Auffinden gelegen hatte. Dann nochmals zehn, nachdem sie auf den Rücken gedreht worden war. Norbert Kaufmann war ein attraktiver Mann gewesen, dachte Leah. Ihr fiel der Ehering an seinem Ringfinger auf. Hatte sie auch einmal gehabt. Kurz. Die Ehe hatte auf dem Papier länger bestanden, als sie den Ring am Finger getragen hatte. Aber daran wollte sie nicht denken. Das Limit an schlechten Erinnerungen war für diesen Tag definitiv überschritten.

Es folgten Bilder von der Bank, auf der der Mörder gesessen hatte. Die Zeugin hatte gesagt, dass er an diesem Tag nichts bei sich gehabt hatte, kein Buch, keine Zeitung, wie an den anderen Tagen. Er war sich wohl sicher gewesen, dass er den Mord an diesem Tag begehen würde.

Eine weitere Aufnahme zeigte den Waldboden rechts neben der Bank. Da lag etwas neben einem Grasbüschel. Sie drehte das Mausrad und vergrößerte so den Ausschnitt, doch Leah konnte nicht erkennen, um was es sich handelte. Größer als zehn Zentimeter war es jedenfalls nicht.

Sie markierte die Aufnahme mit einem Lesezeichen, dann klickte sie weiter, im Schnelldurchlauf. Leah hatte Glück: Der Fotograf hatte den Gegenstand auch formatfüllend fotografiert. Sie spürte, wie Adrenalin durch ihren Körper strömte. Die Aufnahme zeigt ein Schiffsmodell, genauer gesagt, ein halbes Schiffsmodell. Es war das Heckteil mit einem Schornstein. Auch winzige Rettungsboote waren zu erkennen. Der Schornstein war weiß und hatte oben einen roten Rand. Das Schiff war alt und abgenutzt, die Farbe war an vielen Stellen beschädigt, ein Spielzeug, mit dem ein Kind mehrere Weltreisen durch Wohnzimmer, Esszimmer und Küche mit kurzem Aufenthalt auf Balkonien gemacht hatte.

Sie griff zum Handy und wählte die Büronummer von Daniel Goldstein. Dabei sah sie auf die Uhr. Es war fast elf. Und so meldete sich erwartungsgemäß niemand. Sie versah auch dieses Foto mit einem Lesezeichen. Dann klappte sie den Rechner zu.

Leah wusste, dass sie solch ein Modell schon einmal gesehen hatte. Bis morgen früh würde ihr auch ohne Daniels Hilfe einfallen, wo das gewesen war.

Sie griff zum Wodkafläschchen. »Noch mal zum Wohl, Papa. Und bitte, lass mich jetzt schlafen.«

Als ob ihr Vater sie erhört hätte, schlief Leah Gabriely wenige Minuten später tief und fest.

MITTWOCH, 18. SEPTEMBER

Hertz in Lübeck hatte Lorenz und Ricarda ein Upgrade spendiert. Einen weinroten Mercedes CLS, eine Mischung aus Kombi und Fließheck. Die luxuriöseste Art, eine Waschmaschine zu transportieren, hatte Ricarda gedacht. Und es hatte keine vier Stunden gedauert, bis Lorenz den Wagen auf dem Hof des BKA abgestellt hatte.

Es war ein Uhr. Sie wollten sich im Besprechungsraum treffen. Bruno und Daniel waren bereits dort, Bruno blätterte in seinen Notizen, Daniel saß vor seinem Laptop. Auch Lorenz war bereits anwesend, als Ricarda eintrudelte. Allein Leah fehlte noch. »Wo ist sie?«, fragte Ricarda und deutete auf den leeren Platz.

Bruno zuckte mit den Schultern. »Ich weiß nicht. Ich hoffe, sie kommt gleich.«

»Sie wollte heute früh alle Aufnahmen der Ermittler aus Darmstadt zu dem Fall der jungen Joggerin«, erklärte Daniel. »Ich habe ihr den Zugang verschafft. Seitdem hab ich sie nicht mehr gesehen.«

»Okay«, sagte Lorenz und sah auf die Uhr. »Dann fangen wir einfach an. Was haben du und Leah in Bayreuth herausgefunden?«

»Sieht so aus, als ob der Freund von der Joggerin in Darmstadt die Wahrheit gesagt hat. Norbert Kaufmann, der Enkel von eurer Regine Kaufmann an der Ostsee, wurde auf genau die gleiche Weise erstochen wie auch die Joggerin. Ein dunkel gekleideter Mann, der von der Bank aufstand und auf das Opfer einstach, ohne jede Ankündigung. Wie die Frau des Opfers sagte, hat der Mörder in den Tagen zuvor den Kontakt zum Opfer hergestellt, sodass er sich ihm nähern konnte, ohne dass der Mann Verdacht schöpfte.«

»Okay«, sagte Lorenz. »Das spricht dafür, dass die Morde von ein und demselben Täter verübt wurden. Wir haben zwar bisher keine Beweise, aber die Indizien weisen stark darauf hin.«

Das war Polizeisprech von »Wir sind uns immer noch nicht sicher, dass das alles zusammenhängt, aber der gesunde Menschenverstand legt es nahe«.

Die Tür zum Besprechungsraum flog auf. »Ich hab's!«, rief Leah und stürmte in den Raum.

Alle Blicke waren auf sie gerichtet. Leahs Augen leuchteten, wie es Ricarda noch nie bei ihr gesehen hatte. Zwei Haarsträhnen hatten sich aus ihrer Frisur gelöst. In jeder Hand hielt Leah ein kleines Stück aus … Ricarda hatte keine Ahnung. Jedes Teil war knapp zehn Zentimeter lang, etwa von der Größe eines Matchbox-Autos. Aber es war kein Auto, auch wenn es Ricarda vorkam, als ob die Gegenstände aus Metall seien.

»Sie passen genau zusammen!« Sie nahm die beiden Teile und hielt sie aneinander. Jetzt sah Ricarda, um was es sich handelte: Leah hatte zwei Teile eines Schiffsmodells in der Hand. Sie führte die beiden Teile auseinander, dann wieder zusammen.

Leah ging um den Tisch herum und setzte sich an ihren Platz. Sie sah in die Runde. »Sorry, dass ich keinen Kaffee gemacht habe«, sagte sie, blickte zu Daniel und fügte hinzu: »Und keinen Tee.« Dann legte sie die beiden Schiffsteile auf den Tisch.

Lorenz sah sie an. »Könntest du uns jetzt an deinem Wissen teilhaben lassen?«, fragte er, und sein Tonfall wirkte etwas gereizt.

»Ja«, sagte sie. »Dieses Teil hier, das wurde in dem Wald in Bayreuth gefunden, neben der Bank, auf der der Mörder gesessen hat.« Sie hielt das Heck des alten Modellschiffs in die Höhe. »Das andere Teil, der Bug des Schiffes, das stammt aus Darmstadt. Ihr erinnert euch, neben der Leiche am Brunnen stand eine Bank. Daneben ein Abfalleimer, der überquoll vor Abfall, sodass sogar auf dem Boden Müll lag. Aber eben nicht nur Müll. Wir haben gedacht, all das Zeug, das da auf dem Boden lag, wäre Abfall, der aus dem Abfalleimer gefallen ist. Sie haben in Darmstadt gründlich gearbeitet, haben alles fotografiert und dann alles mitgenommen, um es in einer Halle auszubreiten und noch mal einzeln zu fotografieren. Und dieser Teil des Schiffsmodells, er lag auf dem Boden, neben dem Abfalleimer, ganz in der Nähe der Leiche. Ich habe mir die ganzen Akten angesehen, auch die Sicherstellungsakte mit den dazugehörigen Bildakten. Und als ich gestern das Heck des Schiffs gesehen habe, da wusste ich, dass mir irgendwo während unserer Ermittlungen schon etwas Ähnliches aufgefallen war. Und jetzt hab ich es gefunden.

Ich habe mir noch mal die Fotos angesehen, dann bin ich kurz nach Darmstadt gefahren und hab mir das gute Stück aus der Asservatenkammer mitgeben lassen. Und hier, die beiden Teile passen perfekt zueinander. Das kleine Schiff wurde in zwei Teile zerlegt, wahrscheinlich mit einem Bolzenschneider oder sonst einem dafür geeigneten Werkzeug. Was belegt, dass an beiden Tatorten derselbe Mensch gewesen sein muss. Und was, wenn man es ein wenig weiter spinnt, zeigt, dass unser Mörder die beiden Menschen auf dem Gewissen hat. Und diese Teile absichtlich dort platziert hat.«

Schweigen breitete sich aus. Dann hob Lorenz die Hände, klatschte. Bruno und Daniel stimmten ein, auch Ricarda applaudierte. Jetzt endlich gab es ein Indiz außerhalb ihrer

Spekulationen, das die Morde eindeutig miteinander verband.

»Gut gemacht«, sagte Lorenz.

Leah legte die beiden Teile des Modellschiffs vor sich auf den Tisch. »Aber das ist noch nicht alles.«

Wieder waren alle Blicke auf sie gerichtet.

»Gehen wir davon aus, dass der Mörder wirklich diese beiden Stücke bei den Opfern platziert hat. Okay?«

Alle nickten. Wackeldackelwettbewerb außerhalb von Lorenz' Auto.

»Dann können wir davon ausgehen, dass er nicht nur dort, sondern überall seine Souvenirs hinterlegt hat. Dass es also auch bei den anderen Opfern solche Hinterlassenschaften gibt.«

Ricarda zuckte zusammen. Ihr fiel die Decke mit den Ankern und kleinen Schiffen ein, auf der die kleine Mia Oloniak gelegen hatte.

Lorenz meldete sich zu Wort, sah Ricarda an. »Die Mutter des Neugeborenen, diese Monika Oloniak – hatte die nicht irgend so einen Schiffsanhänger an ihrer Halskette? Ist mir jedenfalls aufgefallen.«

Bruno nickte. »Ja, den habe ich auch gesehen. Sie trug auch ein Kreuz an der Kette, und das passte so gar nicht zu dem Schiffsanhänger.«

Ricarda erinnerte sich. Schiffsdecke, Schiffsanhänger – hatte der Mörder tatsächlich so viel Chuzpe, das tote Baby auf eine Decke zu legen, die er selbst mitgebracht hatte? Hatte er wirklich so viel Chuzpe, der toten Monika Oloniak noch einen Schiffsanhänger an der Halskette zu befestigen?

»Wir werden mit dem Mann von Monika sprechen müssen, diesem Pjotr Oloniak«, sagte Lorenz.

In diesem Moment ertönten die ersten Takte von »Paradise City« aus Lorenz' Handy. Er nickte in die Runde. Dann nahm er das Handy, stand auf, während er sagte: »Kriminalrat Rasper – mit wem spreche ich bitte?«

Er verließ den Raum und kam wenige Sekunden später wieder zurück. Er war bleich im Gesicht, als er Ricarda ansah und sagte: »Regine Springe ist tot. Erschossen.«

Alle im Raum schwiegen. Ricarda fasste sich als Erste. »Und der Polizeischutz?«

»Ist angeschossen worden. Ricarda, wir fliegen in zehn Minuten. Bruno, Leah – checkt das mit dem Schiffsanhänger und der Decke. Wenn ihr das geklärt habt, nehmt euch noch mal den Heidelberger Mord vor. Gab es da in der Wohnung irgendwas mit Schiffen. Fragt die Heidelberger Kollegen und den Lebenspartner. Und du, Daniel – finde raus, was für ein verdammtes Schiff das ist, das Leah da sozusagen an Land gezogen hat.«

Nicht schon wieder Hubschrauber, dachte Ricarda.

Pjotr Oloniak lag immer noch im selben Zimmer des Krankenhauses, doch als Bruno und Leah eintraten, war er nicht allein, obwohl die beiden Betten neben ihm schon wieder oder noch immer leer waren.

Eine brünette Frau saß auf dem Stuhl zwischen Pjotrs Bett und dem Fenster. Ihr Haar war lang und eher dünn, und sie trug eine Brille mit roten Bügeln. Sie sah zu den Polizisten auf.

»Pjotr Oloniak?«

Pjotr nickte. Lorenz hatte Bruno erzählt, wie sehr man den jungen Mann zugerichtet hatte. Wenn man bedachte, dass er mittlerweile bestimmt schon besser aussah als vor einer Woche, musste er wirklich dem Tod knapp von der Schippe gesprungen sein. Ein Bein hing an der Schlinge in die Höhe, das Gesicht war größtenteils bandagiert, das freie Auge von grün-blauer Haut eingerahmt.

Bruno stellte sich und Leah vor. »Wir hätten noch zwei Fragen, Herr Oloniak.«

»Bitte, setzten Sie sich.« Die Stimme war etwas verwaschen, was auch an Schmerzmitteln liegen konnte.

»Und Sie sind?«, fragte Bruno die Frau auf dem Stuhl.

»Gerda Baier.«

Den Namen hatte Bruno gespeichert. Das war die Frau, deretwegen sich die beiden Männer geprügelt hatten. Und die saß am Bett des frischgebackenen Witwers. Nach dem Tod seiner Frau hatte sich Bruno nicht vorstellen können, jemals wieder in einem Raum allein mit einer Frau zu sein. Nun, jeder trauerte anders. Und Pjotr, er hatte alles verloren. Kind *und* Frau. Vielleicht wirklich besser, wenn da jemand war, der ihm Trost zusprach. »Würden Sie uns bitte einen Augenblick allein lassen?«, bat Bruno.

»Gerda kann alles hören, was wir zu bereden haben.«

»Gut«, entschied Leah. »Es geht auch ganz schnell.« Sie trat an Pjotrs Bett und hielt ihm den Tabletcomputer vors Gesicht. Auf dem Display war das Foto von der Decke zu sehen, auf der Pjotrs Tochter im Wald gelegen hatte. Sie hatte kurz erwogen, die Originaldecke mitzunehmen. Aber in der Asservatenkammer hatte sie gesehen, dass sie mit Blut befleckt war. Sie hatte die Decke so auf einen Tisch gelegt, dass Falten das Blut verdeckten, und sie dann fotografiert. Es war eine schöne Decke, mit Ankern und Schiffen. Und alle Schiffe hatten drei Schornsteine. »Wissen Sie, ob Ihre Frau diese Decke für Ihre Tochter gekauft hat?«

Pjotr Oloniak konnte den Kopf nur millimeterweise bewegen. Aber dass die Bewegung ein Schütteln und kein Nicken andeutete, war eindeutig. »Nein. Ich hab diese Decke nie gesehen. Aber es kann natürlich sein, dass Monika sie gekauft hat. Das hab ich ihr überlassen, die nötigen Dinge für das Baby zu kaufen. Da kennt sich eine Frau einfach besser aus.«

Leah wischte über das Display, und das nächste Foto erschien. Es zeigte die Halskette von Pjotr Oloniaks Frau mit den beiden Anhängern. Das zweifarbige Kreuz war markant, bestand aus einem Rahmen aus Weißgold, während der Innenteil aus Gelbgold war. Der Schiffsanhänger war versilbert. Er hatte eine sehr rundliche Form, so als wäre das Schiff aus einem Donald-Duck-Comic die Vorlage gewesen.

»Das ist Monikas Kette, ja«, sagte Pjotr Oloniak. »Also das Kreuz ist von Monika.«

»Und das Schiff?«

»Das sehe ich zum ersten Mal. Das hat sie nie getragen.«

Daniel Goldstein hielt die beiden Modellhälften in der Hand, fügte sie zusammen. Er betrachtete das alte Modell des Schiffs. Es gab keinen Zweifel. Diese beiden Hälften gehörten zusammen wie Pat und Patachon, wie Dick und Doof oder wie Bruno und Leah. Nun gut, für letztere Konstellation würde er die Hand nicht ins Feuer legen. Aber das waren zwei Teile ein und desselben Schiffs.

Daniel kannte sich gut aus im Netz. Google und Co., das waren seine Freunde. Schiffe – damit kannte er sich gar nicht aus. Aber er wusste, wie man recherchiert. Also, die Fakten: Das Schiff hatte drei Schornsteine, keine vier. Womit die »Titanic« als Vorlage ausschied. Er zählte die Rettungsboote. Sieben an einer Seite. Über den Ankern, wo der Name des Schiffes hätte stehen können, war die Farbe wie an so vielen anderen Stellen abgeplatzt.

Hinter dem letzten Schornstein waren seltsame Überreste einer Zeichnung zu sehen, die auf dem Deck aufgebracht war. Daniel hatte keine Ahnung, was das darstellen sollte. Waren an dieser Stelle etwa irgendwelche Luken vorgesehen? Das konnte sich Daniel nicht vorstellen, denn der Rest des Schiffs deutete eindeutig auf ein Passagierschiff hin. Natürlich hätte der Dampfer auch ein reines Kinderspielzeug sein können. Aber dann wäre er aus Plastik gewesen, nicht aus Metall.

Daniel drehte die beiden Teile auf den Kopf. Am Boden hatte sich eine Aufschrift befunden, doch die war entweder verwittert oder abgeschliffen worden. Auf jeden Fall konnte man sie nicht mehr lesen. Das Einzige, was Daniel entziffern konnte, was der Schriftzug »...king«.

Das Modell war einmal weiß gewesen, an den Stellen, an denen der Lack noch zu sehen war. Irgendwie erinnerte das Modell Daniel an ein altes Matchbox-Auto, totgeliebt im täglichen Gebrauch. Einer der Schornsteine war zur Hälfte abgebrochen, und am Bug und am Heck hatten irgendwann einmal Masten würdevoll in die Höhe geragt.

Er suchte im Netz nach Dampfern mit drei Schornsteinen, genauer: nach Dampfern mit drei Schornsteinen und vierzehn Rettungsbooten. Er gab den Begriff »Metallmodell« in Kombination mit »Hochseedampfer« ein, mit »Dampfer«, mit »Schiff«, aber das einzige Schiff, das in seinen Suchabfragen regelmäßig auftauchte, war die »Titanic«. Und die hatte bekanntermaßen vier Schornsteine gehabt.

So kam er nicht weiter.

Er stellte die beiden Hälften nebeneinander, sodass sich das Bild des ganzen Schiffes ergab. Er fotografierte das Modell, betrachtete es kritisch. Das Einzige, was er als gesichert ansehen konnte, waren die groben Proportionen sowie die Anzahl der Schornsteine, ebenso ihre Position.

Vielleicht musste er auch im Netz so allgemein vorgehen. Er ging auf die Seite eines bekannten Internetauktionshauses. Dort gab er ein: »Schiff, Modell, Metall, King«.

Er fand kein Modell, das dem seinen entsprach. Aber er stieß auf die Firma »Wiking«, die offenbar Schiffsmodelle herstellte oder hergestellt hatte.

Fünf Minuten später wusste er, dass diese Firma heute keine Schiffsmodelle mehr herstellte, aber früher einmal für ihre Modellschiffe aus Metall berühmt gewesen war, und dies schon seit der Zeit vor dem Zweiten Weltkrieg. Erst 1991 hatte sie die Herstellung der Modelle im Maßstab 1 : 1250 eingestellt.

Daniel hatte das Schiff ausgemessen. Es war gut fünfzehn Zentimeter lang. Bei einem Maßstab von 1 : 1250 musste der echte Dampfer rund zweihundert Meter lang sein. Es handelte sich also um einen etwas größeren Kasten, denn auch die »Titanic« war nur etwas mehr als zweihundertfünfzig Meter lang gewesen.

Also – hatte er ein Wiking-Schiff vor sich? Er betrachtete weitere Fotografien von Wiking-Modellschiffen. In die Bodenfläche war jeweils ein Schriftzug mit dem Namen des Schiffes und dem Firmennamen des Herstellers geprägt. Doch welches Schiff er tatsächlich vor sich hatte, verschwieg ihm das Netz. *Sein Schiff*, wie er es seit einer Stunde nannte, war nirgends zu finden.

Daniel ärgerte sich. Mit einem konkreten Begriff wie »James-Bond-Auto« oder Ähnlichem hätte er längst Erfolg gehabt. Aber bei diesem blöden Kahn kam er nicht weiter. Sicher, er hätte zu irgendeinem Hafenfritzen nach Hamburg oder Lübeck oder Bremen fahren können. Konnte er immer noch. Wenn er in den nächsten zwei Stunden keinen Erfolg hatte.

Gesetzt den Fall, das Modell war wirklich von Wiking, dann musste es doch in irgendeinem Katalog verzeichnet sein. Also unternahm Daniel noch einen Versuch. Er gab die Begriffe »Wiking, Schiffsmodelle, Katalog« ein.

Damit hatte er einen Treffer an dritter Stelle. Ein Sammler bot einen Katalog mit dem Titel »Wiking-Schiffsmodelle 1/1250 sowie Zubehör« von einem gewissen Ludwig

Leinhos zum Verkauf. Der Sammler hatte ein paar Doppelseiten des Katalogs eingescannt und online gestellt, damit sich potenzielle Käufer ein Bild von dem Katalog machen konnten.

Und da war es, das Schiff mit den drei Schornsteinen und den sieben Rettungsbooten an jeder Seite. Das Modell war identisch mit dem vor Daniel Goldberg auf dem Tisch. Nur war das abgelichtete Modell in deutlich besserem Zustand.

Die Bildunterschrift lautete: »Cap Arcona. 1948 – 1950.«

Was auch immer der Mörder damit sagen wollte – das Schiff, das er bei seinen Opfern hinterlassen hatte, hatte nun wenigstens einen Namen.

Nachdem sie das Krankenhaus verlassen hatten, waren Bruno und Leah noch einmal zu Gerrit Burger gefahren, der jungen Mutter, mit der Monika Oloniak auf der Entbindungsstation gelegen hatte. Die war sich sicher, dass die Decken, die Monika für ihr Baby gekauft hatte, alle Katzenmotive gehabt hätten. Die Kette mit dem Kreuz war Frau Burger aufgefallen, sie hatte sich sogar mit Monika Oloniak darüber unterhalten. Aber den Schiffsanhänger, den habe Frau Oloniak im Krankenhaus auf keinen Fall getragen.

In Brunos Jeep waren sie danach nach Heidelberg gefahren. Noch in Wiesbaden hatten sie sich die Fotos des Tatorts in der Wohnung von Reinhard Hollster noch einmal angesehen, aber sie hatten darauf nichts entdecken können, was irgendetwas mit Seefahrt zu tun hätte. Nun, sie würden sich in der Maisonettewohnung noch einmal genauer umsehen.

Sie hatten Reinhard Hollsters Lebensgefährten Gabinski angerufen und ihn von ihrem Kommen unterrichtet. Wenig später saßen sie in seinem Wohnzimmer im oberen Teil des Apartments. Er bot den Polizisten zu trinken an, und so konnte auch Leah die seltsam geformten Mineralwasserflaschen mit eigenen Augen begutachten, die Lorenz ihr so anschaulich beschrieben hatte.

»Sie haben den Mörder von Reinhard gefunden?«, wollte Gerald Gabinski wissen, kaum dass er seine gastgeberischen Pflichten erfüllt hatte.

»Nein«, sagte Bruno. »Aber wir sind ein gutes Stück weitergekommen. Sie gehören jedenfalls nicht mehr zu den Verdächtigen.«

»Und was wollen Sie dann noch von mir?« Immer noch lag wenn nicht Angst, so doch eine gewisse Vorsicht in seiner Stimme.

»Die Frage mag Ihnen etwas komisch vorkommen«, sagte Leah. »Aber haben Sie in der Wohnung nach der Tat irgendeinen Gegenstand entdeckt, der nicht hierher gehörte?«

»Wie meinen Sie das? Hat der Mörder etwa Blumen mitgebracht?«

»Hat er?«

»Nein. Hier war nichts, was nicht schon vorher hier gewesen wäre.«

Der Raum war groß und eher spartanisch eingerichtet. Alles, was größer als eine Streichholzschachtel war, wäre aufgefallen.

»Haben Sie inzwischen jede Schublade einmal geöffnet?«, fuhr Leah fort. »Wäre Ihnen aufgefallen, wenn irgendwo ein fremder Gegenstand wäre?«

»Können Sie ein bisschen konkreter werden? Wonach suchen Sie?«

Leah und Bruno sahen sich kurz an, dann sagte Leah: »Bei den anderen Morden hinterließ der Mörder immer einen Gegenstand, der in irgendeinem Bezug zur Seefahrt stand. Ein kleines Schiff, ein Anker, irgend so was.«

Gabinski schüttelte den Kopf. »Nein. So was wäre mir aufgefallen. Weder Reinhard noch ich haben ... hatten etwas für Schiffe übrig. Ich war einmal in meinem Leben auf so einem Kahn. Ich hab nur gekotzt. Das ist nichts für mich. Und Reinhard? Ich kann mich nicht erinnern, dass wir jemals über Schiffe oder die Seefahrt gesprochen hätten. Und irgendwelche Schiffe oder Anker – das wäre mir aufgefallen. Ich bewege mich ja täglich durch diese Wohnung.«

»Und auch kein Schmuckkästchen, in dem plötzlich ein Schiffsanhänger lag?«, hakte Leah nach. »Oder ein Buch über Schifffahrt im Regal? Oder plötzlich ›Titanic‹ im DVD-Regal?«

»›Titanic‹ stand schon immer in Reinhards DVD-Regal«, schmunzelte Gabinski, »und Schmuck hat Reinhard nie besessen. Und auch ich habe nur ein paar Ohrstecker. Alle ohne Schiff. Und auch in meinem kleinen Schatzkästlein ist kein Schiff aufgetaucht oder ein Anker.«

Okay, das war wohl ein Schuss in den Ofen, ging es Leah durch den Kopf.

»Vielleicht können Sie sich ja noch einmal umsehen«, sagte Bruno. »Wenn Sie nichts finden, müssen wir unsere Leute noch mal in Ihre Bude hetzen.«

»Das ist nicht Ihr Ernst, oder?« Blankes Entsetzen zeichnete sich auf Gabinskis Gesicht ab.

Bruno zuckte nur die Schultern. Es war eine Geste der Resignation.

Leah hatte sich bereits erhoben, wollte eben zum Abschiedsgruß ansetzen, natürlich garniert mit der schönen Floskel »Wenn Ihnen noch was einfällt …«, als Gabinski sagte: »Moment noch.«

Leah setzte sich wieder, woraufhin Gabinski aufstand.

»Es gibt einen Raum in der Wohnung, den ich nicht so gut kenne und in dem ich seit Reinhards Tod vielleicht dreimal war«, sagte er. »Und dann habe ich mich dort nie lang aufgehalten oder dort was gemacht.«

»Was ist das für ein Raum?«, wollte Leah wissen.

»Reinhard hatte ein Hobby. Er baute Modelle. Aus Pappe. So Modellbaubögen. Aber um Ihre Frage vorwegzunehmen, ihn interessierten nur Flugzeugmodelle. Mit dieser Bastelei verbrachte er ganze Nächte. Und er hatte sich ein komplettes Zimmer dafür eingerichtet.«

Gabinski führte die beiden Beamten nun die Treppe hinunter in den Flur zur Wohnungstür. Linker Hand ging es in einen Raum, der gut zwanzig Quadratmeter groß war. Es gab keine Fenster. Gabinski schaltete das Deckenlicht an. Zwei Seiten des Raumes wurden von Regalen gesäumt. Glastüren schützten die Schätze auf den Einlegeböden vor Staub. Auf fast allen Regalbrettern standen Flugzeuge aus Pappe. Es gab kaum mehr Platz für weitere Modelle. »Er hat den Raum damals extra so einbauen lassen, als er die Wohnung gekauft hat«, erklärte Gabinski. »Kein Sonnenlicht, damit die Modelle nicht ausbleichen.«

Er betätigte einen weiteren Schalter, und die Flieger wurden durch winzigste Strahler beleuchtet. Bruno trat an eine der Vitrinen. Ein Zeppelin belegte einen ganzen Glaseinlegeboden. Auf den Böden darunter standen zwei alte Flugzeuge, offenbar aus der Zeit des Ersten Weltkriegs. Bruno erkannte eine Fokker DR1, den roten Dreidecker von Baron von Richthofen. Das Vitrinenregal daneben war deutlich tiefer, sicher sechzig Zentimeter. Aber die Flugzeuge auf den Glasböden hatten auch die entsprechende Spannweite. Auf Anhieb erkannte Lorenz den Rosinenbomber Douglas DC3. Und eine Lockheed Super Constellation, mit der die Deutschen in den Fünfzigerjahren zum ersten Mal via Lufthansa nach Amerika fliegen konnten. Lorenz betrachtete das Modell. Die Vierpropellermaschine war bis in die kleinsten Details sorgfältig nachgebildet. Und das war keine Sache, die man in zwei Tagen erledigte. Als Kind hatte er für seinen

Vater Pappmodelle von Hochhäusern gebaut, als der noch eine Modelleisenbahn gehabt hatte. Die waren exakt im Maßstab HO gewesen, passten also zu den Märklin-Lokomotiven, die er so geliebt hatte. Und für ein Hochhaus, wenig mehr als ein Quader aus Pappe, hatte er einen Tag lang geschnitten, gefalzt und geklebt. Sein Vater hatte der Neubausiedlung extra einen Teil seiner Anlage eingeräumt. Erst vor Kurzem hatte Bruno all die Dias seines Vaters und seine eigenen digitalisieren lassen und war dabei wieder auf die entsprechenden Fotografien gestoßen.

»Da hat er eine Weile dran gebaut«, meinte auch Leah.

»Ja. Die Dinger sind so präzise, dass es auf den ersten Blick überhaupt nicht auffällt, dass die alle aus Pappe sind.« Gerald Gabinski deutete auf den großen Arbeitstisch. »Er hat Unmengen für Werkzeug ausgegeben. Und dann hat er sogar einige Stellen nachlackiert, wenn er fand, dass sie nicht gut genug gedruckt waren.«

»Ich sehe hier aber kein Schiff«, sagte Leah.

»Wie gesagt, er hat auch nur Flugzeuge gebaut.«

Bruno sah sich im Raum um. Die Werkstatt eines reichen Hobbybastlers. Der Tisch und das Werkzeug waren vom Feinsten, die Vitrinen der Traum eines jeden Museumsdirektors. Eine feine Musikanlage, die das Basteln versüßte. »Wie oft hat Ihr Partner hier gearbeitet?«

»Montags, mittwochs und donnerstags. Ich habe Ihren Kollegen ja schon gesagt, dass er manchmal zum Spießertum neigte. Aber ich habe ihn geliebt. Wie keinen mehr danach.«

Er drehte sich um zu einem Schrank mit flachen, breiten Schubladen. Bruno hatte einen solchen Schrank bisher nur einmal in einem Schreibwarenladen gesehen. Darin waren die Bögen mit farbiger Pappe verstaut gewesen, einige im Format DIN A4, andere im Format DIN A3.

»Hier hat er seine Zukunftsprojekte aufbewahrt.« Gabinski zog die oberste Schublade auf. Bruno fiel die Bezeichnung »Dornier Do X« ins Auge. Auch ein Klassiker, das größte Flugschiff der Welt. Die Bögen waren sogar im Format DIN A2. »Den Bogen hat er eingescannt und dann auf A2 ausgedruckt, um den Flieger größer zu machen. Manchmal hatte er echt schräge Ideen. Und dann konnte Reinhard aus dem Stegreif stundenlang Vorträge über die Geschichte der Luftfahrt halten, ohne sich dabei auch nur einmal zu wiederholen. Schade, dass mich das so gar nicht interessiert hat.«

»Mit wem hat er dann darüber gesprochen?«, fragte Leah.

»Er war in einigen Modellbauforen aktiv. Hin und wieder hat er sich auch mit Gleichgesinnten getroffen. Das war aber eher selten der Fall.«

»Dürfen wir uns hier etwas genauer umsehen?«, fragte Bruno.

Gabinski nickte. »Aber vorsichtig, bitte.«

Bruno schloss die Schublade, zog eine weitere auf. Ein A4-Bogen mit der Aufschrift »Luftschiff Hindenburg D-LZ 129«. Daneben ein weiterer Bogensatz.

Kein Flugzeug.

Sondern eindeutig ein Schiffsmodell.

Das Deckblatt trug die Aufschrift »Schnelldampfer Cap Arcona«.

Der Hubschrauber landete auf einem der abgeernteten Gerstenfelder unweit des Deichs. Lorenz sah auf die Uhr. Es war fast vier.

Kommissar Olsen kam auf sie zugelaufen, als sie den Helikopter verließen. »Hätte nicht gedacht, dass ich Sie so schnell wiedersehe.«

»Ich auch nicht«, sagte Lorenz und reichte dem Polizisten

die Hand. »Wie geht es Ihrem Kollegen? Ist er schwer verletzt?«

»Hildebrand hat einen Schuss in die rechte Schulter abbekommen. Ein Durchschuss, wir haben das Projektil.«

Gemeinsam mit Olsen gingen sie über den Stoppelacker in Richtung Deich.

»Wann genau ist auf Regine Springe geschossen worden?«

»Das war ziemlich genau um zwei Minuten nach zwölf. Sie macht mit ihrem Hund ja immer die Runde, morgens so um sechs, dann die Mittagsrunde gegen zwölf. Und abends ist sie mit Gabby nur noch mal ins Gebüsch an der Ecke gegangen. Einen dritten großen Spaziergang – dafür ist die Hundedame schon zu alt.«

»Woher wissen Sie das so genau? Haben Sie schon mit den Nachbarn gesprochen?«

»Nein, nicht nötig. *Ich* bin Nachbar. Ich wohne nur drei Häuser weiter. Und wir haben auch einen Hund.«

»Ist noch jemand von den Kollegen aus Lübeck da?«, fragte Ricarda.

»Ja. Kommissarin Tscheib ist extra noch geblieben, um mit Ihnen zu sprechen.«

»Wunderbar«, meinte Lorenz. »Bringen Sie uns bitte zu ihr.«

Wenige Minuten später standen Lorenz und Ricarda am Polizeiabsperrband, das quer über den Deich gespannt war. Ilona Tscheib war die Kommissarin gewesen, die ihnen am Vortag im Präsidium den Kaffee gebracht hatte. Nach der Begrüßung fragte Lorenz: »Wo und wie wurde Regine Springe umgebracht?«

Ilona Tscheib duckte sich unter dem Absperrband durch. »Folgen Sie mir.«

Sie gingen den Deich in westliche Richtung, auf das Dorf

Kellenhusen zu. Lorenz sah sich um. Der Blick über die See war phantastisch. Das Licht der Sonne, die schon ein wenig tiefer stand, zauberte ein wunderbares Farbenspiel auf die Ostsee. Das Wasser war an einigen Stellen grün, dann wieder blau, und wenn eine Gischt kam, verwandelte sie sich in den Strahlen der Sonne kurz ins Rosafarbene. Ohne darüber nachzudenken, atmete Lorenz die Luft tief ein. Sauerstofftherapie, dachte er. So schön Darmstadt und Wiesbaden auch waren, so schön das Rhein-Main-Gebiet war, was die Luft anging, war ihm dieses Klima besonders im Sommer deutlich lieber.

»Hier ist es passiert«, riss ihn Ilona Tscheib aus seinen Gedanken. Er sah auf den Boden. Die Blutflecke auf dem Weg waren nicht zu übersehen.

»Der Täter stand hinter dem Gebüsch dort«, sagte Ilona Tscheib. Sie ging vierzig Meter den Deich entlang nach Osten, Lorenz und Ricarda folgten ihr. Ilona Tscheib deutete erneut auf den Boden. »Wir haben die Patronenhülsen eingesammelt. Fünf Stück. Hat er einfach liegen lassen.«

Lorenz sah sich um. Überall Felder. Aber zwischen Deich und Feldern wuchsen noch Büsche, und ab und an ragte auch ein Baum in die Höhe.

»Er kam aus der Deckung der Büsche, zielte und feuerte fünfmal. Einmal auf den Kollegen Hildebrand, viermal auf Regine Springe.«

Lorenz sah Ricarda an. »Bisher hat er immer auf kurze Distanz geschossen. Und bei allen, bei Mia Oloniak, ihrer Mutter Monika und auch bei Reinhard Hollster, hat er immer nur einmal abgedrückt.«

»Jetzt wird er hektisch«, vermutete sie. »Nicht mehr das Ausklügeln, das Planen und dann das eiskalte Durchziehen, sondern draufhalten und losballern.«

»Wie viele Projektile haben Sie gefunden?«

»Zwei. Und eben die fünf Hülsen. Was sollen wir damit machen? Wir haben schon davon gehört, dass Sie den Täter kennen«, sagte Tscheib trocken.

»Wir nehmen die Hülsen und die Projektile mit nach Wiesbaden. Wir müssen sicher sein, dass es sich um dieselbe Waffe handelt, mit der auch die anderen erschossen wurden.«

Tscheib griff in ihre Tasche und zauberte sieben durchsichtige Plastikbeutelchen hervor. »Neun Millimeter Parabellum.«

Lorenz warf einen Blick auf die Hülsen und die kaum versehrten Geschosse. »Da stimmt auf jeden Fall schon mal das Kaliber.«

»Wie hat es sich abgespielt?«, wollte Ricarda wissen.

»Ganz einfach«, meinte die Tscheib. »Regine Springe ist mit ihrem Hund den Deich von Kellenhusen aus nach Osten gegangen, Richtung Dameshöved. Ihre Nachbarn sagten, das sei die tägliche Runde.«

»Ja, das hat sie uns gestern auch gesagt.«

»Sie ging immer bis zum Denkmal und wieder zurück.«

»Denkmal?«, fragte Ricarda.

»Schauen Sie mal dort rüber«, sagte Kommissarin Tscheib.

Lorenz und auch Ricarda sahen in die Richtung, in die Ilona Tscheibs Finger über das Meer hinweg zur gegenüberliegenden Landfläche wies.

»Da ist der Osten. Da *war* der Osten. Die Insel Poel. Da war damals die DDR. Und von dort sind die Leute zu uns gerudert. Und der da, der hat ihnen den Weg gewiesen.« Ilona Tscheib zeigte nun auf den Leuchtturm Dameshöved, der zwischen Feldern und Bäumen zu sehen war. »Viele sind beim Fluchtversuch hier gestorben, und für die gibt es einen Gedenkstein auf der Höhe des kleinen Kaps, bis zu dem Regine Springe immer mit ihrem Hund gegangen ist. Sie kam also den Deich entlang. Hildebrand, der sie beschützen sollte, ging neben ihr. Beide liefen genau auf den Schützen zu.«

»Wer hat sie gefunden?«, fragte Ricarda.

»Die musste niemand finden. Ein paar Jogger waren Augenzeugen. Ein Spaziergängerpärchen hörte die Schreie der Jogger. Die waren vielleicht zweihundert Meter entfernt und rannten hin. Regine Springes Puls war noch zu fühlen. Aber als der Krankenwagen kam, war sie schon tot. Aber Hildebrand hat überlebt.«

»Und der Hund?«, fragte Ricarda ganz spontan.

»Die Töle hört nicht auf zu heulen, wenn man den Kollegen Glauben schenken darf.«

»Wo ist Gabby jetzt?«, harkte Ricarda nach. Lorenz traute seinen Ohren kaum.

»Im Moment bei den Kollegen auf der Polizeistation Grömitz«, antwortete Kommissarin Tscheib.

Ricarda nickte, sie wusste, wo Grömitz lag. »Konnten die Zeugen brauchbare Aussagen machen?«

»Nein, nichts wirklich. Männlich, braune Kleidung, vielleicht Tarnmuster. Als er gefeuert hat, stand er noch hinter dem Busch, dann trat er kurz auf den Weg, warum auch immer, und dann verschwand er wieder in den Büschen. Die Kollegen von der Spusi gehen davon aus, dass er mit dem Rad durch die Felder gekommen ist.«

Ricarda nickte erneut. Mit dem Mountainbike zum Auto, dann mit dem Auto zum Zug. Er hatte sich nie länger an einem Ort aufgehalten, als unbedingt nötig gewesen war.

»Er geht einen Schritt weiter«, murmelte Ricarda. »Jetzt schießt er schon auf Polizisten.«

»Ja«, gab Ilona Tscheib zu, »aber er muss auch ein guter Schütze sein. Er hat genau Hildebrands rechte Schulter getroffen, sodass der den Mord an Regine Springe nicht verhindern konnte. Die hat vier Schüsse alle exakt ins Herz abbekommen.«

»Sagen Sie, hat die Spurensicherung irgendwelche seltsamen Sachen im Umkreis der Leiche oder des Schützen gefunden?«, fragte Ricarda.

Tscheib schien irritiert. »Was verstehen Sie unter ›seltsam‹? Hier laden Leute immer wieder Müll ab. Also, wir haben ein gebrauchtes Kondom gefunden, sicher an die zehn Zigarettenkippen, einen Zigarrenstummel, eine Scherbe, eine Haarspange, drei Kaugummipapierchen, ein Papiertaschentuch … Ach ja, und eine Socke. Keine Ahnung, wie man auf einem Spaziergang seine Socke verlieren kann, aber wir bewahren sie jetzt für die Ewigkeit in der Asservatenkammer auf.«

»Vielleicht irgendetwas, was auf ein Schiff hinweist? Einen Anker, ein Modellschiffchen, einen Anhänger mit Schiffsmotiv, irgend so was?«

»Nein. Wie gesagt, die Ausbeute war nicht so reichlich. Erst gestern sind hier die Müllsammler langgefahren. Obwohl, für einen Tag ist es doch schon eine ganze Menge.«

»Sind bei Regine Springe Dinge gefunden worden, die einen Bezug zur Seefahrt haben?«, fragte Lorenz.

»Keine Ahnung. Sie liegt bereits auf dem Obduktionstisch in Lübeck.«

»Können Sie dort anrufen?«, bat Lorenz. »Die haben die Kleidung und Accessoires sicher schon beiseitegelegt.«

Tscheib griff zu ihrem Handy, ließ sich zweimal verbinden, beteuerte auf eine bestimmte und zugleich charmante Art, dass es dringend sei, und reichte Sekunden später Lorenz das Handy. »Frau Dr. Martin. Bitte.«

Frau Dr. Martin war nicht erfreut, dass sie die Obduktion unterbrechen musste, das machte sie sehr deutlich, doch dann beantwortete sie Lorenz' Frage nach Kleidung und Gegenständen.«Sie trug ein goldenes Halskettchen ohne Anhänger und drei Ringe an den Fingern, zweimal Gold, einmal Silber, jeweils mit Edelsteinen, aber ohne bildhaftes Motiv. In ihrer Handtasche – einem sehr kleinen Modell aus Leder – befanden sich nur der Hausschlüssel, ein Papiertaschentuch, unbenutzt, und ein zweites, benutzt. Das war's.«

»Trug sie vielleicht ein Halstuch mit Seefahrtsmotiven?«

»Also, jetzt exklusiv für Sie, von unten nach oben: Sportschuhe – weiß, elegant –, Jeans – blau –, Slip – auch weiß und elegant –, Bluse – Baumwolle, orange, ohne Muster –, BH – weiß –, die Halskette und eine Haarspange. Habe ich Ihre Fragen damit beantwortet und kann meine Arbeit fortsetzen?«

»Ja«, erwiderte Lorenz. Seinen Dank hörte Frau Dr. Martin schon nicht mehr, denn sie hatte aufgelegt. Er gab Kommissarin Tscheib das Handy zurück.

»Sie ist nicht immer so«, meinte die sich für die Ärztin entschuldigen zu müssen.

»Schon okay«, sagte Lorenz und drehte sich zu Ricarda um: »Ich schlage vor, wir schicken den Piloten mit den Projektilen und den Hülsen nach Wiesbaden und schauen uns die Dinge, die die Kollegen hier eingesammelt haben, in Lübeck an. Und wir sollten mit Hildebrand sprechen, wenn es möglich ist.«

»Kein Hubschrauber mehr?« Ricarda atmete auf. »Wunderbar. Wir wissen ja jetzt, wie wir schnell zurückkommen. Morgen.«

»Nehmen Sie uns mit nach Lübeck?«, wandte sich Lorenz nun wieder an Ilona Tscheib.

Sie hatten Kommissar Otto Hildebrand ins fünfundzwanzig Kilometer entfernte Hospital nach Neustadt gebracht.

Ilona Tscheib fuhr Lorenz und Ricarda zum Krankenhaus. »Otto Hildebrand«, erzählte sie, »er ist ein guter Polizist. Ich kenne ihn seit Jahren. Er ist erst vor fünf Jahren nach Neustadt gezogen. Davor war er bei uns in Lübeck.«

Als Hildebrand seine ehemalige Kollegin Ilona Tscheib sah, redete er los, noch bevor sich Lorenz und Ricarda überhaupt vorgestellt hatten. »Ilona, ich konnte nichts tun, überhaupt nichts. Ich habe erst den Treffer gespürt, erst dann hab ich überhaupt gesehen, dass da jemand im Busch war. Der Schuss war nicht zu hören, der Kerl hat sicher einen Schalldämpfer benutzt. Und ich lag noch nicht mal auf dem Boden, da knickten auch schon Frau Springe die Beine weg. Ich konnte absolut nichts machen.«

»Keiner macht dir einen Vorwurf«, sagte Ilona Tscheib. Dann stellte sie Ricarda und Lorenz vor.

»Wie geht es Ihnen?«, wollte Lorenz wissen.

»Ach, halb so wild. Ich hatte Glück. Durchschuss. Aber das wissen Sie ja sicher schon. Ich nehme an, dass das Projektil schon bei Ihnen ist.«

Lorenz schmunzelte. »Auf dem Weg zum BKA, ja.«

»Hat keinen Knochen erwischt, ist einfach durch das Fleisch durch.« Dennoch trug er eine dicke Bandage um die rechte Schulter. »Aber ich konnte nichts machen. Als ich mich aufgerappelt habe, kam er kurz hinter dem Gebüsch hervor. Als ich ihn sah, wusste ich, warum ich ihn nicht bemerkt hatte. Er hatte Tarnklamotten an.«

»Können Sie ihn uns beschreiben?«

»Gut einen Meter siebzig groß. Graue Haare, zu einem Zopf gebunden. Vollbart, ebenfalls grau. Er hatte zwar einen Bauch, war aber ansonsten eher drahtig. Wie gesagt, Hose und Hemd im Tarnmuster. Schuhe normal, keine Stiefel, ich tippe auf Turnschuhe, ebenfalls braun.«

»Unser Kandidat«, sagte Lorenz nur.

»Trug er eine Brille?«, fragte Ricarda.

»Eine Brille? Nein, ganz sicher nicht.«

Lorenz fragte Ilona Tscheib, ob sie herausfinden könne, ob die Kollegen von der Bereitschaftspolizei bereits Erfolg gehabt hatten. Vielleicht hatte die Befragung mit dem Phantombild von Regine Springes Gast ja schon etwas ergeben und noch jemand anderes konnte sich daran erinnern, den Mann gesehen zu haben.

Ilona Tscheib griff zum Handy, verließ das Krankenzimmer. Wenige Minuten später kehrte sie zurück. »Acht Leute haben den Kerl vorgestern oder gestern gesehen, und zwar auf der Strandpromenade.«

»Und er hatte immer eine Brille auf?«, fragte Ricarda.

»Ja. Eine Brille mit starken Gläsern, das sagten alle.«

»Der Mann, der geschossen hat, der hat ganz, ganz sicher keine Brille getragen«, wiederholte Hildebrand.

»Also – hatte er jetzt eine Brille auf oder nicht?«, fragte Lorenz mehr zu sich selbst als zu Ilona Tscheib oder Ricarda, mit denen er über der A1 nach Süden fuhr.

»Beides geht«, antwortete Ricarda.

»Wie denn? Regine Springe sprach von einer Brille, deren Gläser an die Böden von Colaflaschen erinnerten.«

»Kennt Ihr den Film ›Lichter‹?«, fragte Ricarda.

Lorenz schüttelte den Kopf. Ilona Tscheib hingegen sagte: »Der mit Devid Striesow? Und Claudia Geisler?«

»Ja, den mein ich.«

»Wieso?«, wollte Lorenz wissen.

»Das ist ein Film, der an der deutsch-polnischen Grenze spielt, bevor Polen der EU beigetreten ist.«

»Genau«, sagte Ricarda. »Und Devid Striesow hat in dem Streifen haargenau so eine Brille tragen müssen.«

»Dann war er ja, während er seine Szenen gespielt hat, komplett blind«, vermutete Lorenz.

»Nein«, antwortete Ricarda. »Er hat in einem Interview erzählt, dass er Kontaktlinsen getragen habe, die die Sehstärke der Brille kompensiert hätten. Das habe erstaunlich gut funktioniert. Vielleicht macht es unser Mann genauso. Das würde auch erklären, weshalb er bei dem Mord keine Brille trug, denn da musste er völlig klar sehen, und ohne Sehhilfe scheint er am besten zu sehen.«

»Wenn er das macht, dann ist er ein Meister der Verkleidung«, meinte Lorenz. »Dann wissen wir auch nicht, ob er wirklich einen Bauch hat. Oder ob er einen Bart trägt. Wahrscheinlich ist das dann auch so ein On-off-Bart.«

Ricarda dachte an Regine Springes Vierbeiner Gabby. Nahm sich jemand des Tieres an, oder landete die Hündin im Tierheim?

»Eines ist aber klar: Der Mann hat sehr gut schießen gelernt«, sagte Ilona Tscheib. »Entweder in einem privaten Sportschützenverein, bei der Bundeswehr oder bei der Polizei. Oder in einem arabischen Terroristenlager. Vierzig Meter mit einer P38 genau ins Herz und genau in die Schulter, das ist schon eine Hausnummer.«

Lorenz und Ricarda gaben ihr recht.

Die Kollegen von der Kriminalpolizeistelle Lübeck hatten zwei Tische nebeneinandergestellt und darauf alle Asservate gelegt, die sie am Tatort auf dem Deich eingesammelt hatten. Ein Beamter war gerade dabei, die Gegenstände aus verschiedenen Perspektiven zu fotografieren. Der Mann hatte die sechzig bereits erreicht, trug eine dunkelblaue Weste auf hellblauem Hemd. Auch er hatte graue Haare, zu einem mageren Zöpfchen gebunden. Grauer Dreitagebart, leichter Bauchansatz – so musste man sich offenbar auch den Täter vorstellen. Was nur belegte, wie viele Menschen es gab, auf die eine solche Beschreibung passte. Als Lorenz, Ricarda und Ilona Tscheib eintraten, sah er kurz auf. »Ilona, was kann ich für dich tun?«

»Moin, Hein. Unsere Kollegen aus Wiesbaden bearbeiten die anderen Fälle, die offenbar auf das Konto unseres Täters in Kellenhusen gehen. Vielleicht kannst du ihnen ja etwas zu diesen Schmuckstücken hier sagen.« Sie machte eine Geste zu den ausgelegten Gegenständen hin.

»Klar«, sagte er und stellte sich vor. »Hein Mörck. Für euch Hein.« Sein Blick war freundlich, sein Akzent hatte den typisch nordischen Einschlag. »Was wollen Sie denn wissen?«

Lorenz besah sich die einzelnen Stücke. Wie Kollegin Tscheib es beschrieben hatte, im Wesentlichen Zigarettenkippen, Kaugummis, Kaugummipapierchen, eine Scherbe auf Keramik ... Alles nichts, was an die Beigaben bei den anderen Morden erinnerte. »Bei den anderen Tötungen hat der Mörder immer einen Gegenstand zurückgelassen, der irgendetwas mit der Schifffahrt zu tun hatte«, sagte er. »Aber das scheint hier ja nicht der Fall zu sein, oder?«

»Schifffahrt? Das ist ja interessant. Das erklärt dann eindeutig das Auftauchen dieses schönen Stückes.« Hein Mörck zeigte auf den zweiten Tisch.

Ricarda sah hin. Entweder meinte er die Zigarettenkippe, das Kondom oder die Scherbe. Ricarda war keine Expertin maritimer Souvenirs, aber hätte sie jetzt bei Jörg Pilawas Quiz »Rettet die Million« ihr Geld verteilen müssen, sie würde alles auf die Scherbe setzen.

»Die Kippe?«, fragte Lorenz. »Seemannskraut?«

Okay, hätte sie mit Lorenz zusammengespielt, und er hätte seine Hälfte des Geldes auf den Zigarettentorso gesetzt, wäre die Hälfte jetzt futsch.

»Nein. Die Scherbe. Ich hab mich echt schon gewundert, wie die dort auf dem Deich gelandet ist«, sagte Hein Mörck.

»Die lag bei dem Busch, hinter dem der Schütze gestanden hat.«

»Was ist das für eine Scherbe?«, fragte Lorenz.

»Die stammt von einem Teller. Aber nicht von irgendeinem Teller. Sondern von einem Teller der Hamburg Süd.«

»Was ist denn die Hamburg Süd?«, fragte Ricarda.

Hein besah seine Kollegen aus dem Binnenland mit einer Mischung aus Mitleid und Spott. »Die Hamburg Süd ist die Hamburg Südamerikanische Dampfschifffahrtsgesellschaft, abgekürzt HSDG. Und die Scherbe hier trägt noch einen Teil des Logos. Hier.« Er deutete auf den Rand des Fragments. Dort waren etwa zwei Drittel eines Kreises zu erkennen, das obere Viertel des Kreises in Weiß gehalten, mit einem großen goldenen »H« darin, während das links anschließende Viertel ein goldenes »S« auf rotem Grund zeigte. Das untere Viertel hatte wieder einen weißen Grund. Der Buchstabe war unten abgeschnitten, zu sehen war das Fragment eines »L«, das auf dem Kopf stand. Es konnte sich also auch um ein »E« oder ein »F« handeln. Oder eben um ein etwas eckiges »G«. »Was ihr hier seht, ist der Teil des Logos der HSDG.«

»Und was hat es mit dieser Hamburg Süd auf sich?«

Hein seufzte. »Das war die Dampfschifffahrtsgesellschaft von Deutschland nach Südamerika. Wenn man luxuriös über den Atlantik schippern wollte, wandte man sich an die Hamburg Süd. Und auch in der Frachtschifffahrt war die Hamburg Süd eine große Nummer. Ihr kennt vielleicht die ›Cap San Diego‹ in Hamburg, das Museumsschiff, das vor den Landungsbrücken liegt. Hat eigentlich jeder Tourist schon mal gesehen. Na, ist ja alles mit Containern heute, da ist ein Museumsschiff das Beste, was so einem alten Frachter passieren kann. Aber diese Scherbe hier, die stammt eindeutig von einem Teller der alten Passagierdampfer.«

Lorenz' Handy klingelte. Tina Dico trällerte: »Ain't no time to sleep«. Dieses Lied kündigte einen Anruf von Bruno an. Denn immer wenn der anrief, wusste Lorenz, dass er in den kommenden Stunden bestimmt nicht zum Schlafen kommen würde. »Ja?«

»Bruno hier. Ich wollte dir nur einen kurzen Zwischenstand geben.«

»Bin ganz Ohr. Moment, ich schalt dich laut, damit Ricarda dich auch hören kann.«

»Also, wir haben das Schiffsmodell identifiziert. Es handelt sich um ein Modell der ›Cap Arcona‹, das ist irgendein Schnelldampfer aus der Zeit vor dem Krieg. Und bei Hollster in Heidelberg haben wir auch was gefunden, was da nicht hingehört. Einen Modellbaubogen aus Papier für ein Schiffsmodell. Dreimal darfst du raten, um was für ein Schiff es sich handelt.«

»›Cap Arcona‹.«

»Genau.«

Hein winkte. »Einen Moment mal«, sagte Lorenz. Dann, zu Hein: »Ja?«

»Die ›Cap Arcona‹ war das Vorzeigeschiff der Hamburg Süd. Ein toller Dampfer. Habe mich mal ein bisschen mit dem Schiff beschäftigt.«

»Bruno, hast du gehört? Auch hier haben wir was von diesem Kutter, und zwar eine Scherbe vom Geschirr.«

»Na, dann wird dich die letzte der Neuigkeiten auch nicht überraschen.«

»Schieß los.«

»Die Projektile aus Kellenhusen stammen zweifelsohne aus derselben Waffe, mit der auch die anderen erschossen worden sind. Unserer Walther P38.«

DONNERSTAG, 19. SEPTEMBER

Ricarda hatte einen dicken Kopf. Sie hatte mit Lorenz noch eine Stunde zu lang in der Bar des Hotels verbracht. Es hatte am Abend keinen Flieger mehr von Hamburg nach Frankfurt gegeben. Also hatte Hein Mörck ihnen ein Hotel besorgt, in der Nähe des Hamburger Flughafens in Fuhlsbüttel. Dort waren sie schon um sechs Uhr dreißig losgeflogen. Das hatte weniger als vier Stunden Schlaf bedeutet.

Diesmal hatte wieder die Option auf eine gemeinsame Nacht im Raum gestanden, aber nicht mehr so laut wie vor einem Jahr. Nun war es neun Uhr dreißig. Und sie saßen alle in dem Besprechungsraum, der ihr mittlerweile schon so vertraut war.

Lorenz hatte der Alkoholgenuss ebenfalls zugesetzt. So schweigsam hatte sie ihn auf keinem ihrer jüngsten Flüge erlebt. Sie hingegen hatte sich Gedanken um ihre Tochter gemacht. Sie hatte sie nicht erreichen können. Ihren Exmann auch nicht. Sie ging einfach davon aus, dass die beiden noch ein paar Tage in Amerika drangehängt hatten.

Bruno begann die Konferenz mit den Worten: »Drei der Hinweise, die bei den Mordopfern hinterlassen wurden, weisen auf die ›Cap Arcona‹ hin, darum haben wir in einer Nachtschicht die Geschichte der ›Cap Arcona‹ recherchiert.« Er warf Daniel einen Blick zu, der kurz nickte.

Leah schien ebenfalls etwas abwesend. Zwar hatte sie wieder alle mit Kaffee und Tee versorgt, aber mit ihren Gedanken war sie ganz woanders.

»Und was habt ihr zu diesem Kutter aufgetan?«, fragte Lorenz und rieb sich die Schläfen.

Bruno warf per Laptop und Beamer ein Bild an das Whiteboard. Er zeigte das Schiff, als es noch gar kein Schiff war, sondern nur ein Rohbau in der Werft. »Der Dampfer wurde 1927 in den Dienst gestellt. Die ›Cap Arcona‹ war damals der Inbegriff von Luxus, aber er beförderte nicht nur Luxusreisende, sondern auch Auswanderer vorwiegend nach Südamerika. Für die Strecke von Hamburg nach Buenos Aires brauchte das Schiff nur fünfzehn Tage. Zu dieser Zeit eine absolute Spitzenleistung. Die ›Cap Arcona‹ fuhr im Liniendienst zwischen Hamburg und Brasilien. Zwischen ihrem Stapellauf und dem Beginn des Zweiten Weltkriegs brachte sie es auf mehr als neunzig Reisen. 1940 war damit dann endgültig Schluss. Das Schiff wurde der Kriegsmarine unterstellt. Aber die ›Cap Arcona‹ machte noch mal Karriere, wenn auch nicht auf dem offenen Meer: Als Herbert Selpin im Auftrag des Reichsministeriums für Volksaufklärung und Propaganda einen Film über die Katastrophe der ›Titanic‹ drehte, war die ›Cap Arcona‹ die passende Kulisse. Die Szenen im Film, die in der Nacht des Untergangs spielen und das Bootsdeck der ›Titanic‹ zeigen, entstanden auf der ›Cap Arcona‹.«

»Der Film war als antibritischer Propagandastreifen geplant«, wusste Daniel zu berichten, »wurde dann aber in Deutschland gar nicht mehr gezeigt. Reichspropagandaminister Goebbels fand, dass der Untergang des Schiffes doch zu viel vom drohenden Untergang des ›Dritten Reiches‹ vorwegnehmen würde. Regisseur Herbert Selpin wurde noch während der Dreharbeiten wegen kritischer Bemerkungen über die Wehrmacht verhaftet und starb in der Gefangenschaft.«

»Und? Ist der Kahn heute auch ein Museumsschiff wie die ›Cap San Diego‹ in Hamburg?«, wollte Lorenz wissen.

Daniel gab die Antwort: »Nein. Die ›Cap Arcona‹ hat in einer sehr waghalsigen Fahrt rund dreizehntausend Menschen aus Ostpreußen von Danzig nach Neustadt gebracht. Das war im Januar 1945. Und in dem Jahr ist sie auch untergegangen. Sie wurde von britischen Bombern versenkt. Das Ganze am dritten Mai, also fünf Tage vor dem offiziellen Ende des Krieges.«

»War eine ziemliche Sauerei«, sagte Bruno. »Ich meine, von der ›Gustloff‹ hat jeder mal gehört. Sie hat die Fahrt von Danzig aus nicht geschafft. Neuntausend sind gestorben, als das Schiff auf der Höhe von Ustka von sowjetischen Schiffen versenkt wurde. Aber auf der ›Cap Arcona‹ sind fast fünftausend Menschen gestorben.«

»Was genau ist passiert?«, fragte Ricarda.

»Die kurze Version«, sagte Bruno. »Als die Nazis nicht mehr wussten, wohin mit all den Gefangenen aus den KZs, verlud man sie auf Schiffe in der Ostsee, genauer in der Lübecker Bucht. Das haben sie ab Ende April gemacht. Aus dem Konzentrationslager Neuengamme und einigen schlesischen KZs wurden die Häftlinge nach Lübeck transportiert. Dort kamen sie zunächst auf die beiden Frachter ›Thielbeck‹ und ›Athen‹, danach landeten die meisten auf dem größten Schiff, und das war die ›Cap Arcona‹. Am dritten Mai kamen die Briten und bombardierten die Schiffe, auf denen sich nur Häftlinge befanden. Die Briten dachten, die Schiffe wären voller NS-Bonzen auf dem Weg nach Norwegen. Also haben sie sie versenkt. Ein tragischer Irrtum.«

Schweigen machte sich im Raum breit.

»Aber das liegt ja nun schon eine ganze Weile zurück«, ergriff Lorenz schließlich wieder das Wort. »Was hat das bitte schön mit unseren Morden zu tun? Unsere Opfer haben die britischen Flugzeuge wohl kaum selbst geflogen.«

»Ich habe gestern bereits gedacht, dass der Grund für die

Morde nicht bei Thea Hollster und ihrer Schwester Regine Springe liegt, sondern vielleicht noch eine Generation weiter zurückreicht«, sagte Ricarda. »Die Eltern der beiden könnten der Grund für die Morde sein.«

»Ich gehe mal davon aus, dass die beiden a) schon tot sind und b) nichts mit diesem Schiff zu tun hatten«, meinte Lorenz.

»Woher willst du das wissen?«

»Selbst wenn die Eltern etwas damit zu tun hatten – wenn die Opfer auf dem Schiff alle Häftlinge waren, dann wäre auch der Jüngste unter ihnen heute bereits neunzig Jahre alt, sollte er irgendwie überlebt haben«, sagte Lorenz. »Und unser Mörder ist bestimmt noch nicht so alt.«

Ricarda schwieg daraufhin, wie auch die anderen in der Runde es taten.

»Okay«, sagte Lorenz. »Ich kümmere mich um die Eltern von Thea und Regine. Vielleicht könntet ihr bei den Kollegen im Norden noch mal nachhaken, was das Phantombild gebracht hat.«

Daniel hob die Hand wie ein Schüler.

»Ja«, sagte Lorenz wie ein Lehrer.

»Ich würde mir gern noch mal diesen Bastelbogen der ›Cap Arcona‹ vornehmen. Den kann man nicht an jeder Straßenecke kaufen. Und auch das kleine Modellschiff aus Metall, das wird auch nicht über Amazon vertrieben.«

Lorenz zuckte nur die Schultern.

»Gut, dann mache ich mich mal an die Arbeit«, sagte Daniel, nahm seinen Laptop, ohne ihn zusammenzuklappen, und verließ den Raum.

»Ja, der Name Hermann Jankert sagt mir was.« Frank Dehm, ein schlaksiger Kollege, saß Lorenz gegenüber.

Lorenz hatte Dehm seinerzeit in der Kantine kennengelernt. Das war sicher schon sechs, sieben Jahre her. Immer wieder setzte sich Lorenz zu Kollegen an den Tisch, die er nicht oder nur vom Sehen kannte. Manchmal folgte daraus ein sehr schweigsames, kurzes Zeremoniell der Nahrungsaufnahme, manchmal entwickelten sich interessante Gespräche. Und Lorenz hatte sich so über die Jahre persönliche Kontakte im Haus aufgebaut, was besonders vorteilhaft war, wenn er mal schnell und unbürokratisch Antwort auf eine Frage benötigte, die er allein nicht beantworten konnte.

Mit Frank Dehm hatte er damals über ein Kolloquium gesprochen, bei dem die nationalsozialistische Vergangenheit der Behörde Thema gewesen war. Lorenz hatte davon am Rande mitbekommen, und Dehm hatte ihm darüber mehr erzählen können, denn er war direkt an der Vorbereitung zu diesem Kolloquium beteiligt gewesen. Und Lorenz wusste, dass es nach diesem Kolloquium ein großes Projekt mit externen Wissenschaftlern gegeben hatte, um die Vergangenheit zu untersuchen und auch aufzuarbeiten. Da Dehm involviert war, hatte Lorenz gedacht, wenn ihm jemand sagen könnte, ob es Unterlagen über ehemalige Mitarbeiter aus dieser Zeit gab, würde Dehm wohl wissen, wo Lorenz suchen musste.

Lorenz war erst vor einer halben Stunde auf diese Spur gestoßen. Da hatte er nämlich mit Fritz Hollster telefoniert, Thea Hollsters Mann und damit Schwiegersohn von Hermann Jankert. Fritz Hollster hatte ihm nicht viel zu seinem Schwiegervater sagen können. Das Verhältnis seiner ersten Frau Thea zu ihrem Vater sei aber eng gewesen, und ebenso wusste er, dass sein Schwiegervater beim Bundeskriminalamt gearbeitet hatte. Doch man habe sich zwar immer wieder mal bei Familienfesten gesehen, aber nie wirklich viel miteinander gesprochen, außer vielleicht mal über tagespolitische Themen. Im Alter sei Hermann Jankert dann zunehmend senil geworden. Mit seiner Schwiegermutter hatte sich Fritz Hollster gut verstanden, aber auch zu ihr könne er nicht viel sagen. Sie sei mit ganzem Herzen Hausfrau oder vielleicht doch eher Hausherrin gewesen.

Lorenz hatte direkt nach dem wenig ergiebigen Gespräch mit Frank Dehm Kontakt aufgenommen. Keine dreißig Minuten später saßen sie bereits im Besprechungszimmer.

»Ich hab dir das mal mitgebracht«, sagte Dehm und legte eine DIN-A4-Mappe auf den Tisch. Er klappte sie auf und entnahm das oberste Blatt. »Hier habe ich den Lebenslauf von Hermann Jankert. Und dann sind da noch ein paar Kopien aus dem Archiv.«

Lorenz nickte nur. Er wollte hören, was Dehm ausgegraben hatte.

»Okay, ich fass es mal kurz zusammen«, sagte dieser. »Hermann Jankert wurde am 22. April 1913 in Hamburg geboren. Er machte das Abitur. Bereits 1933 trat er in die NSDAP ein, wie er sagte, weil sein Vater das von ihm erwartet habe.«

»Woher weißt du, was er gesagt hat?«

»Weil er bei einem Kriegsverbrecherprozess als Zeuge ausgesagt hat. Komme ich später noch dazu. Sein Vater hatte ein kleines Lederwarengeschäft, seine Mutter war Hausfrau. Er war das jüngste Kind, hatte noch zwei Schwestern und zwei Brüder. Der eine Bruder ist schon im Ersten Weltkrieg gefallen, der zweite als Soldat in Frankreich. Eigentlich wollte Jankert Lehrer werden, aber das Geld hat für ein Studium nicht gereicht. Also begann er eine kaufmännische Lehre, wohl auch, um vielleicht einmal das Geschäft des Vaters übernehmen zu können. Dann versuchte er, eine Offizierslaufbahn bei der Wehrmacht zu beginnen, wurde aber nicht angenommen. Also bewarb er sich bei der Polizei in Hamburg. Das klappte dann. Hier stieg er zwar nicht besonders schnell auf, aber stetig. Es gibt noch ein Zeugnis, das ihm bescheinigt, dass er nur leidlich für Führungsaufgaben geeignet gewesen sei. Aber seine Gesinnung sei ›vorbildlich‹ gewesen. Bereits 1939 wurde er dann in die SS aufgenommen.«

»Er war bei der SS? Und der war dann beim BKA?«

»Komm ich gleich zu. Nach dem Krieg ist er von den Briten interniert worden. Und da er in der SS gewesen war, hatte er keine Chance, beim Aufbau der Polizei in der britischen Zone eingestellt zu werden. Er arbeitete in verschiedenen Jobs, um sich und seine Familie zu ernähren. 1938 hatte er geheiratet, Sabine Jankert, geborene Gnatz. Sie war damals erst achtzehn. 1941 und '44 kamen dann seine beiden Töchter zur Welt.«

»Thea und Regine. Ja, die sind mir schon ein Begriff.«

Dehms Blick wanderte über das Blatt: »Jankert arbeitete nach dem Krieg zunächst auf Baustellen, dann war er eine Zeit lang Maurerpolier. Die Alliierten stuften ihn nach dem Krieg als Mitläufer ein. Bei einer erneuten Überprüfung, später, in der Bundesrepublik, landete er in der untersten Gruppe der Belasteten. Er hat sich mehrmals bemüht, wieder als Polizist eingestellt zu werden. Und dann kam er tatsächlich bereits 1951 beim BKA unter. Das wurde damals ja gerade gegründet und hatte kurze Zeit noch seinen Sitz in Hamburg.«

»Und damals kamen ehemalige SSler hier zum BKA? Wie ging denn das?«

»Das Amt brauchte Leute. Es gab sogar ein paar ehemalige Gestapo-Mitarbeiter, die schon ganz früh eingestellt wurden. Aber es wurde auch nicht jeder eingestellt. Jankert hat wohl seine Angaben ein wenig geschönt, und niemand hat zu genau nachgefragt. Im Jahr 1958 befanden sich unter siebenundvierzig Führungsbeamten des BKA dreiunddreißig ehemalige SS-Führer. Die Sensibilität gegenüber der eigenen Geschichte wuchs erst Ende der Fünfzigerjahre mit den ersten Kriegsverbrecherprozessen.«

Lorenz schluckte. »Waren wir dann damals eine SS-Behörde?«

»Nein. Die Rahmenbedingungen waren ja jetzt ganz andere. Die Alliierten haben die Polizei nach dem Krieg ja sofort dezentralisiert. Hätten sie das nicht, gäbe es heute so was wie deine Abteilung SB ja gar nicht. Die braucht man nur, weil Polizei in Deutschland eben Ländersache ist. Außerdem sind die Bedingungen des damaligen BKA überhaupt nicht mit den Kompetenzen und der totalen Machtfülle eines Reichssicherheitshauptamts unter den Nazis vergleichbar. Direkt nach dem Krieg gab es beim BKA nur vierhundertvierzig Mitarbeiter, und die hatten gegenüber der Landespolizei überhaupt keine Weisungsbefugnis. Ich vergleiche das immer mit Gesellschaftsspielen: Erst wurde Halma gespielt, dann Mensch-ärgere-dich-nicht. Die Figuren auf dem Feld sind dieselben, aber das Spiel und seine Regeln sind völlig anders. Na ja, vielleicht hinkt der Vergleich auch ein bisschen.«

»Das sehe ich auch so«, brummte Lorenz.

»Hermann Jankert arbeitete damals jedenfalls unauffällig in der Zentralfahndung. In den Sechzigern gab es dann in Deutschland ja die größeren Kriegsverbrecherprozesse. Und jetzt kommt Jankert wieder ins Spiel. In einem Prozess gegen Mitglieder eines Polizeibataillons, die auch im Osten eingesetzt waren, ist er befragt worden. Denn dieses Polizeibataillon hat nachweislich Tausende Juden in den neuen Ostgebieten erschossen. Jankert sagte aus, dass er einen der Kompanieführer kannte, da der eine Zeit lang sein Kollege in Hamburg gewesen war. Jankert selbst war aber nicht Mitglied des Bataillons.«

»Ist Jankert irgendwo aufgefallen? Durch Taten im ›Dritten Reich‹ oder durch schlechtes Verhalten danach beim BKA?«

»Nein. Über Mitwirkungen an Gräueltaten im ›Dritten Reich‹ ist nichts bekannt. Er war später auch Mitglied in einem sogenannten Reservepolizeibataillon. Da kamen die rein, die älter waren oder irgendwie körperlich eingeschränkt. Jankert hatte einen steifen rechten Finger. Er konnte damit zumindest nach militärischen Maßstäben nicht gut schießen. Aber auch Jankert selbst wurde noch mal angeklagt. Und zwar soll er bei einer sogenannten Kameradenhilfe mitgewirkt haben. Ein Netzwerk, das ehemalige SS-Kameraden auf NS-Prozesse vorbereitete, wenn sie angeklagt wurden. Er wurde jedoch freigesprochen. Der Prozess war 1969.«

»Und wie funktionierte so eine Kameradenhilfe?«

»Die Berater zeigten den Angeklagten, wie sie sich am besten aus der Affäre ziehen konnten. Sie sollten sich auf Befehlsnotstand berufen. Die Berater strickten auch Anleitungen zum ›Nichterinnern‹ und wie man es vermied, sich dabei in Widersprüche zu verstricken. Aber man konnte Jankert nichts Konkretes nachweisen. Er hat sich da wohl eher im Hintergrund gehalten, Treffen arrangiert und solche Sachen, aber eben nicht mehr. Auf jeden Fall konnte ihm nicht nachgewiesen werden, dass er Menschen zur Falschaussage angestiftet hätte. Aber der Chef von diesem feinen Club, der hat zumindest eine Geldstrafe bekommen.«

»Du hast vorhin gesagt, du erinnerst dich an Jankert. Warum?«

»Weil ich ein ähnliches Gespräch wie das, was wir gerade führen, vor zwei Jahren schon mal geführt habe. Da hat sich ein Journalist für Hermann Jankert interessiert.«

»Und du gibst mir jetzt den Namen und die Telefonnummer?«

»Ich hatte seine Karte, aber ich sortiere alles, was ich nicht mehr brauche, nach einem Jahr aus. Sorry, aber seine Karte hab ich nicht mehr. Und an den Namen kann ich mich nicht mehr erinnern.«

Mist, dachte Lorenz. »Danke«, sagte er.

»Zehn Jahre? Der war gut! Sie sind sicher so ein Spaßvogel vom NDR-Radio, nicht wahr? Ich hör euch richtig gern!«

Daniel gab dem Fan des Senders die Nummer der Zentrale des BKA, dann ließ er den Kerl zurückrufen, damit dem guten Mann klar war, dass er es nicht mit einem Scherzanruf zu tun hatte. Es war einer der Händler, die via Internet Modellbaubögen verkauften. Daniel hatte die vergangenen drei Stunden vorwiegend mit Suchen und Telefonieren verbracht. Die Pappmodelle wurden im Internet viel häufiger angeboten, als er vermutet hätte. Sogar große Onlinehändler, die sonst eher für ihr Buch- und Musikprogramm bekannt waren, vertrieben diese Bogen.

Die meisten gaben auch sofort preis, was Daniel wissen wollte, nämlich wer in den vergangenen zehn Jahren einen Modellbaubogen der ›Cap Arcona‹ gekauft hatte. Dieser Händler aber konnte sich nicht erinnern: »Nee, also, das muss ich ja nicht aufheben. Alles, was ich versende, na, ich mach das noch so altmodisch, drucke das Etikett aus, klebe es auf den Umschlag, und das war's dann.«

»Haben Sie eine Kundenliste?«

»Klar, in einer Tabelle. Aber ich kann Ihnen nicht sagen, wer von denen was bestellt hat.«

»Aber das müssen Sie doch anhand der Rechnungen sehen können.«

»Na, logo. Aber die Ordner sind bei meinem Steuerberater, die habe ich nicht hier.«

»Können Sie mir einfach Ihre Kundenliste schicken?

Wenn ich dann einen Namen finde, der für uns interessant ist, dann melde ich mich noch mal.«

»Ja, mach ich.«

Daniel nannte seine E-Mail-Adresse und legte auf. In der Tabelle, die er auf dem Rechner geöffnet hatte, markierte er hinter dem Namen »Modellbau Ramps, Stuttgart« ein gelbes Kreuz, vermerkte dahinter: »Sendet Kundendaten«.

Tatsächlich kam die Liste wenige Minuten später. Er sah sie sich an. Rund zweitausend Namen. Er schickte die Datei zum Drucker und vergaß nicht, zuvor das Format auf DIN-A3 umzustellen. Denn das war eindeutig ein Fall für Leah.

Schon zehn Minuten später stand sie im Türrahmen. »Da ist tatsächlich ein Name drauf, den wir schon kennen«, sagte sie, und in ihrer Stimme lag eine kleine Spur von Triumph.

Lorenz und Ricarda saßen wieder am Esstisch in dem kleinen Reihenhäuschen, an dem sie schon fünf Tagen zuvor gesessen hatten. Sie hatten sogar auf denselben Stühlen Platz genommen. Der elektronische Bilderrahmen spulte immer noch das Bilderkino der toten Enkelin Carla ab.

»Was können wir für Sie tun?«, wollte Leonhard Seitz wissen. Ricarda fühlte sich, als ob sie eine Zeitmaschine betreten hätte. Leonhard Seitz und seine Frau saßen ebenfalls wieder auf denselben Plätzen. Es kam Ricarda sogar so vor, als trügen sie dieselbe Kleidung. Wenn nicht, dann hatte Milena Seitz auf jeden Fall noch solch ein zweites grünes Kleid wie jenes, das sie gerade trug.

»Wir haben noch ein paar Fragen.« Der Standardsatz bei jeder Befragung.

»Bitte.«

»Sind Sie Modellbauer?«, wollte Lorenz wissen.

»Wie kommen Sie denn darauf?«

»Beantworten Sie einfach die Frage.«

»Ich hatte mal eine Modellbahn. Die ist aber nicht aufgebaut.«

»Und haben Sie schon einmal Schiffsmodelle gebaut?«

»Ja. Als wir noch in Berlin gelebt haben.«

Ricarda fühlte, wie Lorenz unter dem Tisch mit seinem Fuß gegen den ihren stieß. Sie wusste, was er wollte. »Frau Seitz, war er gut darin?«

Milena Seitz sah Ricarda an, als hätte sie keine Ahnung, worüber gerade gesprochen wurde, doch dann antwortete sie »Ja« und sah ihren Mann an. »Die ›Santa Maria‹, die hast du gut hingekriegt. Mit dieser ganzen Takelage. Sah richtig toll aus. Ich war beeindruckt.«

Seitz legte seine Hand in die ihre.

»Und hier in Wiesbaden, haben Sie hier auch Schiffsmodelle zusammengesetzt?«, fragte Ricarda.

»Nein«, antwortete Leonhard Seitz. »Ich hab damit nicht mehr weitergemacht. Carla war damals ja auch noch so klein, sie hat alles in die Finger genommen.«

»Verstehe. Und was ist mit dem Bausatz der ›Cap Arcona‹?«

»Ich verstehe nicht, wovon Sie reden.«

»Vom Bausatz der ›Cap Arcona‹, einem Passagierdampfer. Den Sie online bestellt haben, bei einem Händler in Stuttgart«, konkretisierte Lorenz.

»Ach, den meinen Sie. Ich verstehe überhaupt nicht, warum Sie das wissen wollen. Ich hab den gekauft, weil ich überlegt habe, doch noch mal mit dem Modellbau anzufangen. Muss gut zwei Jahre her sein. Was hat so ein blöder Modellbaubogen mit Ihrem Fall zu tun? Und was hat das Ganze mit mir zu tun?«

Leonhard schwieg, ebenso Ricarda.

»Okay, ich weiß, Sie werden mir das nicht sagen.«

»Können Sie uns das Schiff zeigen?«, fragte Ricarda.

»Nein. Denn ich habe den Bausatz nie fertiggestellt.«
»Sondern?«, fragte Lorenz.
»Ich habe angefangen, aber sehr schnell festgestellt, dass mir das zu kompliziert ist. Dann hatte ich zwei Teile verhunzt – und dann habe ich das alles ins Altpapier geschmissen.«

Wieder schlug Lorenz Fuß gegen den von Ricarda. Sie war für die Ehefrau zuständig. »Hat er den Bogen wirklich weggeschmissen?«

Milena Seitz' Miene war immer noch freundlich, aber in ihrem Ton schwang eine nicht zu überhörende Schärfe mit. »Wenn mein Mann Ihnen das sagt, dann war das so.«

»Es ist schon seltsam«, sagte Lorenz. »Wir finden einen originalverpackten Modellbaubogen der ›Cap Arcona‹ bei einem der Mordopfer. Und Ihr Mann hat solch einen Bogen im Internet bestellt, aber das Schiff nie gebaut. Da könnte man schon auf den Gedanken kommen, dass er uns vielleicht nicht die Wahrheit sagt.«

Leonhard Seitz wirkte immer noch sehr entspannt, als er kurz auflachte. »Oh, Kollege Rasper, ich war auch schon in Pisa.«

»Und?«

»Trotzdem war ich es nicht, der den Turm angestupst hat. Und wenn bei einem Ihrer Mordopfer in dessen Wohnung eine CD von Heino steht – ich bekenne mich schuldig, ich habe vor zehn Jahren eine gekauft, die sich nicht mehr in meinem Besitz befindet, weil ich sie unserem gemeinsamen ehemaligen Kollegen Tom Fischer geschenkt habe. Herr Rasper, was soll das alles?«

»Herr Seitz, gestern ist in Kellenhusen in Holstein Regine Springe erschossen worden. Wo waren Sie gestern?«

»Wo ich war? Hier war ich, wo sonst?«

Milena entzog ihrem Mann die Hand.

»Kann das jemand bestätigen?«

»Meine Frau. Kollege Rasper, halten Sie mich für einen Mörder? Dann muss da aber noch ein bisschen mehr kommen als ein Schiffsmodell.« Der Ärger in Seitz' Stimme war nicht mehr zu überhören.

»Frau Seitz, wo war Ihr Mann gestern?«

»Er war hier. Das hat er Ihnen doch gerade gesagt.«

»Und vorgestern?«

»Ebenfalls.«

»Und am Tag davor?«

»Ebenfalls.«

»Herr Seitz, stimmt das?« Lorenz feuerte seine Nachfragen jetzt ab wie Raketen einer Feuerwerksbatterie.

»Ja. Sie waren doch am Samstag bei uns. Seitdem war ich immer zu Hause.«

»Wo waren Sie vor zehn Tagen, am neunten September?«

Seitz antwortete nicht.

»Wo waren Sie am ersten August?«

Keine Reaktion.

»Wo am dritten Dezember im letzten Jahr? Früh um sechs? Denn es sieht so aus, als ob der Mann, der Regine Springe in Kellenhusen umgebracht hat, insgesamt mindestens sechs Menschen auf dem Gewissen hat.«

Seitz schluckte. Dann sagte er: »Keine Ahnung, wo ich da war. Und das bedeutet, was ich sage: Ich weiß es nicht. Herr Rasper, bei allem Respekt, ich bin Rentner. Ich verbringe meine Zeit meistens zu Hause. Und wenn ich nicht hier bin, dann gehe ich vielleicht spazieren. Oder wir gehen abends ins Theater. Aber ich führe keinen Kalender. Punkt. Wenn Sie also einen konkreten Vorwurf haben, bitte, dann konfrontieren Sie mich damit. Das wilde Stochern im Kalender können Sie sich jedenfalls sparen. Sich selbst, meiner Frau, Ihrer Kollegin und mir. Noch Fragen?«

Fünf Minuten später saßen Ricarda und Lorenz wieder im Wagen.

»Er lügt. Hast du gesehen, wie sie ihm die Hand entzogen hat, als er gesagt hat, dass er gestern zu Hause war?« Ricarda hatte die beiden genau beobachtet.

»Ja. Wir geben jetzt sein Bild nach Kellenhusen. Vielleicht hat ihn gestern ja jemand gesehen. Ich glaube nicht, dass er – wenn er es war – immer in Verkleidung rumgelaufen ist. Ich glaube eher, dass er die nur angezogen hat, wenn er bewusst mit seinen Opfern Kontakt aufgenommen hatte.«

»Probieren wir's.«

FREITAG, 20. SEPTEMBER

»Also, wie sieht es aus?« Der Vizepräsident des BKA Uwe Lennart wollte auf dem Laufenden gehalten werden.

Lorenz saß ihm gegenüber am Schreibtisch. Seit ein paar Tagen sonnte sich der Vorgesetzte wieder im Glanz seiner Idee, eine Abteilung SB aufgebaut zu haben. Mal sehen, wie das in einem halben Jahr aussehen würde.

»Ihr habt jetzt einen Verdächtigen?«

»Das wäre ein bisschen zu viel gesagt. Wir haben einen Namen, der mehrfach aufgetaucht ist. Der Mann lügt, aber wir wissen noch nicht genau, wobei und warum. Wenn sich jetzt Zeugen finden, die ihn vorgestern oder in den Tagen davor oben an der Ostsee gesehen haben, ist sein Alibi im Eimer. Und dann hat auch seine Frau für ihn gelogen. Dann muss er uns schon eine richtig gute Erklärung abliefern. Aber selbst wenn er es war, tappen wir beim Motiv noch immer völlig im Dunkeln.«

»Na, ihr kriegt das ja sicher hin. Wäre schön, wenn das dann auch nicht mehr so lange dauern würde.«

Lorenz unterdrückte den Impuls zu seufzen. Er sah ja ganz gern mal einen Krimi. Aber wenn der Oberstaatsanwalt dann Druck machte, wegen der Politik, der wichtigen Leute ... Er hasste dieses Klischee. Und er hasste es noch viel mehr, dass dieses Klischee zumindest in seiner beruflichen Laufbahn immer wieder zutraf.

»Diese Kollegin aus Mainz ... Wie macht sie sich?«

Lorenz wurde hellhörig. »Wieso fragen Sie?«

»Ich möchte es einfach nur mal hören.«

Ein »einfach nur mal hören« war ungefähr so wahrscheinlich wie ein Sechser bei der morgigen Lottoziehung.

Es klopfte an der Tür.

»Herein«, sagte Lennart.

Lorenz drehte sich um. In der Tür stand Lennarts Sekretärin. Sie war noch neu, er erinnerte sich nicht an ihren Namen.

»Da ist eine Kommissarin Tscheib aus Lübeck in der Leitung. Sie hat eine wichtige Nachricht für Sie, Herr Rasper. Und Sie haben Ihr Handy offenbar ausgeschaltet.«

Wenn's zum Chef geht, macht man das so, dachte Lorenz.

»Stellen Sie das Gespräch auf meinen Apparat«, sagte Lennart.

»Rasper«, meldete sich Lorenz. Lennart hatte den Apparat auf Freisprechen geschaltet, darum fügte er sofort hinzu: »Ich habe auf Lautsprecher geschaltet. BKA-Vize Lennart hört ebenfalls mit.« So viel Fairness musste sein.

»Sorry, wenn ich störe. Aber ich glaube, es ist wichtig.« Tscheib leitete nicht nur die Soko in Lübeck, sie koordinierte auch das Klinkenputzen der Bereitschaftspolizei, die ja nun zum zweiten Mal mit einem Foto von Haustür zu Haustür zogen. Ein anderes Bild – aber derselbe Mann?

»Schießen Sie los.«

»Zwei Dinge. Erstens: Ihr Leonhard Seitz war vorgestern und mindestens zwei Tage zuvor in Kellenhusen. Wir haben auch die Pension ausfindig gemacht, in der er gewohnt hat. Unter dem Namen Leonhard Müller. Dafür haben wir bis jetzt schon sechs Zeugen.«

»Wunderbar.« Lorenz sah seinen Chef an. Jetzt war ein Durchsuchungsbeschluss für das Haus von Leonhard Seitz nur noch Formsache.

»Da ist aber noch etwas. Wir sind auch auf einen Journalisten gestoßen. Er hat hier eine Ferienwohnung. Und er kennt Ihren Herrn Seitz unter seinem richtigen Namen. Er hat ihn vor sechs Wochen getroffen. Auch hier in Kellenhusen. Und er kannte auch Regine Springe. Außerdem scheint er einige der Opfer zu kennen. Ich denke, Sie sollten mit ihm persönlich sprechen.«

Endlich einmal in einem Helikopter mitfliegen. Als Kind war das einer von Lorenz' großen Wünschen gewesen. Er war dreißig gewesen, als sich dieser Traum erfüllt hatte. Und er hatte sich vorgestellt, dass so ein Heli einfach durch die Luft schwebte. Über das Maß der Vibrationen war er überrascht gewesen. Nun flog er das dritte Mal innerhalb einer Woche in Richtung Ostsee, und mittlerweile reichte es ihm. Neben ihm saß Ricarda. Die ersten beiden Flüge hatten ihr nicht gefallen. Diesen hier nahm sie offenbar gelassen.

Der Heli landete wieder auf der bekannten Wiese, und wieder fuhr Kommissar Olsen sie in den Ort. Die Ferienwohnung, die sie aufsuchen wollten, lag in dem Hochhauskomplex im Osten, der Lorenz gleich beim ersten Mal aufgefallen war. Hochhaus war natürlich ein relativer Begriff. Das höchste der vier Häuser zählte neun Stockwerke. Der Journalist Hans Dahlke wohnte im vorderen Haus.

»Nett«, sagte Ricarda. »Eine schnuckelige Ferienwohnung in diesem Haus, die hätte ich verdient.«

Lorenz suchte die entsprechende Klingel, fand sie und drückte sie.

»Dahlke«, drang eine tiefe Stimme aus der Gegensprechanlage.

»Rasper und Zöller vom BKA.«

»Kommen Sie rauf. Dritter Stock.« Dahlke nannte noch die Zimmernummer.

Das Apartment war nicht groß, aber der Balkon mit Blick über die Ostsee – das hatte was, dachte Lorenz.

Hans Dahlke war hochgewachsen, sicher knapp sechzig. »Muss wichtig sein, wenn Sie vom BKA mit dem Heli hierher fliegen, nur um zu hören, was ich zu sagen habe.«

Lorenz erläuterte dem Mann kurz, worum es ging. »Inzwischen gehen wir davon aus, dass unser Täter sechs Menschen auf dem Gewissen hat. Der Mann, den Sie wiedererkannt haben, er könnte ein wichtiger Zeuge sein. Eines der Todesopfer ist Regine Springe. Und alle Todesopfer sind mit ihr verwandt.«

»Setzen Sie sich doch«, forderte der Journalist seine Gäste auf. Sie verteilten sich auf Sofa und Sessel, wobei Lorenz sich freute, einen Platz auf dem Sitzmöbel mit Blick in Richtung See ergattert zu haben.

»Fangen wir vielleicht mal so an: Woher kennen Sie Leonhard Seitz?«, wollte Lorenz wissen.

»Das ist eine komische Geschichte. Ich bin Journalist, wohne und arbeite in Frankfurt. Ich schreibe manchmal für die BILD, für die Bunte oder für Astrum. Ist viel Boulevardjournalismus. Und dann habe ich ein Steckenpferd. Das ist das, was man als die ›Neue Rechte‹ in Deutschland bezeichnet. In den Neunzigern, da konnte ich zahlreiche Artikel zu dem Thema unterbringen. Jetzt, nach der Geschichte des ›Nationalsozialistischen Untergrunds‹, interessiert man sich wieder dafür. Wobei das Problem ja nie verschwunden war, nur das Interesse. Wie dem auch sei, eines meiner Themen war die ›Stille Hilfe‹. Sagt Ihnen das was?«

Ricarda schüttelte den Kopf, und auch Lorenz kannte den Begriff nicht.

»Genau genommen heißt der Verein ›Stille Hilfe für Kriegsgefangene und Internierte‹, gegründet 1951.«

Lorenz blätterte in seinem Gedankenkalender. Das BKA selbst war in diesem Jahr gegründet worden.

»Das Ziel des Vereins war die Unterstützung von NS-Tätern. Sie boten Hilfe an, wenn jemand untertauchen wollte, und sie unterstützten die Angeklagten in Kriegsverbrecherprozessen. Aushängeschild war Gudrun Burwitz, Himmlers Tochter. Ich habe mal eine Liste zugespielt bekommen, wer in diesem Verein aktiv ist. Und da tauchte auch der Name Thea Hollster auf, damals die Geschäftsführerin von Skelter-Spielwaren. Da hat sie eingeheiratet. Ihr Vater hieß Hermann Jankert. Hat übrigens lange in Ihrem Verein gearbeitet.«

»Ich weiß«, sagte Lorenz.

»Nun, ich habe mehrere Artikel über die ›Stille Hilfe‹ geschrieben. Auch Papa Jankert war ja bei der SS. Und Ende der Sechziger noch mal selbst Angeklagter bei einem Prozess.«

»1969«, konkretisierte Lorenz. »Kameradenhilfe für Ex-SS-Kameraden.«

»Genau.«

»Dann sind Sie auch der Journalist, der vor gut zwei Jahren mit meinem Kollegen Dehm gesprochen hat«, sagte Lorenz.

»Ja, der bin ich.«

»Und was hat das jetzt alles mit Herrn Seitz zu tun?«, wollte Ricarda wissen.

»Ich habe damals das Geschehen in Berlin verfolgt, diese Demo zum hundertzwölften Geburtstag von Hitler, bei der Carla Seitz getötet wurde, von einem gewissen Kevin Krick. Ich war bei dem Prozess. Und wollte eine größere Geschichte darüber machen. Und dann kam mir der Zufall zu Hilfe. In Form von Regine Springe.«

»Wie das?«

»Ich und meine Frau, wir haben diese Wohnung hier in Kellenhusen schon seit über zwanzig Jahren. Wunderbar, wenn man sich mal ein bisschen zurückziehen will. Und ich arbeite hier immer wieder. Hier habe ich meine Ruhe. Im Zeitalter von Handy und Internet ist es ja kein Problem mehr, an unterschiedlichen Orten zu arbeiten. Regine Springe habe ich dabei vor rund zehn Jahren kennengelernt. Damals hatten auch meine Frau und ich noch einen Hund. Regine haben wir zum ersten Mal auf dem Deich beim Gassigehen getroffen. Wir haben uns gleich gemocht. Und so kam es, dass ich immer mal wieder mit ihr auf ihrem oder meinem Balkon gesessen und wir gemeinsam Kaffee getrunken haben. Ich hab ihr von der Geschichte mit Kevin Krick erzählt. Sie hatte davon noch gar nichts gehört, fragte mich aber, ob Kevin aus Heilbronn stamme. Ich hab damals nicht schlecht geschaut, denn sie erzählte mir, dass Kevin Krick ein Großneffe von ihr sei, der Enkel ihrer Schwester Thea Hollster.

Den Namen Thea Hollster kannte ich ja schon, aber die Verbindung zu Kevin Krick, die war neu für mich. Ich unterhielt mich an diesem Tag sehr lange mit Regine Springe. Sie sagte mir, dass die braune Gesinnung ihrer Schwester ein Grund dafür gewesen sei, dass sie sich kaum mehr gesehen hätten. Und zu ihren Eltern hatte sie vor deren Tod auch nur noch wenig Kontakt gehabt. Ich beschloss also, nicht nur eine Geschichte über den Täter Kevin Krick und das Opfer Carla Seitz zu schreiben, sondern über die rechten Wurzeln der ganzen Ahnengalerie von Kevin. Bevor Sie was sagen: Ja, ist etwas reißerisch, aber das Magazin Astrum wollte den Artikel unbedingt, und sie wollten ihn auch gut bezahlen. Und jetzt kommt Leonhard Seitz ins Spiel: Ich fuhr zu ihm und seiner Frau – Milena heißt sie, glaube ich.«

»Ja«, bestätigte Ricarda. »Milena Seitz.«

»Ich wollte ein paar Originaltöne. Wollte in dem Artikel zeigen, wie schwer es für die beiden ist, mit dem Tod der Enkelin fertig zu werden. Was ich aber nicht wusste, war, dass sie auch schon ihre Tochter verloren hatten. Das war ziemlich harter Tobak. Sie luden mich zum Abendessen ein. Dann saß ich noch den ganzen Abend mit Leonhard Seitz zusammen. Kurz: Wir verstanden uns prima und haben an dem Abend auch einiges gepichelt. Und ich hab ihm von diesem Projekt erzählt. Erst am nächsten Morgen ist mir bewusst geworden, dass er mich regelrecht ausgefragt hat. Über die ganze Familie von Kevin. Und natürlich auch über Regine Springe. Nun, jetzt stirbt sie vorgestern. Und heute rennen Ihre Kollegen durch den Ort mit Leonhard Seitz' Bild in der Hand. Eins und eins ist ungefähr zwei.«

»Sie sagten, Sie hätten ihn vor ein paar Wochen hier in Kellenhusen gesehen«, erinnerte Ricarda.

»Ja. Das war vor sechs Wochen. Ich war wieder für eine Woche hier. Und da sehe ich ihn vor dem Bäcker, als ich am Morgen Brötchen kaufen will. Hab noch kurz überlegt, woher ich das Gesicht kenne. Ich grüße ihn, frage ihn, was er denn ausgerechnet hier in Kellenhusen macht. Er war ganz kurz angebunden, raunte nur was von Urlaub. Ich hatte den Eindruck, es war ihm überhaupt nicht recht, dass ich ihn angesprochen hab. Ich richtete seiner Frau noch einen Gruß aus. Und dann wurde es richtig komisch: Eine ältere Dame kommt an uns vorbei und grüßt ihn mit ›Guten Morgen, Herr Müller‹. Ich dachte damals, ich hätte mich verhört. Aber gestern, da sind Sie ja schon mal hier gewesen, mit einem Bild, das nicht Seitz zeigte. Und der Mann soll ja auch ein Müller gewesen sein. Okay, den Namen gibt's oft, aber komisch ist das schon.«

Wir reden nicht mehr miteinander, dachte Milena Seitz. *Ich ertrage es kaum, aber ich weiß nicht, wie ich es ändern kann.*

Sie bereitete das Abendessen zu. Freitags gab es immer Fisch. Sie hatte am Mittag auf dem Markt noch frischen Zander gekauft. Die Kartoffeln köchelten vor sich hin. Nun war die Soße an der Reihe. Zuerst schnitt sie den Dill klein. Sie hatte immer für Leonhard gekocht. Schon früher, zu der Zeit, als sie noch zu dritt gewohnt hatten, sie, ihre Mutter und Leonhard. Da waren sie beide noch Kinder gewesen.

Es war nun schon über vierundzwanzig Stunden her, dass sie das letzte Wort miteinander gewechselt hatten. Gemeinsam hatten sie den netten Polizisten und seine Partnerin verabschiedet. Danach hatte Milena ihren Mann angeschaut. Ihr Blick hatte ihm vorgeworfen: *Du hast von mir ein falsches Alibi verlangt.*

Seine Antwort war ein ebenso tonloser Blick gewesen: *Ja.*

Sie hatte ihr Leben lang alles für Leonhard getan. Das war ihr nicht schwergefallen, und es hatte sich an keinem Tag angefühlt wie ein Opfer. Denn er hatte sie stets geschätzt, hatte sie immer mit Respekt behandelt. Sie wusste, dass er auch cholerische Züge hatte. Doch die waren in den fünfundvierzig Jahren ihrer Ehe nur selten hervorgetreten. Er war ihr gegenüber nie gewalttätig geworden. In seinem Job, da hatte er das eine oder andere Mal Schwierigkeiten bekommen, weil er zu grob gewesen war. In Berlin, da war das nicht so schlimm gewesen. Sie war sich nicht sicher, ob es daran lag, dass Gewalt in Berlin eher geduldet wurde oder ob Leonhard nach ihrem Umzug nach Wiesbaden mehr zur Gewalt geneigt hatte. Aber all das war Jammern auf hohem Niveau. Ihr Mann war es gewesen, der täglich seinen Kopf hingehalten hatte auf der Straße. Dem der Mob, die Junkies und die Glatzen Tag für Tag zeigten, wie viel Gewaltlosigkeit wert war. Ja, in seinem Job wusste er sich durchzusetzen. Aber seiner Frau gegenüber oder gegenüber ihrer Tochter und auch ihrer Enkelin war er nie handgreiflich geworden. Und – klang es nun altmodisch oder nicht – es war ein gutes Gefühl zu wissen, dass da ein Mann war, der einen nicht nur beschützen wollte, sondern auch dazu in der Lage war.

Die Soße gelang ihr nicht. Zuerst hatte Salz gefehlt, dann hatte sie zu viel dazugegeben. War nicht mehr zu ändern. Sie deckte den Tisch, brachte das Essen ins Esszimmer. Ihr Blick fiel auf den elektronischen Bilderrahmen. Milena hatte ihn ihrem Mann geschenkt. Er war zu Tränen gerührt gewesen. Sie hatte einmal vorgeschlagen, auch noch Bilder von Ingrid, ihrer Tochter, in den Speicher zu laden. Doch Leonhard war der Meinung gewesen, da müsse man einen neuen Bilderrahmen aufstellen. So war es schon immer gewesen: Tochter Ingrid war das Mamakind gewesen, Enkelin Carla das Papakind. Sich darüber zu beklagen wäre sinnlos gewesen.

Milena musste ihren Mann nicht zum Essen rufen. So vieles funktionierte seit Jahren wortlos. Sie hatte ihm ein Bier hingestellt, sich selbst hatte sie eine Weißweinschorle eingeschenkt, wie jeden Freitagabend zum Fisch.

Sie setzten sich. Sie tat ihm auf, dann sich selbst.

Er wich ihrem Blick aus.

Auch sie hatten ihre schwereren Zeiten in der Ehe gehabt. Aber Milena konnte sich nicht erinnern, dass sie jemals eingeschlafen wären, ohne sich zuvor eine gute Nacht gewünscht zu haben. Niemals. Nicht mal nach der Sache mit diesem Kevin.

Er griff nicht zum Besteck.

Sie auch nicht.

So saßen sie schweigend am Tisch, konnten sich nicht ansehen, waren aber beide auch nicht in der Lage zu essen.

»Leo«, sagte sie leise. Und mit dem Wort rann eine Träne über ihre Wange.

Er sagte nichts. Aber sein Blick traf den ihren. Und sie erschrak über die Kälte, die darin lag. Sie hatte diese Kälte schon manches Mal gesehen, besonders in den vergangenen zwei Jahren. Und immer hatte sie ihr Angst gemacht.

»Warst du wirklich an der Ostsee?« Die Frage war ihr in den vergangenen vierundzwanzig Stunden sicher fünfhundertmal durch den Kopf gegangen. Sogar geträumt hatte sie diese Frage während der drei Stunden Schlaf, die sie in der Nacht gefunden hatte. Nun war sie ausgesprochen. Nun gab es kein Zurück mehr.

Leonhard senkte den Blick nicht, als er nickte.

Das erste Mal hatte sie die unbestimmte Angst verspürt, nachdem dieser Journalist da gewesen war. Sie hatte nicht mit ihm sprechen wollen. Aber Leonhard war nicht davon abzubringen gewesen. Sie hatten ihre Enkelin erst wenige Monate zuvor beerdigt. Milena hatte den Eindruck, dass das Gespräch mit diesem Mann wieder alle Wunden aufgerissen hatte, über denen sich gerade erst Schorf gebildet hatte.

»Leonhard«, fragte sie, »hast du diese Frau umgebracht?«

Er nickte nicht. Und er sah nicht weg. Stattdessen sagte er mit fester Stimme: »Ja.«

Milena hatte gedacht, wenn er diese Frage, die ebenso oft und ebenso stumm durch ihren Kopf gegeistert war, beantwortet hätte, dann würde endlich alles gut sein. Aber es war ihrer unterdrückten Befürchtung geschuldet, dass sie bisher nicht gefragt hatte. Denn ganz tief in ihrem Innern hatte sie es wenn schon nicht gewusst, dann geahnt, dass er schlimme Dinge getan hatte. Die Tränen rannen inzwischen zahlreich über ihre Wangen, tropften in die Soße auf dem Fisch. Aber Milena Seitz nahm nichts davon wahr. *Auch die anderen?*, dachte sie. Sie traute sich nicht, die Frage laut zu stellen. Stattdessen flüsterte sie: »Wie konntest du nur?«

Sie zuckte zusammen, als er nach ein paar Sekunden zischelte: »Du selbst hast doch gesagt, dass es nur gerecht ist, was ich getan habe, dass der Junge jetzt wirklich seine Strafe bekommen hat. Und dass sie eigentlich alle den Tod verdient hätten.«

»Leo, das war, nachdem du Kevin verprügelt hattest. Ja, auch ich war wütend. Ich hatte Verständnis dafür, was du getan hast – damals. Aber das war doch keine Aufforderung, Menschen umzubringen!«

Sie schwiegen, und wieder dachte Milena an den Tag, an dem der Journalist zu ihnen gekommen war. Ganz klar war diese Erinnerung, und sie fühlte sich eiskalt und unendlich scharf an. Der Mann hatte ihre Meinung hören wollen zum Mord an ihrer Enkelin. Milena hatte noch gedacht: *Was soll ich dazu sagen?* Carla war tot, und nichts würde sie mehr lebendig machen. Sie wollte keine Geschichte lesen über den Tod ihrer Enkelin. Und über diesen Kevin wollte sie nichts wissen. Ihr Mann und dieser Journalist, sie hatten in dieser Nacht getrunken. Viel eher hatte Leonhard den Mann betrunken gemacht. Sie war ins Bett gegangen und hatte gar nicht mehr mitbekommen, wann der Journalist das Haus verlassen hatte. Und am nächsten Tag, als sie Leonhards Arbeitszimmer betreten hatte, da sah sie, wie er an eine Tafel einen Stammbaum gezeichnet hatte, und Kevins Name am unteren Rand war ihr sofort ins Auge gefallen. Am Tag danach war der Stammbaum weggewischt gewesen. Und Milena hatte gehofft, damit wäre das Thema erledigt. Wie sehr sie sich getäuscht hatte, hatte sie erfahren, als ihr Mann ein paar Monate später eines Nachts völlig verzweifelt nach Hause gekommen war. Es war ihr Theaterabend gewesen, aber Milena war an diesem Abend schrecklich erkältet gewesen und hatte dem Theaterpublikum ihre Hustenanfälle nicht zumuten wollen.

Kreidebleich war er ins Schlafzimmer gekommen, sie hatte gesehen, dass er geweint hatte. Sie dachte, er wäre allein ins Theater gefahren. Aber so ergreifend hätte Turandot in der besten Besetzung nicht sein können.

»Ich habe ihn fast erschlagen«, hatte Leonhard ihr gestanden, war neben dem Bett auf den Boden gesunken und hatte in ihren Armen geweint. Dann hatte er geschildert, wie er nach Heilbronn gefahren und lange vor Kevins Haus auf und ab gegangen war. Der war seit ein paar Wochen wieder auf freiem Fuß gewesen. Nach gerade mal acht Monaten Gefängnis. Leonhard erzählte weiter, dass Kevin vor die Tür getreten war, ihn aber gar nicht erkannt hatte. Er hatte ihm zugenickt, wie man einen unbekannten Nachbarn grüßt. Leo war ihm gefolgt, hatte die ganze Zeit überlegt, wie er ihn ansprechen sollte, hatte aber nicht gewusst, was er hätte sagen sollen, und mit jeder Minute, in der er ihn nicht ansprach, wuchs die Wut gegen den Mann, der ihnen ihren Sonnenschein genommen hatte. Dann hatte Leonhard die Stange auf dem Boden gesehen, und er hatte zugegriffen. Der erste Schlag war noch zögerlich gewesen, der nächste nicht mehr. Und hätte da nicht irgendwo ein Hund gebellt, nicht von irgendwoher ein Mann gerufen, was er da mache, er hätte Kevin totgeschlagen. So aber war er weggerannt, zum Auto, war nach Hause gefahren. Die Stange hatte er unterwegs noch in den Rhein geworfen.

Während Leonhard ihr die Geschichte erzählt hatte, war auch ihre Wut gestiegen. Schon nach acht Monaten war Kevin wegen guter Führung vorzeitig entlassen worden. Acht Monate, mehr war das Leben ihrer Enkelin dem Staat nicht wert gewesen. Milena hatte sich immer im Griff gehabt, die ganzen Monate über, die ganzen Jahre, sogar damals, als ihre Tochter erschlagen worden war. In diesem Moment, in dem ihr Mann ihr dann sagte, dass er sich stellen und zugeben würde, dass er es gewesen war, der den Jungen fast totgeschlagen hatte, da schaffte sie es zum ersten und einzigen Mal an die Oberfläche, jene dunkle, harte und kalte Seite in ihr. »Du hast das Richtige getan«, hatte sie gesagt.

Leonhard hatte sie erstaunt angesehen. Er konnte seine

Frau in diesen Worten und mit diesem Gesichtsausdruck kaum noch erkennen, das sah sie ihm an. »Du hast das Richtige getan«, wiederholte sie. Und dann hatte sie geschrien, sich alles von der Seele geschrien. Dass Kevin den Tod verdient hätte, auch die Schläger in Berlin, dass eine Strafe von acht Monate angesichts dieser Tat nichts als blanker Zynismus sei, dass sie stolz sei auf ihren Mann, der ein Zeichen gesetzt habe, dass es nicht sein könne, dass man ihre Familie auslösche und Kevin und seine rechten Gesellen leben und jeden Tag auch noch anderen Unglück bringen dürften, und wenn es auf der Welt Gerechtigkeit gäbe, dann wäre die ganze Brut tot und nicht ihre Familie, nicht Ingrid, nicht Carla, nicht ihre eigenen Eltern und Onkel und Tanten.

Danach war sie erschöpft gewesen, hatte ebenfalls angefangen zu weinen. Sie wusste nur, wenn die Polizei jemals bei ihnen auftauchen und nach Leos Alibi fragen würde, sie würde es ihm geben. Außerdem hatten sie ja die Theaterkarten. Sie würde ihren Mann nicht ins Gefängnis gehen lassen, weil er das getan hatte, wozu der Staat zu feige gewesen war: Kevin Krick die gerechte Strafe zukommen zu lassen.

Sie hatten nie wieder über diese Nacht gesprochen. Es war nicht so, dass Milena nie mehr an diese Nacht gedacht hätte. Aber sie spürte Abwehr in sich, diesen Moment noch einmal anzusprechen. Denn für sie war es ein Augenblick großer Schwäche gewesen. Sie hatte ihre Gefühle stets im Griff gehabt, ihr ganzes Leben lang, selbst damals, als ihre Mutter ...

Das letzte Gespräch mit ihrer Mutter fiel ihr wieder ein, aber daran wollte sie in diesem Moment bestimmt nicht denken. Da war es schon besser, sich damit auseinanderzusetzen, was Leonhard ihr gerade gesagt hatte: dass er einen Mord begangen hatte. Mindestens einen.

»Damals, im November und im Dezember, da war ich doch für drei Wochen immer ganz früh weg ...«

Nein, sie würde sich nicht von ihm die Details erzählen lassen. Das wäre das Ende gewesen. Das wäre das Ende ihrer Ehe, ihres gemeinsamen Lebens, es wäre der Moment, in dem alles auseinanderfiele.

Sie erhob sich. »Scht«, sagte sie nur.

Das Essen war kalt. Aber sie hätte ohnehin keinen Bissen heruntergebracht. Milena ging um den Tisch herum. Fasste ihren Mann bei den Schultern. Ja, seit der Sache mit Kevin, da hatten sie sich etwas auseinandergelebt, wie das in den modernen Zeiten so schön hieß. Immer wieder hatte Leonhard Sachen allein unternommen. Sie hatte nie gefragt, was er gemacht hat. Und er hatte nicht darüber gesprochen. Vielleicht hatte sie damals schon gespürt, dass sie es auch gar nicht wissen wollte, weil es ihre Ehe bedrohen würde.

»In Darmstadt ...«, begann Leonhard wieder.

»Scht«, machte sie erneut und näherte ihr Gesicht dem seinen. »Was immer du getan hast, Leonhard, ich will es nicht wissen. Was ich nicht weiß, kann ich niemandem erzählen.«

Es dauerte ein paar Sekunden, in denen Leonhard mit sich zu ringen schien. Dann spürte sie ein sanftes Nicken. Sie war neunundsechzig, er einundsiebzig. Mit ein bisschen Glück waren ihnen noch ein paar gemeinsame Jahre vergönnt.

»Und, Leo, was immer du jetzt auch noch vorhast«, sagte sie leise, »lass es bleiben.«

Er reagierte nicht.

»Wir haben noch ein paar Jahre vor uns, die wir gemeinsam verbringen können«, sagte sie. »Lass uns unser Leben noch leben. Lass uns noch ein wenig glücklich sein.« Es klang so pathetisch, und doch war es genau das, was sie sich wünschte. »Leo, wir können doch vielleicht noch mal verreisen. Du wolltest doch immer nach Venedig. Wir waren noch nie da. Lass uns doch einfach ...« Sie wusste selbst, dass sie jetzt klang wie die B-Besetzung in einem Rosamunde-Pilcher-Film.

Er griff nach ihren Händen, die immer noch auf ihrer Schulter lagen.

Milena fuhr fort: »Wir wollten doch immer in einer Gondola fahren. Das hast du mir so oft gesagt. Und ich habe gedacht, ja, ich werde einmal deine Hand halten in einer Gondola, werde an der Seite meines Liebsten sitzen, des Mannes meines Lebens, mit dem ich durch gute und durch schwere ...«

»Nein, Milena«, unterbrach er sie, »ich werde das zu Ende bringen.«

»Nein, Leo, mein Liebster. Wir werden jetzt gemeinsam essen gehen. Beim Italiener um die Ecke. Wir werden den kalten Fisch wegwerfen, dort Pasta essen und unsere Reise nach Venedig besprechen.« Ihre Stimme war nicht lauter, aber eine Spur schärfer geworden. »Leo, ich liebe dich. Ich habe nie jemanden geliebt, wie ich dich liebe. Es interessiert mich nicht, was du getan hast. Ich möchte nur die Zeit, die uns noch bleibt, mit dir verbringen.«

Leonhard drehte sich nicht um. »Nein. Wir werden nicht nach Venedig fahren.«

Sie nahm die Hände von seinen Schultern. Trat einen Schritt zurück. Wusste nicht, in welche Richtung der nächste führen sollte. Was sollte sie tun? Sich wieder ihm gegenübersetzen? Zwischen ihnen der kalte Fisch mit der versalzenen Soße?

Sie stand. Er saß. So sah sie von oben auf ihren Mann herab. Nie zuvor hatte sie das getan. Aber »nie zuvor« war eine Kategorie, in die an diesem Abend viele Ereignisse fielen. »Leonhard. Ich bitte dich nur noch dieses eine Mal.« Sie war selbst erstaunt über die Härte ihrer Stimme. Aber sie wusste, wenn sie ihn jetzt nicht zur Vernunft bringen könnte, würde ihr das nie mehr gelingen. »Leonhard, hör auf! Bitte, hör auf.«

Er wandte sich endlich um, drehte sich auf seinem Stuhl und sah sie über die Schulter an. »Milena, wir können verreisen, wenn das vorbei ist. Aber ich habe noch etwas zu tun.«

Sie sog scharf die Luft ein. »Leo, willst du mir hier, in unserem gemeinsamen Haus, allen Ernstes erzählen, dass du heute Nacht oder morgen oder übermorgen wieder losziehen wirst, um Menschen zu töten?«

Sag mir nichts mehr! Das war die Parole vor ein paar Minuten gewesen. Aber nun spürte Milena, dass sie Leonhard unbedingt auf den gemeinsamen Weg zurückziehen musste, sonst würde er stur seinen Weg ins Verderben gehen, den Weg, der immer weiter von ihr wegführte.

»Milena, ich muss tun, was ich tun muss.«

Wenn sie die Pilcher gab, gab er jetzt John Wayne. Sie musste lachen, aber es war ein bitteres Lachen. Und nichts von diesem Lachen spiegelte sich in ihrer Mimik. Sie kannte ihn. Auch wenn er nichts gesagt hätte, sie hätte dennoch gewusst, was in ihm vorging, welchen Weg er konsequent verfolgte. Damals, im Arbeitszimmer, hatte sie beim ersten Blick auf die Tafel begriffen, worüber ihr Mann nachgedacht hatte. Und der Grundstein für diesen Weg war bereits lange Jahre zuvor gelegt worden, noch bevor der Journalist sie besucht hatte. Würde es sie denn nie loslassen, hatte sie wirklich ihr ganzes Leben bestimmt, jene Katastrophe vor fast siebzig Jahren?

Sie ging vor ihm in die Hocke, legte ihre Hände auf sein Bein. Seine Hände lagen auf den ihren.

Ihre Stimme war sanft, als sie sagte: »Leonhard. Wenn du die anderen auch umbringen willst, dann musst du auch mich umbringen.«

Sechs Wagen fuhren vor. Ihr Blaulicht erhellte diesen Teil der Berlichingenstraße. Lorenz ging mit Ricarda als Erste zum Gartentörchen. Der Hubschrauber hatte sie zurückgeflogen. Es hatte noch eine Stunde gedauert, die Kollegen zu instruieren und den Durchsuchungsbeschluss in die Hände zu bekommen. Praktisch, dass der vermeintliche Täter auch in Wiesbaden wohnte.

Lorenz drückte den Klingelknopf. Sie hörten das Schellen, aber nichts rührte sich. Ricarda sah auf die Uhr. Es war bereits nach neun und nicht mehr hell, doch hinter keinem der Fenster war ein Lichtschein zu sehen. Wo mochten Leonhard Seitz und seine Frau sein? Im Theater? Wäre für einen Freitagabend nicht der abwegigste Gedanke.

Sie hatten einen Nacht-und-Nebel-Beschluss. Denn eine Hausdurchsuchung durfte für gewöhnlich nur vor neun Uhr abends durchgeführt werden. Lorenz drückte nochmals die Klingel. Keine Reaktion.

»Was machen wir? Da ist offenbar keiner zu Hause.«

»Lass uns einmal ums Haus gehen«, schlug Ricarda vor. »Vielleicht steht ja ein Fenster offen. Wenn niemand da ist, können wir immer noch den Schlüsseldienst holen. Aber ich glaube nicht, dass die beiden weg sind.«

Lorenz ließ sich von den Kollegen eine starke Taschenlampe geben. Ricarda kletterte über das Gartentörchen. Lorenz tat es ihr nach. Der Zugang zum Haus führte über einen Weg aus Steinplatten. Rechts und links des Weges war der Rasen akkurat geschnitten.

Sie gingen um das Haus herum. Auch hier drang kein Licht aus den Fenstern. Ricarda erinnerte sich, dass vom Wohn- und Essbereich aus eine Terrassentür in den Garten führte. Sie hielt auf die Tür zu.

»Die sind nicht zu Hause«, wiederholte Lorenz, als Ricarda mit der Taschenlampe in das Haus leuchtete.

Die Lampe taugte nicht viel. »Ist deine Lampe besser?«, fragte sie ihren Kollegen auf Zeit. Wenn dieser Fall abgeschlossen war, würde sie wieder in Mainz arbeiten. Es war das erste Mal, dass ihr dieser Gedanke kam, und sie wusste nicht, ob er ihr gefiel.

»Ja, ist sie«, sagte Lorenz und reichte ihr seine Taschenlampe. Schon das Gewicht machte deutlich, dass hier ein massiger Akku seinen Dienst verrichtete.

Ricarda richtete den Lichtstrahl in den Wohnbereich. Zwei Sofas, ein Kamin, daneben ein Glastischchen mit Fernseher darauf. Der Lichtstrahl glitt weiter nach rechts. Der Einbauschrank in Eiche rustikal. Und der Esstisch. Davor, auf dem Boden, lag eine Person.

Ricarda überlegte nur für den Bruchteil einer Sekunde. Lorenz hatte mehrmals geklingelt, und niemand hatte ihnen die Tür geöffnet. Also konnte sie davon ausgehen, dass die Person auf dem Boden dazu nicht mehr in der Lage war. Sie nahm die Taschenlampe, holte aus und schlug gegen das Glas der Terrassentür. Das Ehepaar Seitz hatte offensichtlich eine Schulung bei den Kollegen vom Einbruchsdezernat besucht: Das Glas gab nicht nach.

In einem ihrer Fahrzeuge fanden die Kollegen einen massiven Bolzenschneider. Damit gelang es nach dem dritten Hieb, das Glas der Tür zu durchschlagen. Eine Minute später kniete Ricarda neben Milena Seitz. Ihre Hand tastete zur Halsschlagader.

Sie hatte noch Puls, aber der war schwach und langsam. Das Herz kam auf knapp dreißig Schläge pro Minute. »Krankenwagen«, rief Ricarda, aber den hatte Lorenz bereits angefordert.

Er hatte auch das Licht angemacht. Milena Seitz lag neben dem Esstisch. Auf dem Tisch standen zwei Teller, auf denen je ein Fischfilet lagen, Kartoffeln und eine Soße. Ricarda fühlte mit dem Finger: alles kalt. Dann sah sie die Packung Tabletten neben dem geleerten Weinglas. *Dromiphyl* stand auf dem Etikett. Ricarda kannte das Mittel. Ein Schlafmittel und ein ziemlicher Hammer. Nach der Trennung von ihrem Mann hatte ihr Arzt ihr das Barbiturat verschrieben. Und sie erinnerte sich der zuverlässigen und zu starken Wirkung. Sie hatte ebenfalls nicht vergessen, dass die Kombination mit Alkohol nicht ratsam war. Und da stand die Flasche, deren Etikett den Inhalt als Pinot Grigio auswies. Jetzt war der einzige Inhalt Luft.

Ricarda brachte Milena Seitz in die stabile Seitenlage. Mehr konnten sie im Moment nicht tun. Bereits drei Minuten nachdem Ricarda das Wort »Krankenwagen« gerufen hatte, liefen die Rettungssanitäter in den Raum, zusammen mit einem Notarzt. Sie zeigte ihm das leere Schlaftablettenpäckchen und die leere Weinflasche. Dann begleitete Ricarda Milena bis zum Rettungswagen.

Milena Seitz hing inzwischen am Tropf, der Arzt tastete, hörte, forschte. Sie war noch nicht wieder bei Bewusstsein.

»Wird sie es schaffen?«

Der Doc sah sie an. »Ja, wird sie. Aber wenn Sie nicht mit Ihrer Hundertschaft hier aufgeschlagen wären …«

»Wohin bringen Sie sie?«

»In die Horst-Schmidt-Kliniken.«

Als Ricarda ins Haus zurückkehrte, war alles in helles Licht getaucht. Sämtliche Deckenleuchten waren angeschaltet. Lorenz dirigierte die Kollegen durch das Haus. Sie suchten nach Hinweisen, die Leonhard Seitz mit dem Mord an Regine Springe in Verbindung bringen konnten. Oder mit den anderen Morden an ihren Verwandten.

Sie traf Lorenz im ersten Stock, wo sich ein großzügiges Badezimmer, eine Toilette mit Dusche, das Schlafzimmer und ein Gästezimmer befanden. »Habt ihr schon irgendwas?«

»Nein. Bislang nichts.«

Ricarda ging unter das Dach und fragte die Kollegen: »Hier etwas?«

»Hier oben hat offenbar die Enkelin gewohnt«, sagte Leah, die ebenfalls mit von der Partie war. »Ein Schlafzimmer, ein Wohn- und Arbeitszimmer und ein kleines Bad.«

Ricarda ging wieder nach unten zu Lorenz. »Warum hat sie sich umbringen wollen?«

Lorenz zuckte mit den Schultern. »Was weiß ich. Vielleicht hat Leonhard seiner Frau gestanden, was er getan hat.«

Leonhard war nicht im Haus, auch das Auto stand nicht in der Garage. Lorenz rief bei den Kollegen an. Seitz fuhr einen weinroten Mazda Xedos 9 mit Wiesbadener Kennzeichen. Der Wagen war bereits zwanzig Jahre alt. So viele sollten von dem Typ nicht mehr in der Gegend herumfahren. Er ließ Seitz und das Auto sofort zur Fahndung ausschreiben.

»Kollege Rasper, können Sie mal runterkommen«, hörte Ricarda eine laute Stimme aus dem Keller.

Sie gingen nach unten und betraten einen Raum im Keller, der vielleicht sechzehn Quadratmeter Grundfläche hatte. Ein schmales Fenster knapp unter der Decke ließ tagsüber etwas Tageslicht herein. Der Raum bestand im Wesentlichen aus einem Schreibtisch und einer großen Schrankwand. An einer Wand war eine Schiefertafel angebracht, auf der kleinen Ablage lagen Schwamm und Kreide.

»Hier«, sagte der Kollege und deutete auf die Schrankwand. Ein Kollege zeigte auf eine Reihe Aktenordner und Schnellhefter. Ein flacher Hefter lag aufgeschlagen auf dem Tisch. »Das scheint so etwas wie sein Arbeitszimmer zu sein. Der Hefter lag hier so, wie er jetzt liegt. Wir haben das schon fotografiert.«

Ein weiterer Kollege machte sich an der verschlossenen Tür eines Schrankes zu schaffen. Offensichtlich war das Schloss nicht so leicht zu knacken.

Lorenz zog sich ein Paar Einweghandschuhe über, dann nahm er den Hefter in die Hand und besah sich die einzige Seite, die in einer Klarsichthülle steckte. Sie war im Format DIN A3. Ausklappbar. Leah hätte ihre wahre Freude daran, dachte Lorenz.

Ricarda sah Lorenz über die Schulter. Was sie sah, zeigte, dass sie auf der richtigen Spur waren. Auf dem Blatt war ein Stammbaum aufgezeichnet. Ganz oben stand der Name von Hermann Jankert und seiner Frau Sabine.

Zwei Pfeile führten zur nächsten Generation: Thea Hollster, geb. Jankert und Regine Springe, geb. Jankert. Der Name Thea Jankert war mit grünem Textmarker durchgestrichen, der Name Regine mit rotem Stift. Die Farbe Grün schien also jenen Personen vorbehalten, die Leonard Seitz nicht selbst umgebracht hatte.

Die jeweiligen Ehemänner von Regine und Thea waren nicht aufgeführt. Was die Theorie der Rache an einer Blutlinie stützte.

Von Thea Hollster führten drei Striche zu ihren Kindern. Reinhard Hollster, der Aktienbroker aus Heidelberg, war rot durchgestrichen. Susanne Krick, geborene Hollster, war grün durchgestrichen, Ute Pein, geborene Hollster, war ebenfalls grün durchgestrichen. Womit die Frage, ob sie tatsächlich durch eigene Hand gestorben war, beantwortet war. Leonhard Seitz hatte den Heizluftofen jedenfalls nicht in ihr Badewasser fallen lassen.

Reinhard Hollster hatte keine Kinder. Der Sohn von Susanne Krick, Kevin Krick, war nicht durchgestrichen. Er lebte noch. Die Namen der Töchter von Ute Pein aber, Sandra Pein, die junge Joggerin aus Darmstadt, und Monika

Oloniak aus Mainz, waren rot durchgestrichen, und ebenso der Name von Monikas Tochter Mia.

»Offenbar sind die rot Durchgestrichenen ermordet worden und die grünen eines natürlichen Todes gestorben«, sprach nun auch Lorenz das Offensichtliche aus.

Ricarda erinnerte sich an den Moment vor mehr als sechs Wochen, als sie vor der Leiche des Babys gestanden hatte. Es hatte auf einer Decke mit kleinen Schiffen und Ankern gelegen, tot, kalt. Seine Chance auf ein Leben war beendet worden, bevor dieses Leben überhaupt angefangen hatte. Und sie hatte diesem kleinen Mädchen versprochen, seinen Mörder zu finden. Es sah so aus, als hätte sie ihr Versprechen gehalten. Wenn sie auch noch keinen blassen Schimmer hatte, welches Motiv Leonhard Seitz dazu getrieben hatte, Hermann und Sabine Jankerts Nachfahren umzubringen.

Ricarda betrachtete den Stammbaum. Etwas machte sie stutzig: Da war auch Kevin Krick verzeichnet, der junge Mann, der die Enkelin von Leonhard Seitz auf dem Gewissen hatte. Aber er war nicht durchgestrichen. Hatte Leonard Seitz doch nichts mit Kevins steifem Knie zu tun?

»Warum ist Kevins Name nicht durchgestrichen?«, wunderte sich auch Lorenz. »Kevin ist der Mann, der Leonhard die Enkelin genommen hat. Aber Kevin lebt noch. Er ist nur verdroschen worden, und wir wissen nicht einmal, ob von Leonhard Seitz oder von seinen eigenen braunen Kameraden. Da er hier nicht durchgestrichen ist, hat Seitz vielleicht doch nichts damit zu tun. Vielleicht gehen die Schläge doch auf das Konto seiner rechten Kumpels aus Berlin.«

Ricarda besah sich den Stammbaum genauer. Sie wünschte sich, sie hätte die komplette Chronologie der Morde im Kopf.

Sie stand auf, ging zur Kellertreppe und rief: »Leah? Wir brauchen deine Hilfe!«

Wenige Sekunden später war Leah Gabriely bei ihnen. Ricarda deutete auf den Stammbaum: »Wann wurde Kevin Krick angegriffen?

Leah besah sich den Stammbaum nur wenige Sekunden lang, dann sagte sie: »Kevin Krick wurde angegriffen, bevor der erste Mord begangen wurde. Zwischen dem Angriff auf Kevin Krick und dem Mord an Reinhard Hollster in Heidelberg liegt mehr als ein Monat.«

»Er greift den Mörder seiner Enkelin an«, dachte Ricarda laut nach, »und dann fängt er an, die Verwandtschaft umzubringen. Das macht doch keinen Sinn!«

»Nein, das macht keinen Sinn«, stimmte ihr Leah zu. »Aber sein Ziel waren nicht die Verwandten von Kevin Krick. Sondern die Nachfahren von Hermann Jankert und seiner Frau Sabine. Die sind der Schlüssel.«

Der Stammbaum führte von Hermann und Sabine Jankert auch zu deren zweiter Tochter, Regine. Auch Regine hatte eine Tochter, Sina Kaufmann. Die war mit ihrer Tochter derzeit zum Glück in Australien. Sinas älterer Sohn Norbert war in Bayreuth erstochen worden, vor ziemlich genau einem Jahr.

Auch Lorenz besah sich den Stammbaum. »Was auch immer das Motiv von Leonhard Seitz gewesen sein mag – dass wir den richtigen Mann gefunden haben, daran besteht wohl kaum noch ein Zweifel.« Er zog noch einige Leitz-Ordner aus dem Schrank. Darin waren Dossiers über alle Menschen angelegt, deren Namen sich auf dem Stammbaum fanden, und ebenso über deren Partner. Seitz hatte die Recherchen gründlich erledigt und auch erledigen lassen, denn in den Ordnern fanden sich einige Berichte diverser Detekteien.

»Das ist ziemlich gruselig«, murmelte Ricarda, während sie gemeinsam mit Lorenz die Ordner durchblätterte.

»Und hat zudem eine Stange Geld gekostet«, sagte Lorenz. »Detekteien arbeiten schließlich nicht umsonst.«

Neben ihnen stieß einer der Kollegen einen Pfiff aus. »Na, da schau her«, rief er, und die anderen im Raum drehten sich um. Der Kollege hielt in der einen Hand eine Keksdose, in der anderen den Deckel. »Langenburger Wiebele« stand auf dem grün-silbernen Blechdeckel. In der Dose lagen jedoch keine Leckereien, sondern bis zur Hälfte Hundert-Euro-Scheine.

Ein Kollege nahm eine weitere Dose aus dem Schrank. Gleicher Inhalt. Aber randvoll. Eine dritte Dose im gleichen Design war leer.

»Okay, verdächtige Spuren via Kreditkarte können wir uns also abschminken«, meinte Ricarda.

»Aber vielleicht finden wir auf den Scheinen die Fingerabdrücke von Aktienguru Reinhard Hollster«, vermutete Lorenz. »Denn ich denke, das ist das Geld aus seinem Tresor in der Heidelberger Wohnung. Und damit könnten wir ihm dann auch den Mord in Heidelberg anlasten.«

In diesem Augenblick rief der Kollege vor der Schranktür: »Hab dich!«

Die Tür schwang auf. Der Schrank beherbergte mehrere Einlegeböden. Perücken, Bärte, ein Schminkkoffer und sogar ein künstlicher Bauch aus Gummi – für den Inhalt dieses Schrankes hätte eine Laientheatergruppe sicherlich ein paar Euro springen lassen.

»Womit auch dieses Rätsel gelöst wäre«, sagte Lorenz.

SAMSTAG, 21. SEPTEMBER

Lorenz saß in seinem Büro und grübelte darüber nach, wie Hermann Jankert oder seine Frau den Hass von Leonhard Seitz hatten auf sich ziehen können. Die anderen im Team hatte er erst einmal ins Wochenende geschickt. Sie hatten Leonhards Wagen noch in der Nacht gefunden. Leer. Wo immer er auch war, sie würden ihn schon finden.

Im Moment war zum Glück keiner von Jankerts Nachfahren mehr in Gefahr. Kevin Krick hatten sie in ein Hotel in Bayern verfrachtet. Statt seiner hockte ein junger Polizist in der Kellerwohnung in Heilbronn, der Kevin leidlich ähnlich sah und eine Kevlar-Weste unter dem Schlabbersweatshirt trug. An die zehn Kollegen waren im Umfeld postiert, aber so, dass Leonhard sie nicht auf den ersten Blick würde entdecken können, nicht einmal bei Tag. Lorenz war sich sicher, dass Kevin das nächste Ziel von Leonhard Seitz war. Denn es sah nicht so aus, als wäre sein Feldzug beendet. Außer Kevin lebten nur noch Regine Springes Tochter und Enkelin, Sina und Janina. Und die reisten irgendwo durch Australien. Damit allerdings hatte Leonhard Seitz keine Chance, die Fehde zu beenden, und würde vielleicht deshalb auch gar nicht mehr zu Kevin gehen. Vielleicht würden sie in den kommenden Tagen seine Leiche finden, weil er sich umgebracht hatte.

Auch Lorenz hätte ein paar Stunden Entspannung gebrauchen können. Aber zu Hause fand er keine. Bis zu den Herbstferien war es noch einen Monat. Jolene und er hatten beschlossen, Adriana erst zu Beginn der Ferien über ihre biologische Abstammung zu informieren. Dann hätte sie zumindest zwei Wochen, um sich gerade ihren Bio-Leistungskurs nicht zu ruinieren. Es war Jolenes Idee gewesen. Er war einverstanden. Bis dahin mussten sie irgendwie weiterleben. Vielmehr musste *er* irgendwie damit weiterleben. Und so floh er vor der Spannung daheim ins Büro. Keine rühmliche Lösung. Aber eine bessere fiel ihm nicht ein. Besonders da der Fall abgeschlossen werden musste. Also weiter.

Lorenz blätterte in seinen Notizen. Als Jankert gestorben war, 1982, musste Seitz um die vierzig gewesen sein. Er fragte sich, ob sich die beiden Männer vielleicht sogar persönlich gekannt hatten. Er wählte die Nummer des Journalisten Hans Dahlke, der ihm gestern von der Familie Jankert erzählt hatte.

Dahlke ging bereits nach dem ersten Klingeln ans Handy, und Lorenz kam sofort auf den Punkt: »Hier noch mal Rasper. Kennen Sie einen Zusammenhang – oder können Sie sich einen vorstellen – zwischen Hermann Jankert, seiner Frau und Leonhard Seitz?«

Dahlkes Antwort fiel denkbar knapp aus: »Nein.«

»Wissen Sie, ob sich die beiden gekannt haben?«

»Nein, das weiß ich nicht. Aber ich erinnere mich genau an das Gespräch mit Leonhard Seitz. Als ich den Namen Jankert genannt habe, da wurde Seitz ganz aufmerksam. Bis dahin hatte er zwar meine Fragen beantwortet, schien aber nicht wirklich interessiert. Nein«, sagte er nach einem kurzen Zögern, »bevor ich Jankert erwähnte, war er ausschließlich der trauernde Großvater gewesen, der es nicht fassen konnte, dass seine Enkelin tot war und dass sich auch Verwandte von Kevin mit rechtem Gedankengut befassten. Als ich dann aber Jankerts Namen nannte, da änderte sich seine Haltung. Er wollte so viel über den Mann erfahren, wie ich ihm sagen konnte. Es wirkte auf mich, als ob er den Namen kannte, sich aber nicht sicher war, ob der Mann, mit dem er den Namen in Verbindung brachte, auch jener war, über den ich sprach. Klingt seltsam, aber genau den Eindruck hatte ich.«

»Aber Sie kennen keinen konkreten Bezug?«
»Nein.«

Lorenz überlegte kurz. »Hat Seitz mit Ihnen über Schiffe gesprochen?«

»Schiffe? Nein. Wieso?«
»Hat er den Namen ›Cap Arcona‹ erwähnt?«
»Sie meinen den Felsen auf Rügen?«
»Keine Ahnung, ob es auf Rügen einen Felsen gibt, der so heißt. Nein, ich meine den Dampfer, neunzehnpaarundzwanzig gebaut, am Ende des Zweiten Weltkriegs versenkt.«
»Nee.«

Lorenz bedankte sich und legte auf. Die einzige Verbindung, die ihm einfiel, war die, dass Seitz bei der Polizei gearbeitet hatte und Jankert beim BKA. Auch wenn sein eigener Arbeitgeber bei den Kollegen auf der Straße nicht immer wohlgelitten war, er konnte sich nicht vorstellen, was einen Polizisten dazu brachte, die Familie eines Kollegen auslöschen zu wollen. Sicher, es war bedauerlich, dass die Kollegen in Berlin die Mörder von Seitz' Tochter nicht hatten fassen können. Aber daran war nun das BKA nicht schuld, ja nicht einmal beteiligt gewesen. Und auch beim Tod der Enkelin gab es keine Verbindung zum BKA. Bevor man da einen Jankert auf die Abschussliste setzte, würde es der Täter in diesem Fall eher auf andere abgesehen haben: auf die Polizisten in Berlin, auf Kevin Kricks Verteidiger oder auf den Richter, der eine so milde Strafe ausgesprochen hatte.

Vielleicht sollte er es mal über das Schiff versuchen. Wieder besuchte er die Seite auf Wikipedia, die das Schiff und seine Geschichte beschrieb. Vom Luxusdampfer zum Gefängnisschiff und dann zur Todesfalle für viereinhalbtausend Menschen. Vor dieser Sache hatte Lorenz noch nie etwas von dieser Tragödie gehört.

Lorenz erinnerte sich: Jankert war Polizist und SS-Mann in Hamburg gewesen. Hatte er vielleicht etwas mit dem Schiff zu tun gehabt? Das würde zumindest diesen Zusammenhang erklären. Wenn dann auch immer noch nicht klar war, was das Schiff mit Seitz zu tun hatte.

Während er in diese Richtung recherchierte, lag Milena Seitz im Krankenhaus. Er war am Morgen persönlich vorbeigefahren. Sie hatten ihr den Magen ausgepumpt, und es bestand keine Lebensgefahr. Bis man sie polizeilich befragen konnte, hatte der Arzt gesagt, würden noch ein paar Stunden vergehen. Lorenz hatte ihm deutlich gemacht, dass er unbedingt mit Milena Seitz sprechen müsse. Er hatte dem Arzt seine Karte gegeben und die Handynummer darauf notiert.

Bei den Quellenangaben des Wikipedia-Artikels stieß Lorenz immer wieder auf ein Buch, in dem die Versenkung der ›Cap Arcona‹ und die des anderen Schiffes voller Häftlinge, der ›Thielbeck‹, offenbar wissenschaftlich aufgearbeitet worden war. Der Autor hieß Helge Manwill, das Buch ›Der Untergang der Cap Arcona‹. Er googelte den Namen des Autors. Der war angestellt bei der Stadt Neustadt in Holstein, an deren Ufern sich das Drama abgespielt hatte. Er fand eine Telefonnummer und über einen Verein von Kaninchenzüchtern, bei dem Manwill im Vorstand war, sogar eine Handynummer.

»Manwill«, meldete sich eine sonore Bassstimme, wenige Sekunden nachdem Lorenz die Nummer gewählt hatte.

»Kriminalrat Rasper vom Bundeskriminalamt. Nicht erschrecken. Spreche ich mit Helge Manwill, dem Autor des Buches über das Schiff ›Cap Arcona‹?«

»Ja, der ist am Apparat«, antwortete Manwill mit norddeutschem Zungenschlag.

»Ich ermittle in einem mehrfachen Mordfall«, erklärte Lorenz und berichtete dann knapp über die Morde und die an den Tatorten hinterlassenen »Souvenirs«, von denen vier der ›Cap Arcona‹ zuzuordnen waren. »Ich habe nun eine ganz konkrete Frage. Sagt Ihnen der Name Hermann Jankert etwas? Und steht dieser Mann in irgendeinem Zusammenhang mit dem Schiff oder dem Schiffsuntergang?«

»Das kann ich Ihnen ganz klar beantworten: ja. Der Name Hermann Jankert hat allerdings etwas mit der ›Cap Arcona‹ zu tun.«

Nachdem Milena ihm gesagt hatte, dass er auch sie umbringen müsse, war Leonhard wütend geworden. Er hatte nicht gebrüllt, aber er hatte ihr sehr deutlich zu verstehen gegeben, dass sie nicht auf seiner Liste stehe. Dann hatte er ihr genau berichtet, wie seine Pläne für die nächsten achtundvierzig Stunden aussahen. Und es war ihm einerlei gewesen, ob ihr das passte oder nicht. Sosehr er seine Frau liebte, er würde seine Mission nicht mehr abbrechen. Danach war er aufgestanden und einfach aus dem Haus gegangen, sogar ohne sich von ihr zu verabschieden. Er hoffte, dass sie ihm das verzeihen konnte. Allein gelassen hatte er sie zuvor manches Mal, aber erst in der Zeit, nachdem dieser Journalist bei ihnen gewesen war. War es gut gewesen, dass dieser Mann in ihr Leben getreten war? Es war eine müßige Frage, die jetzt ohnehin keine Rolle mehr spielte.

Er trug seine Walther P38 sowie das Messer bei sich. Jankert hatte ihm seine Familie geraubt, also würde er auch Jankert die Familie nehmen, auch wenn Jankert selbst nicht mehr lebte. Auge um Auge, Zahn um Zahn. Vorbei waren die Zeiten, in denen er die andere Wange hingehalten hatte. Kevin würde der Letzte sein, den er tötete. Der Mann, mit dem alles angefangen hatte und mit dem auch alles enden würde. Zufall, dass ausgerechnet Jankerts Urenkel seine Enkelin getötet hatte? Wohl eher eine Frechheit des Schicksals. Was auch immer.

Er saß am Ufer des Rheins. Vor ihm fuhr ein Ausflugsdampfer gen Norden.

Bestimmt hatten sie die Fahndung nach ihm ausgeschrieben. Er wusste nicht, wie nah die Polizei ihm bereits auf den Fersen war, aber er würde das, was er angefangen hatte, auch zu Ende bringen. Milena würde ihn nicht verraten, dessen war er sich sicher. Der Personalausweis, den er in seiner Innentasche trug, lautete auf den Namen Matthias Lüdtke. Als Matthias Lüdtke trug er einen langen grauen Vollbart. Der Name Müller war »verbrannt«, seit sie herausgefunden hatten, dass er in Kellenhusen gewesen war.

Der Ausweis auf den Namen Lüdtke war der letzte, den er hatte. Es war auch der, der ihn am ehesten über die Grenze bringen würde. Es gab noch einen zweiten Ausweis von ähnlicher Qualität, der auf den Namen Elisabeth Lüdtke ausgestellt war. Wenn er seine Mission erfüllt hatte, würde er seine Frau fragen, ob sie ihn begleiten würde. Nach dem gestrigen Abend war er sich dessen nicht mehr sicher. Aber er konnte nicht einfach aufhören. Wenn er Kevin, Sina und Janina entkommen ließ, wären alle anderen Hinrichtungen zuvor zu beliebigen Mordtaten degradiert. Erst wenn es vollendet war, wäre es eine große Tat. Hatte Hermann Jankert zu seiner Zeit nicht zwischen höherwertigem und unwürdigem Leben unterschieden? Nicht dass er, Leonhard, solch einen Schwachsinn glaubte. Nein, hier ging es um einen ganz individuellen Rachefeldzug, zu dem er ein Recht hatte. Nachdem Kevin seine Enkelin ermordet hatte, hatte die Sippe das Recht verwirkt weiterzuleben. Insbesondere, da noch andere Familienmitglieder ihr Festhalten am braunen Gedankengut unter Beweis gestellt hatten.

Ein großer und voll beladener Frachtkahn kämpfte sich gegen die Strömung nach Süden. Er lag so tief im Wasser, dass die Gischt immer deutlich über die an der Bordwand markierte Wasserlinie spritzte.

Wie hatte ihn das schlechte Gewissen geplagt, nachdem er Kevin verprügelt hatte. Ironischerweise waren es die Worte seiner Frau gewesen, die ihn auf den rechten Weg gebracht hatten. Seit diesem Tag hatte er vorgehabt, Kevin Krick zu töten. Und dann war dieser Journalist bei ihm aufgetaucht. Er wollte Statements und Emotionen für seinen Artikel. Milena war angeekelt gewesen. Doch ihre Höflichkeit hatte ihr verboten, den Mann einfach aus dem Haus zu werfen. Stattdessen hatte sie ihm sogar Kaffee und selbst gebackenen Kuchen hingestellt. Es war wohl einfach Schicksal gewesen. Für Leonhard war dieses Interview die Möglichkeit gewesen, seinen Schmerz in die Welt hinauszuschreien. Diesen Punkt hatte Milena bereits hinter sich gelassen, aber er selbst war zuvor noch nicht so weit gewesen.

Dann kam der Moment, in dem der Journalist in dem Gespräch zum ersten Mal den Namen Hermann Jankert genannt hatte. Leonhard hatte das Gefühl gehabt, geschlagen worden zu sein, hatte körperlichen Schmerz empfunden, als sein Gehirn den Namen in ein Gefühl übersetzte. Und dieses Gefühl war grenzenloser Hass. Sechzehn Jahre bevor dieser Journalist bei ihm aufgetaucht war, hatte er den Namen das erste Mal gehört und ihn nie vergessen. Den Journalisten, diesen Hans Dahlke, hatte er nach Strich und Faden ausgefragt. Danach hatte er allein aus dem Gedächtnis einen kompletten Stammbaum derer aufzeichnen können, die Hermann Jankerts Lenden und Sabine Jankerts Schoß in diese Welt geworfen hatten.

Er hatte in dieser Nacht nur drei Worte denken können, die abertausendfach in seinem Gehirn hin und her geworfen worden waren; jeden Schlaf hatten sie unmöglich gemacht. Die ersten beiden Worte waren Hermann und Jankert gewesen. Das dritte Wort war Rache.

Er sah auf die Uhr.

Es war Zeit zu gehen.

Das Flugzeug aus Australien würde bald landen.

DAMALS. DONNERSTAG, 3. MAI

»Es sind die Briten! Die Tommys kommen!«

Jens' Bruder Ludwig klebt mit dem Gesicht förmlich am Bullauge.

Ich kann aus dem zweiten Bullauge schauen. Die Hoheitszeichen – der rote Punkt mit weißem und dann blauem Ring darum – wirken wie ein Freiheitszeichen. Wenn die Flugzeuge hier sind, sind die Panzer auch nicht mehr weit. Bald, in wenigen Stunden oder vielleicht in einem Tag werden wir frei sein! Sie werden die ›Cap Arcona‹ in den Hafen ziehen, und wir können endlich von Bord. Wir werden frei sein. Wir werden endlich frei sein.

Jens zieht mich zur Seite, will selbst hinausschauen. »Da ist noch einer!«

Wir hören Flakschüsse. Und gleich darauf das Geräusch der Freiheit: weitere Flugzeugmotoren.

»Das ist ein ganzes Geschwader!«, brüllt Jens und lässt die Faust in die Luft schnellen. »Bald ist alles vorbei!«

Immer mehr Flieger erscheinen am Himmel, wie ein Vogelschwarm. Sie kommen im Tiefflug auf unser Schiff zu. Dann passiert etwas, was ich zunächst nicht verstehe. Unter den Flügeln lösen sich – Raketen!

»Das kann doch nicht ...«

Bevor ich den Satz beenden kann, gibt es mehrere direkt aufeinanderfolgende Detonationen. Das Schiff zittert, schwankt.

»Die bombardieren uns!«, schreit Jens völlig fassungslos.

Ja. Die bombardieren uns. Und schon folgen mehrere Salven aus den Bordgeschützen der Flugzeuge, die ebenfalls auf das Schiff gerichtet sind.

Ich schaue immer noch aus dem Bullauge. Und sehe den Rauch. Eine der Raketen ist vielleicht zehn Meter neben uns und knapp unter uns eingeschlagen. Es brennt. Es brennt lichterloh.

»Wir müssen raus, nach oben, zu den Rettungsbooten!«, höre ich Rudi brüllen. Ich kann meinen Blick nicht von den Flugzeugen abwenden. Ich verstehe gar nichts. Warum beschießen sie uns? Sie müssen doch wissen, dass die Schiffe randvoll mit Gefangenen sind! Sie müssen das doch wissen!

Sie wissen es offenbar nicht.

Die Flugzeugmotoren werden von den Schreien vor unserer Kabine übertönt. Ja, wir müssen raus. Ich bin der Letzte aus unserer Kabine. Der Gang ist voller Menschen, alle in Zebrakleidung, bis auf ein paar Wächter. Aber die Wächter auf diesem Schiff, sie sind nur noch alte Männer. Sie sind der Rest der Übriggebliebenen, die man an Land zwangsverpflichtet hat. Direkt vor meiner Tür fällt ein Mann zu Boden. Hinter ihm zwei Zebras. Der Vordere versucht, stehen zu bleiben, doch hinter ihm drücken die anderen nach.

Es ist unglaublich laut, die Menschen schreien, das Feuer tobt, und ich spüre, dass der Boden unter meinen nackten Füßen bereits warm wird.

Das vordere Zebra muss sich entscheiden. Fallen und überrannt werden. Oder selbst überrennen. Er entscheidet sich für Letzteres. Der Mann auf dem Boden schreit entsetzlich, aber nachdem drei weitere über ihn hinweggerannt sind, schreit er nicht mehr, nie wieder.

Ich weiß nicht, was ich tun soll. Mich in die schiebende und drückende Meute einreihen? Oder hier verbrennen?

Die Menschen sind wie Tiere. Ich stehe im Türrahmen, sehe in den Augen nur einen einzigen Ausdruck: Panik. Und Panik, das ist der absolute Überlebenswille, der über Leichen geht.

Du kommst hier nicht raus.

Der Gedanke, so klar.

Dann bleibt die Meute stehen. Offenbar drücken die Vorderen zurück in die andere Richtung, und die Hinteren schieben weiter nach vorn. Drei Häftlinge drängen in meine Kabine, um dem Zerquetschtwerden zu entgehen. Es zieht bereits Rauch durch den Gang. »Der Aufgang steht in Flammen!«, raunt es vor dem Eingang. Es geht nicht mehr vor, es geht nicht mehr zurück.

Ich huste. Der Rauch beißt.

Es gibt nur noch einen einzigen Weg. Ich versuche, das Bullauge zu öffnen.

»Zbyszek, Feigling!«, höre ich in Gedanken die Stimme meines kleineren Bruders. Er hat es mir zugerufen, als wir damals in Zakopane an diesen See geradelt sind. Er rief es mir aus dem Wasser zu. Ich stand noch oben, auf dem Felsen, vielleicht fünf Meter über ihm. Aber ich traute mich nicht zu springen. Ich kletterte die Felsen zu ihm hinab. Ich musste mir seinen Spott darüber noch Jahre später anhören. Hier, in diesem Schiff, da sind es sicher mehr als fünf Meter bis nach unten zum Wasser. Aber ich habe keine andere Möglichkeit.

Das Bullauge lässt sich nicht öffnen. Das daneben auch nicht. Ich greife zu dem Stuhl, der neben dem Tisch steht, ramme das Stuhlbein gegen das Glas. Nichts passiert, außer dass meine Schulter und mein Handgelenk schmerzen. Neben mir greifen andere Zebras zum Stuhl Nummer zwei und rammen ihn gegen das Glas des anderen Bullauges.

Sekunden später splittern beide Gläser gleichzeitig. Ich

greife das Stuhlbein, ziehe es innen am Rahmen entlang, versuche so, die Splitter, die noch im Rahmen klemmen, zu lösen.

Der Rauch dringt nun massiv in den Raum.

Jetzt oder nie.

Neben mir hat sich einer der Häftlinge nach vorn gedrängt, will als Erster durch das nun offene Bullauge nach draußen.

Auch ich zwänge meinen Körper durch die Öffnung.

Im Bullauge neben mir bleibt der Mann stecken. Ich bin so ausgemergelt, dass ich mich hindurchzwängen kann. Ich höre noch das Schreien des Mannes neben mir, der nun von den anderen geschoben wird.

Ich springe.

Falle.

Rudere mit den Armen.

Falle.

Berühre mit den Beinen die Wasseroberfläche, tauche ein, klatsche mit den Armen auf das Wasser, denke, es reißt mir die Haut ab. Dann tauche ich tief unter. Stoße mich mit Beinen und Armen wieder nach oben. Keinen halben Meter neben mir taucht ein anderer Körper ins Wasser. Der Arm des Mannes verfehlt meinen Kopf nur knapp.

Weg hier!

Der Gedanke ist ganz klar. Ich mobilisiere die letzten Kraftreserven, um schnell vom Schiffsrumpf wegzuschwimmen.

Ich spüre die Kälte. Gestern hat jemand gesagt, das Wasser habe vielleicht acht Grad. Dann werde ich es nicht lange aushalten, aber ich schwimme dennoch weiter weg vom Schiff.

Einmal drehe ich mich um. Was ich sehe, kann ich kaum fassen. Die ›Cap Arcona‹ steht komplett in Flammen. Nur am Bug ist noch ein Bereich, der nicht brennt. Dichter Rauch steigt gen Himmel.

Ich schaue zu der Kabine, aus der ich gesprungen bin. Erkenne sie sofort. Denn im Bullauge klemmt immer noch der Körper. Rauchschwaden umhüllen ihn.

Zehn Meter neben mir schwimmt ein Tisch. An drei von vier Tischbeinen klammert ein Mensch. Ich überlege, es ihnen gleichzutun, als jemand schneller ist als ich. Er greift nach dem vierten Tischbein, wodurch der Tisch versinkt. Er und sein Nachbar versuchen gegenseitig, des anderen Hand zu lösen. Dann schlägt der eine, der neu hinzugekommen ist, zu, und der andere versinkt. Doch schon schwimmen die nächsten zwei Zebras auf den Tisch zu.

Ich kann nur überleben, wenn ich weiter in die See hinausschwimme. Ich versuche zu erkennen, wo das Land am nächsten ist. Ich entscheide mich für einen Punkt, auf den ich zuschwimme. Doch ich spüre, wie mich die Kräfte verlassen.

Ich habe keine Chance. Dieser Gedanke dröhnt mächtig und laut in meinem Kopf. Dann höre ich den Motor eines Bootes. Ich drehe mich um.

Ich bin vielleicht hundert oder zweihundert Meter von der ›Cap Arcona‹ entfernt. Das Boot fährt auf uns zu.

Ich sehe mehrere Arme im Wasser winken.

Sehe, wie das Boot an den Winkenden vorbeifährt.

Dann ziehen sie einen aus den Wellen, der eine schwarze SS-Uniform trägt. Mehrere Häftlinge klammern sich an das Boot. Doch einer von der Besatzung schlägt mit einem Knüppel auf die Hände ein. Die Köpfe, dann die Arme, dann die Hände verschwinden im Nichts.

Nur Herrenmenschen an Bord erwünscht.

Es ist zu kalt für Wut.

Meine Füße sind taub. Ich werde das Ufer nicht lebend

erreichen. Die Boote suchen nicht nach Häftlingen, niemand dieser Deutschen wird mich aufnehmen.

Der Name fällt mir plötzlich ein, der Name des Mannes, der für das alles hier verantwortlich ist. Der Name, den Jens Seitz mir genannt hat: Sturmbannführer Hermann Jankert. Der Mann, der den Kapitän der ›Cap Arcona‹ mit der Waffe bedroht hat, der ihn erschossen hätte, wenn er uns Zebras nicht aufgenommen hätte. Dann wären wir jetzt irgendwo an Land in einem Lagerschuppen. Dann würde ich meine Beine noch spüren. Dann würde ich nicht in der eiskalten See verrecken.

Ich versuche, mir das Gesicht von Gosia vorzustellen, meiner Frau. Damit nicht der Name dieser Ratte das Letzte ist, woran ich denke, wenn ich sterbe.

Ich gehe unter. Tauche wieder auf. Die Arme machen die Schwimmbewegung von selbst. Ich drehe mich um. Das Schiff brennt immer noch. Aber ich sehe auch, dass vorn keine Flammen mehr aus dem Rumpf schlagen. Der Wind treibt Feuer und Rauch nach hinten. Vielleicht gibt es doch eine Chance zu überleben. Ich muss zurück zum Bug des Schiffes.

Überall Treibgut. Und Menschen, die sich darum prügeln. Oft das Letzte, was sie in ihrem Leben tun. Obwohl ich mit meiner Kraft so gut wie am Ende bin, schwimme ich in einem großen Bogen auf das Schiff zu. Die Hoffnung, vielleicht doch eine Insel in diesem scheißkalten Wasser zu erreichen, gibt mir wieder ein bisschen mehr Kraft.

Ich kraule an einem Mann vorbei, der im Wasser sitzt, nicht schwimmt. Ich verstehe es nicht, bis ich näher komme. Dann erkenne ich: Er reitet auf der Leiche unter ihm, mit deren Schwimmweste als Sattel. Ich habe den Impuls, ihn herunterzustoßen. Aber ich weiß, dass ich in einem solchen Kampf unterliegen werde.

Je näher ich der Ankerkette komme, desto enger wird es. Nicht nur ich hatte die Idee, den Bug zu erklimmen.

»Zbygniew!«, höre ich meinen Namen. Ich drehe den Kopf etwas nach hinten, halte den Laut zunächst für eine Kapriole meines Gehirns, halte ihn für den ersten Schritt in Richtung Irrsinn. Dann erkenne ich das Gesicht von Jens. Ich antworte nicht. Ich bin zu schwach.

Auch er schwimmt neben mir auf die Ankerkette zu. An ihr hängen lauter Menschen, es ist ein absurdes Bild, ein Ast voller zu großer, gestreifter Insekten, die langsam nach oben krabbeln.

Einer rutscht ab, fällt auf eine Gruppe unter ihm Schwimmender. Ein Schreien, ein Strudel, ich kann nicht sehen, wie viele wieder auftauchen.

Sofort rücken die anderen nach, für einen Moment schneller, bis die Lücke wieder geschlossen ist.

Ich kann mich nicht entschließen, auf die Kette zuzuschwimmen, zu groß ist meine Angst, von einem Fallenden erschlagen zu werden.

Jens paddelt neben mir. »Die anderen sind tot. Meine Brüder, mein Vater.«

Ich schaue ihn an, aber ich kann nicht sprechen. Ich habe den Eindruck, wenn ich jetzt spreche, habe ich keine Kraft mehr, mich über Wasser zu halten. Über dem so verdammt kalten Wasser.

Jens erzählt dennoch weiter. »Ich bin die Treppe hoch, als Letzter. Direkt hinter mir ist sie einfach zusammengebrochen. Und der ganze Saal stand schon in Flammen. Die anderen meiner Familie waren noch hinter mir.«

Er verstummt.

Wie selbstverständlich schwimmen wir mit kleinen Bewegungen auf die Kette zu.

»Zbyszek, kannst du mir etwas versprechen?«

»Ja«, sage ich. Das bin ich ihm schuldig.

»Wenn ich es nicht schaffe, wenn du hier lebend rauskommst und ich es nicht schaffe, geh zu meiner Frau und sag ihr, dass meine letzten Gedanken bei ihr waren. Und wenn sie nicht mehr lebt, finde meinen Sohn. Er heißt Leonhard, Leonhard Seitz. Ich weiß nicht, wo meine Frau und mein Sohn im Moment sind. Aber du wirst sie finden. Bitte sag meinem Sohn, dass es keinen Tag gab, an dem ich nicht an ihn gedacht habe.«

»Jens, wir kommen hier beide raus«, sage ich.

Wir haben die Kette erreicht.

»Du zuerst«, sage ich.

»Nein, du, Zbyszek.«

»Du, Jens«, sage ich nur. Er hat mein Leben gerettet, daher verdient er es. Denn wenn ich über ihm bin, dann könnte ich ihn in die Tiefe reißen, wenn mich die Kraft verlässt. Und er, er hat Familie. Er hat einen Ort, an den er zurückkehren kann. Den habe ich nicht.

Jens zieht sich nach oben, direkt hinter einem, der kein Zebra trägt, einem von den Wachmannschaften. Auch ich umfasse eines der riesigen Kettenglieder. Dann geht es voran. Langsam. Aber nach oben. Jens ist deutlich schneller als ich. Ich sehe, wie es ihm gelingt, an Bord zu klettern. Er hat das Vorderdeck erreicht, er ist in Sicherheit.

Ich bin inzwischen auch fast oben. Dann höre und spüre ich eine Explosion, dann ein Vibrieren, das ich mir nicht erklären kann.

»Schneller!«, höre ich hinter mir eine Stimme. Aber ich kann nicht schneller.

Wieder ein Vibrieren. Stärker diesmal.

Dann neigt sich der Horizont, erst ein wenig, dann rasend schnell. Das Schiff kippt zur Seite. Ich bin wieder unter Wasser. Strampele nach oben, aber das ist nicht weit.

Das Schiff hat sich um neunzig Grad auf die Seite gelegt. Da es breiter ist, als die See tief ist, liegt nun eine ganze Seitenwand oberhalb der Wasseroberfläche. Ich schwimme die paar Meter auf die Reling zu, die jetzt flach aus dem Wasser ragt. Über sie erreiche ich die Seitenwand, robbe langsam auf ihr aus dem Wasser und gelange schließlich zu einem Bereich, wo sich die Reling wegen der Wölbung des Schiffsrumpfs mehrere Meter über dem Wasser spannt. An den Streben der Reling sehe ich die Hände derer, die auf dem Vordeck waren und die beim Kentern die Reling gerade noch so zu fassen gekriegt haben. Ich werfe einen Blick auf die Gestalten, die dort hängen. Zu einem Paar Hände gehört das Gesicht von Jens. Er sieht mich, erkennt mich, dann lassen beide Hände gleichzeitig die Reling los. Ich sehe, wie er nach unten fällt, sehe, wie er im Wasser versinkt, und sehe ebenfalls, dass er nicht wieder auftaucht. Die Menschen, die zu den Händen gehören, schreien um Hilfe, bitten darum, dass man sie festhält, sie hinaufzieht. Ich höre es, aber ich blende es aus. Ich habe keine Kraft mehr. Ich kann niemanden mehr retten, kann keine Hand mehr halten.

Auf allen vieren krieche ich über die waagrechte Seitenwand des Schiffes. Das Metall ist warm, ganz warm, als ob es extra für mich beheizt worden wäre. Ich verstehe das nicht, dann wird mir klar, dass es am Feuer liegt, das im Schiff wütet.

Ich krieche noch ein wenig weiter, wo es noch etwas wärmer ist. Angenehm. Wärme, endlich Wärme.

Ich lege mich flach auf das Metall, um mit möglichst viel Fläche meines Körpers die Wärme aufzusaugen. Dann schwinden mir die Sinne.

Jemand tippt mir auf die Schulter. »He, wir gehen runter.« Eine Stimme, die ich nicht kenne. Ich brauche ein paar Sekunden, bis ich begreife, wo ich bin.

»Da ist ein Schiff. Für uns. Komm.«

Das Tageslicht ist schon schwächer. Ich habe keine Ahnung, wie viel Zeit vergangen ist. Aber das Metall unter mir ist schon kälter geworden.

Ich krieche zurück. Ein kleines Boot sammelt uns auf, bringt uns zu einem Schlepper, die »Aktiv«, wie ein anderer Zebraträger sagt.

Ich nicke einem Geist zu und murmele: »Ja, Jens, ich werde deine Familie finden. Ich verspreche es.«

Dann werde ich erneut ohnmächtig.

Als ich das nächste Mal erwache, liege ich in einem Bett, in einem Krankenzimmer.

Ich weine. Und kann kaum damit aufhören.

Warum auch.

INTERMEZZO. FÜNFZIG JAHRE NACH DEM UNTERGANG

»Ja, bitte?«

Ich sehe wieder aus wie ein Moorsoldat. Meide Spiegel, seit der Arzt gesagt hat, dass ich nicht mehr lange zu leben habe. Nun, wenn man siebenundsiebzig ist, ist das wohl eher eine Binsenweisheit. Habe in den vergangenen sechs Monaten schon fast zwanzig Kilo abgenommen. Aber neue Kleidung, die ist nicht billig. Und ich habe diesen Detektiv bezahlt. Und die Fahrt hierher nach Deutschland.

»Zbygniew Kostecki ist mein Name. Bitte entschuldigen Sie. Sind Sie die Frau von Leonhard Seitz?«

»Ja. Warum möchten Sie das wissen?«

Sie steht in der Tür. Ihr Blick sagt: »Wer immer Sie sind, Fremder, an mir kommen Sie nicht vorbei.« Dabei ist sie eine so schöne Frau. Sie hat ein schmales Gesicht, wundervolles blondes Haar und tiefblaue Augen. Leonhard Seitz ist offensichtlich ein Glückspilz.

Ich halte mich am Türrahmen fest. Die Kraft lässt immer öfter immer schneller nach. »Es mag für Sie komisch klingen. Aber ich habe eine Nachricht für Leonhard von seinem Vater. Von Jens Seitz.«

Sie wird blass.

»Ich war mit ihm zusammen – im Lager.«

Auch sie stützt sich jetzt am Türrahmen ab. Ein groteskes Bild.

»Milena, Schatz, wer ist da?«

Ich höre die Stimme von Jens' Sohn. Seltsamerweise irritiert sie mich. Denn Jens sprach damals davon, dass sein

Sohn zwei Jahre alt sei. Und so ist seine Stimme in meiner Vorstellung immer eine Kleinkinderstimme geblieben.

Er tritt neben seine Frau.

»Das ist Herr ...« Ihr fällt der Name nicht mehr ein.

»Kostecki, Zbygniew.«

»Kommen Sie doch herein, bitte«, sagt Leonhard.

Ich betrete die Wohnung. Sie geleiten mich ins Wohnzimmer. Ich nehme auf der Couchgarnitur Platz.

»Kaffee?«, fragt Milena Seitz mit tonloser Stimme, und bevor ich antworten kann, ist sie auch schon aus dem Raum verschwunden. Das ist eine Reaktion, die ich vielleicht von Leonhard erwartet hätte, aber nicht von ihr.

»Was führt Sie zu uns?«

»Ein Versprechen«, sage ich. »Ein Versprechen, das ich vor sehr langer Zeit gegeben habe.«

Seine Züge verändern sich. Die Freundlichkeit weicht dem Ausdruck der Anspannung. »Und wem haben Sie ein Versprechen gegeben, das Sie heute zu mir führt? Wir kennen Sie doch gar nicht.«

Ein kleines Mädchen kommt zur Tür herein: »Opa, kannst du mir mal helfen?« In der einen Hand hält sie eine Barbiepuppe ohne Kopf, in der anderen deren Haupt. Ihr Haar ist ähnlich blond wie das des Puppenkopfes, doch das Mädchen hat Locken. Wunderschöne Locken. Sie bemerkt mich. »Wer bist du denn?«, fragt sie mich. »Du bist ganz schön dünn!«

»Carla, das heißt ›Sie‹«, schmunzelt Leonhard Seitz. Als er seine Enkelin ansieht, ist alle Anspannung weg.

»Ich bin – Zbyszek.« Es ist für deutsche Zungen schwer, die Koseform meines Namens auszusprechen. Aber Zbigniew geht kaum einem fehlerlos über die Lippen.

Die Kleine jedoch hat mit meinem Namen keine Schwierigkeiten. »Hallo, Zbyszek. Bist du ein Freund von meinem Opa?«

Es ist viel leichter, mit diesem Sonnenschein zu sprechen, als das Schwere an Leonhard direkt zu adressieren. »Nein. Aber ich war ein Freund von dem Papa von deinem Opa.«

»Mein Opa hatte auch einen Papa?«

Ich muss lachen, was sofort in ein Husten übergeht und wehtut. Die Kleine kommt zu mir, steigt aufs Sofa und klopft mir auf den Rücken.

Nachdem der Anfall vorüber ist, sehe ich in Leonhards Augen. Sein Blick ist starr.

»Und wo ist der Papa von meinem Opa?«, fragt die Kleine weiter.

»Er ist im Himmel.«

»Er ist gestorben?«

»Ja.«

»Dann ist er jetzt bei meiner Mama.«

»Ja, das stimmt wohl«, sage ich. Und ich kann die eine Träne nicht zurückhalten, die sich am Grenzposten meines Auges vorbeigeschmuggelt hat.

»Bist du auch ein Opa?«, will Carla wissen.

»O ja. Ich habe vier Kinder. Und ich habe zwölf Enkel. Zwölf Jungs.«

»Schade«, sagt Carla.

»Warum?«, frage ich.

»Weil wenn du auch Mädchen hättest, dann hätt ich auch jemand zum Spielen.«

»Carla«, sagt Milena, als sie mit einem Tablett in den Raum tritt. Sie stellt das Tablett auf dem Couchtisch ab. »Komm, Carla. Wir gehen in dein Zimmer.«

»Aber meine Franzi!«, protestiert sie.

»Gib sie mir«, sagte Leonhard. »Ich muss mit Zbyszek allein reden. In einer Viertelstunde bringe ich dir Franzi.«

»Erwachsenensachen?«

»Ja. Erwachsenensachen.«

»Aber der Kopf muss dann wieder dran sein!«
»Ja, mein Engel, der Kopf wird wieder dran sein.«
Carla schaut mich an: »Bist du dann auch noch da?«
Ich zucke mit den Schultern.
Milena greift entschlossen nach Carlas Hand, zieht sie aus dem Raum. Währenddessen schaut mich Carla immer noch an und winkt mir mit der freien Hand zu. Ich winke zurück. Milena schließt die Tür.
»Wollen Sie Geld? Ist das ein schlechter Witz?«
Ich schüttle den Kopf. »Nein. Ich war mit Ihrem Vater im Konzentrationslager Neuengamme. Und ich war mit ihm auf der ›Cap Arcona‹. Ihr Vater hat mir zweimal das Leben gerettet. Und ich soll Ihnen etwas von ihm ausrichten. Ich war der Letzte, der ihn lebend gesehen hat.«
Dann erzähle ich die Geschichte, die mich mit seinem Vater verbindet. Während ich erzähle, weint der Mann stumm. Ich berichtete ihm vom frühen Treffen im Lager, wie ich in das Außenlager Wittenberge kam, dann wieder nach Neuengamme, wie Jens mir mit Antibiotika das Leben gerettet hat, dann von den Schiffen.
»Wer war dafür verantwortlich, dass mein Vater, seine Brüder und sein Vater auf die ›Cap Arcona‹ gebracht wurden?«
Ich habe den Namen nie vergessen. Er ist in mein Gehirn so eingebrannt wie der Name meiner Mutter oder der meines Vaters. »SS-Sturmbannführer Hermann Jankert«, sage ich. Wie seltsam fühlt sich dieses Wort »Sturmbannführer« auf der Zunge an. So alt, wie aus tiefer Vergangenheit. Und dennoch hat es von seinem ranzigen Geschmack, den es beim Aussprechen hinterlässt, nichts eingebüßt.
»Hermann Jankert. Gut. Erzählen Sie bitte weiter.«
Ich erzähle. Berichte vom Bananenbunker, von Jens, der mein Leben zum zweiten Mal gerettet hat, als er mich zu sich

in die Kabine holte. Ich erzähle vom Angriff der Briten, davon, wie ich mich plötzlich schwimmend neben Jens fand, wie er mir sagte, dass ich seiner Frau und seinem Sohn diese letzten Worte überbringen solle, wenn er nicht überlebt.

»Ich soll Ihnen sagen, es gab keinen Tag, an dem er nicht an Sie gedacht hat. Er sagte mir das, zwanzig Minuten bevor er starb.«

Der Mann mir gegenüber schluchzt. Er hat das Stofftaschentuch schon mehrmals benutzt, während ich gesprochen habe. »Hat ... hat mein Vater leiden müssen?«

Ich zögere nicht. »Nein. Er ist einfach untergegangen. Er war zuvor schon ohnmächtig. Er hat sicher überhaupt nichts mehr gespürt.«

Er sieht mich an. »Sie ... Sie hätten ihn doch halten können.«

»Nein, Herr Seitz. Ich hatte auch keine Kraft mehr. Ich wäre einfach mit ihm untergegangen.« Zu lügen ist mir leichtgefallen, aber die Wahrheit zu sagen ist schwer.

Leonhard Seitz nickt. »Warum kommen Sie erst heute zu mir?«

Diese Geschichte ist schnell erzählt, denke ich. *Und ich muss dabei auch nicht lügen, nicht einmal schwindeln.* »Nachdem ich an Land gelangt war, kam ich sofort in ein Camp für ›Displaced Persons‹, für die ehemaligen Zwangsarbeiter aus anderen Ländern. Von dort ging es direkt in meine Heimat, nach Poznan in Polen. Meine Frau war tot, aber ihre Schwester, die lebte noch. Was anfangs Zweckgemeinschaft war, wurde Liebe, und wir heirateten. Bekamen Kinder. Bekamen Enkel. Ich hatte ein erfülltes Leben, Herr Seitz, ich bin reichlich gesegnet. Ich habe die Worte Ihres Vaters nicht vergessen, niemals. Aber ... wie hätte ich Sie finden sollen? Von Polen aus?

Vor sechs Jahren, da fiel der Eiserne Vorhang. Und vor

drei Jahren, da habe ich mir ein Herz gefasst und einen Privatermittler damit beauftragt, Sie ausfindig zu machen. Vor sechs Monaten hat mir mein Arzt gesagt, dass ich nicht mehr lange leben werde, und seit drei Monaten glaube ich ihm. Ich habe mein Erspartes für diese Reise ausgegeben. Denn ich wollte Ihnen diese Nachricht überbringen, bevor es für mich zu spät ist. Es wird nichts mehr ändern. Aber vielleicht wird es einen Kreis schließen.«

»Einen Kreis schließen ...«, murmelt mein Gegenüber.

Die Tür öffnet sich.

Carla steht im Türrahmen. »Ist Franzi wieder lebendig?«, fragt sie. Sie stürmt auf ihren Opa zu, der immer noch still weint.

Carla sieht das, fragt ihn: »Bist du traurig, Opa?«

Der nickt, Franzi in der einen Hand, den Kopf in der anderen. Carla nimmt ihm die Puppe und den Kopf ab, kommt auf mich zu. »Kannst du sie heil machen?«

Ich nicke. »Ich kann es versuchen.«

Sie drückt mir Puppe und Kopf in die Hand. Ich bemühe mich, Torso und Haupt zu vereinen. Es ist schwierig. Es sind nicht die Handgriffe eines Mannes, der auch nach dem Krieg immer in einer Ziegelei gearbeitet hat. Aber es gelingt mir.

Carla sagt: »Danke.«

Milena Seitz betritt den Raum. »Carla, komm her«, blafft sie.

Carla greift nach ihrer Puppe, wirft mir einen verwirrten Blick zu: »Danke, Onkel Zbyszek.«

»Vielleicht ist es besser, wenn Sie jetzt gehen«, sagt Milena, die ihren weinenden Mann gesehen hat, und ihr Ton ist eisig.

Ich erhebe mich. Leonhard Seitz steht ebenfalls auf. Er wirkt wie ein geprügelter Hund, hat einen Buckel, der zuvor nicht zu erkennen war. Die beiden begleiten mich zur Tür.

»Leben Sie wohl«, sagt Milena Seitz.

»Leben Sie wohl«, antworte auch ich.

Leonhard Seitz sieht mich an, sein Blick sucht meine Augen. Wir sehen einander an. Aber was gibt es noch zu sagen? Nichts. Ich fühle mich lächerlich, frage mich, ob ich besser nicht hergekommen wäre. Auch meine Augen sind feucht geworden.

»Onkel Zbyszek?«, fragt mich Carla.

»Ja?«

»Onkel Zbyszek, danke!«, sagt die Kleine. Dabei hält sie die reparierte Puppe achtlos in der Hand, als würde sie sich für etwas ganz anderes bedanken.

»Bitte«, denke ich, und bis ich am Bahnhof ankomme, kann ich die Tränen nicht stoppen.

Gerechtigkeit.

Gerechtigkeit wird es in diesem Leben nicht geben. Aber vielleicht in irgendeinem nächsten.

Ich huste wieder.

SAMSTAG, 21. SEPTEMBER

»Hermann Jankert? Lassen Sie mich nachsehen, einen Moment.«

Lorenz' Gespräch mit Helge Manwill lag zehn Minuten zurück. Hermann Jankert war – so hatten seinerzeit zwei Zeugen berichtet – jener SS-Mann gewesen, der dafür gesorgt hatte, dass die Häftlinge aus dem Konzentrationslager Neuengamme auf die »Cap Arcona« gebracht worden waren. Manwill hatte Lorenz die Handynummer des Mitarbeiters der Gedenkstätte Neuengamme gegeben, der ein Archiv über die Personen im KZ führte, die dort inhaftiert oder für die SS tätig gewesen waren. Der Name des Mannes war Dr. Karl Roggenstädt.

Zunächst musste sich Lorenz schlaumachen, was das für ein KZ gewesen war. Klar, man kannte das Vernichtungslager Auschwitz. Und auch den Namen Treblinka hatte man schon gehört. Dass es solche Lager aber – wenn auch ohne Gaskammern – auch auf deutschem Boden gegeben hatte, war ihm zuvor nicht wirklich bewusst gewesen. Aber klar, Dachau lag irgendwo bei München. Und Neuengamme direkt vor den Toren Hamburgs, wie Lorenz wenige Klicks später wusste. Es hatte schon seit 1938 existiert.

»Ja ... Jankert, Hermann, da haben wir ihn.«

»Helge Manwill sagte mir, dass der Mann im Zusammenhang mit der ›Cap Arcona‹ stünde. Er habe den Befehl gegeben, die Häftlinge an Bord zu nehmen.«

»Nun, zunächst einmal war Jankert Chef der Lagerverwaltung in Neuengamme. Und ja, er war beteiligt am Transport der Häftlinge nach Lübeck, wo sie vom Hafen aus auf die Schiffe verteilt wurden.«

»Aber wieso wurden Häftlinge aus einem funktionierenden Lager auf Schiffe verfrachtet?«, fragte Lorenz. Und merkte, dass ihm ein paar Details zur Geschichte des »Dritten Reiches« offenbar noch fehlten.

»Ganz einfach. Im Frühjahr 1945 wurde die Luft für die Deutschen langsam richtig dünn. Aus dem Osten kamen die Russen, im Westen rückten die Amis, die Franzosen und die Briten an. Da hat der Reichsführer der SS, Heinrich Himmler, einen Befehl erlassen: Keines der Lager dürfe in Feindeshand fallen. Alle Lager seien zu evakuieren. Und kein Häftling dürfe dem Feind lebend in die Hände fallen. Man wollte dem Feind keine Beweise und Zeugen für die eigenen Gräueltaten überlassen.«

»Und wer hat das dann umgesetzt?«

»Ach, Herr Rasper, viele, sehr viele waren daran beteiligt. Karl Kaufmann etwa, damals Gauleiter in Hamburg und Reichskommissar für Seeschifffahrt, war für die Evakuierung von Neuengamme zuständig. Und der Lagerleiter Max Pauly war der Mann für die konkrete Umsetzung. Und sein Chef, der Lagerverwalter Hermann Jankert, hat natürlich auch seinen Teil beigetragen. Die Gefangenen wurden per Güterzug nach Lübeck verfrachtet, was immerhin achtzig Kilometer sind.«

»Und Jankert, er hat die Gefangenen auf die Schiffe gebracht?«

»Bringen lassen. Seine Rolle ist nur lückenhaft dokumentiert. Aber zwei Zeugen haben unabhängig voneinander ausgesagt, dass er den Kapitän der ›Cap Arcona‹ mit vorgehaltener Waffe bedroht hat, damit dieser endlich die Häftlinge auf sein Schiff ließ.«

In Lorenz' Kopf blitzte kurz die Vorstellung auf, was es

hieß, mit mehreren Tausend Gefangenen auf ein Schiff gepfercht zu sein. »Und dafür ist er nie vor ein Gericht gestellt worden?«

In Roggenstädts Stimme schwang Ärger mit. »Die Prozesse haben doch nur die alleroberste Schicht abgeschöpft. Schauen Sie, in den gesamten Auschwitz-Prozessen wurden einundzwanzig Personen verurteilt. Was glauben Sie, wie viele Menschen im Hauptlager und den Nebenlagern angestellt gewesen waren?«

»Keine Ahnung.

»Über achttausend. Und Hermann Jankert, der wurde nicht einmal verdächtigt, in seinem Leben an Gräueltaten aktiv beteiligt gewesen zu sein. Ich habe hier noch einen Vermerk, dass er in den Sechzigerjahren Mitangeklagter im Prozess wegen einer Kameradschaftshilfe war. Aber auch da wurde er freigesprochen.«

Lorenz überlegte kurz. »Haben Sie auch Zugriff auf die Daten der Inhaftierten im KZ Neuengamme?«

»Zum Teil. Als das Lager geräumt wurde, blieb ein Putztrupp im Lager. Die Häftlinge sollten alle Spuren verwischen, die Rückschlüsse auf den Lagerbetrieb geben könnten. Man war gründlich. Wir haben Listen, aber sie sind nicht vollständig.«

»Taucht in Ihren Listen der Name Seitz auf?«

»Einen Moment«, sagte Roggenstädt.

Lorenz sah auf die Kaffeemaschine. Er hatte sie noch nie bedient. Leah war die Herrscherin über den Kaffee. Und er fragte sich, weshalb sie eigentlich so verschlossen war. Er wunderte sich darüber, dass ihm dieser Gedanke erst jetzt kam.

»Ja«, holte ihn die Stimme von Roggenstädt in die Realität zurück. »Ich habe hier vier Personen mit dem Namen Seitz. Ich weiß allerdings nicht, wann und wieso sie nach

Neuengamme gekommen sind. Ich habe hier einen Paul Seitz, einen Jens, einen Ernst und einen Ludwig.«

Lorenz schrieb die Namen auf. Es war eine Verbindung, die zum ersten Mal den Kreis von Leonhard Seitz zu Hermann Jankert schloss. Er bedankte sich und legte auf. Vielleicht konnte ihm ja Milena Seitz später ein paar Antworten geben.

Das Krankenhaus hatte angerufen und Lorenz mitgeteilt, dass Milena Seitz ansprechbar sei. Lorenz startete gerade den Motor seines Alfa, als Ricarda anrief. Während er auf den Anruf des Krankenhauses gewartet hatte, hatte er Ricarda einen eigenen Klingelton zugeordnet. Nun ertönte aus dem Handy »Hotel California« in der Version von Nancy Sinatra.

»Bist du weitergekommen?«, fragte Ricarda.

»Es ist Wochenende«, sagte Lorenz, aber er spürte, dass Ricarda genau wusste, dass er arbeitete.

»Ja, ich weiß. Das beantwortet allerdings meine Frage nicht.«

»Ich bin weitergekommen. Ich fahre gerade ins Krankenhaus zu Milena Seitz. Sie ist jetzt ansprechbar.«

»Gut, dann hol mich ab, und wir machen gemeinsam weiter.«

»Und dein Wochenende?«

»Ist so prickelnd wie deines. Meine Tochter ist zurück aus Amiland, aber sie möchte dieses Erlebnis lieber mit ihren Freundinnen teilen als mit ihrer alten Mutter. Sie ist das ganze Wochenende über weg.«

»Gut. Bin gleich bei dir.«

Keine halbe Stunde später saßen sie am Bett der alten Dame. Lorenz hatte Ricarda im Wagen auf den neuesten Stand gebracht.

Milena Seitz war blass. Und dieser Sauerstoffschlauch mit einer Abzweigung in jedes Nasenloch manifestierte ihren kritischen Zustand auch optisch.

»Frau Seitz, hören Sie mich?«, fragte Lorenz.

Sie nickte und sagte leise, aber vernehmlich: »Ja. Ich habe Tabletten geschluckt, aber ich bin deswegen nicht taub.«

Ein schwaches Lächeln flog über Lorenz' Gesicht. Milena Seitz drehte leicht den Kopf, um Ricarda anzusehen. »Sie waren es, die mir das Leben gerettet hat, nicht wahr?«

»Wir beide waren es«, sagte Ricarda und warf Lorenz einen Blick zu.

»Ich bin mir nicht sicher, ob ich Ihnen dafür danken soll.«

Lorenz sagte: »Frau Seitz, wir wissen inzwischen einiges über Ihren Mann. Es scheint, als habe er Regine Springe getötet.«

»Ich weiß«, antwortete Milena Seitz leise, nun ohne Lorenz oder Ricarda anzusehen.

»Wir wissen inzwischen auch, was Hermann Jankert mit Ihrer Familie zu tun hatte. Wenn ich es richtig sehe, waren Verwandte von Ihrem Mann auf der ›Cap Arcona‹, als sie unterging. Im KZ Neuengamme waren vier Menschen mit dem Namen Seitz inhaftiert. Paul, Jens, Ernst und Ludwig. Es ist davon auszugehen, dass sie auch auf die ›Cap Arcona‹ gebracht wurden.«

Milena nickte kaum merklich. Es dauerte ein paar Sekunden, ehe sie sagte: »Paul war der Vater. Er hatte drei Söhne. Jens. Ernst. Und Ludwig.«

»Wer war Leonhards Vater?«

»Das war Jens. Und sein Bruder Ludwig, er war der Mann meiner Mutter. Er war der jüngste der drei Brüder.«

»Ludwig Seitz war also Ihr Vater?«

Milena Seitz nickte schwach. »Ich bin Leonhards Cousine.«

Kurz überlegte Lorenz, ob die Heirat zwischen Cousin und Cousine erlaubt war oder seinerzeit erlaubt gewesen war. Aber das hatte mit dem Fall nichts zu tun, also verschob er das Problem zunächst. »Warum hat man die Familie ins Lager gesteckt?«, fragte er stattdessen.

»Warum, warum? Solch eine große Frage. Und so eine kleine Antwort: Sie haben sich widersetzt. Sie haben sich am Widerstand gegen das Naziregime beteiligt.«

»Wie?«, fragte Lorenz. Und fühlte sich gleichzeitig gar nicht im Recht, eine solche Frage zu stellen.

»Sie haben Flugblätter verteilt. In Hamburg. Sagt Ihnen der Begriff ›Weiße Rose‹ etwas?«

»Ja, die Geschwister Scholl«, sagte Ricarda. »Die hat man in München hingerichtet. Sie haben Flugblätter gegen die Nazidiktatur verfasst und an der Münchner Uni verteilt.«

»Ja, das haben sie.«

»Aber Ihre Familie, sie kommt doch aus Hamburg, nicht aus München.«

»Das stimmt. Aber Jens hat in München ein Semester Medizin studiert. Dort hat er die Flugblätter der Münchner gesehen. Er hat sie gelesen. Und fand sie richtig und gut und notwendig. Deshalb hat er eines mit nach Hamburg genommen. Dort haben mein Vater, sein Bruder Ernst und Jens es abgetippt, vervielfältigt und dann ebenfalls verteilt. Es war ein funktionierendes konspiratives Netzwerk, wie man dazu heute sagen würde. Heute nennt man diese Menschen die ›Hamburger Weiße Rose‹. Fast alle wurden 1943 verhaftet und dann inhaftiert oder gleich umgebracht.«

Milena Seitz verstummte, schloss die Augen. Lorenz dachte, sie wäre eingeschlafen. Er nickte Ricarda zu und stand auf. Den Rest der Geschichte würde er morgen hören.

»Sie sind verraten worden, alle«, sagte Milena Seitz plötzlich.

»Von wem?«, fragte Ricarda.

»Meine Mutter, sie sagte mir, dass eine der Mitstreiterinnen, eine Sybille, eine Gestapo-Agentin gewesen sei.«

»Alle sind verhaftet worden?«, fragte Ricarda.

Milena nickte. »Fast alle. Jens ist verhaftet worden. Seine Frau Barbara – Leonhards Mutter – kam nach Ravensbrück ins Gefängnis und ist dort während einer Grippeepidemie gestorben, wie uns das Gefängnis 1944 mitteilte. Übersetzt: Sie haben sie erschossen. Der Vater von Jens, er kam nach Neuengamme. Jens' Brüder auch, also Ludwig und Ernst.«

»Und Ihre Mutter?«

Milena zögerte einen kurzen Augenblick. »Meine Mutter Gesine, sie hat uns beide großgezogen.«

Ricarda und Lorenz hakten nicht nach, sie wussten, dass Milena weitersprechen würde.

»Ernst, er hatte noch keine Kinder«, fuhr sie dann auch fort. »Und er war auch der Forscheste von uns. Er wäre mit einem Lastwagen voller Plakate vor den Reichstag gefahren. Er war der, der immer gebremst werden musste. Mein Onkel Jens, das war der, der das richtige Maß zwischen Mut und Vorsicht kannte. Mein Vater Ludwig, er war eher der, der mitmachte, weil seine Brüder es machten und sein Vater Paul es guthieß. Ich selbst war ja nicht dabei, ich bin Jahrgang 1943. Ich weiß alles nur von meiner Mutter.«

»Wie kam Leonhard dann zu Ihnen?«

»Der Vater meiner Mutter, Siegfried Thiersch, er war ein ganz Großer in der Hierarchie der Herrenmenschen. Das war der einzige Grund, warum alle Mitglieder der Weißen Rose in Hamburg verhaftet wurden, nur meine Mutter nicht. Sie musste sich hoppla hopp scheiden lassen. Und sie tat es schon um meinetwillen. Wir lebten dann sechs Jahre in der Schweiz – keine Ahnung, wie Mamas Vater das arrangiert hatte. Und als wir zurückkamen, hat Mama sich darum gekümmert, Leonhard zu finden. Sie wusste ja, dass er in irgendeinem Heim sein musste. Es hat bis 1952 gedauert, bis er endlich bei uns war. Danach lebte er bei mir und meiner Mutter. Sie hat nie mehr geheiratet. Es war nicht einfach für sie, aber sie hat es durchgezogen, wie man heute so schön sagt.«

»Und Leonhard und Sie?«

Milena schwieg kurz. »Ihr Herz. 1959 machte es meiner Mutter Schwierigkeiten, 1961 starb sie. Leonhard und ich, wir hatten nur noch uns. Und, Herr Rasper, wir haben uns geliebt. Schon immer, schon seit der Zeit, als er als Junge zu uns kam. Ja, sein Vater und mein Papa, sie waren Brüder. Aber wen hatten wir denn außer uns?«

Lorenz hielt inne. Dann sagte er: »Verstehe ich das richtig? Ihr Vater, der Vater von Leonhard und Ihr Onkel und Ihr Großvater, sie sind nach Neuengamme geschickt worden und nie wieder zurückgekehrt. Sie hatten keine Ahnung über ihren Verbleib.«

»Bis vor achtzehn Jahren hatten wir keinen Schimmer, was aus der Familie geworden ist. Natürlich sind wir davon ausgegangen, dass sie die Lagerzeit nicht überlebt hatten, sonst wären sie ja zurückgekommen oder wenigstens einer von ihnen. Vor achtzehn Jahren, da haben wir Besuch bekommen von einem Mithäftling von Jens und den anderen. Und er hat bestätigt, dass alle vier an Bord der ›Cap Arcona‹ gewesen sind. Und dass es keiner überlebt hat. Und Hermann Jankert, er ist derjenige, der dafür verantwortlich war. Auch das sagte uns dieser Mann.«

Darüber hatte Lorenz im Verlauf des Tages viel gehört. Wer letztendlich wirklich verantwortlich war, vermochte er nicht zu sagen. Er hatte nur das Gefühl, dass die britischen Jagdbomber den geringsten Anteil an der Tragödie hatten, auch wenn sie die Bomben geworfen hatten, die die »Cap Arcona« und die »Thielbeck« letztlich versenkt hatten.

»Erinnern Sie sich an den Namen des Mannes, der Sie besucht hat?«, fragte er.

»Nein, ich erinnere mich nicht. Aber er war damals schon vom Krebs gezeichnet und hat meinem Mann gesagt, dass er wohl kaum mehr ein Vierteljahr zu leben habe.«

»Wo finden wir Ihren Mann?«, fragte Ricarda mit sanfter Stimme.

Milena zögerte. »Ich weiß es nicht.«

»Frau Seitz, wir beide wissen, dass Kevin Krick noch auf der Liste steht. Und noch zwei Frauen, Sina und Janina Kaufmann.«

Milena Seitz schwieg.

»Frau Seitz, bitte«, beschwor Ricarda sie. »Bitte helfen Sie uns, dass nicht noch mehr Menschen sterben müssen.«

Milena blinzelte. »Leonhard hat gesagt, dass die Australier am frühen Abend in Deutschland landen würden.«

»Bruno, pack Leah in den Wagen, und fahrt zum Flughafen.«

»Zu welchem?«

»Frankfurt. Da muss gleich ein Flieger ankommen, der Sina Kaufmann und ihre Tochter aus Australien hierher bringt.«

»Uhrzeit, Flugsteig?«

»Weiß ich noch nicht. Fahrt hin, und – verdammt – fahrt schnell hin. Ich melde mich, sobald ich weitere Informationen habe.«

Lorenz beendete das Gespräch. Ricarda saß neben ihm, sagte aber nichts. Es war, als würde sie vor Spannung die Luft anhalten.

In seinem Handy hatte Lorenz noch die Nummer, unter der Regine Springes Tochter Sina ihn aus Australien zurückgerufen hatte. Er drückte auf Rückruf.

Nach dem dritten Klingeln meldete sich eine Männerstimme. »Hello?«

»This is Inspector Rasper speaking, of the German police. May I speak to Sina Kaufmann, please?«

»Guten Tag, Herr Kommissar«, antwortete der Mann mit deutlichem Akzent.

»Ist Frau Kaufmann zu sprechen? Es ist wichtig!«

»Oh, sind da Probleme mit Abholen von der Flughafen?«

»Abholen? Wer will Sie denn abholen?«

»Mr Rasper – Sie sind doch Kommissar Rasper of the BKA?« Er sprach es »Bi-Käy-Äi« aus.

»Ja.«

»Ihr Kollege Müller hat mit uns alles besprochen.«

»Was hat er besprochen?« Trotz der sommerlichen Temperaturen wurde es Lorenz Rasper kalt. Er kannte nur einen Müller, und der war gewiss kein Kollege.

»Er hat gesagt, dass Sinas Mutter tot ist. Und hat gebeten, dass Sina und ihre Tochter nach Deutschland zu kommen. Er hat gesagt, das BKA zahlt auch den Flug. Mr Rasper, Sie sind doch ein Kollege von Mr Müller?«

»Wann hat Müller angerufen?«

»Vorgestern. Und wir haben sofort eine Flug gebucht.«

»Okay. Mit welchen Flug haben die beiden genommen?«

»Sie sind Freitagabend in Sydney gestartet. Und sie müssen in Dubai umsteigen. Ich weiß die Zeit nicht. Aber ich glaube, sie müssen jetzt bald ankommen.«

»Hat Ihre Freundin ein deutsches Handy?«

»Ja.«

»Bitte schicken Sie mir die Nummer per SMS, okay?«

»Mr Rasper, ist alles in Ordnung?«

So hätte es Lorenz nicht unbedingt formuliert. »Bitte senden Sie mir die Nummer. Jetzt sofort, es ist wichtig!«

Eine Minute später hatte er Daniel am Apparat. Er gab

ihm die spärlichen Flugdaten durch, die er erhalten hatte.
»Finde den Flug. Und gib die Daten an Bruno weiter. Er ist auf dem Weg zum Flughafen. Ich mache mich jetzt auch auf die Socken.«

Lorenz brauste mit fast zweihundert Stundenkilometern über die Autobahn. Sebastian rief an. »Flug EK 047. 18 Uhr 35 planmäßig gelandet. Kommen am Terminal 2E raus. Bruno hab ich auch schon Bescheid gesagt.«

»Danke«, sagte Lorenz, sah auf die Uhr. 19 Uhr 10. »Scheiße!«

»Sie sind also schon am Boden«, sagte Ricarda.

»Ja. Und mit Sicherheit steht Seitz jetzt dort, wahrscheinlich die Pistole mit Schalldämpfer unter der Jacke. Er wird die beiden begrüßen. Und wenn er es geschickt anstellt, werden sie tot zusammenbrechen, ohne dass jemand registriert, dass er etwas damit zu tun hat. Er wird das Terminal verlassen, bis die ersten Menschen um Hilfe rufen.«

Endlich kam die SMS von Sina Kaufmanns Freund mit der deutschen Handynummer.

»Kannst du das gerade mal eintippen?«

Ricarda gab die Nummer ein, dann ertönte das Freizeichen aus der Freisprechanlage.

»Hier ist Janina – hallo?«

»Rasper, BKA. Janina, kann ich bitte sofort Ihre Mutter sprechen?«

»Äh ... ja, Moment.«

Die Hintergrundgeräusche und das Stimmengewirr ließen darauf schließen, dass sie nicht in der Reihe vor der Passkontrolle standen, denn dort war es meistens ruhig. Entweder waren sie noch bei der Gepäckausgabe oder schon im Zollbereich, oder sie hatten den Zoll bereits hinter sich gelassen und waren gerade durch die Schiebetür in die Flughafenhalle getreten.

»Ja, Herr Rasper?«

»Frau Seitz, wo sind Sie gerade?«
»Wir sind gelandet. Wir kommen gerade aus Sydney, also genau genommen aus Dubai. Aber das hat Ihr Kollege Müller ...«
»Frau Kaufmann, es gibt keinen Kollegen Müller. Der Mann ist kein Polizist. Und er ist gefährlich.«
»Wie? Aber meine Mutter ... Ist sie nicht tot?«
»Doch. Frau Kaufmann, wo sind Sie jetzt genau?«
»Wir sind gerade durch den Zoll. Ach, da sehe ich Ihren Kollegen. Er winkt uns schon zu.«
»Frau Kaufmann, tun Sie, was ich jetzt sage. Werfen Sie sich flach auf den Boden, reißen Sie Ihre Tochter mit nach unten. Und rufen Sie, so laut Sie können: ›Hilfe, eine Bombe!‹«
»Ich kann doch nicht ...«
»Tun Sie es, jetzt sofort!«, schrie Lorenz so laut, dass Ricarda neben ihm zusammenzuckte.

Dreißig Minuten später saß Lorenz mit Sina und Janina Kaufmann in einem kleinen Besprechungsraum im Flughafenterminal. Als Lorenz Sina Kaufmann ansah, hatte er eine ziemlich genaue Vorstellung davon, wie ihre Mutter Regine Springe vierzig Jahre zuvor ausgesehen haben musste. Sie war ihr wie aus dem Gesicht geschnitten. Janina Kaufmann erinnerte Lorenz an eine amerikanische Schauspielerin, an deren Namen er sich nicht erinnern konnte. Sie hatte eine Vampirin gespielt. Was die Blässe im Gesicht anging, gab es eine weitere Gemeinsamkeit mit der Schauspielerin.

Es hatte ein paar Telefonate gebraucht, bis Lorenz den Kollegen vom Sicherheitsdienst und der Flughafenpolizei hatte klarmachen können, dass es keine Bombe gab. Aber das war die einzige Möglichkeit gewesen, Seitz alias Müller kurzfristig von seinem Tun abzuhalten und das Leben der beiden Frauen zu retten. Die Umstehenden hatten sich ebenfalls auf den Boden geworfen oder waren weggerannt.

»Frau Seitz, wann hat dieser Müller bei Ihnen angerufen?«, fragte er.

»Das war Donnerstagnachmittag. Also bei Ihnen Donnerstagfrüh. Er hat mir gesagt, dass meine Mutter Opfer eines Verbrechens geworden ist. Ich habe ihn gleich gefragt, ob er mit Ihnen zusammenarbeiten würde. Und das hat er bejaht. Ich habe ihm geglaubt. Schließlich hatten wir beide ja zwei Tage davor miteinander telefoniert.«

Ohne es zu wissen, hatten sie es Leonhard Seitz sehr einfach gemacht. »Was hat er Ihnen noch gesagt?«

»Er hat gefragt, ob ich mit meiner Tochter nach Deutschland fliegen könne, wegen der Identifizierung. Das BKA würde die Kosten erstatten. Und wir könnten dann auch die Beisetzung arrangieren.« Sie schluckte. »War ... ist er der Mörder meiner Mutter?«

Lorenz nickte. »Ja.«

»Und jetzt wollte er uns umbringen?«

»Ja, so sieht es aus.«

»Warum? Was haben wir ihm getan?«

»Das ist eine lange Geschichte«, sagte Ricarda. »Sie persönlich haben ihm gar nichts getan. Aber Ihr Großvater, er hat seiner Familie viel Schlimmes angetan. Das Motiv ist Rache.«

»Wie krank muss man denn dazu sein?«, meldete sich nun Janina zu Wort. Ihre Stimme war tiefer, als Lorenz es bei der zierlichen jungen Dame erwartet hätte. Und sie war auch tiefer als die Stimme der amerikanischen Schauspielerin. Was sollte Lorenz darauf antworten?

»Wie hat er sich Ihnen vorgestellt? Wie hätten Sie ihn erkannt?«, fragte Ricarda.

»Er hat uns ein Bild von sich zugeschickt. Per MMS.«
»Darf ich das Bild sehen?«, frage Lorenz.
»Das ist auf dem australischen Handy. Das habe ich nicht mit.«

Lorenz nickte kurz, dann zog er sein Smartphone aus der Tasche und wischte sich in den Ordner mit Fotografien, um das Phantombild von Michael Müller auf den Bildschirm zu holen. Leonhard Seitz mit Bart und Brille und längeren grauen Haaren.

»Ja. Genau so sah er aus auf dem Bild.«
Lorenz bedankte sich.

Auf mehreren Monitoren konnten sie den Weg von Leonhard Seitz verfolgen. Ein Mann vom Wachdienst bediente Maus und Tastatur. Bruno, Leah, Ricarda und der Mann hatten die Aufzeichnungen durchgesehen, die die Überwachungskameras aufgezeichnet hatten.

»Hier kommt er an«, sagte der Mann, der sich ihnen zwar vorgestellt hatte, dessen Namen Lorenz aber nicht im Gedächtnis geblieben war. Der Marla-Effekt, ging es ihm kurz durch den Kopf. Seitz/Müller stieg aus dem Taxi am Eingang von Terminal zwei. Er ging zielstrebig durch die Halle, in Richtung des Abholbereichs. Dort fing ihn die Überwachungskamera wieder ein. Der Zeitcode der Bilder zeigte 18 Uhr 40. Die Menschen standen dicht vor der Schiebetür, durch die die Fluggäste in die Halle kommen würden. Ein Chromgeländer mit matten Plexiglasscheiben sorgte dafür, dass niemand direkt vor die Tür treten konnte und so die Nachkommenden behinderte. Seitz/Müller hielt sich im Hintergrund.

»Ich spul hier mal vor. Er steht eine halbe Stunde nur dort rum, aber dann wird es interessant.«

Der Zeitcode zeigte nun 19 Uhr 12. Einige Ankömmlinge,

erkennbar an leichterer Kleidung und den beladenen Kofferkulis, standen im Ankunftsbereich. Oma und Opa herzten die Enkel, Liebende fielen einander in die Arme.

Wieder öffneten sich die Türen. Janina und Sina Kaufmann schoben gemeinsam einen Kuli mit drei Koffern durch die Tür. Janina hielt ein Handy ans Ohr. Eine Kamera zeigte die beiden von vorn. Eine weitere Kamera hatte Seitz eingefangen. Als die beiden durch die Tür traten, kam Leben in ihn. Sofort ging er auf sie zu. Janina gab das Telefon ihrer Mutter. Seitz hatte den Arm schon unter der Jacke.

Sina Kaufmann erkannte den Mann, der sie abholen wollte. Dann riss sie die Augen auf. Sie sagte noch etwas, dann schrie sie, riss ihre Tochter mit sich zu Boden. Die Menschen in ihrer direkten Umgebung folgten sofort ihrem Beispiel. Seitz kam noch einen Schritt näher. Innerhalb einer Viertelsekunde warfen sich auch die anderen Menschen entweder auf den Boden oder rannten davon. Seitz zog die Hand unter der Jacke hervor, aber die Waffe hatte er stecken lassen. Er rannte ein paar Meter, dann ging er normalen Schrittes weiter in die Halle, aus der nun Wachleute zum Ankunftsbereich stürmten.

»Das war knapp«, brachte es Bruno auf den Punkt. Er klopfte Lorenz auf die Schulter. »Gut gemacht!«

»Bis hierhin haben wir seinen Weg verfolgt«, sagte der Wachmann. Er zappte sich durch diverse Kameraeinstellungen. Wenige später konnten sie den restlichen Weg von Leonhard Seitz verfolgen. Ruhigen Schrittes verließ er das Terminal durch den Haupteingang. Dann setzte er sich in ein Taxi.

»Stopp«, sagte Lorenz und wählte gleich darauf die Nummer der Taxizentrale. Der Mann am Funk machte es etwas kompliziert, er weigerte sich, Lorenz am Telefon irgendeine Auskunft zu geben.

»Wissen Sie was, junger Mann«, blaffte Lorenz. »Sie finden jetzt den Fahrer und fragen ihn, wohin er den Mann vom Flughafen gefahren hat. Ich bin in einer Viertelstunde bei Ihnen, halte Ihnen meinen Ausweis unter die Nase, und wenn ich dann nicht umgehend eine Auskunft bekomme, haben Sie ein Problem. Und zwar ein großes.« Lorenz legte auf. »Bruno und Leah, fahrt ihr doch noch mal ins Krankenhaus zu Milena Seitz. Vielleicht hat sie doch eine Ahnung, wo wir ihren Mann finden könnten, wenn er uns jetzt nicht den Gefallen tut und schnurstracks nach Hause gefahren ist. Was ich nicht glaube. Er war ja schließlich auch Polizist. Ich schicke aber trotzdem ein Kommando dorthin. Ich fahre zur Taxizentrale. Dann sprechen wir uns wieder.«

»Wo würdest du hinfahren, wenn du nicht in deine Wohnung zurückkannst?«, fragte Bruno und steuerte sein Jeep-Ungetüm auf die Autobahn.

Leah saß neben ihm. »Ich weiß es nicht genau«, sagte sie, nachdem sie ein paar Sekunden lang nachgedacht hatte. »Ich glaube, wenn ich so einen Feldzug planen würde, wie Leonhard Seitz ihn geplant hat, dann hätte ich einen Rückzugsort. Eine Wohnung, die ich angemietet hätte, was weiß ich. Bargeld hatte er ja genug. Es muss einen solchen Ort geben.«

»Und wo?«

»Ich weiß es nicht.«

Sie fuhren die A3 entlang. Bruno lenkte den Wagen am Wiesbadener Kreuz auf die A66.

Leah dachte über den Ort nach, an den sich Leonhard Seitz zurückziehen konnte, um dort sein weiteres Vorgehen zu planen. Aber immer wieder kam ihr noch immer diese vermaledeite Fahrt nach Bayreuth in den Sinn. Die hatte Wunden aufgerissen, die sie lange vernarbt geglaubt hatte.

Nun, vernarbt waren sie gewesen. Aber dass der Besuch der Stadt ihr so zusetzen würde, damit hatte sie nicht gerechnet.

»Ich weiß, was in Bayreuth passiert ist«, sagte Bruno leise.

Wie kam Bruno denn jetzt auf dieses Thema?, fragte sich Leah. Eigentlich lag es auf der Hand, denn es war das erste Mal seit Bayreuth, dass sie sich unter vier Augen sahen.

»Ja?«, meinte Leah nur. Sie hatte keine Lust, mit ihm darüber zu sprechen. Zumal sie sich nicht vorstellen konnte, dass er die richtigen Schlüsse gezogen hatte. Und außerdem hatte sie noch nie mit jemandem darüber gesprochen. Mit keinem Freund, nicht einmal mit dem Mann, mit dem sie kurze Zeit verheiratet gewesen war.

»Ja. Dein Vater hat sich das Leben genommen, als du sechzehn Jahre alt warst«, sagte er. »Und zwar in dem Wald, in dem auch Norbert Kaufmann gestorben ist.«

Seine Worte fühlten sich an wie Ohrfeigen. »Woher weißt du das?«

»Ach, Leah. Wenn ich so etwas nicht herausfinden würde, dann wär ich in dieser Abteilung wohl fehl am Platze. Hätte ich es früher gewusst, hätte ich dich nicht nach Bayreuth mitgenommen.«

»Du hast mich nicht *mitgenommen*. Es war unser gemeinsamer Einsatz. Punkt.«

»Ich will dir auch nicht zu nahetreten. Ich will dir nur sagen, wenn du darüber mal reden willst, mit jemandem, der kein Psychodoktor ist, der einfach zuhört und sich nicht wichtigmachen muss, indem er ein Geheimnis weitererzählt … Ich wäre da.«

Leah wusste nicht recht, was sie darauf sagen sollte. Deshalb schwieg sie. Als sie von der Autobahn in Richtung Stadt bogen, sagte sie: »Ich habe über Jahre nicht verstanden, was in meinem Vater vorgegangen ist an dem Tag vor seinem Selbstmord.«

Bruno lenkte den Blick von der Straße zu ihr.

»Ich habe immer gedacht, ich wäre schuld an seinem Tod, er habe sich meinetwegen umgebracht. Aber ich war's gar nicht.«

»Sondern?«

»Er hat es nicht mehr ausgehalten. Wir lesen in den Statistiken immer über die Männer, die ihre Frauen schlagen und demütigen. Bei uns zu Hause war es umgekehrt. Das habe ich meiner Mutter bis heute nicht verziehen. Als er sich ... da war er am Ende und konnte einfach nicht mehr. Es war für ihn wohl die einzige Möglichkeit zu entkommen.«

Wieder warf Bruno seiner Beifahrerin einen kurzen Blick zu. Leah wusste das wohl einzuordnen. Denn Bruno schaute sonst stoisch auf die Straße, einerlei, welch wichtige Diskussion er gerade führte. »Das tut mir leid«, sagte er nur. Und genauso wenig, wie Leah die Taten ihrer Mutter weiter erläutern musste, musste Bruno noch etwas zu seinem Satz hinzufügen. Leah hätte nicht gedacht, dass sie es überhaupt einmal einem anderen Menschen anvertrauen würde. Egal. Jetzt war es raus.

Bruno bog in Richtung des Krankenhauses ab. Wenig später parkte er den Wagen auf dem Besucherparkplatz.

Leah und er fuhren mit dem Aufzug schweigend nach oben zur Station, auf der Milena Seitz lag. Als sie ausstiegen, sprach Bruno gleich eine Krankenschwester an: »Entschuldigen Sie bitte, in welchem Zimmer liegt Frau Milena Seitz?«

»Und Sie sind?«, fragte die Schwester mit skeptischem Blick.

Bruno zückte den Ausweis. »Hauptkommissar Gerber und Hauptkommissarin Gabriely.«

»Ach, hätte ich jetzt gar nicht mit gerechnet, dass Sie persönlich herkommen. Machen Sie jetzt Spurensicherung? Wer hat Sie eigentlich benachrichtigt?«

»Benachrichtigt? Was ist denn los? Ist Frau Seitz gestorben?«

»Nein. Sie ist abgehauen. Sie hat sich die Nadeln der Infusion aus den Venen gezogen und ist ausgebüxt.«

Das ganze Team hatte sich im Haus von Milena und Leonhard breitgemacht. Nachdem Ricarda gehört hatte, dass Milena Seitz aus dem Krankenhaus weggelaufen war, nahm sie an, dass sie ihren Mann irgendwo treffen wollte.

Bruno und Leah durchsuchten Leonard Seitz' Arbeitszimmer und den ganzen Kellerbereich. Ricarda konnte sich kaum vorstellen, dass Leonhard dort Hinweise auf einen Aufenthaltsort versteckt haben konnte. Er war schließlich Polizist gewesen.

Daniel hatte sich am Esstisch breitgemacht. Zwei Laptops standen dort, daneben lagen zwei Smartphones. Lorenz sah sich im ersten Stock um. Ricarda hatte das Erdgeschoss übernommen.

Die Wohnung erschien so friedlich. Die Couchgarnitur vor dem flachen gläsernen Couchtisch. Ein Kamin mit einer Funkensperre, die man vor die Feuerstelle stellen konnte. Ein Flachbildfernseher, allerdings dieser ohne Surround-Anlage. Der Raum ging fließend über in den Essbereich mit dem Eiche-rustikal-Schrank. Immer noch huschten die Bilder der Enkelin über den elektronischen Bilderrahmen.

Sie würde hier nichts finden. Jedenfalls keine Hinweise auf einen geheimen Ort, wo Leonhard Seitz untergetaucht war.

Lorenz trat auf Ricarda zu, die den Bilderrahmen betrachtete. »Irgendwas gefunden?«

»Nein«, sagte sie. »Ich denke noch nach.«

»Ah. Ich versuche mich weiter bei der Suche. Ich gehe unters Dach.« Auf dem Weg kam er an Daniel vorbei. »Hast du was für uns?«

»Lorenz, du weißt, ich bin verdammt gut darin, digitale Spuren zu verfolgen. Aber dafür müsst ihr mir irgendeinen Anhaltspunkt liefern. Ich muss – verflucht noch eins – wissen, *wonach* ich suche.«

»Michael Müller hast du gecheckt?«

»Dreimal«, sagte Daniel. »Unter dem Namen hat er nichts unternommen, was wir nicht schon wüssten.«

Lorenz seufzte nur und ging dann hinauf. Daniel sah Ricarda an. Die zuckte nur mit den Schultern. Sie hatten es hier mit Eheleuten zu tun, die beide rund siebzig waren. Die Spuren, die sie hinterlassen hatten, waren Ricardas Überzeugung nach nicht digital. Sie waren real. Greifbar. Fassbar.

Ricarda ging ins Bad im Erdgeschoss. Es bestand nur aus Toilette, Waschbecken und einem Schränkchen. Sie öffnete die Türen. Nichts Besonderes. Toilettenpapier, genug für die nächsten Wochen. Putzmittel. Schwämmchen, Tücher, Küchentücher. Nein, das hier war so was von normal.

Sie ging in die Küche. Dort standen immer noch die schmutzigen Teller und das Kochgeschirr. Ricarda hatte vorhin den Fisch und die anderen Essensreste in den Mülleimer befördert und den Müll in die Tonne vor dem Haus geleert. Sie würde nicht auch noch anfangen zu spülen.

Sie sah sich um. Seltsam. Sie spürte, dass die Antwort auf ihre Frage nach dem Aufenthaltsort der Seitz' förmlich vor ihr lag, zum Greifen nah. Sie musste sie nur erkennen. Und sie spürte ebenfalls, dass nur eine Frau sie erkennen und verstehen würde.

Sie sah in die Küchenschränke. Geschirr, Gewürze, alles normal und ohne einen kleinen Hinweis. Das Brot im Brotkasten war in Papier gewickelt. Auch der Inhalt des Kühlschranks barg keine Besonderheiten.

Dann fiel ihr Blick auf die Fensterbank. Darauf Kräuter in kleinen Blumentöpfen. Sie erkannte Dill, Salbei, Petersilie und Basilikum. Sie ging einen Schritt auf die Fensterbank zu. Milena Seitz hatte ein paar Dillhalme abgeschnitten. Klar, das passte zu der Soße, die sie für die Fischfilets zubereitet hatte. Dennoch, hier lag der Schlüssel, dessen war sich Ricarda sicher. Aber sie sah ihn noch nicht.

Der Dill wuchs in einem kleinen roten, viereckigen Plastikbecher, das Basilikum in einem blauen, aber der Schnittlauch in einem viel größeren Becher, und der war rund und schwarz. Und die Petersilie – sie wuchs in einem länglichen, dreckigen, ehemals weißen Behälter.

Dreckig.

Sie ging einen Schritt zurück und sah auf das Ensemble der Kräuter. Das war es!

»Lorenz!«, rief sie.

Keine Minute später stand er neben ihr.

»Hier, das sind keine Töpfe aus dem Lebensmittelladen«, sagte Ricarda.

»Was meinst du damit?«

»Schau sie dir an. Das sind Pflanzentöpfe, die mehrmals verwendet worden sind.«

»Ich verstehe nicht.«

»Ganz einfach. Ich bin überzeugt davon, dass Milena Seitz ihre Kräuter selbst anbaut.«

»Aber um das Haus herum ist nur Rasen. Wo soll sie denn die Kräuter gezogen haben?«

»Eben. Nicht hier. Ich glaube, dass das Ehepaar Seitz einen Schrebergarten hat.«

Lorenz starrte auf die Pflanzen.

Daniel trat in die Küche. »Habt ihr endlich was für mich?«

»Ich glaube schon«, sagte Lorenz.

Wenn Daniel an seinem Computer arbeitete, war es nicht ratsam, ihn dabei zu stören.

Wenn das Ehepaar Seitz einen Schrebergarten hatte, dann gab es zwei Möglichkeiten. Entweder es war einer in Wiesbaden, den sie unter ihrem richtigen Namen gepachtet hatten – oder eben nicht. Seitz war Polizist, und wenn er jemals den Gedanken gehegt hatte, einmal unsichtbar werden zu müssen, dann wäre ein anonymes Gartenhäuschen in einer Kleingartenanlage außerhalb von Wiesbaden sicher nicht verkehrt. Nach allem, was Ricarda inzwischen erfahren hatte, konnte sie sich gut vorstellen, dass Leonhard Seitz vor ungefähr siebzehn oder achtzehn Jahren eine Parzelle unter falschem Namen angemietet hatte. In Mainz, nicht weit entfernt, aber doch in einem anderen Bundesland. Sie als Polizistin würde heutzutage ganz andere Absicherungen treffen als ihre Kollegen vor zwanzig Jahren. Eine Kleingartenparzelle unter falschem Namen war in der Zeit vor dem World Wide Web sicher eine gute Idee gewesen.

Daniel telefonierte, regte sich auf, hackte in die Tastatur. Ricarda hatte keine Ahnung, welche Quellen er bemühte. Er blaffte ins Mikro der Freisprechanlage, während er mit den Fingern wieder irgendeinen Datensatz aus irgendeiner Datenbank zutage förderte. Für einen Moment überlegte Ricarda, ob es nicht sinnvoll sein könnte, sich ebenfalls einen Alias zuzulegen, mit falschem Pass, gefakter Kreditkarte, eigenem Handy. Und dann sah sie Daniel, der plötzlich die Faust gegen die Zimmerdecke reckte und rief: »Ich hab sie!«

Da wusste sie, dass der Gedanke sinnlos war.

Sie fuhren mit mehreren zivilen Einsatzfahrzeugen nach Mainz. Mit der Kleingartenanlage behielt Ricarda recht, mit dem falschen Namen hingegen nicht.

Auch das SEK kam in zivilen Sprintern angefahren. Sie wussten, in welcher Anlage Leonhard und Milena Seitz einen Garten gemietet hatten. Sie wussten sogar, welche Parzelle an die beiden verpachtet worden war. Daniel fuhr mit, für alle Fälle, wie Lorenz gesagt hatte.

Der Vereinsvorsitzende Martin Klaas bestätigte ihnen, dass Leonhard Müller und seine Frau Milena Müller die Parzelle seit siebzehn Jahren gemietet hatten.

Daniel war schon ein bisschen stolz auf sich. Es hatte ihn ein paar Anrufe und ein paar Hacks gekostet, um die Kleingartenanlage zu finden. Der Vorsitzende Klaas ging zur Parzelle und sah nach, ob Licht im Gartenhaus des Ehepaars Seitz brannte. Er kam zurück und bestätigte es.

Sie wussten nicht, ob Leonhard Seitz Waffen bei sich hatte. Aber die Wahrscheinlichkeit war hoch. Bislang wussten sie auch nicht, wer sich eigentlich in der Hütte befand.

Lorenz gestikulierte, und die Neue, diese Ricarda, schmachtete ihn an. So empfand es zumindest Daniel. Einerseits ärgerte es ihn, dass er immer nur auf seine Fähigkeiten am Computer oder bestenfalls beim Recherchieren reduziert wurde. Andererseits wusste er, dass er das am besten konnte. Er hatte all die Bücher der *drei ???* verschlungen. Und er hatte sich immer mit dem Jungen namens Bob Andrews identifiziert, der bei den dreien für Recherche und das Archiv zuständig war. Das traf in Lorenz' Team auch auf Daniel zu. Allerdings war ihm dabei schmerzlich bewusst, dass er als Rechnerjunkie kaum eine Chance hatte, mal seine Traumfrau kennenzulernen. Eine *echte* Frau, nicht Lara Croft.

»Gehen wir rein?«, fragte Lorenz. Wen er fragte, nahm Daniel Goldstein nicht bewusst wahr. Für solch strategische und taktische Fragen war er jedenfalls der falsche Ansprechpartner.

Da hörte und sah er den Motorroller, der vor dem Haupttor der Anlage im Karcherweg hielt. »Pizzo Pizzaservice« war auf dem Kofferaufbau zu lesen. Der Scooter bremste ab, der Fahrer bockte den Roller auf und nahm den Helm ab.

Und Daniel sah, dass der Fahrer eine Fahrerin war. Goldenes Lockenhaar, so hätte Daniel bei jeder Befragung an Eides statt erklärt. Die Dame ging zum Gepäckkoffer, öffnete den Deckel, entnahm ihm eine Tasche.

Der Chef trat auf die Dame zu und stellte sich vor mit den Worten: »Kriminalrat Rasper, BKA.«

»Moin, Frauke heiß ich«, erwiderte sie. »Sie haben die Pizza bestellt?« Daniel musste schmunzeln.

»Nein. Ich habe nichts bestellt. Für wen ist diese Pizza?«

»Es ist nicht eine Pizza. Es sind eine ›Frutti di Mare total‹, eine ›Fantastica‹ mit Knoblauch und ein Champagner, ein Alfred Gratien Blanc de Blancs. Ich bin zwanzig Minuten rumgefahren, um das Teil aufzutreiben. Aber sie haben mir einen Hunni dafür versprochen.«

»Für wen?«, wiederholte Lorenz.

»Für Seitz. Hier in der Kleingartenanlage ›Am Alten Mainzer Weg‹.« Sie nannte auch noch die Nummer der Parzelle. »Darf ich jetzt freundlicherweise ausliefern?«

»Nein, bitte warten Sie hier«, sagte Lorenz und deutete irgendwo in die Welt hinaus, genau auf Daniel.

Frauke ging mit Pizza und Champagner auf Daniel zu. »Kannst du mir sagen, was hier eigentlich los ist? Spinn ich?«

»Nein«, konnte Daniel die Pizzalieferantin beruhigen. »Wir sind hier bei einem Großeinsatz. Ein Serienmörder befindet sich hier auf dem Gelände.«

»Echt?« Sie schien Daniel zum ersten Mal bewusst wahrzunehmen.

»Echt. Aber mehr kann ich nicht sagen.«

»Schon okay. Und ihr wollt den jetzt dingfest machen?«

»Ja, wollen wir.«

»Aber ohne Schießerei, ja? Also eher *smooth*.«

Daniel nickte und sah sie direkt an. Es war zu dunkel, als

dass er die Augenfarbe hätte erkennen können. Aber wie auch immer die war, in einem war sich Daniel sicher: Solch schöne Augen sollte eine Frau haben.

»Und was machst du hier?«, fragte sie ihn.

Daniel überlegte. Aber nur kurz. Was machte er hier? Es war eigentlich ganz klar: »Ich habe meine Leute hergelotst.«

»Du?«, fragte sie ungläubig. »*Du* bist verantwortlich für den ganzen Aufmarsch hier?«

»Ja. Sozusagen. Ich mach den EDV-Check. Und ich habe sie hergeführt.« Zu dick wollte er auch nicht auftragen.

Lorenz kam mit einer Kollegin vom SEK auf sie zu. »Wäre es möglich, dass Sie mit unserer Kollegin kurz Ihre Kleidung tauschen? Wir möchten ein Mikro in der Gartenhütte unterbringen, und das sollte lieber jemand von uns erledigen.«

»Klar, wenn ich helfen kann.«

»Wenn Sie sich vielleicht einfach hinter dem Mannschaftswagen ...«

Eine halbe Minute später kamen die beiden Damen wieder hinter dem Wagen hervor. Frauke steuerte automatisch wieder Daniel an.

Die Polizistin verschwand mit Pizzatasche und Champagnerflasche und kam fünf Minuten später wieder zurück. »Sie sind beide da drin. Leonhard hatte eine Hand auf dem Rücken, ich tippe auf Pistole. In der einen Ecke habe ich ein Stück einer Schulterstütze gesehen, also hat er auch noch eine andere, größere Waffe. Sie scheint keine Angst zu haben, aber er wirkte nervös. Ich konnte das Funkmikro unter dem Regal platzieren. Wir sollten jetzt Empfang haben.«

Während die Frauen wieder die Kleidung tauschten, stiegen Lorenz und Ricarda in den Einsatzwagen. Ein Techniker saß vor den Apparaten, aus einem der Lautsprecher war klar und deutlich die Stimme von Leonhard Seitz zu hören. »Wieso der Champagner?«

»Leo, was immer auch heute Abend passieren wird, wir wissen beide, dass dies entweder für lange Zeit oder für immer unser letzter Abend sein wird«, sagte Milena Seitz. Ihre Stimme klang ruhig, aber bestimmt.

Die Flasche wurde entkorkt, Champagner eingeschenkt.

»Erinnerst du dich noch an diesen Champagner?«, fragte sie.

»Ja, natürlich. Wir tranken ihn auf unserer Hochzeit. Ich weiß gar nicht mehr, wie wir das damals bezahlt haben.«

»Das ist das Schöne daran, wenn man sich solche Dinge leistet. Man erinnert sich später nie daran, wie schwierig und aufwendig es gewesen war, sie zu erstehen. Aber die Erinnerung an die schönen Dinge selbst, die nimmt einem keiner.«

Sie stießen an – offenbar hatten sie tatsächlich Sektgläser in ihrer Hütte. Danach aßen sie schweigend.

»Ich musste es tun, Milena.«

»Du hättest mit mir reden sollen, Leo, reden. Ich denke, dann hättest du es nicht getan.«

»Diese Familie hat kein Recht zu leben«, behauptete er. »Hermann Jankert und seine Brut haben mir – nein, uns – alles genommen.«

Milena schwieg einen Moment, bevor sie sagte: »Leo, wir hatten uns. Wir hatten doch ein schönes Leben. Was, in aller Welt, wolltest du denn noch mehr?«

»Milena, schau uns an. Wir sitzen hier, beide alt und allein, in einem Gartenhäuschen. Wo ist unsere Tochter, die uns ihr Leid über unseren Schwiegersohn klagt, der immer zu lange arbeitet? Wo ist unsere Enkelin, die uns sagt, dass sie sich bald verloben wird? Zum zweiten Mal, denn sie hatte nun mal kein glückliches Händchen mit Männern. Wo ist das Weihnachten, an dem unsere Tochter mit ihrem Mann bei uns feiert, wo Carla, die uns den Verlobten nach dem

Verlobten mitbringt? Wo sind meine Brüder, die mit ihren Familien in unser Haus kommen, damit wir alle gemeinsam feiern? Um all das sind wir betrogen worden. Hatten wir eine Familie? Durften wir jemals einen runden Geburtstag von einem meiner Onkel feiern? Jankert hat uns unserer Wurzeln beraubt. Ich bin ohne Vater aufgewachsen, du ebenfalls. Er hat sie umgebracht und so viele mehr. Er hat auch zu verantworten, dass ich sieben Jahre in diesem Heim leben musste. Und Milena, ich habe dir nie davon erzählt, ich werde es auch jetzt nicht tun – aber allein diese Zeit, die ich dort verbringen musste, rechtfertigt meine Taten. In diesem Fall gab es Sühne.«

»Leonhard, mein Lieber, wenn du Hermann Jankert erschossen hättest, das hätte ich verstehen können. Selbst wenn du Kevin Krick getötet hättest, auch das hätte ich irgendwie noch nachvollziehen können. Aber all die anderen Menschen? Nein, Leonhard, da kann ich dich nicht verstehen.«

Leonhard schwieg eine Weile. »Das verlangt keiner von dir«, sagte er dann. »Aber ich weiß, dass ich richtig gehandelt habe. Dass es richtig war, dass nicht nur Hermann Jankert den Tod fand, sondern auch alle, die aus ihm hervorgegangen sind.«

»Ich sagte dir schon, dass du dann auch mich umbringen musst. Ich habe es selbst versucht. Aber diese Polizisten haben mich gerettet. Ich bin direkt aus dem Krankenhaus hergekommen. Hierher. Und wusste, dass auch du kommen würdest, um mich zu sehen.«

»Du wolltest dich umbringen?« Leonhards Stimme klang ungläubig.

»Ja. Und jetzt musst du es zu Ende bringen. Da. Nimm sie in die Hand, und erschieß mich endlich.«

Lorenz sagte: »Waffe bestätigt.«

»Gehen wir rein?«, fragte der Leiter der SEK-Gruppe.

»Machen Sie sich bereit. Ich gebe Ihnen das Zeichen zum Zugriff.«

Der Leiter des SEK instruierte sein Team.

»Ich werde dich nicht erschießen«, hörten sie Leonhard Seitz sagen.

»Leo, mein lieber Leo«, antwortete seine Frau. »Ich bin nicht die, für die du mich hältst.«

»Milena, wenn ich einen Menschen auf dieser Welt kenne, dann bist du es.«

»Sicher, mein Schatz, du kennst mich wie kein anderer. Und ich weiß, dass ich vor dir kein noch so winziges Stückchen meines Charakters verbergen kann. Und dennoch gibt es Dinge, von denen du nichts weißt.«

Leonhard starrte auf den Monitor, der jedes Wort, das gesprochen wurde, als grünes Zackengebirge abbildete. Es gab keine roten Gipfel, denn die beiden sprachen sehr ruhig miteinander.

Milena redete weiter: »Als meine Mutter starb ... Du erinnerst dich an die halbe Stunde vor ihrem Tod, als sie mit mir allein sprechen wollte?«

»Ja. Ich habe euch eure Zeit gelassen.«

»Du erinnerst dich sicher auch daran, dass ihr Vater Thiersch SS-Brigadeführer war. In Hamburg.«

»Wie sollte ich das je vergessen? Sie hat ja ihr Leben lang darunter gelitten.«

»Nachdem ihr Mann, deine Eltern und Ernst und Paul verhaftet worden waren, ist meine Mutter zu ihrem Vater gegangen und hat ihn gebeten, ob er sich nicht für die Familie einsetzen könnte. Der Vater meiner Mutter war Nazi durch und durch, aber er liebte seine Tochter über alles. Und so vermittelte er den Kontakt zu jenem SS-Sturmbannführer, der hätte etwas bewirken können. Hermann Jankert war sein Name.«

»Du kanntest diesen Namen?«, fragte Leonhard Seitz erstaunt.

»Ja, Leo, all die Jahre. Jankert war in Hamburg stationiert, als sie unsere Familie festgenommen hatten, bevor er nach Neuengamme kam. Und ich kenne diesen Namen seit dem Tag, an dem meine Mutter auf ihrem Sterbebett mit mir gesprochen hat.«

»Warum hast du mir nie etwas erzählt? Warum hast du mir nicht einmal davon erzählt, nachdem dieser Journalist uns den Namen genannt hatte?«, fragte Seitz ebenso vorwurfsvoll wie verwirrt.

»Mein lieber, liebster Leo. Ich sagte doch, du weißt nicht alles über mich.«

»Was willst du damit sagen?«

Milena flüsterte nur noch: »Hermann Jankert ... ist mein leiblicher Vater.«

»Dein ... *was*?« Auch Leonhard Stimme war mit einem Mal sehr leise. Der Techniker musste den Lautstärkeregler weit aufdrehen, damit sie überhaupt noch etwas verstehen konnten.

»Jankert ist mein Vater«, wiederholte Milena. »Meine Mutter hat mit allen Mitteln versucht, ihren Mann, ihre Schwägerin und ihren Schwiegervater freizubekommen. Jankert hat versprochen, etwas zu unternehmen. Er hat ihr sogar in Aussicht gestellt, dass alle begnadigt würden. Aber nur, wenn er eine kleine Gegenleistung dafür erhielte. Diese Gegenleistung – eigentlich war es eher ein Vorschuss – hat meine Mutter ihm gewährt. Und ich war das Ergebnis. Das einzige übrigens. Dein Vater und die anderen bekamen nicht einmal Hafterleichterung. Hermann Jankert war der schlimmste Mensch, der meiner Mutter je begegnet ist.«

»Und du hast mir das verschwiegen? All die Jahre lang?«

»Ich habe lange überlegt, ob ich es dir sagen soll. Aber ich habe mich geschämt. Ich habe mich so dafür geschämt«, sagte sie, und man hörte die Tränen in ihrer Stimme. »Aber dieses Geheimnis hat mich dir auch nähergebracht: Wir sind nicht Cousin und Cousine. Wir beide sind überhaupt nicht blutsverwandt. Und so musste ich auch keine Angst haben, dass unsere Kinder krank auf die Welt kommen könnten. Jankert war für so viel Leid verantwortlich, aber ihm ist es auch zu verdanken, dass ich mir erlaubt habe, dich zu heiraten, mich dir hinzugeben. Frag nicht, was das für ein Gefühl war, dich nur deshalb vorbehaltlos lieben zu dürfen, weil ich die Tochter eines Monsters bin. Aber ich habe über die Jahre meinen Frieden damit gemacht. Denn, Leo, ich hätte mein Leben mit keinem anderen Mann verbringen wollen.

Wenn du aber deinen Rachefeldzug konsequent zu Ende bringen willst, dann musst du mich jetzt ebenfalls erschießen. Und würden sie noch leben, dann hättest du nun auch unsere Tochter, unsere Enkelin und – wenn es sie gäbe – auch unsere Urenkel töten müssen!«

»Zugriff!«, bellte Lorenz.

Das Team des SEK zerschlug die Fensterscheibe, warf eine Blendgranate in den Raum, zwei Sekunden später stürmten die SEK-Beamten das Gartenhaus. Nach wenigen Minuten führten sie Leonhard Seitz in Handschellen ins Freie. Eine Kollegin stützte Milena Seitz. Die P38 hatte auf dem Tisch gelegen, geladen und entsichert. Die Schulterstütze, die die Kollegin vorher gesehen hatte, gehörte zu einer Uzi-Maschinenpistole. Auch ein Messer hatten sie in der Tasche von Leonhard Seitz gefunden.

Er war bestens ausgerüstet gewesen.

Aber nun war sein Kampf vorbei.

EPILOG. FREITAG, 4. OKTOBER

Leonhard Seitz war müde, das sah Lorenz ihm an. Sie hatten ihn über mehrere Tage befragt. Er hatte ein umfassendes Geständnis abgelegt und ihnen alle Fragen beantwortet. So hatte er etwa berichtet, dass er den Kontakt zu Reinhard Hollster auf einer Modellbaubörse hergestellt und dann eine Weile mit ihm in einem Forum gechattet hatte – auch über private Dinge. Er hatte erklärt, dass er für seine Missionen immer Leihwagen angemietet hatte, in Städten, die mindestens hundert Kilometer vom Tatort entfernt lagen. An den Wagen habe er immer Kennzeichen angebracht, die er einige Wochen vor der Tat gestohlen hatte.

»Und wie sind Sie an ein Auto von DHL gekommen?«, hatte Lorenz gefragt.

»Es war ein stinknormaler Leihwagen, ein Kombi. Das Schild habe ich in einer Druckerei machen lassen, ein Magnetschild, das ich einfach an den Wagen heften konnte.«

Seitz hatte ebenfalls gestanden, den Bargeldfund bei seinem ersten Opfer, Reinhard Hollster in Heidelberg, entwendet und in seinen Rachefeldzug investiert zu haben.

Lorenz hatte wissen wollen, warum er Norbert Kaufmann erstochen und nicht, wie die Opfer davor, mit der P38 erschossen hatte.

»Auch das ist ganz einfach«, hatte Seitz geantwortet. »Der Tag, an dem ich ihn töten wollte, war exakt geplant. Am Tag zuvor aber habe ich die P38 noch mal ausprobiert, und dabei ist der Schlagbolzen kaputtgegangen. Also Plan B. Das mit dem Messer hat hervorragend funktioniert. Deshalb habe ich diese Methode auch beim Mord an Sandra Pein angewendet.«

So viele Details waren in den vergangenen Tagen ans Licht gekommen, alle offenen Fragen zu den einzelnen Fällen waren geklärt. Lorenz saß Leonhard Seitz schließlich gegenüber, um ihm die letzte Frage zu stellen: »Herr Seitz, eines verstehe ich noch nicht. Warum haben Sie bei all den Opfern etwas hinterlegt? Das Schiffsmodell, den Kettenanhänger, die Decke mit den Ankern? Wir wären Ihnen wahrscheinlich nicht auf die Schliche gekommen, wenn Sie das unterlassen hätten.«

»Sie haben recht.« Seitz sah Lorenz Rasper geradezu mitleidig an. »Sie haben nichts verstanden«, meinte er. Es lag kein Groll in seiner Stimme, nur noch Abgeschlagenheit. Immer wieder hatte Seitz während der Befragung versucht, seine Taten zu rechtfertigen, hatte um Verständnis geheischt für das, was er getan hatte, hatte immer wieder erklärt, dass es nach seiner Auffassung hatte getan werden müssen. Lorenz fragte sich, wann für Leonhard Seitz der Punkt gekommen war, dass er das selbst geglaubt hatte. Damit würden sich die Richter auseinandersetzen müssen.

»Herr Rasper, verstehen Sie, wenn ich diese Zeichen nicht platziert hätte, dann wären all die Tötungen nur beliebige Morde gewesen. Ich wäre ein Mörder gewesen, der scheinbar wahllos Menschen umgebracht hätte. Es bedurfte dieser Zeichen, um meine Taten zu verbinden und zu dem zu machen, was sie sind: eine einzige große Wiedergutmachung.«

Leonhard Seitz sprach nicht weiter. Und Lorenz sah ihn nur an. Er schaute in das alte, müde, ausgemergelte Gesicht eines Menschen, der mit dem Leben abgeschlossen hatte.

Plötzlich erhob Leonhard die Stimme: »Meinen Sie vielleicht, es ist mir leichtgefallen, ein junges Ding wie Sandra

Pein zu …« Er sprach das Wort »töten« nicht aus. »Oder gar das Baby …« Er hielt inne.

Lorenz hatte genug gehört. »Herr Seitz, ich werde mich jetzt von Ihnen verabschieden.« Er packte seine Unterlagen in seine Tasche, dann erhob er sich und wandte sich von Leonhard Seitz ab, um den Raum zu verlassen. Er klopfte von innen an die Tür, und ein Vollzugsbeamter öffnete sie. Lorenz ging hinaus.

Vor der Tür stand Milena Seitz und wartete bereits darauf, ihren Mann besuchen zu können. Sie betrat den Raum.

Lorenz drehte sich noch einmal um. Und sah das Gesicht des Mannes. Tränen standen ihm in den Augen. Milena setzte sich und ergriff die Hände ihres Gatten, die in Handschellen lagen.

Unglaublich, dachte Lorenz.

Der Vollzugsbeamte schloss die Tür.

Als Lorenz den Flur entlangging, huschte ein Satz durch seinen Kopf: *In guten wie in schlechten Tagen*. Vielleicht sollten er und seine Frau ihrer Tochter gemeinsam reinen Wein einschenken. Gemeinsam. Das war das Schlüsselwort. Dann war der Zeitpunkt nicht so wichtig.

»Hier war das?«, fragte Ricardas Tochter Esther ihre Mutter. Sie trat einen Schritt von der Metalltafel zurück. Man konnte durch einen Durchbruch in der Tafel genau dorthin schauen, wo die »Cap Arcona« und die »Thielbek« damals untergegangen waren.

Ricarda nickte. Sie hatten die Gedenkstätte für die Opfer der Schiffskatastrophe am Neustädter Strand gemeinsam aufgesucht.

Das Wasser der Ostsee in der Bucht glitzerte in der Sonne, der Himmel war blau. Dieser Oktobertag war ein Geschenk. Kaum vorstellbar, was sich hier achtundsechzig Jahre zuvor abgespielt hatte. Ricarda saß auf der Bank und streichelte Gabby.

Als sie ihrer Tochter erzählt hatte, dass sie die Golden-Retriever-Dame von Regine Springe aus dem Tierheim in Grömitz holen und mit nach Hause nehmen würde, hatte Esther darauf bestanden, ihre Mutter zu begleiten. Das war die von ihrem Töchterlein gar nicht gewohnt.

Sie hatten sich eine kleine Ferienwohnung genommen. Esther hatte Ricardas Vorschlag, die erste Woche der Herbstferien mit dem Hund gemeinsam an der See zu verbringen, mit einer Umarmung aufgenommen.

Als sie das Tierheim betreten hatte, hatte Gabby sie sogleich wiedererkannt. Schwanzwedelnd war sie auf Ricarda zugekommen, hatte ihr über Hände und Gesicht geleckt und war ihr fortan nicht mehr von der Seite gewichen. Nur wenn Ester sie rief.

Esther setzte sich neben ihre Mutter auf die Bank. »Ich kann ihn nicht verstehen, diesen Mann.« Esther hatte darauf bestanden, dass Ricarda ihr alles über den Fall berichtete. Zuerst hatte Ricarda das nicht gewollt, hatte die Arbeit nicht mit in den Urlaub nehmen wollen. Esther jedoch hatte darauf bestanden. »Du willst immer, dass ich an deinem Leben teilhabe. Und dein Job ist dein Leben. Also ...« Das hätte ihr Ex mal sagen sollen.

Und so berichtete sie auf der Fahrt nach Kellenhusen, was sie in den vergangenen zwei Wochen ermittelt hatten. Ein paar Dinge jedoch hatte sie nicht ganz so grausam dargestellt, wie sie gewesen waren.

»Nun ja, ein wenig verstehe ich ihn vielleicht doch«, ergänzte Esther.

Ricarda erwiderte nichts darauf. Auch sie konnte ein kleines bisschen nachvollziehen, was in Leonhard Seitz vorgegangen war. Aber nichts davon war eine Entschuldigung. Nichts.

»Komm, lass uns noch ein bisschen laufen«, sagte sie und stand auf, um den trüben Gedanken keine Chance zu geben. Auch der Hund erhob sich und lief zwischen Ricarda und ihrer Tochter.

»Mama? Darf ich mit Gabby ab und zu Gassi gehen, wenn du arbeiten musst?«

Ricarda schaute zur Seite in Richtung See, damit ihre Tochter ihr breites Grinsen nicht sehen konnte. »Klar doch«, gab sie sich großmütig.

Leah saß auf ihrem kleinen Balkon. Die Sonne wärmte sie. Sie sah auf den Innenbereich im Karree der Altbauten, die wie eine Burgmauer wirkten. Im Innern – das war fast ein kleiner Park mit den vier großen Eichen.

Kinderlachen und -kreischen drangen nach oben von dem kleinen Spielplatz, der in der Mitte des Areals angelegt worden war, schon vor zehn Jahren.

Sie selbst lebte seit fünfzehn Jahren hier. Eine lange Zeit.

Ihre Gedanken waren in den vergangenen Tagen immer wieder nach Bayreuth abgedriftet. Aber sie hatte festgestellt, dass ihr das kurze Gespräch mit Bruno gutgetan hatte. Was sie erstaunte. Und seitdem hatte sie Zweifel. Denn nun dachte sie nicht mehr nur an ihren Vater und ihre Mutter. Nun tauchten auch die Gedanken an den Exmann auf. Die wollte sie jedoch immer noch nicht zulassen.

Aber ein Gedanke ließ sich nicht mehr verdrängen: Norbert Kaufmann war ahnungslos durch den Wald gejoggt. Das Letzte, woran er in diesem Moment gedacht haben mochte, war, dass das Leben so schnell zu Ende sein konnte.

Leah arbeitete schon lange im Bereich Tötungsdelikte. Das war der Job. Und sie trennte den Job strikt von ihrem Privatleben. Doch nun sah sie immer wieder das Gesicht von Norbert Kaufmann vor sich. Es war nicht so, dass sie Mitleid empfand, nein, sie hatte diesen Menschen ja gar nicht gekannt. Aber sie spürte, dass ihr eigenes Leben an ihr vorbeilief. Dass sie selbst seit rund fünfzehn Jahren nichts erlebt und nicht gelebt hatte. Sie hatte sich in ihrer Höhle verkrochen. Und schon am nächsten Tag konnte alles vorbei sein.

Kurz überlegte sie, jemanden anzurufen. Nahm das Handy zur Hand. Blätterte sich durch die Namen. Entweder waren es Kollegen oder Bekannte, zu denen sie seit Jahren keinen Kontakt mehr pflegte.

Es war Zeit, etwas zu ändern.

Leah mochte Kirchen. Hatte sie schon immer gemocht. Und darum hatte sie auch viel über Kirchen, Klöster und Kirchengeschichte gelesen. Auch über die Katharinenkirche in Oppenheim. Und auch dort war sie das letzte Mal vor zehn Jahren gewesen.

Sollte sie einen Ausflug machen?

Jetzt?

Wann, wenn nicht jetzt?

Zeit aufzubrechen.

Bruno Gerber saß am Rhein. Er hatte den Angelschein vor zwei Jahren gemacht und sich danach eine gute Ausrüstung gekauft. Und nebenbei das Kochen gelernt. In ihrer Ehe war es immer seine Frau Martha gewesen, die gekocht hatte. Er war mehr der Fachmann fürs Abspülen gewesen.

An diesem Tag hatte er beides selbst machen müssen. Und er war selbst erstaunt darüber gewesen, dass ihm das Kochen Spaß gemacht hatte. So wie das Angeln. Denn dabei konnte er sitzen und sich in aller Ruhe mit Martha unterhalten. Und das, ohne dass ihn jemand fragte, ob er Trübsal blase oder warum er nichts sage.

Ja, das mit dem Angeln war eine gute Idee gewesen.

»Nicht wahr, meine Liebe?«, murmelte er stumm.

Daniel saß noch immer mit Frauke in der Kneipe. Seit fast vier Stunden bereits. In den vergangenen zehn Minuten hatten sie jedoch nichts mehr gesprochen, sondern sich nur angesehen.

Ihre Hände hatten die seinen gefunden. Und er ließ die ihren nicht mehr los.

»Zu dir oder zu mir?«, traute sich Daniel schließlich zu fragen.

»Zu dir.«

NACHWORT UND DANK

Dieser Roman ist meiner Phantasie entsprungen. Die Personen sind frei erfunden. Nicht ausgedacht ist jedoch die Katastrophe, die sich am 3. Mai 1945 in der Lübecker Bucht abspielte. Der Buchautor Helge Manwill ist eine Phantasiefigur, und das Buch »Der Untergang der Cap Arcona« gibt es so nicht. Hermann Jankert ist ebenfalls ein Produkt meiner Phantasie, wenn ich mir auch bei realen Vorbildern Anleihen erlaubt habe. Es gibt aber sehr wohl ein Buch, in dem die Katastrophe der »Cap Arcona« wissenschaftlich akribisch aufgearbeitet wurde. Wilhelm Lange heißt der Autor, schlicht »Cap Arcona« das Buch. Herzlichen Dank an Wilhelm Lange, der mir in zahlreichen Gesprächen offene Fragen beantwortet hat, ebenso Herbert Dierks und Dr. Reimer Möller von der KZ-Gedenkstätte Neuengamme. Dank in diesem Zusammenhang auch an Horst Eckert und Jürgen Kehrer.

Ein großes Dankeschön geht auch an die Ermittler in der realen Welt. Erik Kadesch von der Darmstädter Kripo und Siegfried Wilhelm vom LKA Wiesbaden sind dafür verantwortlich, wenn ich Dinge der Ermittlung *nicht* falsch beschrieben habe. Danke für Ihre Geduld bei den oft sehr spontanen Fragen. Alle richtigen Informationen zur Polizeiarbeit kommen aus diesen Quellen. Die falschen Darstellungen hat der Autor selbst verbrochen. Oder einfach postuliert.

Eva Bredow-Cordier vom Stadtkrankenhaus Darmstadt half mir bei medizinischen Fragen, ebenso Dr. Henning Ohm, Barbara Pregowska, Johanna Koslowska und Ilona Maurer. Merci!

Richter Joachim Becker vom Landgericht Darmstadt war wieder und wieder Ansprechpartner, wenn es galt, juristische Fragestellungen zu klären. Danke für deine Geduld!

Rüdiger Stoch und Peter Schulz halfen mir bei der alles andere als trivialen Beantwortung der Frage, ob man sich mit einem laufenden Heizöfchen in der Badewanne umbringen kann. Das ist schwieriger, als man glauben mag!

Ein Dank geht auch an Markus Hofmeister und Thomas Burgis von der IHK Darmstadt. Sie gaben mir wertvolle Tipps zum Speditionsgewerbe. Andreas Ross und Anita Gauß erweiterten mein Wissen über Streetworker und ihre so wichtige Arbeit. Ich habe mehr gelernt, als in das Buch einfließen konnte.

Meiner Ma ein Dankeschön fürs Lösungenfinden am Mittagstisch, meinem Pa und Marlies für das Gewähren des Schreibasyls. Aber ohne meine Sparringspartner Manfred, Matthias und Jochen wäre dieses Buch oft in einer Sackgasse gegen die Wand gefahren. Danke für die zahlreichen Hinweise, wo der Rückwärtsgang ist. Und wo man eine Abzweigung findet, die man oft nicht selbst gesehen hat.

Das Team von Piper, besonders Monika Schönleben, hat an dieses Buch geglaubt, und Peter Thannisch und Anja Rüdiger haben mir geholfen, die bestmögliche aller »Sterbenszeit«-Varianten zu schreiben. Dank auch an meinen Agenten Georg Simader und sein Team, die besten Sparringspartner und Rückenfreihalter, die man sich wünschen kann. Dank auch an Hanne, die beste Fehlerfinderin, die man sich wünschen kann.

All diese Menschen haben mir für dieses Projekt ihr Wissen und ihre Zeit geschenkt oder mich inspiriert. Schön, dass Ihr da wart!

Michael Kibler, April 2014

Horndeich und Hesgart ermitteln.

Hier reinlesen!

Michael Kibler
Opfergrube
Kriminalroman

Piper Taschenbuch, 384 Seiten
€ 12,99 [D], € 13,40 [A], sFr 18,90*
ISBN 978-3-492-30047-6

So hatte sich Hauptkommissar Steffen Horndeich seinen freien Tag am Badesee nicht vorgestellt! Direkt vor ihm hebt sich eine Leiche an die Wasseroberfläche. Horndeich und seine Kollegin Margot Hesgart gehen zunächst von einer Beziehungstat aus, doch dann zeigen sich Parallelen zu zwei früheren Mordfällen. Warum wurden den Opfern nach ihrem Tod Wunden zugefügt? Und kann es Zufall sein, dass alle drei zur selben Zeit in Darmstadt studiert haben?

Leseproben, E-Books und mehr unter www.piper.de

»Eine der besten Krimireihen Deutschlands.«

Rhein-Neckar-Zeitung

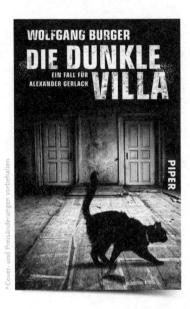

*Cover- und Preisänderungen vorbehalten.

Hier reinlesen!

Wolfgang Burger
Die dunkle Villa
Ein Fall für Alexander Gerlach

Piper Taschenbuch, 352 Seiten
€ 12,99 [D], € 13,40 [A], sFr 18,90*
ISBN 978-3-492-30337-8

Als Kriminaloberrat Alexander Gerlach nach einem schweren Sturz vom Rad wieder das Bewusstsein erlangt, erinnert er sich nur noch daran, von einem Mann gestoßen worden zu sein. War es Fred Hergarden, der sich vor ein paar Tagen selbst des Mordes an seiner Frau Vicky bezichtigt hatte? Deren Tod liegt bereits Jahrzehnte zurück, und damals deutete nichts auf einen Mord hin. Aber ist vielleicht doch etwas dran an Hergardens spätem Geständnis? Und besteht sogar ein Zusammenhang mit Gerlachs Unfall?

PIPER

Leseproben, E-Books und mehr unter www.piper.de

Jede Seite ein Verbrechen.

REVOLVER BLATT

Die kostenlose Zeitung für Krimiliebhaber. Erhältlich bei Ihrem Buchhändler.

Online unter www.revolverblatt-magazin.de

f www.facebook.de/revolverblatt